SIX MOIS PAR AN

CLARA DUARTE

SIX MOIS PAR AN

Traduit de l'espagnol (castillan)
par Axelle Demoulin et Nicolas Ancion

hachette
ROMANS

Couverture : Evoestudio

Illustrations de couverture : © Cristina Cid (Greesty)

Traduit de l'espagnol (castillan) par
Axelle Demoulin et Nicolas Ancion

L'édition originale de cet ouvrage a paru en langue castillane
chez La Galera sous le titre :
CADA SEIS MESES

Hachette Livre, 58 rue Jean Bleuzen, 92170 Vanves.

À mon chat et à Gabriel García Márquez,
qui sont tous les deux, en substance
et sans aucun doute, très importants.

Il ne se peut pas que nous soyons ici pour ne pas pouvoir être.

Marelle, Julio Cortázar

1. MAI ET LE PORTABLE DE HANA

Si les plantes pouvaient parler, elles diraient : « Les grandes choses se passent un mardi. » Même si, à bien y regarder, c'est un vendredi que je l'ai rencontrée. Je m'en souviens. À cause des chaussettes.

J'avais vingt et un ans, on était au mois de mai et le chargeur de mon portable ne marchait plus bien. Il fallait placer le téléphone dans une position presque acrobatique pour qu'il se connecte et ça ne me tracassait pas suffisamment pour que je m'en soucie. Je ne le remplaçais pas parce que je voulais me prouver que je pouvais vivre sans. À cette époque, je me serais bien alimentée d'air pour me prouver que je ne dépendais de rien. En réalité, je dépendais d'un tas de choses : des poutres de mon appartement, des canalisations, du supermarché. Pour toutes ces raisons, je ne rechargeais mon portable que de temps en temps, une ou deux fois par semaine. Ça me procurait une certaine liberté.

Je savais exactement combien de minutes la batterie tenait. Ça me demandait beaucoup plus d'efforts que de racheter un chargeur. J'avais identifié les jours de la semaine où l'alarme ne sonnerait pas le matin : le lundi et le vendredi. Ces jours-là, je laissais la fenêtre ouverte avant d'aller dormir pour que Mia me réveille. Sa chambre était un étage au-dessus du mien et donnait sur la cour intérieure. Elle lançait une chaussette pour la faire atterrir sur ma figure et me réveiller. Et, le plus dingue, c'est qu'elle y arrivait.

— Debout ! m'a-t-elle crié ce matin-là. Allez, sinon je me casse sans toi, Hana, je te le promets !

Et les chaussettes se sont mises à pleuvoir.

Je m'appelle Haneul Hong. Hong Ha Neul, mais ça n'a pas d'importance.

Quand j'avais huit ans, en CE2, notre prof de maths m'a appelée Anul. Au début, ça ne me dérangeait pas, mais très vite les autres ont commencé à me surnommer Anus. En classe, ils laissaient des portraits de moi sur mon bureau. Ils n'avaient aucune originalité : la plupart remplaçaient mon visage par une paire de fesses, mais certains avaient l'esprit plus créatif. Manuel Perea, par exemple, avait dessiné des fesses à la place de mes pieds. Je me demande bien ce qu'est devenu ce génie méconnu.

Un jour, pendant l'appel, j'ai pris une grande inspiration et j'ai déclaré à tout le monde :

— On prononce *H*an<u>ou</u>l *H*ong, madame.

La prof a levé la tête et m'a regardée comme si elle ne m'avait jamais vue.

— Nous ne prononçons pas les « h », ici.

Elle a continué à m'appeler Anul. Petit à petit, la blague a cessé d'être drôle. À douze ans, j'étais officiellement Anus dans tout le collège. Tout le monde l'écrivait comme ça. Ce n'était même pas ironique : certains pensaient vraiment que c'était mon prénom.

C'est à ce moment-là que j'ai réalisé que je pouvais choisir mon prénom, et le premier qui m'est venu, c'est Hana. Ça m'évoquait une personne intéressante. C'était facile à prononcer et plus personne ne m'appellerait Anus ou Aneoul, juste Hana.

Deux mois plus tard, pendant que la secrétaire du proviseur téléphonait à ma famille, je l'ai écrit au marqueur sur mon sac à dos : HANA. La fille assise à côté de moi m'observait avec de grands yeux.

— Qu'est-ce que t'as fait pour être convoquée chez le proviseur ?

J'ai répondu sans la regarder :

— J'ai jeté une trousse à la figure de Javier Mejías.

— Et qu'est-ce qui s'est passé ?

— Il a le nez cassé.

— Ah. D'accord.

Il y a eu un silence.

— T'es en cinquième ? En B, c'est ça ? Je ne t'ai jamais vue. Moi je suis arrivée cette année. J'ai de la fièvre, je rentre chez moi. Pourquoi t'as balancé une trousse à la figure de Javi ? Je le trouve sympa.

J'étais en rogne. J'avais de l'encre sur les doigts à force de trop serrer le marqueur.

— Il m'a appelée Anus. Je m'appelle Hana.

La fille s'est redressée.

— Ah, c'est toi Anus ? Je ne comprends pas pourquoi on te surnomme comme ça. Moi c'est Mia. Mia Lanza. Je suis en C.

— Je m'en fous.

— Ah. D'accord.

Quand ma mère est venue me chercher, dans la voiture elle a commencé à me faire un laïus pendant que je regardais par la fenêtre. Comme je ne l'écoutais pas, elle est passée au coréen, mais elle le parlait super mal.

— À quoi tu joues, Haneul ? Regarde-moi. Tu es renvoyée pour deux semaines. D'abord, tu n'as pas la moyenne en maths, puis on m'appelle parce que tu… Tu sais combien coûte ce collège ? Et quand ton père va l'apprendre… Haneul, tu m'écoutes ?

Je m'appelle Hana. Hana.

Les prénoms qu'on choisit en disent long sur qui nous sommes, autant que le petit déjeuner ou les chaussures. Je me souviens des chaussures de la mère de Javier Mejías. Elles étaient neuves mais pas propres, et c'est la seule chose que j'ai vue d'elle quand on est arrivées devant sa porte. Ça et ses ongles rouges. Ma mère s'est excusée tellement de fois que j'ai cru que les mots allaient perdre leur sens.

— Les médecins lui ont donné deux semaines d'arrêt, nous a informées Mme Mejías. On a eu de la chance que ce ne soit pas plus grave. Javier n'a jamais rien fait de mal, c'est un gentil garçon.

Personne ne l'a jamais appelé Anus, me suis-je dit. Mais c'était *mon* expérience : qui pouvait la comprendre ? Ma mère n'a jamais compris que c'était important pour moi qu'on m'appelle Hana. Elle a toujours refusé d'utiliser ce prénom. J'imagine que, pour elle, ça signifiait renoncer à qui j'étais et à mes racines. Mon frère Kyung, qui me connaissait mieux qu'elle, m'a assuré : « Tu n'as pas à te justifier. »

Haneul est un prénom coréen. Je n'étais pas totalement coréenne, et ce n'est pas que je ne voulais pas l'être ; je voulais rester dans un juste milieu, appartenir à quelque chose et n'appartenir à personne. C'était mon identité et je voulais avoir un prénom qui corresponde à ça. Mes yeux étaient un peu bridés, mais verts, comme ceux de Kyung. Mes cheveux étaient noirs et raides, et j'avais les lèvres trop pulpeuses de ma mère. Le mélange était bizarre pour un prénom aussi coréen.

Papa m'a raconté un jour :

— Ma grand-mère, la mère de mon père, voulait que tu t'appelles Haneul, comme elle. Quand tu es née, elle était encore en vie et, quand je t'ai vue… tu avais le même visage qu'elle. Tu étais toute ridée. Tu étais un bébé très laid, Haneul…

Il a ri et a bu une gorgée de son thé avant de conclure :

— Maintenant, tu peux t'appeler comme tu veux.

— Ne lui dis pas ça, a protesté ma mère, qui vidait le lave-vaisselle.

J'ai souri. Mon frère, qui sirotait son café appuyé contre le plan de travail, m'a souri. Il avait dix-sept ans et me paraissait la personne la plus grande du monde. Il se cognait à tout bout de champ la tête à l'angle de l'étagère où on rangeait les verres.

— Moi, je veux qu'on m'appelle Eugenio, a-t-il déclaré.

Ma mère a soupiré très fort.

— Quoi ? Il y en a qui peuvent et d'autres non ?

— C'est ça, vas-y, Kyung, encourage-la.

J'ai passé les quinze jours d'exclusion au restaurant de mes parents. C'était une punition du destin. Comme ils ne voulaient pas me laisser seule à la maison, j'ai dû aider à la cuisine, sortir les poubelles et débarrasser les tables. Je n'ai plus jamais cassé le nez de personne parce que je ne voulais surtout pas recommencer ces vacances : il n'y avait rien dans l'univers que je détestais plus que ce resto.

Ma famille tenait un resto asiatique.

En réalité, ma grand-mère avait essayé d'ouvrir un restaurant coréen à Madrid dans les années quatre-vingt-dix. À l'époque, la Corée en Espagne, c'était un concept lointain. Les gens ne s'intéressaient pas à la nourriture qui leur semblait exotique. Mes grands-parents se sont ruinés, ont mis la clé sous la porte et se sont reconvertis. Mon père a voulu le rouvrir et a fait faillite à son tour. C'est quelqu'un de très persévérant, mais il a été contraint de s'adapter. Les gens voulaient de la nourriture asiatique préparée par des Asiatiques, mais ils ne voulaient rien d'authentique ; ils réclamaient des sushis et du porc aigre-doux. Mon père a appris à cuisiner les deux à partir de tutos sur YouTube, et c'est comme ça que le concept de leur resto asiatique est né. Le Wok.

C'est cliché. La vie est cliché.

Je suis retournée en classe quinze jours plus tard et, à ce moment-là, tout le monde avait retenu la leçon : je m'appelais Hana. Javier Mejías avait le nez plâtré, ça lui donnait un air complètement ridicule. Je lui avais offert une anecdote à raconter.

— Ça n'a pas fait mal, mais ça a beaucoup saigné, expliquait-il à tout le monde.

Le matin de mon retour, il y avait une sortie et je me suis assise au fond du bus, toute seule, parce que mes amies, Rocio et Cristina, évitaient de croiser mon regard. Je m'en fichais : elles aussi m'appelaient Anus. C'était une amitié faute de mieux. Les élèves m'ont regardée passer en silence. J'ai sorti un Phoskito, mon gâteau au chocolat préféré, et je l'ai déballé.

Puis quelqu'un s'est assis à côté de moi. Mia Lanza.

— Salut, Hana ! Je peux me joindre à toi ? Enfin, je suis là maintenant, je ne bouge plus. T'étais chez toi, non ? C'est super. Ou pas, j'en sais rien. T'as vu Javi ? Je ne te croyais pas quand tu me l'as raconté, mais c'était vrai : tu lui as cassé le nez. C'est dingue. Je n'avais jamais rencontré personne qui s'était battu et avait cassé quelque chose à quelqu'un. Il a même un plâtre ! Comment t'as fait ?

Je l'ai observée un moment en mâchant mon Phoskito. J'essayais de me souvenir si cette fille existait déjà avant ces deux dernières semaines ou si elle était là au moment où le nez de Javier avait rendu l'âme.

— Je te l'ai expliqué, je lui ai lancé ma trousse à la figure.

— Ça devait être une grosse trousse.

— Il y avait une agrafeuse dedans.

Elle a écarquillé les yeux.

— Ah ouais !

J'ai hoché la tête, il y a eu un silence, puis je lui ai demandé :

— T'es qui ?

Mia Lanza était en C. Elle me l'avait déjà dit.

Pendant des années, elle m'a rappelé mon « T'es qui ? » parce que notre première rencontre avait été super importante pour elle. Elle savait que j'allais être son amie. Elle l'avait décidé. Elle vivait comme si elle était l'héroïne d'une histoire, mais d'une histoire débile, un scénario de pub ou un truc du genre. Elle écrivait dans son journal intime le nom de toutes les personnes qu'elle rencontrait au cas où ça aurait de l'importance plus tard. Cette manie explique sans doute pourquoi elle était si douée au Cluedo.

Elle m'a montré son journal intime quand je suis allée chez elle, juste au-dessus de chez moi. Elle habitait l'appartement du dessus depuis environ cinq ans et je ne l'avais même pas remarquée.

— C'est dingue, non ? s'est-elle exclamée. Je l'ai senti quand je t'ai parlé, qu'il y avait un lien. J'entendais parfois ta musique, mais je ne savais pas que c'était toi !

La chambre de Mia était rose. Même la poignée du store et le store étaient roses. J'étais là, assise sur le sol, avec ma capuche et mes vieilles bottines usées par le skateboard. Elle portait des sandales ornées de strass. Je ne comprenais pas ce que je fichais là, ce qui serait un assez bon résumé de notre amitié.

— Hana ! On est voisines ! On va pouvoir se voir tout le temps, tous les jours, on pourra se laisser des lettres dans la boîte.

— Heu… c'est pas nécessaire non plus.

J'ai remarqué qu'elle avait plusieurs journaux intimes.

— Pourquoi tu en as cinq ? Ah, celui-là, c'est pour les week-ends. Pourquoi tu en as un pour les mardis ?

— Il m'arrive souvent des trucs le mardi. Bon, alors, c'est d'accord pour les lettres ?

— Pas question !

Mia a croisé les bras.

— Eh ben, moi je t'en laisserai.

— Je ne les lirai pas.

— Bien sûr que si.

— Non.

J'ai enlevé la sucette de ma bouche.

— Je ne sais pas si tu as remarqué, Mia, mais on est hyper différentes, ça ne marchera pas. Je te laisse. Je n'aime pas ta chambre.

— Même pas la lampe ?

— La lampe, ça va. Mais juste ça.

— Je te laisserai des lettres dans la boîte.

— Je ne les lirai pas.

— Si, parce qu'on est amies.

— Non, on n'est pas amies.

Je les lisais toutes, même si je prétendais le contraire pour qu'elle arrête, et elle le savait. J'étais incapable de les laisser là. Je les jetais d'abord dans la poubelle de la cuisine, mais après j'allais les rechercher, je les lisais, puis je les jetais à nouveau. Elle avait l'art de remplir deux feuillets sans rien raconter.

En quatrième, on s'est retrouvées dans la même classe et on s'est mises à s'asseoir l'une à côté de l'autre à tous les cours.

Elle était immense, j'avais l'air minuscule à côté d'elle. Elle avait les cheveux longs et blonds, elle était couverte de taches de rousseur. Alors que les miennes se limitaient au nez, les siennes s'étendaient jusqu'à ses paupières et ses oreilles, et même à ses lèvres. Elle s'habillait avec des vêtements moulants et pas du tout confortables. Quand elle portait des talons, je ne faisais pas l'effort de lever la tête pour la regarder quand on se parlait. On n'aurait pas pu être plus différentes, mais elle avait décidé qu'on serait amies envers et contre tout. Elle s'était assise à côté de moi dans le bus et, huit ans plus tard, sans trop savoir comment on en était arrivées là, elle me réveillait les lundis et les vendredis en me lançant des chaussettes.

J'avais vingt et un ans, on était en mai, un vendredi. J'ai traversé le couloir en courant.

— Kyung, tu peux me remplacer ce soir, s'il te plaît ?

Il m'a souri, une tasse de café en main.

— T'en fais une tête, qu'est-ce qui t'arrive ?

— C'est le récital de la sœur de Mia.

— T'en as parlé à maman ?

— Non. Bon, alors, tu me remplaces ? Je suis hyper en retard.

— Je ferai ce que je peux.

— Tu feras… Comment ça ?

À ce moment-là, il a reçu un message. Il l'a lu, a haussé les sourcils puis m'a montré l'écran.

Maman

Haneul, aujourd'hui tu fais les livraisons jusqu'à 23 heures (8:43)

Dis-lui, Kyung (8:44)

J'ai écarté ma mèche de mon front et j'ai regardé autour de moi.

— Merde ! Comment elle fait ?!

— C'est un mystère.

— Elle doit avoir placé des caméras.

— Mais non, elle n'a pas l'argent.

— Peu importe, j'ai pas le temps.

J'ai ouvert le frigo et j'ai attrapé un Phoskito.

— Salut, j'ai lancé en quittant la pièce.

La voix de mon frère m'a poursuivie dans le couloir :

— C'est pas un petit déjeuner sain, Hana Banana ! Recharge ton portable ! Et coiffe-toi !

Le jour où je l'ai rencontrée a commencé comme ça : j'ai rêvé que j'étais entourée de fumée. J'étais en retard. Je m'étais rendormie et on commençait la journée avec le cours de sculpture. La prof était chiante. Leo n'arrêtait pas de me dire de changer mes jours sans portable au mardi et au samedi. Le vendredi, quand on était en retard en sculpture, on n'avait plus le droit d'entrer, Mia et moi. On faisait les mêmes études et on était inséparables. Je l'entraînais souvent avec moi dans mes conneries, mais, à force, elle aurait dû savoir qu'il ne fallait pas me jeter de chaussettes blanches parce qu'elles étaient trop légères. Comment est-ce que j'aurais pu me réveiller ? Je crois qu'elles m'enfonçaient dans un sommeil plus profond encore. Paco m'a sauté dessus quand il m'a entendue passer. Il m'a souri en tirant la langue et je n'ai pas pu m'empêcher de m'arrêter pour le caresser un peu.

— Oh que tu es mignon, je lui ai dit avant de partir.

Paco était notre carlin.

— T'es vraiment gonflée ! s'est écriée Mia quand je lui ai ouvert la porte alors qu'elle sonnait depuis des heures. On a sculpture !

— Tu crois que je ne le sais pas ? Écoute…

J'ai refermé derrière moi et on est descendues.

— Je te l'ai déjà dit…

— Ah non, tu ne vas pas recommencer.

— Elles sont trop fines, Mia !

— Je ne contrôle pas les chaussettes qui passent par la fenêtre et celles qui ne passent pas ! Les blanches passent facilement, c'est tout !

— T'as qu'à m'en lancer d'autres, je ne sais pas.

— T'es malade, je te jure. Recharge ton portable, Hana. Essaie de fonctionner comme un être humain normal. Hé, attends-moi ! Ah, maintenant tu te dépêches ?! File-moi un morceau de Phoskito.

Elle a attrapé mon poignet et a mordu un bout de gâteau. Quand on est arrivées au rez-de-chaussée, elle est allée dans la cour intérieure pour ramasser les chaussettes qui avaient fini sur le sol.

— Tu viens ce soir, au moins ?

— J'y travaille, d'accord ?

— Comment tu vas faire pour en discuter avec ta mère alors que t'as pas de portable ? Par signaux de fumée ?

Dans la rue, on s'est mises à courir. On avait la chance d'habiter à un quart d'heure de la fac, mais ce n'était pas encore suffisant parce que le cours commençait dans dix minutes. On a attrapé le bus de justesse, mais, quand on a voulu entrer en classe, la prof nous a regardées comme si on avait tué sa grand-mère, alors on a refermé la porte. On s'est appuyées contre le mur.

— Elle nous a prévenues qu'elle ne nous mettrait pas la moyenne si on arrivait encore en retard.

— Elle ne peut pas faire ça. Mia, il faut que j'achète un chargeur. Ma vie part en sucette parce que je n'ai pas de portable. Ah, quelle société, qui nous force à être connectés en permanence et à produire des données pour le capitalisme !

— Tu pourrais aussi t'acheter un réveil.

Mia et moi, on étudiait les beaux-arts. On l'avait décidé ensemble en première, quand rien ne nous intéressait dans la vie.

Kyung allait hériter du resto. Ça me soulageait énormément parce que lui aimait bien cuisiner et sourire aux gens qui lui commandaient du porc aigre-doux. Et moi, qu'est-ce qui me plaisait ? Je dessinais dans les marges de mes cahiers en classe. Mia faisait des graffitis. Ça ne collait pas du tout avec son look, avec ses sandales en strass.

— Pourquoi tu veux étudier ça ? m'a demandé ma mère quand je lui ai expliqué ma décision. Tu n'as jamais dessiné.

J'avais envie de lui répondre : « Je n'ai aucun talent, mais je préférerais encore maquiller des cadavres plutôt que de continuer à livrer des plats. »

Ce matin-là, Mia et moi on s'est assises dans les jardins de la fac, on a partagé une cigarette, puis elle s'est levée en disant qu'elle partait boire une bière et Alex est apparu. Il a joué un rôle important dans cette histoire, ce jour-là. Il s'est approché, dans son perfecto.

— Qu'est-ce que tu fiches là ? On t'a mise à la porte ?

— Mia et moi, on est arrivées en retard, comme d'hab.

— Ah. Je t'avais envoyé un WhatsApp.

— On est vendredi.

— Et alors ?

— J'ai pas de portable.

— Ah oui, c'est vrai.

Il a ri.

— T'es incroyable.

— Je suis en pleine crise existentielle, j'ai marmonné.

J'étais à peine intelligible parce que j'avais la cigarette entre les lèvres. Je continuais à dessiner dans mon carnet.

— Je réfléchis au problème du portable.

Mia est revenue. Elle a souri à Alex et lui a donné une tape sur l'épaule en passant.

— Qui voilà ! D'où tu sors ? La dernière fois que je t'ai vu, tu étais en train de vomir.

— Merci de me le rappeler, a-t-il répliqué en me piquant ma clope. C'est humain, non ?

— Les chiens aussi vomissent, je lui ai fait remarquer.

— Bon, ben, c'est animal, alors ! Vous voyez très bien ce que je voulais dire.

Il a sorti de vieux livres de son sac à dos et nous les a montrés comme si c'était de la drogue. Alex n'était pas étudiant à la fac. Je n'ai jamais su ce qu'il faisait exactement. Il survivait, c'était ça l'essentiel. Notre amitié fonctionnait comme ça : parfois il apparaissait, sorti de nulle part. Ce que je savais, c'est qu'il adorait les bibliothèques, qu'il portait un pantalon en cuir et qu'il avait ses cheveux noirs en pétard. Il disait toujours : « Je mourrai d'une overdose dans une bibliothèque ou je ne mourrai pas. »

— À qui t'as piqué la carte de bibliothèque ? À Adara ? je lui ai demandé. Si tu perds un livre…

Il a secoué la tête avec force.

— Ça, jamais, tu me connais…

Il m'a rendu la cigarette.

— Hé, viens ce soir à dix heures au bar, je voudrais te présenter quelqu'un.

Je me suis retenue de soupirer.

— Je ne peux pas, je dois livrer les plats jusqu'à onze heures au moins. Et puis y a le récital de la sœur de Mia, si j'arrive à convaincre ma mère.

— Pourquoi tu ne m'invites pas ? est intervenue Mia.

— OK, tu viens ?

— Je ne peux pas, j'ai le truc de ma sœur.

— J'en étais sûr.

— Dommage, j'ai murmuré pendant qu'ils souriaient tous les deux comme des imbéciles.

— Écoute, si tu termines à onze heures, passe.

Quand je l'ai regardé, il avait déjà remis ses lunettes de soleil.

— Tu te souviens d'Isaac ? Je vous avais parlé de lui. Il sera là.

Mia a rétréci les yeux.

— T'étais pas avec Paloma ? Je suis perdue.

Alex a passé une main dans ses cheveux.

— Non, c'est fini, je…

Je lui ai coupé la parole :

— Je ne viendrai pas. Je sais dans quel état tu termines, j'ai pas envie.

— Bah, on verra.

Si Mia ne m'avait pas jeté des chaussettes blanches ce jour-là, je n'aurais pas croisé Alex. J'aime bien penser que le monde est un immense alignement de dominos.

Ce soir-là, j'ai fini mes livraisons à onze heures et demie. Ma mère m'a vue revenir avec le casque de moto et m'a demandé :

— Tu as encore le temps de retrouver Mia, Haneul ?

Elle ne me regardait pas. Elle débarrassait les tables avec des gestes rapides. Non, évidemment, c'était trop tard. Le récital avait commencé à neuf heures. Je sentais la sueur et la nourriture à emporter. Je me suis mise en route vers le bar, sans prévenir Alex, parce que mon téléphone était dans ma poche mais déchargé.

— Génial, t'es venue ! a-t-il crié lorsqu'on s'est retrouvés.

Le café était bondé et il avait déjà pris un truc, il souriait trop fort.

— Ça fait tellement longtemps qu'on n'est pas sortis ! Je vais vous présenter ! Hana, Isaac. Isaac, Hana.

— Salut, m'a dit Isaac.

Il était beau et ses cheveux n'avaient pas dû voir un peigne de toute sa vie, c'est comme ça qu'Alex les aimait. On s'est fait la bise et j'ai dit :

— Enchantée. Je vais chercher à boire.

Je me suis tournée vers Alex.

— Qu'est-ce que tu veux ?

— N'importe ! Je t'attends ici.

Alex n'attendait jamais personne. Il a disparu comme d'habitude. Je savais que je le retrouverais plus tard dans un état déplorable. Je n'étais pas venue pour lui parler : je voulais me changer les idées, ne plus penser à mon échec en sculpture ou au porc aigre-doux.

J'ai bu un verre et j'ai joué aux fléchettes. Je suis tombée sur quelques personnes que je connaissais. À un moment donné, je suis allée aux toilettes et, en chemin, j'ai vu Alex et Isaac s'embrasser dans un coin. J'ai essayé d'ouvrir la porte, mais c'était occupé. La fille qui a poussé le battant après quelques secondes était grande et avait les cheveux rasés. Je l'ai suivie des yeux quand elle est passée devant moi.

Je suis sortie au bout de deux minutes, j'avais eu beaucoup de mal à remonter ma braguette.

Un ami s'est approché de moi et a crié pour se faire entendre par-dessus la musique :

— Viens, c'est Alex !

J'ai poussé les gens pour qu'ils s'écartent et j'ai foncé vers l'entrée. Il faisait froid dehors. Il y avait un attroupement. Alex était tout seul devant quatre mecs et il n'y avait aucune trace d'Isaac. *Comment c'est possible*, je me suis dit, parce que j'avais l'impression que je venais de les voir. Alex avait une bouteille à la main. C'était comme ça, sortir avec Alex.

— J'ai payé à ton pote ce qu'il m'a donné ! S'il veut en parler, qu'il vienne !

Ils allaient le tabasser. Il flottait dans l'air une odeur de désodorisant au pin. Je l'ai appelé, mais c'était trop tard : il s'est approché trop près des mecs et il a reçu son premier coup. Il a titubé en arrière et je l'ai rattrapé avant qu'il ne tombe.

— Tu vas t'en prendre encore, lui a crié le type.

Il n'avait pas de visage. Je ne me souviens pas de leurs têtes.

Alex s'est dégagé et s'est dirigé vers lui sans écouter mes protestations.

— Qu'est-ce que t'as dit ? il a demandé.

Et il s'est jeté sur le mec. Alex était aussi petit que moi et tout mince, il n'avait aucune chance de remporter une bagarre, mais il en cherchait et en trouvait. J'avais une impression de déjà-vu. Je nous imaginais de nouveau aux urgences, moi en train d'expliquer à un pauvre médecin de garde qu'on était vraiment trop cons.

J'ai essayé de m'approcher de lui. Il était par terre, il prenait des coups. Un autre mec s'est interposé.

— Dégage.

— Non.

— T'es son amie ?

— À ton avis ? Laisse-moi passer…

Elle est apparue à ce moment-là. Je ne me souviens pas qu'elle soit sortie du bar, on aurait entendu le vacarme qui venait de l'intérieur si elle avait ouvert la porte. C'était comme si elle était apparue par magie : la fille. Celle avec les cheveux rasés. Elle était à côté de moi et elle a dit :

— Qu'est-ce que vous foutez ? Il est avec Isaac.

— Je m'en fous, a répondu le mec. Il nous doit trente euros. Ne t'en mêle pas.

— Alex ! j'ai crié.

J'ai essayé de le rejoindre, il avait la bouche en sang. Le type m'a poussée. Fort. J'ai titubé et j'ai cru que j'allais tomber. J'ai pensé : *Waouh, j'ai vraiment trop bu*, et mon portable est tombé de ma poche. Il s'est écrasé par terre et l'écran s'est fendu. Il était mort pour de bon. J'ai senti la colère monter. Je l'ai ramassé, je me suis tournée vers le type et je le lui ai lancé à la figure. Comme quand j'avais lancé la trousse sur le nez de Javier Mejías. Et, à ce moment-là, c'est parti en cacahuète. Le mec s'est tenu le nez, un autre s'est lancé vers moi, la fille l'a arrêté. Il a voulu la frapper, mais elle lui a donné un coup de poing, un vrai. Je me suis approchée de celui qui était sur Alex et je l'ai attrapé par les cheveux pour les séparer. Je suis montée sur son dos. Il m'a balancé un coup de coude dans les lèvres.

C'était le bordel, Alex riait et je me suis promis pour la vingt-cinquième fois qu'on ne serait plus potes. En réalité, on resterait amis.

Le propriétaire du café est sorti et nous a prévenus qu'il avait appelé la police.

Je ne sais pas si c'était mon imagination, mais j'ai cru entendre des sirènes et je me suis mise à courir. On s'est tous dispersés et je me suis dit que, si ma mère devait venir me chercher ce soir-là au poste de police, elle allait me tuer. Littéralement : elle me servirait avec de la sauce aigre-douce et me mettrait au menu du Wok. Il était trois heures du matin. Je courais dans la rue et je ne savais même pas où était Alex. Le gars qui avait cassé mon téléphone portable saignait du nez, il a tourné à un coin et disparu.

La fille courait avec moi. J'entendais tout, au début : mon cœur qui battait et les litres de sang qui coulaient dans mes veines et tous les sons qui accompagnent des pas qui martèlent l'asphalte. Puis, plus rien. En réalité, je n'avais pas entendu tout ça.

Je me suis arrêtée, à bout de souffle, dans une rue au hasard, et je me suis penchée en appui sur mes genoux quand j'ai réalisé que personne ne nous suivait. On s'est assises sur un seuil en reprenant notre souffle et en regardant devant nous. Les voitures garées le long du trottoir. Les lampadaires. Les arbres tristes dans leurs carrés de ciment.

— Ils étaient là ? j'ai demandé.

— Qui ?

— Les flics.

— J'en sais rien.

J'ai sorti mon portable de ma poche.

— Putain, mon téléphone.

— Il est cassé ?

— Oui, mais je ne le charge jamais, alors au final…

— Ouais.

— Tu crois qu'on peut s'attacher à un portable, même si on ne l'utilise pas ?

— Oui, bien sûr.

Je l'ai regardée. C'est seulement à ce moment-là que j'ai pris conscience de son visage. Elle avait les yeux verts ou marron et les cheveux qui repoussaient étaient foncés. Elle portait un T-shirt court et un pantalon à carreaux, et je ne la connaissais pas.

— T’es qui ? je lui ai demandé.

Elle m’a souri.

— Bonne question.

— Non, je ne trouve pas.

Je lui ai souri un peu et j’ai sorti une cigarette.

— Moi, c’est Hana.

— Hana, elle a répété en savourant mon prénom.

J’avais l’impression que personne ne l’avait jamais dit avant.

— Tu es une copine d’Alex, elle a ajouté.

— Heu, pas vraiment… Et toi ?

— Non. Enfin, je suis une copine d’Isaac.

J’ai protégé le briquet du vent. J’ai froncé les sourcils pendant que j’aspirais la fumée, avant de la rejeter. J’ai examiné le bout de ma cigarette : il était maculé de sang et j’ai porté mes doigts à mes lèvres. Le coup de coude les avait fendues. *Super*.

— Tu me donnes une taffe ?

J’ai hésité.

— Ben, euh… Il y a du sang dessus.

Au lieu de répondre, elle s’est penchée un peu, a pris ma cigarette et l’a mise dans sa bouche. Il y a eu une tension. Des dominos sont tombés. Je l’ai regardée. J’ai posé les yeux sur ses lèvres. Elle m’a regardée à son tour. J’ai lu une sorte de défi dans ses yeux, comme si elle me disait : « T’as vu, je m’en fiche qu’il y ait du sang sur ta clope, je la fume quand même. » Je me suis dit : *Elle est dingue, j’ai envie de coucher avec elle*. J’ai aussi pensé que je n’oublierais jamais ce visage.

Elle m’a rendu ma cigarette.

— Merci, Hana. Moi, c’est Ro.

Puis elle s’est levée et elle est partie. On était en mai.

2. JUIN ET LE HOMARD DU MERCADONA

J'avais cinq ans la première fois que j'ai mis les pieds dans un supermarché de la chaîne Mercadona. Normalement, ce n'est pas le genre d'événement dont on se souvient. Mais, dans mon cas, c'est différent. Je m'explique : nous étions en vacances à Valence. J'étais peut-être déjà allée dans d'autres avant, je n'en sais rien, mais je ne connaissais le nom d'aucun supermarché avant ce matin-là. Ma mère est entrée en disant : « Ce Mercadona est immense. » Et j'ai retenu le nom parce que, cinq minutes plus tard, un homard m'a pincé le doigt au rayon poissonnerie, j'ai pleuré très fort et ça a provoqué toute une histoire. Je me souviens que les employés disaient que ce n'était pas possible, que le homard aurait dû être mort : « Nous sommes désolés, vraiment. » Kyung se retenait de rire. Maman criait. Les poissons nous observaient bouche ouverte. On m'a dégagé le doigt très vite et le homard a été emporté dans un entrepôt où ils conservaient sans doute la marchandise récalcitrante. J'ai vite oublié ma mésaventure quand je suis arrivée au rayon des gâteaux secs et que papa m'a ébouriffé les cheveux en disant : « Prends ce que tu veux, Haneul. »

Après cette mésaventure, je ne suis plus jamais entrée dans un Mercadona pendant des années. La deuxième fois que j'ai mis les pieds dans une succursale de la marque, c'est la deuxième fois que j'ai vu Ro.

J'étais en train de me plaindre à voix basse à Mia :

— Tu m'as traînée ici alors que tu es au courant de mon traumatisme.

— Je ne veux plus entendre parler de ton histoire de homard.

Elle s'est arrêtée et s'est hissée sur la pointe des pieds pour choisir une teinture.

— Je prends laquelle, à ton avis ? Je me disais, orange, pourquoi pas ? Tu crois que ça m'irait bien ?

— J'ai encore la trace sur le doigt.

— Allez, Hana, aide-moi ! Rouge, ce serait trop, non ?

Je me suis penchée et j'ai pris une boîte sur l'étagère du bas. Je l'ai donnée à Mia, qui l'a retournée en souriant, très satisfaite.

— T'as l'œil !

— Bon, on peut y aller ?

— Non, on doit passer par la poissonnerie.

Elle s'est remise en route pendant que je protestais :

— Non, pas question !

— Hana, tu dois affronter tes peurs. Vois ça comme une catharsis.

L'expérience n'a pas du tout été cathartique. Mia et moi sommes restées là cinq minutes montre en main sans rien dire. Le pauvre poissonnier nous jetait de temps en temps un coup d'œil en se demandant s'il devait nous servir ou non. Il se disait sans doute : *Qu'est-ce qu'elles fichent là, ces deux idiotes ?* Rien, rien du tout. Au début, j'ai essayé de m'enfuir, mais Mia m'a attrapé le poignet et j'ai laissé tomber. Il faisait super froid à cause de la glace sous les poissons.

— Tu ressens quelque chose ? elle m'a demandé.

Je crois que, pour elle, c'était une rencontre mystique.

— Un ennui profond.

— Je crois que je te comprends, Hana. En les voyant, je trouve qu'ils ont l'air…

— Ils n'ont l'air de rien du tout, ils sont morts. On va payer ?

Pendant que nous nous dirigions vers les caisses, Mia monologuait sur les océans et la conscience des poulpes. J'avais attrapé un paquet de pâtes au passage et je l'ai déposé sur le tapis roulant quand notre tour est arrivé. J'ai dû prendre la teinture des mains de mon amie, qui continuait à disserter sur les poulpes. J'ai fouillé mon sac en disant à la caissière :

— Par carte.

— Allez-y.

Sa voix. Je ne sais pas comment je l'ai reconnue aussi vite, alors que nous n'avions échangé que quelques mots.

J'ai levé la tête.

Elle était là.

C'était différent de la voir comme ça, dans la lumière, sans lampadaire ni alcool. Ro était aussi grande que Mia, peut-être plus. C'était un gratte-ciel, elle devait mesurer un mètre quatre-vingts et ses yeux étaient de mille couleurs, je n'aurais pas pu leur en attribuer une. Cela aurait été une simplification, nier ce qu'ils étaient, lui enlever ses yeux. Disons qu'ils étaient bruns. J'ai lu un petit sourire amusé sur ses lèvres, à l'idée de me savoir là.

Elle a scanné les pâtes et la teinture. Je l'ai observée quelques secondes sans savoir quoi lui dire.

Ro a levé les yeux.

— Salut, a-t-elle lancé comme si elle trouvait la situation drôle.

— Tu travailles ici.

— Non, je suis bénévole.

— Sérieux ?

Cette fois, elle a vraiment souri. Quelle question stupide ! Qui fait du bénévolat dans un Mercadona ? Elle a tapoté sur son clavier.

— Quatre euros quatre-vingt-dix.

J'étais hyper nerveuse et je me suis mise à compter ma monnaie, même si j'avais un billet de cinq. Elle a pris l'argent et a ouvert sa caisse.

— Tu m'avais dit par carte.

— Ah. Je peux…

— Non, tracasse. Je disais ça pour toi. Vous voulez un sac ?

— Non.

— OK.

Elle était super calme. Mais bon, pourquoi elle aurait été nerveuse ? Elle a déposé dans ma main le ticket et dix centimes.

— Au revoir, Hana.

Elle s'est retournée et s'est occupée du client suivant. J'étais clouée sur place.

Mia, qui me regardait d'un air intrigué, a attrapé nos achats et m'a tirée par le bras pour que je reprenne mes esprits.

— C'était quoi ça ? C'était qui ?

— Une amie d'Isaac.

— Celui d'Alex ?

— Oui.

— Et comment tu la connais ?

— Vendredi, quand on est sortis.

— Ah… Donc elle te draguait.

— Non, je ne crois pas. Personne ne drague au Mercadona.

— Pff, tu es tellement étroite d'esprit. T'es sortie avec elle ou… ?

Elle m'a regardée comme si elle ne me faisait pas confiance et a mis la teinture dans son sac à dos.

— Je ne t'ai pas vue dans cet état depuis que tu as eu une chute de tension sur la ligne 1 du métro et que tu t'es retrouvée à glisser sur la barre comme si tu faisais de la pole dance.

— C'était horrible, j'ai marmonné.

— Alors ?

— Non, je ne suis pas sortie avec elle. Elle m'a vue casser le nez à un mec.

On a continué à marcher jusqu'au coin de notre rue.

— Elle est super jolie.

— Oui.

Deux jours plus tard, je suis retournée au Mercadona.

Il fallait que je trouve une excuse. Ma mère m'a envoyée faire les courses et elle m'a donné une liste qui disait « Lait DEMI-ÉCRÉMÉ » en super gros. C'est une information importante.

Il y avait environ quatre supermarchés plus proches de chez nous que le Mercadona. J'y suis allée sans Mia, cette fois. Elle aurait tout de suite deviné pourquoi je faisais ça. C'est vrai que ce n'était pas difficile, pas besoin d'être un grand détective. Je voulais faire peine à voir en étant seule. J'ai attrapé un panier à roulettes et je l'ai traîné sur les deux étages. J'essayais d'être discrète en descendant l'escalator, mais je la cherchais des yeux. Je l'ai repérée et je me suis mise dans la queue de sa caisse. J'ai posé mes achats sur le tapis roulant avec un naturel qui, je l'espérais, ferait oublier ma crise du lundi précédent, car j'étais convaincue que mon attitude ce jour-là ne me définissait pas.

— Encore !

Je lui ai souri en retirant mes lunettes de soleil.

Oui, je venais de faire des courses dans un supermarché avec des lunettes solaires.

— Ro, non ? Ça va ?

Ma mère est venue dans ma chambre ce soir-là. J'essayais de finir les travaux pratiques que je devais rendre en juin. Comme elle ne frappait jamais, elle est entrée.

— Haneul, le lait que tu as acheté n'est pas demi-écrémé.

— Merde.

— Je l'ai écrit en majuscules, c'était impossible de le rater.

— Je ne l'ai pas vu.

— Tu y retournes demain et tu achètes ce que j'ai demandé, on ne peut pas rester sans lait.

— OK.

Elle s'est attardée sur le pas de la porte, les bras croisés, comme si elle ne trouvait pas ça normal que je ne proteste pas. Elle ne pouvait pas deviner que j'avais fait exprès parce que je voulais voir Ro.

Je suis retournée au Mercadona.

— Tu viens souvent ici, tout d'un coup, m'a fait remarquer Ro ce jour-là, avec son demi-sourire.

Le bip du scanner faisait partie d'elle. De l'image que j'avais d'elle. Cet après-midi-là, ses yeux m'ont paru verts, comme son tablier.

— Je me suis trompée de lait hier. Ma mère voulait du demi-écrémé, elle a ses manies.

Elle a émis une sorte de « Ah ». Puis elle m'a dit le prix. Pendant que je cherchais la monnaie, elle a posé ses mains sur le rebord de métal et s'est humecté les lèvres en me regardant.

— Tiens, et ton téléphone ?

J'ai senti quelque chose de bizarre dans mon estomac : *Elle te demande ton numéro.*

— Quoi ? j'ai répondu, les mains pleines.

— Ton portable, il était cassé. Comment il va ?

J'ai haussé les sourcils, me sentant complètement idiote.

— Ah. Pareil. Cassé. Fichu.

Elle m'a souri. J'ai essayé de ne pas l'admirer, mais, quand elle souriait comme ça, j'avais l'impression d'avoir gagné un cadeau, un truc important, comme toute une boîte de Phoskitos.

J'ai raconté à Leo ce qui se passait. En réalité, il ne se passait rien.

C'était le samedi suivant, quand on est sortis de l'académie où Leo et moi, on suivait un cours de danse contemporaine. On s'était rencontrés en première année de fac et, comme il habitait près de la salle où j'avais mon cours de danse, il venait parfois me chercher quand j'avais fini et on allait faire un tour et boire un verre. Un jour, il est entré pour voir ce qu'on faisait et ça lui a plu. Le lendemain, il s'est inscrit.

J'ai parlé de Ro à Leo parce que c'était un mec super. S'il existait un classement officiel des êtres humains, il aurait été minimum dans le Top 60. Il était très mince, avec des cheveux bruns bien coiffés et rasés dans la nuque. Il faisait attention à ce qu'il disait et, quand il souriait, ses incisives ressortaient un peu. J'aimais bien, c'était sa marque de fabrique. Si j'avais dû le distinguer d'un clone dans une situation de vie ou de mort, c'est ça qui m'aurait permis de l'identifier.

Paco l'appréciait aussi. Mais mon chien était un très mauvais détecteur de gens bien, il aimait tout le monde. Il avait tout de même une dévotion particulière pour Leo.

— Comment ça va, mon petit Paco ? lui a demandé mon ami quand j'ai descendu le chien pour sa promenade du soir.

Paco s'est dressé sur ses pattes arrière, Leo a souri et l'a caressé.

— C'est un bon toutou, ça, le plus important d'Espagne.

On est allés au parc partager des graines de tournesol. Je lui ai raconté que j'étais encore retournée au Mercadona acheter des pâtes. Il aurait pu me juger, mais ce n'était pas son style.

— Tu pourrais lui demander son Insta, il a suggéré alors qu'on était assis dans l'herbe. Si tu as envie de voir sa tête, ce serait plus logique qu'un pèlerinage au supermarché.

— Je ne suis pas sur Instagram.

— Ah oui, c'est vrai. Tu es la seule personne que je connaisse qui n'est pas sur Insta, Hana.

— J'ai la flemme. En plus, mon téléphone est toujours cassé. En tout cas, tu aurais dû venir à cette soirée, Leo, Alex était…

— À propos, tu as de ses nouvelles ?

— Pas grand-chose, j'ai soupiré en décortiquant une graine de tournesol. Il m'a envoyé un mail avec un selfie qu'il a pris à l'hôpital, il avait un trou, une incisive cassée. J'espère qu'on lui en mettra une nouvelle parce que, comme ça…

Leo a rigolé. Il a ouvert ses bras et Paco est revenu en courant et en agitant la queue, puis lui a léché la figure.

— Alors maintenant tu vis au Mercadona, il a plaisanté.

Je me suis allongée sur la pelouse.

— Tu ne comprends pas. Cette fille a été placée là par quelqu'un. J'ai ressenti un truc quand on s'est rencontrées, quelque chose d'humain.

— Tu es sûre ? C'était pas un truc extraterrestre ?

— Maintenant que tu le dis… C'est vrai que c'était spé.

Je suis retournée au Mercadona acheter des pâtes.

On n'en a jamais trop dans ses placards. Et puis c'était une dépense que je pouvais me permettre, même si je ne savais pas combien de temps je comptais continuer ce petit jeu idiot. J'y suis allée le lundi et le mercredi. Le jeudi, quand Ro m'a annoncé combien je devais, elle a ajouté d'un ton paisible :

— Vous mangez vachement beaucoup de pâtes chez toi.

J'ai cherché la monnaie sans la regarder et j'ai répondu :

— Tu retiens par cœur les courses de tous les clients ?

Ma réflexion l'a fait sourire.

Quand j'ai tendu la main pour lui donner l'argent, elle a attrapé mon poignet et m'a tirée vers elle. J'ai levé les yeux, surprise. Elle a sorti un stylo de son tablier vert et a écrit quelque chose sur ma main. Il m'a fallu un moment pour comprendre que c'était son numéro. En même temps, qu'est-ce que ça aurait pu être d'autre ? Un autographe ? Elle a dû appuyer pour réussir à écrire sur ma peau ; elle aurait pu le noter sur le ticket. Puis elle m'a lâchée. J'ai lu les chiffres et j'ai haussé les sourcils en souriant.

— OK.

— Je ne veux pas que tu te ruines. Tu peux arrêter de venir acheter des pâtes.

— Si ça se trouve, j'en avais besoin, tu n'en sais rien.

— Si…

— Tu sautes aux conclusions, mais d'accord, je note.

— C'est moi qui te l'ai noté, elle m'a fait remarquer d'un air narquois.

J'ai pris le paquet et j'ai reculé en jouant avec les pâtes. Nous nous sommes observées quelques secondes et, quand j'ai fait mine de partir, elle m'a retenue :

— Hé ! Tu ne m'as pas payée.

— Ah oui, c'est vrai.

Il y avait cinq personnes derrière moi dans la queue qui assistaient à cet échange ridicule.

J'ai réalisé plus tard, en rentrant chez moi, que je n'avais plus de portable. J'avais caché mon téléphone cassé dans une vieille boîte à chaussures pour que ma mère ne le trouve pas, et l'encre sur ma paume n'était déjà presque plus qu'une tache bleue.

— Non, non, non !

J'ai recopié sur un morceau de papier ce que j'arrivais à déchiffrer et j'ai essayé de ressusciter le cadavre de mon portable de toutes les manières possibles. Je l'ai mis dans du riz, même si je ne voyais pas ce que ça pouvait faire contre un écran cassé.

Le soir, après mes livraisons, Mia est venue chez moi et on regardait un film dans le noir quand je lui ai annoncé :

— J'ai besoin d'un téléphone.

— Qui es-tu et que fais-tu dans le corps de mon amie ?! s'est exclamée Mia.

La semaine suivante, Ro n'était pas là. À la caisse, je veux dire. Comme c'était l'heure à laquelle elle travaillait d'habitude, je l'ai cherchée. Elle n'était pas là. Il y avait un gars à sa place et il m'a souri, très impatient de scanner mes pâtes. L'idée de payer mes spaghettis à quelqu'un d'autre me dérangeait. Je ne savais pas trop quoi faire. J'ai fini par aborder une autre caissière.

— Bonjour, excusez-moi, il y a une fille qui travaille ici… euh… elle a les cheveux très courts, rasés. Normalement, elle est à cette caisse-là, mais…

Elle m'a coupée en hochant la tête :

— Elle est partie.

— Partie ? Où ça ?

Elle m'a adressé un sourire gêné, comme si elle croyait que je plaisantais.

Je n'ai pas revu Ro. Pas au Mercadona, en tout cas, même si je n'osais plus y aller. C'était devenu un territoire ennemi. Une semaine s'est écoulée, j'ai fait mes livraisons et j'ai passé quelques examens qui n'ont pas été brillants. Mia s'est teint les cheveux dans ma salle de bains et a renversé tout le flacon sur le sol. Kyung nous a aidées à nettoyer, mais le carrelage est resté orange.

— Rhoo, la honte, s'est plainte Mia. Devant ton frère qui est super mignon en plus…

Il faisait horriblement chaud cet été-là et encore plus à Madrid. Le ventilateur ne faisait que déplacer l'air brûlant. J'ai dû faire des livraisons quatre soirs, et c'était horrible de porter un casque. J'avais l'impression d'être dans un aquarium. La fois où je l'ai enlevé à un feu rouge, c'était le soir où il pleuvait, le soir où je l'ai revue. Il était presque minuit et j'étais sur ma moto, arrêtée, attendant que le feu passe au vert. Il n'y avait personne dans la rue. Enfin si, nous deux. J'ai posé les yeux sur elle parce qu'il n'y avait rien d'autre à regarder, puis j'ai remarqué que c'était Ro. C'était dingue, parce que nous ne nous étions jamais croisées avant. Ou peut-être que nous nous étions croisés cent fois sans nous voir, dans le métro, dans un bar…

— Hé ! j'ai appelé.

Elle a levé la tête. Elle se faisait tremper, moi aussi.

— Tu veux que je te dépose quelque part ? je lui ai proposé.

— Tu me suis ? elle m'a demandé.

Malgré la distance, j'ai vu qu'elle souriait.

— Je n'ai pas de spaghettis, elle a ajouté.

— Ah, zut. Bon, qu'est-ce qu'on fait, alors ?

J'ai écarté mes cheveux mouillés d'une main.

— Allez, monte, je t'emmène.

Elle a hésité. J'ai levé les yeux au ciel et j'ai approché ma moto du trottoir. J'ai posé une bottine dans une flaque d'eau.

— Allez.

— T'es sûre ?

— Il pleut. Il y a un orage et, comme tu es très grande, si ça se trouve, tu vas être frappée par la foudre.

Ro a levé les sourcils, en souriant comme pour me demander : « Qu'est-ce que tu racontes et qu'est-ce que tu fais ici ? »

— Tu me suis ou quoi ?

— Oui, ça fait des jours que je tourne dans la ville pour essayer de te retrouver, j'ai même passé mon permis. Tu montes ?

Au bout de quelques secondes, elle s'est décidée : elle a grimpé derrière moi et a passé les bras autour de ma taille. Son corps était pressé contre mon dos et c'était nouveau, comme quand on tourne la page d'un livre et qu'on tombe sur une image.

— J'habite à deux rues d'ici. Si tu vas par là…

Je crois qu'elle aurait été moins mouillée en y allant à pied. Quand j'ai accéléré dans la flaque, nos chaussures se sont remplies d'eau.

L'appartement de Ro était à vingt minutes du mien. Dix-huit, en fait. J'aimais bien retenir la durée exacte des choses, mais je ne le savais pas encore, je l'apprendrais plus tard. J'ai suivi ses indications et je l'ai laissée dans sa rue, au numéro 7.

Elle est descendue de la moto.

— Merci.

— T'as vu, c'était rien.

— C'est vrai.

Ro a sorti une cigarette de son pantalon.

— Tu n'as pas de téléphone, hein ? J'y ai pensé plus tard.

Elle a souri et a ajouté :

— Il va falloir qu'on continue à se croiser.

Il pleuvait toujours. Elle a tout de même sorti son briquet et a allumé sa cigarette.

— Au revoir, Hana, m'a-t-elle lancé après sa première bouffée.

Elle s'est arrêtée devant la porte, elle a sorti ses clés et je lui ai demandé :

— Pourquoi tu es partie… du Mercadona ? J'y suis retournée et on m'a dit que tu étais partie.

Ro s'est retournée puis a retiré la cigarette de sa bouche.

— Je me suis fait virer. J'ai volé des fruits secs. Plein. Pendant des mois. Je les planquais dans mon soutien-gorge. Avant de sortir. Tous les jours.

— C'est vrai ?

— Oui.

— Genre… des noix ?

— Non, des pistaches.

C'était difficile à comprendre.

— Tu as risqué ton boulot pour des pistaches. Mais pourquoi ?

Elle a tourné la clé.

J'étais au milieu de la rue, le moteur allumé, les cheveux mouillés, avec quatre commandes à livrer. J'avais un tiroir dans ma table de nuit plein de paquets de pâtes, cinq versions du numéro d'un téléphone que je ne pouvais pas appeler gribouillées sur un morceau de papier. J'avais un portable plongé dans un bocal de riz et du lait du Mercadona dans le frigo.

— C'est très cher, a-t-elle fini par répondre.

— Les pistaches ?

— Oui. Et les noix de cajou aussi.

Et là-dessus, elle est entrée dans le bâtiment, la porte s'est refermée derrière elle.

Je suis restée là, à la regarder partir.

On était en juin.

3. JUILLET ET LA PIRE RUE DE MADRID

La rue où habitait Alex était la pire de Madrid. S'il existait un diplôme récompensant les gens qui évaluent les artères de la capitale, je trouve qu'on devrait le décerner aux pauvres âmes condamnées à livrer du porc aigre-doux. Je n'ai jamais retenu le nom de la rue. Je ne comprends pas comment c'est possible, d'ailleurs, car Alex était le client qui commandait le plus souvent. En tout cas, je me souviens des lieux comme si j'y étais en ce moment même : des trottoirs sales, une chaussée défoncée, la ruelle qui devenait si étroite à son extrémité qu'on avait l'impression qu'elle se refermait. Les trois lampadaires étaient hors d'usage et il n'y avait jamais de place pour garer ma moto.

C'est comme ça qu'on s'était rencontrés : Alex commandait des sushis *tous les soirs*. Bon, peut-être pas aussi souvent, mais j'avais parfois l'impression de passer ma vie dans son immeuble. Les premières fois que j'ai livré chez lui, j'étais sûre qu'on me volerait ma moto, mais en réalité personne ne passait jamais par là. Qui se serait perdu dans un coin pareil ? Cette horrible rue n'existait que pour Alex, sa coloc et moi.

— Vos sushis sont trop bons, il a déclaré le troisième soir. C'est toi qui les prépares ?

— Non, c'est mon père.

— Waouh, ben dis-lui que c'est ma personne préférée au monde. Et vive le Japon.

Alex était un peu bourré.

— Corée.

— Je connais pas les noms des villes…

Chaque fois que je le voyais, il avait pris un truc. C'était bizarre quand il m'ouvrait la porte : une fois, il était en maillot de bain avec un masque de plongée ; une autre, il portait un chapeau de cow-boy et me prenait les sushis des mains en criant : « Yihaw ! »

Je ne savais pas trop quoi penser de lui. C'était un gars hyper bizarre, mais débordant de vie, d'enthousiasme.

Un soir, il m'a proposé de rester.

— Entre ! Tu m'as dit que c'était ta dernière livraison. On est à trois potes, on chille. En plus, ma copine te trouve sympa.

— C'est qui ? Je ne la…

— Celle qui était là quand j'ai ouvert vendredi. Attends, je l'appelle. Adara, viens !

Je ne sais pas comment je me suis retrouvée là, enfin si, Adara était mignonne. Elle avait les cheveux teints en vert et des repousses lui descendaient jusqu'aux oreilles. Elle m'a tendu son joint déjà bien entamé et je me suis retrouvée dans une autre dimension. Dans cette rue, tout faisait plus d'effet. Je ne me souviens pas du visage des amis d'Alex, il en changeait toutes les semaines. Je ne sais pas pour quelle raison il m'a choisie, moi, pour le long terme. En tout cas c'est comme ça que je me suis retrouvée sur le canapé à manger les sushis de mon père.

Deux ans plus tard, fin juin, Alex a organisé une fête. Ça faisait un mois que je ne l'avais pas vu, depuis la bagarre précisément. Il avait prévenu Mia, qui m'avait fait passer l'info. Il nous a ouvert la porte avec un large sourire : il lui manquait toujours une dent.

— Faut que tu fasses arranger ça, je lui ai dit.

L'histoire, c'est que ce soir-là, Ro et moi, on s'est revues. Quand elle est arrivée, j'étais coincée sur le canapé entre Leo et Mia. Il y avait un monde fou à cette fête. C'était tout à fait le genre d'Alex d'inviter trop de monde pour l'espace disponible. Je n'en pouvais plus d'être serrée comme une sardine et je me suis levée pour me percher sur l'accoudoir.

Je l'ai vue à ce moment-là, elle entrait dans la cuisine avec Isaac. Ro avait un radar pour me repérer, et moi pareil. On s'est regardées au même moment. Elle a souri. Je me suis penchée vers Leo.

— C'est elle. Elle vient d'arriver.

— Qui ?

— La fille du Mercadona ! Elle est là !

Il a relevé la tête en tendant le cou comme une autruche. Ro sortait de la cuisine.

— C'est laquelle ? Celle-là ?

— Oui ! Ne la fixe pas !

Je lui ai décoché une tape sur le bras. Leo avait un sourire jusqu'aux oreilles. Alex avait préparé des brownies à la marijuana et Leo en avait piqué un dans le frigo sans savoir ce qu'il y avait dedans.

— Elle est vachement grande ! Hana, cette meuf, si elle te donne la main, on va croire qu'elle te conduit à l'école, t'y as réfléchi ? Elle me fait un peu penser à Monsieur Propre, mais en…

Au lieu de terminer sa phrase, il a demandé :

— Où est Paco ? Tu l'as amené ?

Il était impossible, dans cet état. Mia était insupportable aussi, mais dans un autre genre. Tout à coup, il y a eu une chanson d'ABBA, elle s'est levée et elle m'a tirée en criant :

— C'est notre morceau ! Viens, on danse, on fait notre choré.

— Non, Mia, pas maintenant !

— Tu lâches ce canapé ! Et moi je me mets au centre. Alex, remets-la au début !

Je me suis dit : *Ne me fais pas ça*, mais, dans le même mouvement, j'ai bu la gorgée la plus longue de ma vie et je me suis mise en position. J'ai commencé à danser sur *Gimme ! Gimme ! Gimme !*, en me donnant en spectacle avec Mia. Alex adorait cette séquence, qui finissait toujours par arriver tôt ou tard. L'adrénaline montait jusqu'à mes oreilles : je ne m'étais pas contentée de boire, j'avais aussi pris de la MDMA. Tout le monde riait, applaudissait et reprenait les paroles en chœur. J'ai grimpé sur la table.

Ro nous regardait. Tout le monde nous fixait, mais les autres formaient une tache indéfinie, pas elle. Je distinguais quatre choses : les yeux de Mia, le rire de Leo, les mains d'Alex et, surtout, la silhouette de Ro. Elle portait son verre à ses lèvres et nous observait de loin en souriant. J'avais l'impression de la voir au ralenti.

Quand on a terminé notre danse, à bout de souffle, Mia a déclaré en riant :

— On va faire circuler un chapeau.

Ro et moi, on s'est regardées toute la soirée, sans se parler. Et, quand je suis allée aux toilettes pour la deuxième fois, que j'ai allumé et fermé derrière moi, elle était là. Elle fumait à la fenêtre de la salle de bains dans le noir. C'est à ce moment-là que la soirée a vraiment commencé pour moi.

— Désolée, il faisait noir et…

Ro a approché la cigarette de sa bouche.

— T'tracasse, je m'en vais.

— Non, reste.

— Tu voulais utiliser les toilettes.

— Oui, mais je reviens. Quand tu auras fini, je…

J'ai tourné la poignée. La porte ne s'ouvrait pas. J'ai réessayé avec plus de force et j'ai donné un coup d'épaule dans le battant.

— Elle est coincée ?

Ro m'observait, assise sur le rebord de la baignoire. Elle a ri, comme si elle trouvait ça drôle.

— Sérieux ?

— J'arrive pas à l'ouvrir.

— Attends, laisse-moi essayer.

Elle s'est approchée. Je me suis collée contre le lavabo pour lui laisser la place et elle a tourné la poignée, a tiré dessus. Il y a eu un *plop* et elle lui est restée en main. Elle l'a regardée quelques secondes avant de lever les yeux vers moi.

— J'y crois pas, j'ai murmuré.

Je lui ai pris la poignée des mains et j'ai essayé de la replacer, mais ça ne marchait pas.

— Merde, ça ne rentre pas.

— C'est cassé ?

— Oui. Regarde, la base est HS.

Elle a tiré un coup sur sa clope.

— Je ne suis pas experte en serrures.

J'ai gardé le silence. Non, en réalité, il n'y avait pas de silence : dans cette salle de bains, on entendait les canalisations et la musique qui parvenait de l'extérieur, le martèlement des pas, les éclats de voix. Ro était juste devant moi, elle n'avait jamais été aussi proche. J'ai levé la tête vers elle et j'ai déclaré :

— On est enfermées.

Elle m'a tendu sa cigarette. J'ai tiré quelques taffes rapides avant de tambouriner sur le battant.

— Alex !!

Trois minutes plus tard, il nous parlait par la fente sous la porte.

— Vous êtes là-dedans toutes les deux ?

— Oui, on s'est retrouvées avec la poignée en main.

— Pff, quelle histoire. Bon, il est trois heures du matin, je ne vais pas appeler un serrurier à cette heure-ci.

— Il doit bien y avoir un service d'urgence.

— Hana, les serruriers, c'est pas le Samu.

— Qu'est-ce que t'en sais, t'as cherché l'info ?

— Écoute, j'appellerai à huit heures.

— Alex, nous fais pas ce coup-là !

— C'est dans cinq heures, c'est pas si long. Regarde, je vous passe des gaufrettes, c'est la mère d'Adara qui les a faites. C'est comme des hosties.

— Des hosties ?

— T'as jamais fantasmé que tu étais une sœur enfermée dans un couvent ? il a plaisanté.

Il s'est relevé et a demandé :

— Et toi, Ro, ça va ?

Elle était assise sur le sol. Elle avait accepté la nouvelle de notre enfermement jusqu'au lendemain avec un calme olympien.

— Génial, j'adore les gaufrettes.

J'ai encore protesté, j'ai donné un coup de poing de plus, mais peut-être que personne n'a entendu à cause de la musique. J'ai soupiré et je me suis laissée tomber à côté de Ro.

— Quelle merde. Ça t'est déjà arrivé ?

— Quoi, ça ? C'est super spécifique, comme situation.

— Ouais, c'est vrai. Mais tu vas croire que c'est moi qui ai tout manigancé.

— Pas du tout.

Je lui ai piqué sa cigarette.

— Il n'y a qu'ici que ça pouvait arriver. Tu sais qu'on est dans la pire rue de Madrid ?

Après, j'ai ajouté :

— Je suis complètement défoncée, Ro, et quand je vais redescendre, ça va être hyper déprimant. Si tu veux, je vais dans la baignoire.

Elle a appuyé la tête contre le mur, elle m'a adressé un petit sourire et a repris sa clope. Au lieu de répondre, elle m'a dit :

— T'as super bien dansé tout à l'heure, je ne m'attendais pas à ça.

J'ai levé les yeux au ciel.

— Ouais, bof…

— Si, je t'assure.

— Je prends des cours, normalement je ne danse pas sur ABBA.

— ABBA te va bien.

— Tu trouves ?

— Non. En réalité, non.

J'ai éclaté de rire et puis nous nous sommes regardées un moment sans rien dire.

— On va passer cinq heures ici, Hana, t'as un plan ?

J'étais en train d'admirer ses lèvres. Je suis sûre qu'elle s'en est rendu compte. J'ai posé les yeux plus haut et j'ai proposé :

— On pourrait dormir.

Une heure plus tard, j'étais debout sur les W-C et je montrais à Ro une chorégraphie impossible à réaliser sur une scène aussi petite. Elle me chantait la chanson. C'était *Umbrella* de Rihanna. Ro n'était pas la meilleure, ni pour l'anglais ni pour chanter, mais elle faisait de son mieux et elle ondulait en rythme. Quand un de mes mouvements lui paraissait surprenant, elle lâchait un « Hey ! ». J'étais toujours complètement défoncée, je ne comprends pas comment l'effet pouvait durer aussi longtemps. Ce n'était pas nécessaire de monter sur les W-C, je voulais faire comme si j'étais sur scène, j'imagine. Après, je me souviens de m'être regardée dans le miroir, avec Ro derrière moi, le menton appuyé au sommet de mon crâne.

— T'as une tête de plus que moi. Littéralement.

— Oui.

— Comment est-ce qu'on voit le monde de là-haut ?

— Il paraît accessible.

— Viens, on va essayer de bouger les bras en même temps.

Ensuite, on a ouvert toutes les bouteilles de shampoing. Ro les évaluait en fonction de la consistance, de l'odeur, et, quand je lui ai demandé comment elle s'y connaissait autant, elle m'a répondu :

— J'ai travaillé dans un Mercadona.

J'ai remarqué qu'elle avait un tatouage à la cheville. Il disait juste *Ro*.

— C'est vachement égocentrique, j'ai commenté. T'es de quel signe ?

Mais elle s'est contentée de prendre une serviette et de jouer à se couvrir entièrement, à part la tête, comme une matriochka. Plus tard, on était assises l'une en face de l'autre, mes jambes sur les siennes, et je lui ai raconté mon traumatisme avec le homard. Je serrais la brosse à dents d'Adara dans ma main.

— Et t'es venue au Mercadona ?

— Oui.

Il n'existait rien en dehors de cette salle de bains. On aurait dit un espace à part dans lequel nous nous trouvions seules toutes les deux, comme si cette pièce était une extension de nous deux. Je lui ai parlé de mon chien, Paco.

— Je le promène tous les soirs.

— J'aimerais bien le rencontrer.

— Si je te donne mon adresse, tu la retiendras ?

Finalement, la descente est venue. Je ne sais pas quand. Tout à coup, la lumière de la salle de bains n'était plus jaune, elle me paraissait blanche et trop vive. Ro l'a éteinte et je me suis blottie contre elle. Je ne me souviens plus de cette partie, je sais juste que, quand je me suis réveillée quelques heures plus tard, j'avais mal partout et ma tête était appuyée contre l'épaule de Ro. Elle sentait bon. Une odeur sucrée indéfinissable. Il était huit heures du matin et un homme a pratiquement défoncé la porte. Il a crié :

— Hé, y a des gens ici !

Alex m'a secouée.

— Hana, vous devez partir.

On s'est mises debout et on est sorties de la salle de bains. Leo ronflait sur un canapé, Mia dormait sur la table de la cuisine. Je ne me souviens pas qu'on se soit dit quoi que ce soit, Ro et moi. Nous sommes juste parties. Je suis rentrée chez moi je ne sais pas comment, je me suis jetée sur mon lit et j'ai dormi vingt heures d'affilée. Quand je me suis réveillée, je tenais encore la brosse à dents d'Adara.

Deux soirs plus tard, j'ai terminé mon service au restaurant et, quand je suis arrivée à la maison, Paco m'attendait. Il m'a léché le visage pendant que je lui mettais sa laisse. J'ai crié à Kyung :

— Je reviens tout de suite !

Et j'ai descendu les marches. Quand je suis sortie du bâtiment, Ro était là. À côté des sonnettes. On avait sûrement parlé de se revoir ce jour-là, au cours de cette nuit étrange au fond de la pire rue de Madrid, même s'il ne me restait que des bribes et des images morcelées. Je n'avais aucun souvenir de ce moment précis.

On s'est regardées. Elle m'a souri, puis je lui ai demandé :

— Tu me suis ou quoi ?

On s'est promenées dans un parc. Ro a insisté pour prendre la laisse de Paco, pour le « conduire », c'est comme ça qu'elle disait. On s'est assises sur un banc. Paco tournait en rond autour d'une poubelle, super concentré, et Ro m'a avoué :

— J'ai commandé à ton resto un jour. Il y a un moment déjà. Je ne savais pas que c'était… ton resto.

— Euh, ce n'est pas *mon* resto, pas plus que le Mercadona n'est *ton* Mercadona.

— Moi, je le considère comme *mon* Mercadona.

Ro est revenue plusieurs fois par la suite. Comme je n'avais pas de téléphone portable, elle apparaissait une fois la nuit tombée, un peu comme la lune. C'est vrai, la lune ne nous demande pas si ça dérange, si elle peut passer. Leo s'est joint à nous une fois, mais c'était surtout elle et moi, pendant la période qui allait de minuit à une heure et demie du matin. On suivait toujours le même parcours et on se racontait des trucs. Elle ouvrait son sac à dos et m'offrait des pistaches. Elle m'expliquait :

— Je cherche du boulot. La vie est super chère. Honnêtement, je ne suis faite pour rien de précis ; je suis juste faite pour exister. Exister coûte cher. Pourquoi c'est tellement cher ? Je me contente d'exister, comme un cactus.

Elle ne l'a pas dit comme ça, parce que Ro ne parlait jamais longtemps. Moi si, parfois, et elle me jetait de petits coups d'œil en m'écoutant.

Elle aimait bien écouter. Un soir, elle a mis ses deux mains sur mes oreilles et m'a demandé :

— Tu entends tout ce qui se passe là-dedans ?

Je crois qu'elle voulait parler de sang, d'organes et tout ça, mais j'ai eu envie de lui répondre :

— Oui. Je t'entends.

Pendant ces soirées allongées sur la pelouse dans le parc, je m'imaginais qu'on était peut-être encore enfermées dans la salle de bains. Je me disais que, si on retirait toutes les couches du monde, peut-être que, au centre de tout, il y avait une salle de bains dans la pire rue de Madrid pour chaque être vivant, et dans la mienne, je l'ai compris à ce moment-là, il y avait Ro et moi.

Le jour où elle est venue me chercher avant mon service, je n'ai pas pris Paco avec moi. On s'est assises toutes les deux au point de vue de la Moncloa alors que la nuit tombait. Les grandes villes ne sont pas très jolies. Les agences de voyages essaient de nous persuader du contraire. En réalité, c'est plutôt une espèce de jeu : il faut trouver la beauté cachée. Là, avec le ciel rose et les voitures, on a repéré un mètre carré assez joli. Ro m'a demandé :

— Tu crois que ce sera pareil en novembre qu'aujourd'hui ?

— Quoi, la route, là en bas ?

— Oui.

— Je ne sais pas. On pourra revenir en novembre pour voir.

Elle a souri sans me regarder et a conclu :

— Ces choses-là s'oublient.

À ce moment-là, je n'ai pas compris ce qu'elle voulait dire. J'ai répondu :

— Non, pas celle-là.

Et j'en étais sûre.

On était en juillet.

4. AOÛT ET LA NEUVIÈME PLANTE

Je suis allergique aux pistaches. Ça aurait pu être un des traits qui me définissent. D'après Mia, on est allergiques aux choses qui nous ont tués dans une autre vie. Du coup, chaque fois que je vois une pistache, je l'observe en me demandant si c'est la vérité. Les pistaches ont quelque chose d'agressif. Celles qui ne veulent pas se laisser ouvrir, déjà. Mais non : rien de ce qu'on découvre à vingt et un ans n'a le pouvoir de nous définir. Ro et moi partagions un de ses sacs de pistaches, allongées dans le parc, quand ma gorge a commencé à se resserrer. Je n'arrivais plus bien à respirer. Elle s'est tue et je me suis remise debout. Je me souviens qu'elle a ouvert de grands yeux, puis qu'elle est montée derrière moi sur ma moto. La situation était un peu ridicule, parce que, dans ce genre d'urgence, on est censé être emmené à l'hôpital, pas s'y conduire soi-même. Après deux piqûres, à moitié groggy, j'ai découvert que j'étais allergique aux pistaches si j'en avalais en grande quantité. Quand Ro est revenue dans la pièce avec mon portable, je lui ai demandé :

— Alors, qu'est-ce qu'elle a dit ? Elle a répondu ?

— Oui, elle arrive, après la fermeture du resto. Elle était très sympa.

— Mm.

— Elle a dit : « Qui est-ce ? Vous avez volé le portable de ma fille ? » Et j'ai répondu : « Oui. » Il y a eu un silence, puis elle a ajouté : « Il est tout neuf. »

J'ai fermé les paupières. C'était bien ma mère de faire passer le Wok avant moi. Et c'était bien moi de mourir pour une pistache de trop.

Ro a pris une chaise et s'est assise à côté de moi.

— Comment tu vas ?

— Mieux. Hé, tu n'es pas obligée de rester. Je suis sérieuse.

— Ce ne serait pas très délicat de filer après avoir failli te tuer.

— Je suis allongée et je parie que j'ai un double menton dans cette position, alors si tu pars… je ne vais pas pleurer.

Elle a souri en jouant avec une de ses bagues. J'ai entrouvert les yeux et je l'ai regardée. Elle était d'une beauté insultante. Tout à coup, elle m'a proposé :

— Tu veux que je te raconte une histoire ?

On était le 19 juillet quand Ro m'a raconté l'histoire d'Indira. Elle a commencé comme ça :

— Il était une fois…

Je l'ai interrompue :

— Tu rigoles ?

— Tu me laisses raconter ?

J'ai ri.

— D'accord.

Elle a recommencé :

— Il était une fois une femme indienne dans une prison en Espagne. Les raisons pour lesquelles elle était là n'ont pas d'importance ; elle s'appelait Indira Johar. C'étaient les années soixante-dix. Elle a passé quinze ans en prison et elle avait deux compagnes de cellule. Une troisième est arrivée avec une radiocassette. *Génial*, s'est dit Indira, mais la seule cassette qu'elles avaient, c'était *Les 30 meilleures chansons de Raphael*. Tu vois qui c'est ? m'a demandé Ro. Un vieux crooner, une sorte de Julio Iglesias déjà ringard à cette époque-là. Indira a alors découvert son destin : sa nouvelle colocataire était complètement obsédée par ce chanteur. La cassette tournait en boucle, elle s'était tatoué le visage de Raphael sur une omoplate. C'est ce que raconte la légende.

— Non !?

— Écoute, y a bien des fans qui se sont fait tatouer *Twilight*. En bref, Indira a passé dix ou quinze ans en prison à écouter les mêmes chansons du soir au matin. Quand elle est sortie, elle écoutait encore Raphael dans ses rêves. Elle le détestait tellement qu'elle parcourait les rues de Madrid à la recherche d'affiches de lui pour les arracher. Indira était le centre mondial de la haine contre ce chanteur parce que l'univers est une énorme balance et qu'il fallait bien que quelqu'un compense le tatouage sur l'omoplate.

C'était une histoire rocambolesque, mais Ro me la racontait avec beaucoup de calme.

— Donc cette dame tombe malade des années plus tard et veut rédiger un testament. Elle n'a jamais eu d'enfant, elle n'a pas d'autre héritier que les enfants de ses frères et sœurs, mais, lorsqu'elle les trouve, elle découvre un fait effrayant : ils s'appellent tous Rafael. Tous, même ceux de la même fratrie ! Une famille entière d'Indiens dont *tous* les membres s'appellent Rafael. On se serait cru dans un film des Monty Python. Pas question pour Indira de léguer son appartement à un Rafael. Alors, elle l'a légué à une petite-nièce, la fille du fils d'un de ses cousins, qui était la seule personne non rafaelique de la famille : Denali Oller. Et à son enterrement, auquel sa compagne de cellule a assisté avec la radiocassette, on raconte que le cadavre a été secoué d'un spasme quand Indira a senti sa présence. Certains prétendent même qu'elle s'est relevée, a déclaré « Ça suffit » et puis est partie pour de bon. Elle est morte une seconde fois sur le bord de la route entre l'église et le cimetière.

C'était l'histoire la plus absurde que j'aie jamais entendue de ma vie, pire que le monologue d'Alex la fois où il avait mangé des champignons hallucinogènes.

— Tu viens de l'inventer ? T'as improvisé ?

Pour toute réponse, elle m'a souri et m'a demandé :

— Tu fais quelque chose demain ?

On était le 20 juillet, la première fois que j'ai mis les pieds chez Ro.

— T'es prête ?

— Pourquoi ? Je devrais me préparer ? Arrête tes mystères.

Le bâtiment était vieux. Il n'y avait pas d'ascenseur. Ro habitait au quatrième et elle s'est beaucoup moquée de mon épuisement quand j'ai enfin atteint la porte du palier.

— Je suis une fumeuse, je lui ai rappelé.

— Une fumeuse qui fait des livraisons.

Je me souviens que sa clé était une de ces clés bizarres qui ont l'air d'ouvrir des coffres au trésor. Pourtant, il n'y avait pas de trésor : c'était un petit appartement. Le salon fusionnait avec la cuisine. Une porte donnait sur une terrasse pas trop mal, occupée presque entièrement par un étendoir à linge, et les murs étaient peints d'un marron qui n'était pas désagréable, mais un peu excessif.

La première chose qu'on voyait en entrant, c'était un immense tableau super coloré, dont je n'ai jamais vraiment compris ce qu'il représentait. Il était suspendu au-dessus du canapé. Avec le temps, j'ai décidé que c'étaient des vaches chaussées de patins qui glissaient sur une vague, en direction d'une montagne de guitares.

— Désolée, s'est excusée Ro en indiquant du menton les poêles sales dans l'évier. Mes colocs nettoient parfois.

Elle a allumé une cigarette, posé ses clés sur la table et son sac sur le canapé.

— Ça ne te ressemble pas, j'ai observé. Cet appart ne te va pas.

— Et qu'est-ce qui m'irait bien ?

— Je ne sais pas, un plafond plus haut ? Et puis tu me l'as survendu. C'est quoi que tu voulais absolument me montrer ?

— C'est ici que j'existe, ça ne te suffit pas ?

Elle a tiré sur sa cigarette en souriant d'un air amusé, avant d'ajouter :

— Non, c'est pas pour ça.

Juste à ce moment-là, une fille est arrivée du couloir. Elle était en culotte, portait juste une grande chemise blanche et ses longs cheveux noirs étaient relevés en chignon. Elle avait la peau assez foncée. Elle lisait quelque chose sur son portable. Elle a relevé la tête, m'a vue et a cligné des yeux.

— Ah, salut. T'aurais pu prévenir, je me balade comme ça…

— Je te présente Hana. Tu te souviens que je t'ai parlé d'elle ?

— Oui, m'enfin, on a un groupe WhatsApp, Ro, t'aurais pu…

La fille avait le genre de voix qui paraît rauque en permanence. Elle a tapé un message, puis elle s'est approchée de moi et m'a collé deux bises.

— Enchantée, désolée que tu me voies comme ça.

— Tu es chez toi, c'est moi qui suis désolée de t'envahir.

— Mais non ! Moi, c'est Denali.

C'était comme si une pièce de puzzle trouvait sa place. Quand je me suis tournée vers Ro, elle a hoché la tête en souriant. J'ai compris qu'elle m'avait amenée ici pour que je constate qu'elle était la coloc de Denali Oller, dans l'appart anti-Raphael.

— On vit ici depuis… ça fait deux ans. Plus ou moins, m'a-t-elle expliqué quelques jours plus tard. C'est l'appart de Denali. Il est payé. Avant, j'habitais avec Isaac et…

Elle s'est interrompue.

— Tu ne me crois toujours pas, hein ? Pourtant, ça s'est passé. C'est du réalisme magique, Hana.

J'étais étendue sur son lit.

— Non, je ne te crois pas. J'adorerais te croire, mais non. Et donc, tu ne paies rien ?

— Pour l'appart ? Les courses, les charges.

Elle a secoué la tête. Je dessinais dans mon carnet, j'étais hyper concentrée.

— Tu bouges trop, j'ai protesté. Qui t'a raconté cette histoire de tatouage ?

— Hana, tu fouines dans la magie, tu vas tout gâcher.

Tout ce qui entourait Ro était difficile à croire. Et encore, à ce moment-là, je ne connaissais qu'une partie de sa vie. Elle vivait dans cet endroit absurde avec Denali et Nadia, qui étaient en couple et qu'elle avait connues en jouant au bowling.

Sa chambre, au moins, lui ressemblait. C'est là que j'ai passé les deux dernières semaines de juillet. Son odeur flottait dans cette pièce au bout du couloir. Elle l'avait peinte en blanc, ça se voyait qu'elle l'avait fait elle-même parce qu'il y avait encore des traces de marron qui apparaissaient çà et là. Elle était meublée d'une table et de lits superposés pas très grands. Dans celui du dessus, il n'y avait pas de matelas, à la place elle avait posé des pots de fleurs. Il y avait des plantes partout. Pas seulement là : sur le dessus de l'étagère et des livres, en haut de l'armoire, sur la table de nuit, même sur le panier à linge sale. On aurait dit une serre.

Elle m'a présenté les plantes une à une la première fois que je suis entrée dans sa chambre. Il y en avait huit et elles avaient toutes un prénom.

Parfois, allongée sur son lit, j'avais l'impression d'être dans la jungle. La porte disparaissait. Dans ma tête, les plantes poussaient, s'enchevêtraient, masquaient le battant et couvraient toutes les surfaces. Il ne restait que Ro, son piano et moi. J'étais la neuvième plante.

Le seul objet qu'elle gardait dans sa chambre en dehors de la végétation, c'était un piano électronique.

Elle le rangeait sous le lit. En réalité, il n'était jamais rangé ; dès qu'on était là, elle en jouait. Elle pouvait pianoter pendant qu'elle parlait ou même si l'instrument était éteint. C'était un modèle si vieux que la peinture était écaillée et les touches usées. Elle le posait sur ses genoux et fermait les yeux. Si je devais garder un seul souvenir d'elle, c'est comme cela que je la verrais : en train de jouer du clavier. Elle avait une expression particulière. J'observais le mouvement de ses doigts, la façon dont sa tête dansait un peu.

— Je ne sais pas depuis combien de temps je l'ai, elle m'a répondu le soir où je lui ai posé la question. Le son est nul, hein ?

Nous n'avions pas allumé les lumières, nous étions sur le lit du bas, dans l'obscurité.

— J'économise pour en acheter un autre, mais…

— Non, c'est pas nul.

— C'était à mon père.

— Il te l'a donné ?

— Non. Il lui a appartenu.

Elle m'a adressé un petit sourire.

— Je l'ai trouvé dans un placard. Je ne l'ai pas connu.

— Qu'est-ce qui s'est passé ?

— Il est mort dans un accident.

Plus tard, quand l'obscurité complète nous a enveloppées, Ro s'est assise derrière moi. Elle a posé le clavier sur mes genoux. Elle a pris mes mains et les a placées sur les touches, ses doigts sur les miens. Je lui ai dit en riant :

— Tu vas voir, ça va être horrible.

De toute façon, mon cœur battait si fort qu'on n'entendrait rien d'autre. Elle a posé son menton sur mon épaule et a appuyé sur un bouton quelque part. Elle a monté le volume et, quand nous avons commencé à jouer ensemble, c'était pas mal du tout.

— Allez, maintenant je te lâche, t'y vas toute seule.

— Quoi ? Non ! j'ai protesté.

J'ai appuyé sur des touches au hasard, ça continuait à produire une jolie mélodie. Je ne comprenais pas. J'ai marmonné :

— Mais… je ne…

Puis je l'ai entendue glousser.

— Il est en mode tuto. Peu importe où tu appuies, ça joue la musique.

J'ai ri.

— Idiote ! J'y croyais, je me prenais déjà pour Mozart.

Elle a fourré le nez dans mes cheveux.

— Tu sens bon.

Sa remarque m'a rendue nerveuse.

— Ben oui, je me douche.

— Je ne pense pas que Mozart sentait aussi bon. Il n'est pas né à la bonne époque.

Je suis retournée souvent dans cette chambre. C'était généralement Nadia, sa coloc, qui m'ouvrait la porte en me regardant à peine. Elle était l'opposé de sa petite amie : elle était blonde, presque albinos, et pâle comme un linge. Je ne l'ai jamais vue sourire. Elle semblait toujours en conflit avec le monde. Elle me lançait :

— Entre, elle joue du piano.

On entendait les notes depuis le couloir. J'avais envie que ma vie entière ne soit que ça : un couloir à remonter pour me rapprocher du son des notes.

— T'as l'air vachement amoureuse de cette Rocio. Ou Romualda ou je ne sais quoi, m'a fait remarquer Mia un soir alors qu'on discutait par la fenêtre, d'un étage à l'autre.

On était le 28 juillet.

— N'importe quoi.

— T'en parles beaucoup, en tout cas. Et puis t'es bizarre ces temps-ci. Tu es même allée au Mercadona !

— Non, c'est pas comme ça que ça marche. Bon c'est vrai que j'imagine parfois qu'on va se marier…

— En tout cas, tu parles comme quelqu'un d'amoureux.

— Il est deux heures du matin ! nous a crié le voisin du dessous, celui que j'entendais ronfler quand il dormait avec la fenêtre ouverte. Vous pouvez la fermer ?

— Désolée, a répondu Mia en se penchant.

Le 1er août, Ro a commencé à travailler dans un McDonald's. Le jour où elle m'a prévenue, on prenait un verre avec Isaac et Alex, qui avait enfin fait réparer sa dent. Elle était trop blanche, mais j'étais contente qu'il n'y ait plus le trou.

Quand Ro est allée aux toilettes, il m'a attrapé le bras.

— Alors, comment ça se passe ?

Tout à coup, tous mes amis voulaient savoir.

— Il ne se passe rien.

— T'habites pratiquement chez elle.

Comment il le savait ? Est-ce que Ro l'avait raconté à Isaac ? Est-ce qu'elle parlait de moi quand je n'étais pas là ? J'ai senti un chatouillis dans le ventre et j'ai essayé de ne pas sourire.

Un soir, je suis allée la voir au McDo. J'étais avec Leo et j'avais l'impression de remonter dans le temps, à une période pas si reculée mais qui me semblait terriblement éloignée. Tout avait tellement changé depuis l'époque où nous étions séparées par un tapis roulant de supermarché.

— On ne vend pas de spaghettis ici, mademoiselle, a-t-elle plaisanté. Vous allez devoir partir.

— Non, écoutez…

J'ai sorti ma carte de transport de ma poche.

— Je suis des services secrets. Nous recherchons une voleuse de pistaches. Vous l'avez peut-être aperçue. Les fruits secs sont une arme blanche.

L'uniforme lui allait bien. N'importe quel uniforme lui serait allé à ravir. Elle a tendu à Leo une poignée de pochettes de ketchup. Il a protesté :

— Pas besoin, non…

Ro a insisté.

— Cette idiote t'a traîné jusqu'ici.

Elle a eu le culot de me filer des frites gratos sans se faire voir par ses collègues. J'ai pensé : *Ils vont la virer dans une semaine.* Ro ne prenait pas ses boulots au sérieux, je crois qu'elle ne prenait pas trop la vie au sérieux, en général. Quand je suis sortie du McDonald's avec Leo et que j'ai détaché Paco que j'avais laissé dehors, Leo m'a lancé :

— Hana, vous n'allez pas ensemble. Ça ne marchera pas. Il y a une trop grande différence de taille.

Je l'ai regardé. J'ai ri. Il a ri aussi, mais il ne plaisantait pas, ou seulement en partie.

— Je ne te crois pas. Elle te plaît, en fait, c'est ça ?

Je lui ai donné une petite tape sur l'épaule et j'ai continué :

— T'as pas le droit, mon vieux. T'as dit qu'elle ressemblait à Monsieur Propre !

— Et alors ? Il est super beau, Monsieur Propre.

Ro venait me chercher au resto. Si elle finissait tôt, elle m'attendait patiemment au comptoir. Ma mère lui offrait un truc à grignoter. Elle était contente, peu importe ce que c'était. Je l'ai suppliée de ne jamais accepter le porc aigre-doux, parce qu'il bousillerait son organisme. Kyung l'a vue une fois et m'a demandé :

— Elle s'appelle comment, ta petite amie ?

C'était un peu pour m'embêter, mais ça ne m'a pas dérangée.

Le 5 août, on a passé la soirée à l'appart de Ro avec ses deux colocs. Denali vendait de l'herbe et je n'en avais jamais fumé de pareille, c'était un niveau expert. Il nous suffisait de tirer quelques taffes pour être pliées en deux sur le canapé. On mettait le téléachat et on pleurait de rire. Quand Ro riait, elle ne faisait pas de bruit, elle se tenait le ventre et, en général, elle finissait au sol.

— Cette histoire de Raphael, c'est n'importe quoi, non ? j'ai demandé à Denali.

Elle s'est tournée vers Ro.

— T'es incroyable ! Tu continues à raconter ce truc, t'es dingue, ça fait des siècles !

Ro a toussé de la fumée et s'est défendue.

— C'est historique !

— Ne l'écoute pas, Hana. Elle invente tout. Ce qui s'est passé, c'est que j'ai hérité cet appart d'une meuf, ma tante, ma grand-mère ou je ne sais quoi…

Elle a lancé un coussin à Ro, qui n'arrivait pas à retrouver son sérieux.

— Ça suffit, Ro ! Bref, les autres ont commencé à lancer des hypothèses. Mais c'était y a super longtemps.

— T'as essayé de me faire gober n'importe quoi, j'ai reproché à Ro.

— Non, j'ai des preuves, je te jure !

Elle s'est mise à genoux sur le canapé et elle a décroché le tableau avec les vaches et, en dessous, il y avait… un poster de Raphael. Il était épinglé au mur avec des punaises, à moitié déchiré, le visage souriant barré de traits furieux au marqueur rouge indélébile. Il était super vieux, comme s'il datait d'avant les cinq grandes extinctions. Je l'ai regardé les yeux écarquillés. J'ai eu un peu le syndrome de Stendhal, j'ai senti que j'étais prise d'un vertige. Quoique, c'était sans doute l'herbe. Et là, j'ai compris : j'avais devant moi l'histoire d'Indira et de Raphael ou aucune de nous n'était réelle.

— Alors, tu comprends, maintenant ? m'a demandé Ro.

— Très bien…

— Ro, recouvre-moi ça, l'a suppliée Denali. Il dégage une énergie…

— Je t'ai dit de l'enlever, est intervenue Nadia. C'est une horreur.

Ro s'est laissée retomber sur le canapé. Elle a mis sa tête sur mes genoux. Elle a ri puis m'a posé une question :

— Hana, tu crois que ce poster existera en novembre ?

— C'est quoi ton obsession avec novembre ?

— C'est un mois qui compte beaucoup pour moi.

Deux heures plus tard, on est montées sur le toit. Gravir les marches nous a demandé un effort énorme et Ro a eu encore plus de mal à faire tourner la clé. Le toit était moche. Il était ponctué d'antennes et rien d'autre, mais on voyait la lune. J'ai contemplé les lumières de Madrid, puis je lui ai demandé :

— Comment tu t'appelles ?

Ma question l'a surprise. Elle m'a souri en haussant les sourcils.

— Quoi ?

— Je me suis rendu compte que je ne connaissais pas ton prénom et je commence à avoir peur que tu ne t'appelles Rosalia.

— Sérieux ? C'est Aurora, a-t-elle déclaré de sa voix calme.

Aurora. J'ai senti des chatouillis dans le ventre.

— Aurora, j'ai murmuré. Mais ça n'a pas de sens, Ro, ça n'a aucun rapport avec Aurora.

— J'allais pas m'appeler Au.

— C'est vrai que c'est pas génial.

Nous nous sommes observées quelques secondes, puis je lui ai avoué :

— Je m'appelle Haneul.

Elle a souri.

— Je le sais, ta mère t'appelle comme ça.

— J'avais envie de le dire.

— D'accord, Haneul.

Elle l'a bien prononcé du premier coup, comme si elle l'avait toujours dit.

Elle m'a raccompagnée chez moi ce soir-là. J'étais encore sous l'effet de tout, de l'herbe, de Denali, du poster de Raphael. J'avais pris le vélo de Kyung. Ro s'est assise à l'arrière. Heureusement que je n'étais pas venue à moto. Il n'y avait presque personne dans la rue et je lui répétais : « On va se tuer. Ro, tu me déséquilibres ! » Ses bras étaient autour de ma taille. Elle fumait une cigarette qu'elle me mettait de temps en temps dans la bouche et je fumais du mieux que je pouvais, avec les mouvements compliqués que cela impliquait.

Quand on est arrivées devant la porte, elle est descendue la première. J'ai essayé de monter sur le trottoir avec le vélo, mais il s'est renversé et je suis tombée aussi. Ça m'a fait mal, mais j'ai éclaté de rire. Je me suis allongée sur l'asphalte et je suis restée comme ça quelques secondes. Ro m'a tendu la main, je l'ai prise et je me suis relevée. J'ai essuyé mes jambes et j'ai remarqué que je m'étais écorché le genou, ça saignait. Ro a décrété :

— Protocole d'urgence.

Elle m'a hissée sur son dos. Mes parents n'étaient pas là, ils étaient partis en vacances. Je lui ai assuré avec insistance que ce n'était pas nécessaire, mais elle ne voulait pas m'écouter.

Sur son dos, j'ai touché le plafond de l'ascenseur pour la première fois. Cela m'a semblé un événement. Elle m'a déposée dans la cuisine et on a tenté de ne pas faire de bruit pour ne pas réveiller Kyung. Échec retentissant. Toutes les boîtes de l'armoire à pharmacie me sont tombées sur la tête. Pendant que je cherchais l'eau oxygénée, Ro jonglait avec l'ibuprofène. Paco nous observait tout content depuis la porte, en tournant sur lui-même.

— Assis, Paco, lui a ordonné Ro.

— Il n'est pas dressé.

Je me suis assise sur une chaise et Ro s'est agenouillée devant moi. Elle a nettoyé ma blessure. Je ne pouvais pas m'empêcher de rire, mais elle prenait sa tâche très au sérieux.

J'ai déclaré, sans la quitter des yeux :

— Tu es la personne la plus belle de Madrid.

Elle s'est tue, comme si elle savourait la phrase. Puis elle a répondu :

— Je comptais de toute façon te mettre le pansement avec les dinosaures…

La chambre de mon frère était à côté de l'entrée. On est passées devant la porte sur la pointe des pieds, mais Ro a trébuché sur l'étendoir et elle a lancé, à voix haute :

— Désolée.

J'ai posé la main sur sa bouche et Paco a aboyé. Ça faisait beaucoup de raffut, surtout que nous ne pouvions pas nous empêcher de rire. On est enfin arrivées dans l'entrée. J'avais envie de l'embrasser. J'en avais envie depuis la salle de bains d'Alex, le parc, son lit, le McDo sans doute. Et peut-être même depuis le Mercadona.

On ne disait rien. On n'entendait que nos respirations. Elle a chuchoté :

— Je dois y aller.

J'ai avalé ma salive.

— OK.

— Salut.

— Salut.

Elle a ouvert la porte et elle est sortie, à pas lents. Je suis restée là, dans l'entrée, à la regarder partir. Elle a refermé le battant. Je me suis dit : *Qu'est-ce que je suis en train de faire ?* J'ai rouvert la porte et elle était là, devant l'ascenseur. Je me suis approchée, je l'ai tirée vers moi et je l'ai embrassée.

Elle a titubé un peu et s'est cognée contre la porte du 3A, juste en face.

Je m'en fichais : j'ai continué à l'embrasser, j'ai attrapé son visage. Des plantes se sont mises à grimper depuis l'escalier, du moins c'est ce que j'imaginais les yeux fermés. L'ascenseur s'ouvrait, il était rempli de plantes, elles recouvraient toutes les parois et formaient une jungle, comme dans la chambre de Ro. Elle m'a embrassée comme personne ne m'avait jamais embrassée : si nous

nous étions embrassées plus fort, nous aurions traversé le mur. Heureusement qu'on était dans la jungle. Il y avait des fleurs jaunes, rouges et bleues et marron comme le salon avec Raphael et le tableau indescriptible. Il y avait des arbres d'où tombaient des pistaches. Il y avait des homards. Je retenais mon souffle. Tout allait trop vite. J'étais dressée sur la pointe des pieds et une de ses mains fouillait mes cheveux. Je l'ai collée plus près de la porte et elle a bougé son corps quand tout à coup, surgi de nulle part, un bruit, un son s'est élevé. Une sonnette. La sonnette du 3A.

La jungle s'est retirée d'un coup.

On s'est séparées, la respiration haletante.

Je lui ai demandé :

— Tu as sonné ?

— C'est moi ?

— Oui.

Il était quatre heures du matin.

On est rentrées en courant dans mon appartement. On a claqué la porte. Ma chemise était à moitié déboutonnée – quand est-ce que j'avais commencé à me déshabiller ? Nous nous sommes appuyées contre le battant, puis elle a regardé à travers le voilage de la petite fenêtre. J'ai posé une main sur ma poitrine.

— Putain, j'ai chuchoté.

— Il y a quelqu'un qui est sorti. Une dame. Avec un fusil de chasse.

— Quoi ?!

— Ah non ! C'est un balai.

J'ai dégagé la frange de mon visage.

— Pff, quelle histoire, elle va…

Ro m'a embrassée à nouveau, sans prévenir. Je voulais penser : *Kyung, la voisine*, mais je n'ai rien pensé du tout.

Ça a tourné à la catastrophe, comme toujours : j'ai reculé et nous nous sommes écrasées contre l'étendoir. Je me suis retrouvée dos au mur. Puis contre la fenêtre, contre l'étagère. Je l'ai tirée dans le couloir. Ro n'était jamais entrée dans ma chambre, mais je ne voulais pas qu'elle examine les lieux. J'ai fermé la porte. Je l'ai tirée jusqu'au lit.

J'ai senti quelque chose dans mon dos, ça devait être une feuille. Dans ma tête, le matelas se transformait en jungle.

Elle s'appelait Aurora.

On était en août.

5. AOÛT ET LES MÉTÉORITES

Leo a commencé les injections de testostérone un 15 août. Drôle de date : normalement, en août, il ne se passe rien. Il y a peut-être une règle tacite qui interdit qu'il se passe quoi que ce soit d'important dans le monde au mois d'août.

J'ai rencontré Leo en première année à la fac. Il portait un bandana en permanence et le justifiait en disant que, gamin, il était fan de Naruto. Il arrivait régulièrement en retard et Mia trouvait ça bizarre de ne jamais entendre son nom cité pendant l'appel. Sa théorie, c'est qu'il n'était pas inscrit. Mais un jour où il est arrivé à l'heure, son prénom n'a pas été prononcé non plus. Quand le prof a articulé d'une voix forte le prénom de ma mère, Leo a levé la main.

Leo était hanté par un prénom qui n'était pas le sien. Comment fuir un prénom ? Celui qui me représentait sur la liste de la classe n'était pas celui que j'utilisais non plus. Mais le prénom est un miroir de l'identité. J'étais Haneul, Hana et Anus, les trois ensemble, et ça me définissait, c'était mon miroir et il reflétait mon image. Leo était Leo.

Du coup, tous les matins, il se cachait dans les toilettes et comptait jusqu'à mille pour éviter cet appel car il lui tendait un miroir lui renvoyant une image qui ne lui ressemblait pas.

Le lendemain, quand le prof a appelé le mauvais prénom, le *dead name*, Mia a murmuré pour nous trois *Leo*. Sa voix couvrait un peu celle du prof. À partir de ce jour-là, nous l'avons fait chaque matin, à chaque appel : *Leo*. C'était une déclaration d'intention. Nous nous interposions entre le miroir et notre pote. Parfois, nous le disions trop fort et des étudiants se retournaient. Une fois, Mia a corrigé une prof :

— On dit Leo, comme Leonardo DiCaprio.

Leo s'est mis à arriver à l'heure. Il s'asseyait avec nous. On disait tous les trois : *Leo*. À un cours d'histoire de l'art, il m'a semblé qu'il était au bord des larmes.

Un an plus tard, Leo a reçu sa première injection de testostérone. On est allées avec lui et sa mère, qui était très fière. Sa carte d'identité disait *Leo*, et Mia et moi allions continuer à le dire à chaque cours. Il avait enfin un miroir qui le reflétait. Ce jour-là, il a jeté son bandana.

— Maintenant, je vais me laisser pousser la moustache ! il s'est exclamé.

— Ah non, pas ça, a protesté Mia. Un peu de bon goût.

— Un voile de moustache.

— Je ne te parle plus.

— Que penserait Naruto ? j'ai renchéri.

— Il me dirait : Leonardo, la moustache est ton chemin de ninja.

Le matin du 15 août, je me suis réveillée chez elle, dans son lit. Il était tard, je me suis levée, j'ai enfilé mes vêtements de la veille et je lui ai volé un T-shirt. Elle a marmonné, toujours endormie :

— Tu pars ?

— Ouais, je retrouve Leo et Mia. T'as pas vu mon soutien-gorge ? Oh, tant pis, je le laisse ici.

Elle n'a même pas ouvert les yeux.

— D'accord…

Mia et Leo m'attendaient au resto de mes parents. On y prenait toujours le petit déjeuner ensemble le 15 août. C'était une tradition horrible. Qui l'avait instaurée ? On mangeait des churros achetés au supermarché, mais Leo trouvait ça cool que nous ayons l'endroit pour nous tout seuls.

— À Leonardo, a dit Mia en levant son café. Pour avoir dépassé la phase de la moustache.

— Je ne l'ai pas dépassée, c'est juste que je n'arrive pas à faire pousser un seul poil.

On a trinqué.

— Tant mieux, a-t-elle répondu. La nature est très sage. Hana, dis quelques mots.

— Qu'est-ce que je peux dire ? Que je déteste prendre le petit déjeuner ici ?

J'ai mordu dans un churro. L'écran de mon téléphone s'est illuminé.

Je crois que je vais m'acheter une nouvelle plante (12:47)

— Hana est amoureuse, a signalé Leo.

— Ouais, a acquiescé Mia.

— Vous êtes relou. Je ne suis pas amoureuse, changeons de sujet.

J'ai bu une gorgée de café trop vite et je me suis brûlée. Je n'étais jamais tombée amoureuse et, en plus, on ne peut pas tomber amoureux en août, j'en étais convaincue. Je suis certaine que les météorites ne sont pas tombées sur les dinosaures au mois d'août. Et les météorites, c'est comme tomber amoureux, ça a quelque chose de magnifique et de désagréable à la fois.

J'allais beaucoup chez Ro. Elle jouait du piano et, pendant ce temps-là, je dessinais. Nous n'avions rien décidé ; personne ne fixe de règles avec les météorites. Les météorites, ça passe. Notre relation avait effectué une transition tellement évidente que je n'avais pas l'impression d'avoir franchi une étape. La deuxième fois que j'ai embrassé Ro, je me suis dit : *C'est comme ça que ça va être.*

On était dans un café avec Leo et Alex. Ro et moi étions dans les toilettes. Elles étaient horribles, la lumière vacillait, l'ampoule était en fin de vie, j'avais du PQ collé à une semelle, mais les toilettes moches, c'était notre endroit zen. Quand nous avons arrêté de nous embrasser, nous nous sommes séparées et j'ai souri.

— Tu n'as pensé qu'à ça toute la soirée, hein ? T'en mourais d'envie.

Elle a souri à son tour.

— Évidemment.

— Tu m'as pratiquement traînée à l'intérieur et tu as mis le verr…

Elle m'a embrassée à nouveau. J'ai fermé les yeux et je l'ai embrassée. Puis je me suis dit : *Oui, ça doit être comme ça.*

C'était comme ça.

J'ai continué à aller la chercher au travail. Paco aimait la voir sortir du McDonald's et Ro adorait le « conduire ».

Puis, en marchant dans le parc, nos mains se frôlaient. Nous devions être deux météorites similaires car, même sans parler, nous comprenions la trajectoire de l'autre : Ro et moi ne nous donnions pas la main. Nous ne nous embrassions pas devant les autres. Nous regardions des films dans ma chambre, ou le début du moins, et je la dessinais parfois, quand elle ne s'en rendait pas compte. Avant la fin de l'été, j'avais un carnet rempli de ces croquis : Ro, Ro qui dormait, qui fumait, Ro assise sur mon balcon le soir. C'étaient les fragments d'une météorite qui se désintégrait en entrant dans mon atmosphère.

Le mois d'août a continué à passer, comme pour me dire : *Tu verras.*

À l'approche des examens de rattrapage, j'ai recommencé à étudier, dans sa chambre, avec elle en fond sonore. Un jour, elle a apporté son clavier chez moi et elle en a joué à Mia depuis la cour intérieure. Elle lui a crié :

— Rosa, je descends et tu me joues ce que tu veux.

Elle est descendue et a passé deux heures à parler à Ro de tous ses ex-petits amis. Ro l'écoutait. Elle écoutait toujours. Elle était le genre de personne qui parle aux dames dans les bus et qui essaie de leur expliquer pourquoi on porte des pantalons déchirés. Mia continuait son récit :

— Et Pablo a…

Ro, sans cesser de jouer du piano, lui a demandé :

— Pablo, celui de la soirée ou du lycée ?

Parfois, je lui récitais mes cours et elle essayait de m'aider.

— Très bien, maintenant Carpaccio.

— Caravaggio.

— C'est ce que je voulais dire.

Le 17 août, j'ai voulu noter mes examens dans le calendrier sur son bureau et j'ai remarqué qu'elle avait arraché les mois qui suivaient août. Quand je lui ai demandé pourquoi, elle s'est contentée de dire :

— C'est bizarre, hein ?

Elle avait l'art d'éviter certaines questions, comme la fois où je jouais avec ses pendentifs et où j'avais chuchoté :

— O de quoi ?

Mes doigts parcouraient le cercle.

— D'Olga.

Elle n'avait rien ajouté, mais j'avais deviné.

— C'est le prénom de ta mère ?

Elle a mis du temps à répondre :

— Oui.

— Et elle ressemble à quoi ?

Elle m'avait souri un peu, toujours aussi calme.

— On peut ne pas en parler ?

Il se passait un truc avec sa mère. Il se passait un truc avec novembre, mais je n'y pensais pas. On était en août et ce n'était pas le moment de penser. J'ai appris son corps par cœur et peut-être le mien aussi. Elle avait un tatouage sur la cheville qui disait *Ro* et une cicatrice au bras droit en forme de pingouin. On est allées à un festival avec mes amis, pour la première fois depuis trois ans. On a pris la voiture de Leo, et Mia était tellement excitée qu'elle ne s'est pas tue une seconde pendant tout le trajet. On était entassés sur les sièges arrière, Alex nous a montré ce qu'il avait acheté pour l'occasion. Ro lui a conseillé :

— Vas-y mollo.

— C'est pour tout le monde.

— Tu sais très bien que c'est faux, je suis intervenue. Alex, si tu nous joues l'embrouille…

— Qu'est-ce que tu racontes ?

Il a ri.

— Quand est-ce que je vous ai embrouillés ?

Tellement de fois. Et il a recommencé. Mais ça, c'était deux jours plus tard. Le jour de notre arrivée, on a monté la tente. Ro et Leo l'ont dressée pendant que Mia et moi nous buvions de la bière, affalées dans des fauteuils de plage si vieux qu'ils tombaient presque en morceaux, planquées derrière nos lunettes de soleil et sous nos casquettes publicitaires pour une banque. Il faisait une chaleur atroce. Le monde était en train d'agoniser. C'était tellement évident que je l'ai même raconté à ma mère au téléphone. Elle m'a posé un tas de questions sur ce que ça signifiait et comment j'allais. Mais elle était bien moins tracassée par la planète que par les soucis que je lui causais, parce que j'étais une étudiante aux Beaux-Arts, médiocre en plus.

Est-ce que c'était ça, l'amour ? Ou la cause du changement climatique ? Le monde me préoccupait beaucoup moins que le demi-sourire de Ro quand on jouait aux cartes et qu'elle me fixait.

On a beaucoup sauté ce soir-là. Et le suivant aussi.

Sauter est en quelque sorte un défi futile à la gravité. C'est aussi nécessaire que de ne pas charger son téléphone portable. Mia mettait un bras autour de mes épaules, j'enroulais un bras autour de sa taille, et on hurlait les paroles des chansons. Puis elle m'embrassait trop fort. Elle me répétait :

— Je t'aime, je t'aime. Ton eye-liner est super mal mis.

Si nous avions bondi comme ça toutes les deux n'importe où ailleurs, nous aurions été ridicules. Le ridicule est donc contextuel ; il n'y a pas de ridicule universel.

C'est ce que Ro m'a répondu ce soir-là, alors qu'on avait bu, que la musique était assourdissante et que je lui hurlais :

— Est-ce que c'est ridicule, si j'ai l'impression que nous n'existions pas avant maintenant ?

Elle a rigolé. Son regard s'est posé sur ma bouche.

— Hana, personne ne peut sourire plus fort que toi.

Qu'est-ce qu'elle voulait dire par là ?

Je n'ai plus jamais atteint ce niveau d'existence. J'en ai atteint d'autres, peut-être. Mais pas celui-là. Il n'était pas reproductible. Leo m'a hissée sur ses épaules comme il pouvait le faire au milieu d'un des concerts et s'est mis à chanter comme une casserole. J'ai ri et on a titubé tous les deux. Alex a disparu pendant cinq heures et est revenu à sa tente avec un nouveau tatouage sur le bras qui représentait un mocassin et, en dessous, il était écrit « huile de palme ». Mia a lu la paume de Ro cet après-midi-là. Elle lui a annoncé :

— Tu seras une mamie hyper grande. Tu veux être grand-mère, non ? Peu importe, tu le seras. C'est écrit juste ici. C'est la ligne des grands-mères.

Ro a passé tout le week-end à menacer de me toucher avec sa ligne de grand-mère.

La deuxième nuit, à cinq heures du matin, nous nous sommes allongées dehors et nous avons admiré le ciel. Il faisait hyper froid. Je me souviens qu'il y avait une musique, lointaine.

Alex a fait une connerie le troisième jour, le dimanche.

Je n'ai pas de souvenir du festival sous la lumière du jour : c'était une longue nuit, éternelle, peut-être sale. Tout ce qui est gravé dans ma mémoire ressemble aux lumières qui s'étirent sur les photos : Mia et Leo qui dansent avec un mec que Mia avait rencontré. La chaleur accablante. Un bruit omniprésent, indéfini, constitué de mille petits bruits : les respirations, la batterie et les claviers. Les voix de milliers de personnes. Ro en face de moi. Elle sourit et les projecteurs colorés dessinent son visage de quatre teintes différentes (bleu, rouge, vert, jaune). Je la regarde (bleu, rouge, vert, jaune). Il y a du silence aussi, parce que c'est comme ça que les météorites voyagent, en silence, sans prévenir. Elles s'écrasent sans crier gare. Si elles prévenaient, ce serait différent, mais Ro et moi, c'était comme ça. Tout à coup, elle s'est rapprochée et m'a embrassée. Ses lèvres étaient un feutre indélébile qui soulignait les parties importantes de mon corps : mon cou, ma bouche, mes mains. C'était comme le poster collé au mur derrière le tableau, quelque chose de primordial, le début de tout. Je ne me suis pas dit : *On s'embrasse devant mes amis.* J'ai pensé : *Bleu, rouge, vert, jaune.*

Je ne pourrai jamais oublier cette soirée.

Leo a touché mon dos et je me suis écartée de Ro. Il m'a annoncé :

— Alex a appelé.

En un clin d'œil, on s'est retrouvés là, au beau milieu des bois, et Alex était étendu sur le sol à côté d'un arbre. Il respirait super vite. Je ne l'avais jamais vu comme ça, pourtant je l'avais déjà vu dans tous les états possibles. Le gars avec qui Mia sortait a dit que son père était médecin et que ce n'était pas la première fois qu'il assistait à ça. Il a affirmé :

— Il s'en remettra.

Mais il a filé dès qu'il a pu parce que la situation était horrible, vraiment pas marrante du tout. Je répétais à Alex :

— Reste avec nous, ne t'endors pas, imbécile.

Quand il a commencé à être pris de convulsions, nous avons appelé une ambulance. On a passé la nuit à l'hôpital. Voilà comment le festival des lumières colorées s'est terminé : à l'hosto. Alex a survécu. Le lendemain matin, pendant que les autres prenaient leur petit déjeuner à la cafétéria, allongé dans son lit, il m'a souri et je ne lui ai pas rendu son sourire.

— Je suis allé trop loin, Hana, il a déclaré d'une voix pâteuse. Je vous ai mis dans la merde. Je suis désolé.

— Tu n'es pas désolé. Ne refais plus jamais ça.

— Il faut bien vivre. On ne va pas faire de vieux os avec cette île de plastique… Mais je suis désolé.

Il n'avait aucune idée de ce qu'était vivre.

J'ai passé une semaine à enrager contre lui, même quand nous sommes allés à la montagne et que nous avons nagé ensemble dans un lac trop froid. C'est là que j'ai dû lui pardonner un peu, parce qu'il m'a offert la moitié de son sandwich à l'omelette. Je suppose que ses yeux voulaient me dire « Tu sais comment je suis » et ce que j'ai lu, c'est « On est en août ». C'était le mois d'août et tout pouvait être reporté.

Isaac est venu avec nous à cette sortie, il était maigre et absent. Il a perdu à tous les jeux de cartes. Il ne semblait s'intéresser suffisamment à aucun d'eux pour apprendre les règles.

— Vous sortez ensemble ? Ou quelque chose comme ça ? a demandé Mia à Alex et Isaac après avoir bu du vin rouge à la bouteille.

— C'est terminé… j'ai répondu à leur place.

— Commère !

— Ça fait un siècle.

Alex a secoué la tête et Isaac a fait le même geste.

— Non, pas du tout, a affirmé Alex. Il n'y a rien. Nos chemins… se sont séparés. Enfin, pas tant que ça, puisque nous sommes ici… Mais c'est sentimental, tu comprends ? C'était intense, mais le destin en a voulu autrement.

Ça n'avait pas l'air d'avoir été intense du tout. Ro a souri.

— Qu'est-ce que ça veut dire, le destin ?

Elle a pris la cigarette de mes lèvres et l'a fumée.

— Ro, c'est scientifique, a affirmé Alex. Il y a des choses qui ne sont pas tangibles.

Puis il a demandé :

— Bon, et vous les filles ?

Ro avait la tête posée sur mes jambes. J'étais en train de mélanger les cartes, mais mon cœur s'est mis à battre bizarrement à cette seconde. J'ai essayé de le cacher.

— Rien, a répondu Ro, en plissant les yeux à cause de la lumière. On a essayé, mais… le destin.

J'ai ri.

— Des choses qui ne sont pas tangibles.

— Vous ne comprenez pas le monde, a répliqué Alex.

Mais il ne râlait pas. Il ne râlait jamais.

— Non, non, vous n'en avez rien à fiche du monde, il a repris. Vous en riez et puis les pôles fondent…

Alex a fait la fête pendant une semaine non-stop après ça.

L'été était terminé, mais il faisait encore la fête non-stop. Chaque année, ça empirait. J'avais passé tout le mois d'août à monter l'escalier de l'immeuble de Ro et à tenter de reprendre mon souffle avant de frapper à la porte.

Elle m'avait lu *Gatsby le Magnifique*, qui était son livre préféré :

— Il organise de grandes fêtes et j'adore ça, c'est plus intime. Il n'y a pas d'intimité dans les petites soirées.

Elle lisait lentement, elle savourait les phrases. Pendant que Ro lisait, je fermais les yeux et j'imaginais que Gatsby était Alex, parce que Alex était une version cheap de Gatsby. Qu'aurait fait Gatsby dans la pire rue de Madrid ? Rien du tout.

J'ai interrogé Ro sur son amour pour la femme de Gatsby.

— Pourquoi tu aimes tant Daisy ? Elle est amoureuse d'un souvenir.

Et Ro a déclaré, de son ton toujours si calme :

— C'est essentiel qu'on se souvienne de toi.

Nous sommes allées chez Alex pour la deuxième et dernière fête. Il y avait une différence énorme entre les deux ; on aurait dit un autre appart. Même l'odeur n'avait rien à voir. Je ne vais pas dire ce que ça sentait *(la mort)*. En réalité, c'était une compétition d'endurance pour ceux dont le sport est la recherche de l'instant ultime. Alex cherchait la mort si fort qu'elle le fuyait.

— Mon couple préféré ! il a crié lorsqu'il a ouvert la porte sur nous le 25 août. Chaque fois que je vous vois, vous avez une tête de plus d'écart, c'est possible ?

On a adhéré au concept. Je ne me souviens pas de grand-chose. On a ri, bu et dansé. Je m'étais promis avant d'entrer : *Je ne toucherai à rien.* Mais j'ai pris pas mal de trucs. Pourquoi j'ai fait ça ? Alex avait failli mourir au festival, au pied d'un arbre. Alex était un vortex de mauvaises décisions et je vivais le dernier mois d'août de ma vie, ce que je considérais comme un mois d'août, du moins, la période du vide, où il ne se passe rien, alors qu'en réalité il s'est passé plein de trucs.

On a joué à Twister. C'est un jeu très compliqué quand il y a cinquante personnes dans un espace de soixante mètres carrés. Mia a pleuré avec moi quand *Dancing Queen* s'est terminé. Leo s'est peint une moustache au feutre. J'ai pris le marqueur et j'ai dessiné un pingouin sur la cicatrice en forme de pingouin de Ro. Elle m'a traînée dans la salle de bains et m'a embrassée là où nous avions passé toute la nuit ensemble, où nous avions mangé des gaufrettes fines comme des hosties. Alors j'ai su qu'en fait, comme Gatsby, la lumière verte et Daisy, nous n'avions jamais vraiment quitté cette salle de bains. C'était notre lieu. Le lavabo était mouillé, mais cela nous était égal. Elle m'a hissée dessus. Je sentais ses mains partout, ses lèvres avaient un goût d'alcool et j'ai essayé de lui enlever son T-shirt. Elle m'a mise en garde :

— Hana, on est dans la salle de bains d'Alex.

Elle a ri. Moi aussi.

— Je sais.

— Il y a beaucoup de monde de l'autre côté de la porte.

— Non.

J'ai secoué la tête, même si elle avait raison.

— Écoute, avec un peu de chance, tu tournes la poignée et elle te reste dans la main.

Elle a souri et m'a attrapé les poignets.

— C'est ça que tu veux ? Non.

— Aurora, j'ai dit.

Son visage s'était multiplié, j'en voyais quatre.

J'ai encore ri.

— Bleu, rouge, vert, jaune. Au-ro-ra.

— Quoi ?

— J'adore ton prénom, je te l'ai dit ?

Je l'ai regardée dans les yeux, ou plutôt dans l'étrange duplication de ses yeux.

— D'après le site Internet des prénoms, ça veut dire lever du soleil. Hé, on devrait faire l'amour ici. Ça clôturerait une étape importante. C'est pas pour moi, c'est pour la scène.

Ro n'a pas été difficile à convaincre. C'était pas très commode, avec le robinet dans le bas du dos et des gens qui tambourinaient à la porte. Ro me connaissait déjà comme si mon corps était une extension du sien, un doigt supplémentaire, comme si, quand elle laçait ses bottines, c'était à moi qu'elle les attachait. Elle me susurrait à l'oreille :

— Hana. Hana.

Même les toilettes, les tuyaux et les flacons de déo étaient en fleurs. Nous sommes rentrées ensemble à six heures du matin et nous avons dormi chez elle jusqu'à trois heures de l'après-midi. Dans le métro qui nous ramenait, chacune avachie sur un siège à cause de la baisse d'endorphines, j'ai contemplé notre reflet dans la vitre en face de nous. Le tunnel noir derrière. Les lumières blanches au-dessus. Ses doigts s'entrelaçaient aux miens et je ne l'avais pas remarqué. À ce moment-là, j'ai senti chaque cellule de ma main en contact avec la sienne. J'ai pensé : *Nous existons. Nous existons en même temps. C'est improbable et pourtant nous existons, c'est ce que les gens voient quand nous sommes ensemble, c'est la conjonction de Ro et moi. Le reflet du miroir est correct.* Pourtant, je lui ai dit :

— On fait un couple horrible.

Et elle a répondu :

— Non.

Ro m'a raccompagnée à la maison, il était quatre heures. Elle est venue avec moi, même si ce n'était pas sur son chemin.

— C'est cinq minutes, t'as vu.

Et je l'ai corrigée :

— Dix-huit.

Sur le chemin, on a failli mourir de rire parce qu'elle s'est approchée d'une boîte aux lettres pour la caresser en croyant que c'était un chien, puis j'ai tiré sur sa veste en cuir pour l'embrasser contre la porte d'entrée de mon immeuble. Elle a chuchoté :

— Hana, je vais tomber amoureuse de toi pour un jour.

Ça ressemblait à une blague bizarre. J'ai souri.

— Quoi ?

— Le 31 août. Tu sais ce qui se passe ce jour-là ?

— Non.

— Tout.

Et elle m'a embrassée.

— J'y vais. Je viendrai te chercher demain.

— Demain ? je lui ai demandé en la regardant partir. Tu viens demain ?

Le 31 août, je me suis réveillée à onze heures. Ma mère a ouvert la porte de ma chambre en m'ordonnant :

— Hana, aère. Ça sent je ne sais pas quoi… Téléphone. Pour toi.

J'ai glissé un pied dans une seule basket et je me suis dirigée vers la cuisine du mieux que j'ai pu, suivie par Paco. Quand j'ai pris le téléphone, c'était Ro, même si elle a d'abord prétendu que c'était la compagnie d'électricité. Je me suis douchée en vitesse, j'ai enfilé les premiers habits que j'ai trouvés et elle m'attendait près de la porte en fumant une cigarette.

— Qu'est-ce qui se passe ? je lui ai demandé alors qu'on marchait vers le métro.

— Quoi ?

— T'apparais tout à coup…

— Je t'ai prévenue hier soir.

— Ça ne compte pas, il était hyper tard. Qu'est-ce que tu mijotes ?

Elle m'a regardée derrière ses lunettes de soleil.

— On va faire des trucs toutes les deux aujourd'hui.

Elle a souri.

— On va faire quoi ?

— J'ai préparé quelque chose.

J'ai glissé une cigarette entre mes lèvres.

— Bon, OK, on va où ? Hé, ne va pas si vite, t'as des plus grandes jambes !

Elle m'a fait prendre le métro. J'ai essayé de lui tirer les vers du nez, mais Ro n'a rien voulu lâcher. Elle avait l'air heureuse. C'était une sorte de joie étrange, comme si elle gardait quelque chose à l'intérieur et qu'elle ne voulait pas que j'y touche. Mais elle était comme ça. Je la connaissais très bien et en même temps pas du tout. C'est ainsi que les gens la connaissaient.

Après avoir marché un quart d'heure, on est arrivées devant une porte. Elle m'a pris la main et m'a tirée.

— Viens.

Elle m'avait emmenée dans une exposition. C'était une petite salle – comme un appartement sans meubles – blanche et longue, où flottait un silence total. Ro a acheté deux billets pendant que j'observais le hall d'entrée. Elle m'en a tendu un. Personne ne m'avait jamais emmenée voir une expo.

J'étais abasourdie, comme si c'était un moment très intime. Plus intime que faire l'amour sur le lavabo d'Alex ? Pour nous, oui. Ou pas. Je me suis rendu compte à ce moment-là que tout ce que nous vivions était absurdement intime. Je ne m'étais pas coiffée pour ce genre d'occasion. Je portais mes baskets et un sweat-shirt noir. Il n'y avait que trois autres personnes dans l'exposition, on aurait dit qu'elles faisaient partie du décor. Pendant une seconde, je me suis demandé si Ro avait construit cette salle en une nuit.

Le thème était les saisons. Des peintures et des photos d'artistes inconnus étaient accrochées aux murs, divisés en quatre zones. Nous ne les avons pas regardées ensemble : chacune a vécu sa propre expérience, a suivi son propre itinéraire. L'univers n'avait jamais vu deux météorites se comprendre si bien. Quand j'ai eu fini de tout regarder, je l'ai rejointe. Elle admirait une sculpture, un vase rempli de fleurs de givre, ou quelque chose qui ressemblait à de la neige.

Elle n'était pas là, pendant une seconde. Elle était perdue dans sa contemplation.

— Le printemps, je lui ai murmuré. Tu es le printemps.

Ro a cligné des yeux et s'est retournée.

Elle m'a regardée d'une manière que je n'ai pas comprise.

Quand nous sommes sorties de là, elle m'a emmenée manger dans une pizzeria pas très loin. Elle m'a volé mon portefeuille, elle l'a rangé dans son pantalon pour que je ne paie pas et je l'ai menacée de la dénoncer à la police.

Le serveur a demandé :

— Il y a un problème ?

— Non, non, on déconne.

Ro a commandé une pizza à l'ananas parce qu'elle était ce genre de personne et, au milieu du repas, elle a ouvert son sac et en a sorti un petit cactus. Qui se balade avec un cactus ? Elle l'a posé à côté de mon verre.

— Tu dois lui donner un nom, sinon il ne survivra pas, c'est dans les manuels.

Je lui ai demandé, la bouche pleine :

— Tu t'es trimballée avec ça ?

J'ai avalé ma bouchée.

— Avec les épines et tout ?

J'ai fait tourner la plante entre mes doigts.

— Un nom, allez…

— OK, OK, tu me mets la pression, là…

Je l'ai appelé Raphael. J'aurais dû l'appeler Aurora parce qu'elle avait l'essence d'un cactus, avec ses cheveux rasés et son besoin de lumière. Nous sommes allées nous promener et nous sommes entrées dans quelques boutiques de vêtements, j'ai essayé de la lingerie rose qui ne m'allait pas du tout.

Ro a éclaté de rire.

— Tu ressembles à Peppa Pig.

On nous a mises à la porte du magasin quand on a fini à deux dans une cabine d'essayage. À six heures du soir, elle est entrée dans un supermarché et m'a traînée jusqu'au rayon vins.

— Qu'est-ce que tu fais ?

— On va boire du vin au cinéma.

— Non, j'ai protesté en riant. Je suis sûre que ce n'est pas légal.

— T'as qu'à le planquer dans ton sac à dos. On ne va pas entrer dans la salle en buvant au goulot.

— Ro, non...

Mais elle s'enfuyait déjà vers la caisse avec la bouteille.

On a mis son idée à exécution. Le cinéma devrait proposer un service avec vin intégré, parce qu'on apprécie la séance à un autre niveau ; c'est comme quand on ajoute de la sauce soja à un plat. Ça en fait une expérience nouvelle. Je me souviens que nous nous penchions pour boire dans le noir en essayant de ne pas rire trop fort. Des gens nous ont demandé de nous taire. Le mec derrière nous nous a jeté du pop-corn, Ro l'a ramassé et l'a mangé.

— Quoi ? Je suis fauchée, m'a-t-elle chuchoté.

L'écran géant était à moitié flou. Comme dans un rêve ; c'était un rêve. C'était le monde vu par un poisson. Je n'ai rien compris au film, mais ce n'était pas nécessaire : il y avait un clown et il mangeait des enfants. Il avait des dents. J'entendais les dialogues en fond sonore, comme s'ils étaient derrière la porte de la salle de bains d'Alex. J'entendais Ro en haute définition. La lumière éclairait la moitié de son visage, mais je le connaissais tellement bien que je pouvais dessiner l'autre moitié moi-même.

Après ça, on s'est baladées dans Madrid. Je souriais et je me laissais guider. Il n'était que neuf heures du soir. Je lui ai proposé d'aller chez elle, mais elle a répondu :

— Allons dans un endroit mieux que ça.

Elle m'a emmenée dans un hôtel bon marché. Je ne sais pas si c'était mieux, mais c'était nouveau. Ma réaction a été comme un pic sur un électrocardiogramme. Ro avait réservé une chambre, c'était vraiment pas terrible, mais l'endroit était pour nous et personne d'autre. Pourquoi faisait-elle ça ? Ça n'avait pas d'importance à ce moment-là. Novembre non plus. Ni sa mère.

La porte s'est refermée dans son dos. C'est ce dont je me souviens : la porte fermée et moi la collant contre le mur. J'ai essayé de lui enlever ses vêtements, mais je me suis débarrassée des miens, finalement, parce que les trois boutons de son pantalon étaient trop compliqués. Ro a rigolé. Moi aussi. Elle m'a saisie par la taille et m'a serrée contre elle. J'avais l'impression que, si j'arrêtais de l'embrasser à ce moment-là, une de nous allait disparaître. Moi ou elle. Sans doute moi. Ça devait être moi.

Le lit était dur. Pas trop grand, juste assez.

À un moment, alors que sa bouche descendait sur mon ventre, j'ai regardé le plafond et je me suis dit : *Qu'est-ce que je fiche ici ?* Je ne me souvenais pas d'être arrivée là et, en même temps, j'avais l'impression de ne jamais avoir été ailleurs dans ma vie. Les cheveux de Ro devaient avoir poussé parce que, maintenant, je pouvais y entremêler les doigts. J'ai fermé les yeux, et j'ai incliné la tête en arrière.

Bleu, rouge, vert, jaune.

Je nous ai revues, au festival, sur le palier avec la jungle autour de nous, dans la salle de bains et au Mercadona avec les pâtes, puis sur un trottoir en train de fumer la même cigarette. Enfin, comme pour toutes les météorites, le moment de s'écraser était venu. Rien à faire, c'est dans leur nature.

Je sentais Ro dans mes bras. Je n'avais peur de rien.
Je me suis endormie.
On était le 31 août.
Dix minutes plus tard, le mois d'août était terminé.

6. SEPTEMBRE

Je me suis réveillée à l'hôtel. Ro n'était pas dans le lit. Je n'ai même pas dû ouvrir les yeux pour m'apercevoir de son absence, je la sentais.

Quand j'ai été suffisamment réveillée, je me suis assise sur le matelas. J'ai regardé autour de moi cette chambre si laide. J'ai pensé : *Que c'est moche, vraiment.*

Puis : *Elle est partie. Bon. C'est Ro.* À ce moment-là, rien ne me semblait anormal. Je me suis habillée, j'ai jeté un coup d'œil à mon portable, qui n'avait plus de batterie, évidemment. Je suis sortie, j'ai descendu l'escalier de l'hôtel. L'homme derrière le comptoir, qui m'avait vue arriver saoule la veille, m'a observée pendant un moment.

— Vous étiez dans quelle chambre ?

Je lui ai souri, un peu nerveuse.

— Euh… Je ne sais pas. Au cinquième étage, je crois.

J'ai écarté ma frange d'une main.

— La fille avec qui j'étais a dû vous laisser la clé avant de partir.

— Non.

— Je ne l'ai pas.

— Il n'y avait personne au cinquième étage, il a répondu.

Il avait l'air contrarié.

— Pas cette nuit.

— Moi j'y étais.

— J'ai toutes les clés ici.

— Mon amie a dû la remettre pendant que vous ne regardiez pas.

Je me suis dirigée vers la porte en ajoutant :

— C'est un malentendu.

Il a marmonné :

— Mouais…

Mais il m'a laissée partir.

Je me suis demandé s'il croyait que j'étais entrée en catimini. Mais il nous avait vues le soir. J'ai marché jusqu'au métro. Il y avait beaucoup de monde, il faisait chaud. Quand je suis arrivée au coin de ma rue, je les ai aperçus : Mia, Alex et Leo. Ils prenaient un verre tous les trois en terrasse. Je ne savais pas l'heure qu'il était, mais Alex portait des lunettes de soleil et en était à son troisième café.

— D'où tu sors ? m'a demandé Mia. Tu as une mine atroce.

— Hier, c'était une journée… Je ne sais pas.

Je me suis assise à leur table. Leo m'a proposé un morceau de son toast à la tomate, et j'en ai pris une tellement grosse bouchée qu'il m'a lâché :

— Salope !

— Les fêtes sont terminées ? j'ai demandé.

— Oui. Y a une fille qui est restée enfermée dans la salle de bains. Deux jours ! a précisé Mia.

Alex a grogné quelque chose, le nez dans sa tasse. Mia a poursuivi :

— Le morceau de Cher passait tellement fort que personne ne l'a entendue tambouriner à la porte. Ça fout les jetons, on se croirait dans un livre de Stephen King.

— Tu devrais réparer la serrure, mon vieux, j'ai suggéré, même si je trouvais ça drôle. Ça ne peut pas continuer à arriver.

— C'est la première fois, a maugréé Alex.

J'ai haussé les sourcils.

— Je n'ai pas mangé la moitié de tes espèces de gaufrettes qui ressemblaient à des hosties pour que tu oublies ce qui s'est passé.

Il a relevé la tête et m'a dévisagée. Enfin, je crois. J'ai juste aperçu mon reflet stupide et décoiffé dans ses verres. Il a fait un geste comme pour demander « Quoi ? » en silence. Le pain grillé de Mia est arrivé à ce moment-là et elle m'a demandé :

— T'étais où ?

— J'ai passé la nuit avec Ro.

Mia a pris du beurre.

— Ro, elle a répété en souriant. C'est qui ?

— Ro. Cette Rocio, comme tu dis…

— T'es avec quelqu'un et tu ne m'avais rien dit ?

— Qu'est-ce que tu racontes ?

Je l'ai regardée sans comprendre, en souriant moi aussi.

— Ben, je ne sais pas, t'es avec une certaine Rocio, non ?

— Elle ne s'appelle pas Rocio.

— Bon, ben alors ?

— Mia, j'étais avec Ro. J'ai dormi avec elle.

— OK, mais c'est qui ?

Ma main s'est figée net. Ils me fixaient tous les trois. J'ai incliné la tête et je les ai observés en me demandant à quoi ils jouaient. Je ne prenais pas leur réaction au sérieux. Ça ne pouvait être qu'une blague. Pourtant, le silence était réel.

— Ro, l'amie d'Isaac. Ma copine, on l'a vue tout le temps cet été.

Je me sentais idiote de devoir expliquer un truc pareil.

Ils sont restés immobiles. On aurait dit des ordinateurs tentant de traiter une tâche trop lourde. Ils ont échangé des regards qui disaient « Tu vois qui c'est, toi ? », puis Leo a déclaré :

— On ne connaît pas de Ro.

J'ai laissé échapper un petit rire. J'ai froncé les sourcils, j'ai secoué la tête et j'ai fouillé dans mon sac.

— Je ne comprends pas vos conneries.

— Tu ne nous en as jamais parlé, a insisté Alex d'un air indifférent. On s'en fout, non ? T'as dû oublier.

— On a passé l'été avec elle !

Il s'est tourné vers les autres et a murmuré :

— Qu'est-ce qu'elle raconte ?

— Je l'ai rencontrée grâce à toi.

J'ai arrêté de fouiller dans mon sac. Je commençais à être en colère.

— C'est une amie d'Isaac. Tu étais avec Isaac, putain. C'est…

J'ai pris une inspiration. J'ai ri, mais sans joie.

— Pourquoi je vous dis tout ça ? Vous vous êtes mis d'accord, c'est ça ? Pour monter cette blague débile ? Je ne comprends pas. Je ne…

— Hana, m'a interrompue Mia.

Pendant ce temps, Alex a demandé :

— C'est qui Isaac, bordel ?

Mia essayait de me comprendre, je le voyais dans ses yeux. Elle a attrapé ma main et elle a décrété :

— Nous ne savons pas qui est Ro.

J'avais la bouche sèche, comme si j'avais avalé le désert, la moitié de la terre, du monde. Je les ai observés. Un par un, en passant d'un visage à un autre. Est-ce qu'ils mentaient ? Non. Ce n'était pas leur genre. Mais il n'y avait pas d'autre explication. Ça n'avait aucun sens. Alex avait retiré ses lunettes.

— Comment vous pouvez ne pas savoir qui est Ro ?!

Leo a essayé à nouveau :

— Tu es sûre que tu nous as parlé d'elle ? On a peut-être oublié…

— Puisque je vous dis qu'*on a passé tout l'été avec elle*, j'ai répondu en détachant chaque mot.

J'ai soupiré.

— Putain… Regardez.

J'ai rouvert mon sac et j'ai déplacé les objets avec des gestes énervés.

— C'est pas drôle, je ne sais pas ce que vous…

J'ai trouvé mon portable, mais il était éteint, il n'avait plus de batterie. Ça ne m'avait jamais dérangée tant que cela jusque-là. Je me suis levée d'un bond.

— Où tu vas ? a voulu savoir Mia.

— Le charger.

Je me suis mise en marche.

— Je vais appeler Ro.

Mia m'a suivie. Je l'ai entendue appeler « Attends, Hana » derrière moi. Je suis rentrée dans le bar. J'étais énervée et mal à l'aise, comme si mes amis me visaient avec un pistolet à eau. J'ai demandé à un serveur s'ils avaient un chargeur. Il a marmonné :

— Je vais regarder…

Il est revenu avec un chargeur et a branché mon portable derrière le bar. J'ai attendu cinq minutes qui m'ont semblé infinies avant de pouvoir l'allumer. J'ai appuyé mille fois sur le bouton de démarrage.

— Allez, allez…

L'écran a fini par s'illuminer. Il allait à une vitesse insultante. Et si c'était la fin du monde ? Les portables devraient être prévus pour ça. Je me suis trompée de code PIN. Deux fois. J'ai mordu mes lèvres en ouvrant WhatsApp. L'appli a mis du temps à charger, aussi. Quand mes conversations sont enfin apparues, j'ai écarquillé les yeux.

— Hana, qu'est-ce qui ne va pas ? m'a demandé Mia, qui était en face de moi.

Je l'ai regardée. J'ai consulté une nouvelle fois l'écran.

Elle n'était pas là. La conversation avec Ro avait disparu. J'ai fait défiler les tchats, mais nos échanges n'étaient plus là. Je l'ai cherchée dans mes contacts : elle n'y figurait pas. J'ai tapé : *Ro, Aurora.* Elle était introuvable. Je ne l'avais pas supprimée.

Pourquoi je l'aurais effacée ?

Je me suis déconnectée de WhatsApp. Je suis allée dans mes photos.

J'ai fait glisser mon pouce, de plus en plus nerveuse : c'étaient mes photos, mais elles avaient quelque chose d'étrange que je n'ai pas identifié tout de suite. J'ai cliqué sur l'une d'elles. Je l'ai examinée. J'ai tout analysé, en une seconde : le festival, l'herbe, la scène. Moi, à gauche, souriant, et rien d'autre.

Qu'est-ce qu'il y a de bizarre ?

Elle était décentrée.

Puis j'ai compris.

Elle n'était pas décentrée.

Ro avait disparu de l'image.

Ro aurait dû être là sur cette photo, et la partie étrange et vide à côté de moi était occupée par elle, normalement. Je me souvenais d'avoir pris cette photo avec elle. Elle avait râlé : « J'ai d'énormes cernes, efface-la. » Mais Ro n'était pas là. C'était comme si elle avait été coupée. Son absence était troublante et je suis restée là, les yeux écarquillés, à regarder l'écran.

Mia a touché mon bras.

— Hana, ça va ?

— Je… je… j'ai bégayé. Je dois y aller.

J'ai débranché mon téléphone du chargeur et je suis partie.

Mia m'a rappelée, évidemment. Elle devait croire que j'allais chez moi quand elle m'a vue partir, mais je ne rentrais pas à la maison. Elle s'est sans doute dit que j'avais pris un truc. Je leur avais laissé mon sac. Je m'en fichais. Le sang battait dans mes tempes. J'ai continué à marcher, je suis passée devant le Mercadona et je suis allée jusqu'à sa rue. Elle habitait là, je le savais. Comment j'aurais pu ne pas le savoir ?

La porte de son immeuble était cassée et ne fermait plus. Je l'ai poussée. J'ai monté l'escalier habituel, jusqu'à son étage, le quatrième. J'ai sonné. J'ai entendu des pas derrière le battant, même s'il a fallu du temps pour qu'on vienne m'ouvrir.

C'était Denali. Avec ses cheveux longs, son teint foncé.

J'ai eu un sentiment de soulagement idiot. Le souffle court, je lui ai lancé :

— Salut. Ro est là ?

Denali m'a regardée. Elle m'a examinée, un peu perplexe, comme si je parlais une autre langue. Il y a eu une pause, une ligne entre l'hémisphère dans lequel elle se taisait et le mien, auquel je m'accrochais si fort.

Elle a répondu :

— Je crois que tu t'es trompée.

J'ai cligné des yeux.

Je n'ai pas compris. Je ne pouvais pas comprendre. Cet instant me paraissait aussi fragile qu'un oiseau qui s'écrase contre une vitre. J'ai pensé : *Je suis en train de rêver*. J'ai aussi pensé : *Ro. Aurora. Ro, Ro, Ro…*

— Denali.

Elle a semblé surprise que je connaisse son prénom.

— C'est moi, Hana… Je ne trouve pas Ro.

— Écoute, tu n'es pas à la bonne adresse. Je suis désolée.

Elle a voulu me refermer la porte au nez, mais je ne l'ai pas laissée faire, j'ai poussé des deux mains. Elle a écarquillé les yeux.

— Qu'est-ce que tu fiches ?

Je l'ai suppliée :

— Ne referme pas. S'il te plaît. J'ai… Tu es amie avec Ro. Denali, vous vivez ensemble, elle…

— Si tu ne t'en vas pas, j'appelle la police.

— Denali…

— Je ne connais pas de Ro. Y a pas de Ro qui habite ici, tu piges ?

Son visage était différent, comme si elle sortait d'un univers parallèle.

— Va-t'en et ne reviens pas. Tarée…

Et elle a repoussé le battant. La porte s'est fermée d'un seul coup. J'étais à bout de forces. J'ai redescendu l'escalier, j'ai rejoint le noyau de chaleur et la vie qui suivait son cours. Mon portable a vibré dans ma poche.

J'étais là, les yeux perdus dans le vide.

On était en septembre.

7. OCTOBRE ET NOVEMBRE

— Vos parents savent que vous êtes ici ?

Quand on était petits, Kyung me racontait des histoires pour me faire peur. Il éteignait la lumière dans ma chambre et disait :

— Elle se cache quelque part. Regarde. Chhh.

Nous restions assis calmement sur le lit. Je n'avais pas peur du noir, mais Kyung réussissait toujours à me flanquer la frousse. Qu'est-ce qu'il n'aurait pas réussi avec moi ? Je le considérais comme la personne la plus importante du pays. Je ne comprenais pas qu'on ne parle pas de lui aux infos malgré tout ce qu'il faisait d'incroyable, comme tenir en poirier pendant trois secondes ou préparer des sandwichs.

— Qui… Qui est-ce qui se cache ? je lui demandais.

— La fille sans tête, répondait mon frère.

Puis il criait et se jetait sur moi et je hurlais à mon tour. Ma mère arrivait et allumait :

— Qu'est-ce que vous faites ? C'est quoi ce bruit ?

— J'ai vingt et un ans. Je suis majeure, c'est écrit sur…

— Je sais. Je ne le demandais pas pour ça, Haneul…

Il a rapproché la chaise de la table et a reformulé sa question :

— Quelqu'un est au courant ?

— Hana, j'ai marmonné. Je préfère Hana, c'est… Je ne sais pas. Mon nom.

— Aucun problème. Hana.

— Mon amie Mia le sait. C'est elle qui m'a dit de venir, elle m'attend dehors. Je lui ai raconté… Je lui ai *tout* raconté.

— OK. Et vos parents ?

— Non. Pas eux.

— Pourquoi pas ?

— Je ne parle pas de ce genre de choses à mes parents.

C'était quoi, *ce genre de choses* ? Il y a des choses qu'on pense ne jamais devoir dire. Qu'on n'a jamais imaginées.

On était le 20 septembre.

Je n'avais jamais mis les pieds dans un cabinet de psychiatre de ma vie, mais là, j'y étais. Le fauteuil n'était pas confortable. Dehors, il y avait du bruit, beaucoup de bruit. L'endroit ne me paraissait pas intime. Je me sentais comme dans un photomaton : quelqu'un allait soulever le rideau. Est-ce que j'avais besoin d'intimité pour raconter mon histoire ? *(Le piano. L'expo.)* Je pense que j'avais besoin d'intimité pour tout.

— Je voudrais savoir, a déclaré le psychiatre – *je l'appellerai « le psychiatre »* –, à quel degré de réalité vous classeriez ce que vous avez vécu.

J'ai pris une inspiration. *(« Tu me suis ou quoi ? »)*

— Très haut. Le plus haut degré de réel.

— Vous avez eu des sensations. Physiques, vous m'avez dit.

— Oui.

— Ce n'était pas juste une image, une voix ? a-t-il insisté. C'était…

— Oui, elle était là.

— D'accord. Cette personne vous a donné des sensations. Elle vous a touchée, vous avez ressenti… du plaisir, de la douleur, tout.

Il a poursuivi, comme s'il me l'expliquait, tout en prenant des notes. J'étais sûre qu'il écrivait : « Cette histoire n'intéresse personne. »

— Ces sensations physiques étaient-elles les mêmes qu'avec d'autres personnes ?

— Oui.

— Et vous lui avez parlé. Elle vous a emmenée dans différents endroits.

— Elle a… *(« Je vais tomber amoureuse de toi pour un jour. »)* Elle a parlé aux gens, à mes amis. Pas seulement à moi.

— Mais eux ne se souviennent pas d'elle.

— Je vous assure qu'elle leur a parlé.

— D'accord. Je vous crois, Hana.

Il ne me croyait pas. Est-ce que j'y croyais moi-même ? Qu'est-ce que je faisais là ? Qu'est-ce que cette discussion de photomaton allait résoudre ?

— Je dois vous demander si ça vous est déjà arrivé. Ou quelque chose de similaire. Quand vous étiez enfant, peut-être, un ami, un…

Je l'ai coupé rapidement :

— Non. Jamais.

— D'accord.

Il a croisé les mains sur la table et m'a examinée.

— Ce serait intéressant que vous posiez la question à vos parents, Hana. Il est possible que vous ne vous en souveniez pas. Maintenant, je voudrais… je voudrais que vous me racontiez en détail ce qui s'est passé cet été, si vous êtes d'accord. Comment avez-vous dit qu'elle s'appelait ?

J'ai dégluti. Je me suis revue sur le toit de son appartement, son visage…

— Aurora.

On était le 3 septembre.

Je n'arrivais pas à dormir.

Le 4 non plus.

Ma mère venait parfois dans ma chambre. Je dessinais non-stop. Elle me demandait :

— Haneul, tu ne sors pas aujourd'hui ? Je vais ouvrir ton volet. Ça va ? Tu veux manger ?

Je ne levais pas les yeux du papier.

— J'ai pas faim.

On était le 2 septembre. Ro avait disparu.

En réalité, elle n'avait pas disparu : on ne peut pas disparaître sans apparaître d'abord. Ro n'était jamais apparue.

C'était inconcevable pour moi, ça chamboulait toute ma réalité. J'étais assaillie d'un doute insupportable. Je me demandais : *T'es sûre ?*, sans le vouloir, quand je piquais des légumes avec ma fourchette.

Tout avait été balayé d'un revers de la main.

J'ai fini par décider que le terme correct était « éliminé » parce que, quand les choses s'effacent, elles laissent des traces. Ro n'en avait laissé aucune. Il n'y avait plus rien qui ait le moindre rapport avec elle. Je n'ai jamais retrouvé le cactus qu'elle m'avait offert. La feuille sur laquelle j'avais recopié la moitié de son numéro était vierge. Il n'y avait même plus de spaghettis dans ma table de nuit. Comme les photos et les messages.

Mon carnet de croquis ne contenait pas un seul dessin. Je suis entrée en rage quand je m'en suis rendu compte. Je l'ai jeté, puis je l'ai ramassé. J'ai analysé mon crayon : est-ce que la pointe avait toujours été usée comme ça ? Si ce n'était pas le cas, cela voulait dire que j'avais bel et bien dessiné Ro.

Je l'avais fait, évidemment.

Ou pas ?

À partir de ce moment-là, j'ai passé des jours entiers à la dessiner, sans quitter ma chambre. Ça ne me ressemblait pas, mais, dans des situations aussi étranges que celle que je traversais, de nouveaux aspects de sa personnalité surgissaient. Un détail du croquis ne me semblait pas réussi et je recommençais. Je gommais, j'arrachais la page. Ma mémoire m'ordonnait de me souvenir d'elle. *Tu la connais si bien.* La cicatrice en forme de pingouin. Ses paupières légèrement tombantes et ses yeux verts ou marron clair, ses cernes, ses cheveux très courts, son nez. Je ne sais pas combien de fois j'ai dessiné son nez. Le résultat n'était jamais assez parfait. Je me disais : *Il faut que j'arrive à recommencer depuis le début et ce crayon à deux euros va former les cellules, le noyau de chacune des cellules et tout ce qu'il y a autour : la vie.*

C'était impossible qu'elle n'existe pas. Impensable.

3 septembre. 4 septembre. Ma chambre était un microcosme chargé d'air statique et tangible. Mon bureau était recouvert de débris de gomme. On aurait dit un gazon blanc sale. Je n'arrêtais plus.

— Haneul, il faut que tu sortes de ta chambre, m'a ordonné ma mère. Ça suffit. Je vais nettoyer. Je ne sais pas ce qui t'arrive. Tu ne veux pas m'en parler, d'accord, mais c'est chez moi ici et je ne te laisserai pas y faire n'importe quoi. Tu vas te doucher, je vais aérer. Haneul, tu m'écoutes ? Rhoo, qu'est-ce que j'ai raté avec toi ?

— Hana.

Ça, c'était mon père. Deux heures plus tard, il prenait une chaise et s'asseyait à côté de moi. Il m'a dit en coréen :

— Ta mère est furieuse, tu devrais te doucher, *gongju*[1]. Qu'est-ce qui t'arrive ? Tu veux en parler ?

Ma mère, le soir :

— Haneul, ça suffit.

— Hana, je t'ai apporté le dîner.

C'était la voix de mon père.

— Haneul, je t'en supplie, parle-moi. Qu'est-ce que tu espères régler en…

— Hana. Le petit déjeuner

— Je suis inquiète, Haneul.

— Hana.

— Haneul !

Leurs voix me passaient par-dessus la tête. Puis on a frappé à la porte.

— Hana Banana ? Tu es là ?

Le crayon a ralenti.

Ce n'est pas moi qui l'ai freiné : c'était lui qui guidait ma main. Mes doigts étaient tout noirs. Je me suis réveillée d'un coma étrange. Qu'est-ce que j'étais en train de faire ?

— Hana, a répété la voix de Kyung.

1. Princesse.

J'ai regardé la porte. C'était plus facile comme ça. Mon frère savait toujours comment s'y prendre avec moi.

— Je ne vais pas entrer, d'accord ? Mais je veux que tu saches que je suis là. Mia vient tous les jours pour te voir. Ce serait bien que tu lui parles.

Il a entrouvert légèrement le battant et Paco s'est introduit dans l'interstice. Le chien s'est approché de moi, la langue pendante. On s'est regardés et ma gorge s'est nouée. J'ai pensé bêtement : *Qu'est-ce que j'ai fait ? Ça fait quatre jours que je ne l'ai pas promené.* Je me suis sentie coupable. Et ridicule aussi. Je ressentais tout ce qui s'était accumulé en moi, j'ai serré les paupières très fort et j'ai posé sur mon visage mes mains noircies par le crayon.

J'ai fondu en larmes. Ça faisait des années que je n'avais pas pleuré comme ça. Je pleurais rarement. Ça s'apprend, comme rouler à vélo. Mes sanglots produisaient un bruit atroce et me coupaient la respiration. Paco s'est mis à gémir. Il s'est assis à mes pieds, tout nerveux. Je suis descendue de ma chaise et je l'ai serré si fort que j'ai cru que j'allais le casser. Heureusement, les chiens sont indestructibles. Il me léchait l'oreille et agitait la queue à toute vitesse, comme pour me dire : « Salut, toi. »

On était le 5 septembre.

J'ai réalisé que j'avais peur. Il se passait quelque chose que je ne comprenais pas, qui m'échappait. La réalité s'était brisée. J'avais l'impression d'être en train de perdre la raison et je ne voulais pas finir à l'asile. J'ai continué à sangloter contre Paco. Nul ne peut savoir quelle sera sa réaction face à une situation nouvelle. Moi, j'ai commencé par refuser d'y croire, puis j'ai été gagnée par la panique. Kyung m'a entendue pleurer et est entré. Il m'a prise dans ses bras. Il était grand et ses cheveux frisés me chatouillaient le front. Je n'ai rien dit, il n'aurait pas compris. Je ne pouvais pas supporter d'affronter une personne de plus qui ne comprenait pas.

Cette nuit-là, j'ai réussi à dormir. J'ai rêvé que j'étais entourée de fumée.

Je me suis douchée et je suis sortie de ma chambre, mais je n'ai pas dit grand-chose. Je n'ai rien expliqué. Ma mère me demandait ce qui s'était passé et mon père me regardait plus souvent que d'habitude. J'ai tenté de redevenir moi-même. Je voulais que les autres reviennent à la normale. Trop de choses avaient été bousculées, j'avais besoin que tous les autres soient à leur place.

On était le 10 septembre et cela faisait une éternité que je n'avais pas vu Mia. C'était de loin la période la plus étrange de ma vie. On aurait dit une pause publicitaire en plein milieu de mon existence. Je me souviens de ce matin-là, Mia était assise sur mon lit et examinait les dessins représentant Ro. Il y en avait un million. Je me demandais si elle allait se souvenir d'elle en la voyant dessinée. Mais elle a juste déclaré :

— Elle paraît réelle.

Paraît. Paraissait.

J'ai pris une inspiration :

— Oui.

J'avais encore la sensation que rien n'était sûr. Que je ne devais pas me fier à ce que je voyais ou entendais. J'avais l'impression d'être passée de l'autre côté d'un miroir dans un monde très similaire au mien, mais pas tout à fait pareil. Je m'attendais à ce que quelqu'un disparaisse à tout moment.

— Tu l'as dessinée de mémoire ?

— Oui.

— Tu l'as dessinée sous tous les angles, Hana.

Elle a passé en revue les feuilles.

— Tu as dessiné tout ça ces jours-ci ?

— Oui.

Elle s'est passé la langue sur les lèvres.

— Elle est très jolie.

— Oui, c'est ce que tu as dit.

— Quoi ?

— Quand tu l'as vue la première fois.

— Moi ?

Nous nous sommes dévisagées. Je lui avais tout raconté : la bagarre, le Mercadona, la salle de bains d'Alex et le piano. Le festival. Pendant que je parlais, ses yeux trahissaient une tristesse mêlée d'inquiétude. J'avais envie que ses yeux hurlent « Ah oui, je me souviens, maintenant », mais ils sous-entendaient « Je n'aurais jamais imaginé qu'il puisse t'arriver un truc pareil ».

J'ai soupiré et je me suis frotté les paupières.

— Je deviens folle, Mia.

— Non.

Elle a posé le carnet et s'est décalée au bout du lit pour s'approcher de ma chaise.

— Ne dis pas ça. C'est réel pour toi. Tu es ma meilleure amie, je sais que tu n'inventerais pas ça. C'est bizarre, mais...

Je l'ai interrompue :

— C'est horrible, j'ai inventé une personne...

— Tu n'en sais rien. Tu ne sais pas ce qui s'est passé, Hana, peut-être que...

— Mia, elle n'existe pas.

C'était la première fois que je le disais. Je l'ai dit à Mia, mais elle ne me l'a pas confirmé. J'ai pincé les lèvres.

— Ro n'existe pas, Mia. Tu ne te souviens pas d'elle.

— D'accord, mais ça ne la rend pas moins réelle pour toi. Regarde, ma grand-mère croit que la Vierge l'a sauvée quand…

— Pas ça, je l'ai suppliée en secouant la tête.

Elle a posé sa main sur la mienne.

— Hana, c'est compliqué, mais cette personne a existé pour toi.

Elle a pris mes dessins.

— On dirait des photos. Pour les autres, je ne sais pas, mais pour toi, elle a existé. Ce n'est pas un mensonge.

J'avais envie de lui répondre qu'il n'y avait pas beaucoup de différence entre mentir et ne pas connaître la vérité. Mais c'était quoi, la vérité ? Mia avait raconté sa vie à Ro.

— Je n'ai pas envie que les choses n'existent que pour moi.

Elle a ouvert son sac et elle en a sorti un papier qu'elle m'a tendu. Je l'ai lu. C'était une liste de noms. Au début, je n'ai pas compris, puis j'ai lu « docteur ». Il y avait aussi des adresses. J'ai eu un sentiment de rejet automatique, comme quand l'odeur du porc aigre-doux me monte aux narines. Je lui ai rendu la feuille.

— Non.

— J'irai avec toi.

— Je ne veux pas.

— Tu as besoin de réponses, Hana. Kyung ou moi, on ne peut pas t'expliquer ce qui se passe, mais peut-être qu'une des personnes de cette liste pourra t'aider. Et, si ça ne marche pas, on continuera de vivre. Tu ne vas pas te fossiliser dans ta chambre, je ne te laisserai pas faire, compris ? J'irai avec toi, on survivra quoi qu'il arrive. Je t'aime, Hana, on va s'en sortir.

Voilà comment, le 20 septembre, je me suis retrouvée dans le cabinet du psychiatre.

Il avait une barbe et des lunettes carrées. J'ai retenu ces détails : voilà ce que je sais de lui. J'avais besoin de m'accrocher à quelque chose. Qu'est-ce que ça m'a révélé sur lui ? Plus que son nom. Il n'était pas sur la liste de Mia. C'est la personne que la Sécu m'a désignée, un peu comme en EPS, quand on forme les équipes au hasard. Il fallait que ce soit remboursé, je n'avais pas de quoi payer de ma poche et je ne voulais pas en parler à mes parents. Mia était d'accord : ça resterait entre nous.

Le cabinet du psychiatre était petit. C'était une cabine de photomaton. Il était jeune. J'ai pensé : *Je lui offre son meilleur cas et je n'ai même pas encore parlé du homard.* J'ai commencé par le mois de mai et j'ai continué, encore et encore.

— Hana, a-t-il dit quand je suis arrivée à la fin de mon récit.

Il a respiré. Il a pris ses lunettes en main.

— Ça a dû être un processus compliqué pour vous. Ma première recommandation, ce serait d'en parler à votre famille. C'est important. Et il faut qu'on se revoie, je vais vous donner un rendez-vous le… Laissez-moi regarder comment cette semaine s'annonce pour moi.

Je l'ai examiné. J'avais attendu ce moment pendant dix jours. C'était l'instant du verdict : je lui avais tout dit. J'ai trouvé sa réponse très décevante.

— Je dois revenir ? j'ai répété sans comprendre.

— Oui. Je vais essayer de vous trouver une place rapidement, je pense que j'ai une disponibilité le…

— Cette semaine ?

— Oui, le plus tôt possible.

Voyant mon air déçu, il a ajouté :

— C'est un processus lent. Je ne peux pas vous prescrire un traitement après une seule visite, Hana. Je veux analyser votre situation, d'accord ?

J'ai quitté le cabinet du psychiatre le 20 septembre. C'était la partie la plus pertinente de ma visite. Mia m'attendait dans la salle d'attente et s'est levée dès qu'elle m'a vue arriver.

— Comment ça s'est passé ?

— Bien.

Je ne reviendrais pas. Elle le savait. Nous le savions toutes les deux quand on est rentrées en métro sans un mot. On n'en a plus jamais parlé. Le processus avait été ridicule : se préparer mentalement, s'ouvrir à un étranger, puis s'enfuir.

Ce jour-là, en rentrant dans ma chambre, j'ai rangé les dessins de Ro. Puis j'ai fumé une cigarette pendant que Mia et moi, on promenait Paco. Elle me parlait. Alex aurait dit : « Il n'y a rien que quelques petits comprimés colorés ne puissent arranger. » Mais les comprimés n'arrangent rien.

Allongées dans le parc, on a contemplé le ciel découpé par les arbres.

— Paco, tu as une haleine atroce, a rigolé Mia.

Elle a éloigné le chien de son visage. Je les ai regardés et j'ai ri.

Vingt jours avaient passé.

C'était ça, le verdict : il n'y avait pas de conclusion. Je n'allais pas trouver de réponse. Je me suis rendu compte que cela me procurait un soulagement. C'était une réponse, en réalité. Le monde était comme ça, désormais, et c'est incroyable à quel point on s'adapte facilement. Rien ne dure, pas même la peur ; surtout pas la peur. Je me répétais : *Souviens-toi d'elle. Ne l'oublie pas.*

Est-ce que je me souvenais d'elle ?

Aurora. Ro. Ses lèvres, son nez. Ils s'effaçaient. Sa voix aussi. Elle devenait un concept un peu flou. Ça aurait pu être le nez de n'importe qui. Pareil pour ses mains.

J'ai fermé les yeux. Mon pouls battait dans ma gorge. Elle me manquait. Je l'avais perdue. Cela faisait vingt et un jours.

— Je crois que je ne pourrai plus la dessiner, j'ai confié à Mia.

— Et ça te paraît une bonne chose ?

— Je ne sais pas.

Après un moment de silence, Mia m'a fait remarquer :

— Il va falloir que tu commences à savoir des choses.

J'ai souri.

— T'es bête. Je sais plein de choses.

— Les chansons d'ABBA ne comptent pas.

Mais, si j'arrêtais de me souvenir de Ro, plus personne ne se souviendrait d'elle.

En octobre, les cours ont repris.

J'y suis retournée. J'ai recommencé à livrer des plats le soir. Je me suis réinscrite au cours de danse contemporaine. Je n'avais pas passé les examens de rattrapage, mais je n'en avais pas parlé. Du coup, je me suis dit que ça annulait le concept de rattrapage et je n'ai pas changé mon inscription.

Leo ne savait pas comment réagir quand il m'a vue. Je me suis dit qu'il avait demandé de mes nouvelles à Mia, puisque je ne chargeais pas mon téléphone. Il m'a d'ailleurs fallu un certain temps pour trouver le courage de le recharger. Leo manifestait plus ses sentiments que les autres. J'ai eu un peu honte d'avoir fui tout le monde. Je n'avais jamais vu mon ami dans un état pareil : on aurait dit qu'il s'approchait tout doucement d'un chat sauvage pour ne pas l'effrayer.

— Si on sortait ce soir ? il m'a proposé alors qu'on était tous les deux assis dans les jardins de la fac. Après la danse.

— D'accord.

— Tu ne fais pas de livraisons ?

— On est mercredi.

— Ah oui, c'est vrai. On pourrait promener Paco. On s'achètera des graines de tournesol. Ou alors j'apporte un jeu de cartes.

Je lui ai souri et j'ai tiré sur ma cigarette. On s'est regardés, puis j'ai déclaré :

— Je t'adore.

Il a cligné des yeux.

— Moi aussi.

Il avait l'air soulagé.

— On pourrait se marier, j'ai suggéré.

— Dans vingt ans si tu veux. Et si tu arrêtes de fumer.

Leo ne m'a pas posé de questions sur le jour où j'avais quitté la terrasse en courant après avoir parlé d'une fille qui n'existait pas. Un mois et demi s'était écoulé, ce n'était pas beaucoup, mais en réalité c'était énorme, les détails se perdaient déjà. J'allais en cours avec la capuche de mon sweat relevée et je tirais la langue à Mia quand elle me faisait remarquer qu'on n'était pas en 2008. « Va te faire foutre », je lui lançais. « Que Dieu t'entende », elle me répondait. Leo levait les yeux au ciel. On faisait les travaux à trois. Je leur apportais les restes du Wok dans un Tupperware qu'on emportait au cinéma et qu'on mangeait avec les mains. C'était dégueu. Octobre était octobre. Cours, moto, danse, amis.

Le 20, on est sortis dans les bars pour fêter l'anniversaire de Leo. Mia et moi lui avions dessiné Paco sur un T-shirt affreux du magasin chinois du coin. Il nous a prises dans ses bras et s'est écrié :

— Vous allez me faire mourir avec ça.

On l'a supplié de ne pas mourir. Alex a débarqué à minuit, plutôt saoul, a pris le visage de Leo entre ses mains et lui a planté un bisou. Leo a essayé de l'esquiver, mais Alex ne l'a pas laissé faire.

— Quelle idée d'être né le jour d'Halloween, quelle horreur ! s'est exclamé Alex.

— Halloween, c'est pas maintenant, c'est dans plus de dix jours.

— Qu'est-ce que tu racontes ? Halloween, ça dure tout le mois d'octobre.

Puis Alex a passé un bras sur mes épaules et m'a tirée contre lui.

— Hana, t'es la meilleure. J'ai l'impression que ça fait genre deux ans que je ne t'ai plus vue. Tes cheveux ont poussé, tu ne ressembles plus à Willy Wonka.

Il m'a adressé un grand sourire.

— Bravo.

Je crois qu'Alex ne s'est jamais rendu compte de rien. Même les faits basiques lui échappaient. Il n'était probablement pas au courant qu'il y avait eu deux guerres mondiales au siècle dernier ou que la Terre était ronde. Il aurait fait partie de ceux qui croient que la Terre est plate si la forme de notre planète avait eu la moindre importance pour lui. Je lui en étais reconnaissante : avec lui, je n'avais pas besoin de faire semblant. À ses yeux, il ne s'était rien passé d'important. Alex était un mois d'août éternel. Cette soirée-là, il a été sage. Il a fini par dormir avec moi. Il ronflait et me serrait dans ses bras. Il a murmuré dans son sommeil : « Ne faites pas de mal à Scooby-Doo. » Le lendemain, Mia est descendue et on a mangé des Phoskitos dans le salon tous les trois.

On a déconné et rigolé. J'ai volé la chaussette de Mia. Ma mère m'a embrassée sur les cheveux en allant dans sa chambre, alors qu'elle ne me faisait jamais de bisous. Elle ressassait encore des colères que j'avais piquées quand j'avais huit ans.

— Qu'est-ce qu'il y a ? m'a demandé Alex en me voyant assise sur le canapé, le regard vide. Tu ressembles à la meuf de Disney Channel. Celle qui avait des visions.

Mia a rigolé.

— Waouh, quelle culture !

— Oh, excuse-moi de t'avoir offensé, Dostoïevski.

Les dessins étaient sous mon lit, dans une vieille boîte à chaussures. Ça aurait été facile de les oublier, pourtant je n'oubliais rien. Mes souvenirs s'estompaient, mais je pensais encore à Ro. Au cinéma, quand je buvais un verre avec mes amis, quand j'allais au parc ou étais dans le métro, quand je discutais avec Leo, c'était comme si je l'apercevais en un flash et que je me disais : *C'est elle.*

En octobre, je me suis découpée en plusieurs couches.

Il y avait les couches supérieures, une croûte de planète sèche, qui disaient : *Il ne s'est rien passé. Je ne vais pas y penser. Si j'arrête d'y penser, ça va disparaître.* Et puis il y avait les strates inférieures, qui cherchaient Ro dans tous les coins. Dans des endroits étranges. Comme quand j'ouvrais les yeux sous la douche.

Je l'entendais.

(« Hana »).

Le soir d'Halloween, on est allés à une fête. Adara nous avait invités. On s'est ennuyés à mourir et on a fini par retourner chez Alex. On avait décrété que son appart était un trou noir, sale et décevant. D'ailleurs, si le mystère des trous noirs s'y était terré, dans la pire rue de Madrid, ça n'aurait pas changé grand-chose ; au mieux, ça aurait fait monter le loyer de quelques euros. J'étais déguisée en jambon et Leo en fantôme avec son drap-housse, même pas blanc, couvert d'un horrible motif de fleurs. Mia était en Nicolas Cage. Alex avait oublié que c'était Halloween.

— On est encore en octobre ? nous avait-il demandé en nous voyant arriver.

— Tiens, j'ai vu Pablo, a annoncé Mia en entrant dans la chambre et en s'asseyant sur Leo allongé sur le lit, qui ressemblait à une énorme couverture avec deux orifices.

— Aïe !

— On revient à la Pangée, a poursuivi Mia. C'est ma théorie, parce que ce mec n'est jamais dans ce quartier, normalement. C'est les plaques tectoniques, je vous dis.

— Les plaques *tétoniques* ? a demandé Alex.

— Pablo, celui de la fête ? j'ai demandé.

J'étais en train de me rouler une cigarette, je n'y arrivais pas, le tabac était déjà tombé deux fois sur mes genoux.

Mia a froncé un peu les sourcils et a souri.

— Je ne t'ai pas parlé de lui.

Elle a ri.

— Comment tu sais ?

J'ai levé la tête. Je l'ai regardée. J'avais trop bu et rien n'avait d'importance à ce moment-là, mais j'ai pensé : *Je le sais parce que tu l'avais dit à Ro.*

— C'est quoi les plaques tétoniques ? a insisté Alex.

Leo a répliqué :

— Ne force pas. Il te reste un neurone. Laisse-le vivre.

— T'as raison, allez, on se fait une partie de Cluedo ?

Je suis allée aux toilettes plus tard, ce soir-là. Alex m'a rappelé que la porte de la salle de bains ne fermait plus.

— Crie si t'entends quelqu'un approcher.

La poignée avait été retirée et posée à côté du lavabo. Je l'ai prise en main. La peinture était à moitié écaillée depuis le mois d'août. Cette poignée n'avait pas le moindre secret pour moi. J'avais même vu ses entrailles, j'avais essayé de la replacer dans le trou, mais sa base était cassée. Comment je pouvais savoir tout ça, si je n'avais jamais été enfermée dans cette salle de bains ? Comment je pouvais savoir où habitait Denali ? Comment j'avais pu voir le tableau avec les vaches sur des patins derrière elle le jour où elle m'avait ouvert et m'avait dit que Ro n'existait pas ? Comment je connaissais ce salon ? Ou le Pablo de la fête ?

Je me suis examinée dans le miroir. Mes yeux étaient à moitié fermés et mon maquillage avait coulé.

Une petite voix intérieure m'a murmuré : *Souviens-toi d'elle.*

J'ai décidé : Ro a existé. Je ne sais pas comment, mais c'est ça, mon histoire.

Je n'ai plus jamais parlé d'elle à personne, et pourtant je la cherchais encore partout. Je scrutais les visages des gens dans les bars, des filles qui sortaient des toilettes quand j'allais y entrer. Son nom apparaissait sur un magasin de chaussures près de chez moi : je le lisais. La voix de Mia ou de Leo s'effaçait. C'était une bande sonore en sourdine. « Ro ? » je demandais en tournant les coins de rue. Je m'arrêtais dans les magasins de musique, chez les fleuristes, au supermarché devant la roquette parce qu'elle en ajoutait sur tout. Dans le métro, quand il faisait nuit et qu'il y avait une rame arrêtée sur les rails en face, je la cherchais des yeux. Je passais en revue toute la voiture. Personne n'était Ro, personne ne pourrait jamais l'être, mais, si le métro démarrait et que les traits étaient flous, d'un coup, là et nulle part ailleurs, n'importe qui pouvait être Ro.

Un jour, j'ai commencé à retrouver les croquis éparpillés sur le sol en rentrant des cours. J'ai interrogé ma mère, mais elle m'a répondu :

— Quels dessins ?

C'était un peu surréaliste. Il m'a fallu une semaine pour découvrir que c'était Paco qui fouillait dans les boîtes sous mon lit pour les trouver et qui les étalait là, couverts de bave.

Je me suis agenouillée devant lui. J'ai caressé son double menton.

— Qu'est-ce que tu fiches, hein ? Tu es un anarchiste. Qu'est-ce que tu essaies de faire avec ça ?

Quand je lui ai montré mes croquis, il a aboyé et remué la queue avec enthousiasme.

Ma théorie, c'était que Paco se souvenait de Ro.

Un frisson bizarre est remonté jusqu'à mes sourcils, comme une plante grimpante.

— Ils sont beaux, hein ? Ils lui ressemblent.

J'ai eu un 3 en nature morte. Mia trouvait que j'avais dessiné trop de plantes. Ça ne me paraissait pas tant que ça, il y en avait à peine huit. Avec Alex et Leo, on est sortis faire la fête. On s'est encore saoulés. Leo se promenait le soir avec moi et on dansait ensemble. Alex s'est fait tatouer un mocassin sur le bras avec « huile de palme » écrit en dessous.

— J'y pensais depuis un moment, il a commenté en me le montrant.

Je lui ai souri.

— Je sais.

Je le savais déjà.

— C'était un peu prédestiné.

— Sérieux ? il m'a demandé, les yeux brillants.

Qu'est-ce qui s'était passé ? Où était Ro ? Peut-être qu'elle n'appartenait ni à moi ni à personne, peut-être que je l'avais inventée. Ou pas. Si elle était en partie un mensonge et en partie une vérité, de quoi était-elle constituée ? De fleurs qui apparaissent, s'épanouissent et se rétractent ?

Il faisait froid au point de vue de la Moncloa. Je me suis assise là, un après-midi. Mes mains étaient tachées de peinture et je contemplais la route, les voitures, le carré un peu joli qu'on avait repéré.

J'ai pensé : *Rien n'a changé.*

Entre juillet et maintenant. J'ai allumé une cigarette. Le vent a ébouriffé mes cheveux.

J'ai fermé les yeux et j'ai attendu que quelqu'un me l'enlève de la bouche. Elle avait dit « Ces choses-là s'oublient », mais pas ça. Pas moi. Je ne l'ai jamais oubliée.

On était en novembre.

Ça, c'est novembre, Aurora.

(« Il va falloir qu'on continue à se croiser. »)

8. DÉCEMBRE

Il n'a pas neigé cette année-là. Du moins dans le centre de Madrid, et mon père était très déçu. Il nous a traînés à la montagne pour faire des trucs idiots du genre toucher de la glace fondue sur le sol. Il n'y a qu'à Paco que ça a plu. J'avais des travaux à rendre, le resto était toujours en ébullition, on aurait dit un chaudron bouillonnant, débordant de chaleur et de gens. Avec Mia, on s'est fait un marathon de films de Noël vraiment très mauvais. Quand on est allés manger au resto avec toute notre classe, Leo s'est bourré la gueule au vin blanc et il a embrassé une fille qui éternuait chaque fois qu'on citait une date importante de l'histoire de l'art. Elle s'appelait Lucia. Il faisait super froid. Au point de vue de la Moncloa aussi, je suppose, même si je n'y suis pas retournée. Alex a chopé la grippe.

Travailler. Étudier. J'ai passé les vacances à dessiner. Je l'ai dessinée sans le vouloir, plusieurs fois ; mon portrait ne lui ressemblait pas. Plus on s'éloignait de l'été, plus mes souvenirs avaient l'allure d'un rêve. Est-ce que c'était un rêve ? L'été et Ro. C'était conceptuel, comme les quelques images de ma chute quand j'avais roulé pour la première fois avec des patins. Est-ce que j'étais tombée ? Ou est-ce que je m'étais raconté cette histoire si souvent que j'avais fini par y croire ?

Nous avons passé Noël avec la grand-mère de Navalcarnero, qui ne se souvenait jamais de mon prénom.

— Pourquoi un prénom aussi compliqué ? Vous auriez pu l'appeler Maria.

Dans mon esprit, la voix de Ro, dont je ne savais pas si je l'inventais, prononçait « Hana » comme si c'était le seul mot qui existait sur terre. Je la cherchais encore. Je sonnais aux portes avec du porc aigre-doux et des sushis et je pensais : *Elle va m'ouvrir.* Mais cela n'arrivait jamais, et je souriais tout de même à la personne qui apparaissait derrière le battant. La vie a suivi son cours. J'ai continué à vivre. Étudier. Livrer. Sortir. Ça s'est estompé petit à petit, la recherche de Ro, la lumière verte au bout de la jetée de Daisy. J'ai arrêté de chercher Ro, mais je n'ai pas cessé de la sentir. Ro était comme le vide laissé par une dent qu'on ne peut pas s'empêcher de chercher. Je me suis habituée au trou.

On était en décembre.

9. JANVIER

— Bonne année ! a crié Mia à tous les voisins depuis la cour en penchant la tête vers le ciel, avant de partir pour la fête. Je vous aime tous ! En fait, non.

Je l'ai tirée par le bras.

— Je ne vous aime pas ! Les plastiques vont dans la poubelle de droite, vous êtes tous de vieux réacs et…

Leo a commencé à sortir avec Lucia. Il nous en a parlé pendant la première semaine de cours. Alex était un peu déçu de comprendre qu'il n'était pas amoureux de lui et moi je râlais que mes parents m'aient tous les deux offert une écharpe pour l'Épiphanie. Il leur aurait suffi de se parler un peu et de se mettre d'accord.

— Pourquoi t'as pensé ça ? a demandé Leo à Alex, un jour où nous sommes sortis pour nous geler les fesses et boire un verre. Je ne t'ai jamais fait des avances.

— Je ne sais pas, j'ai remarqué des trucs. Mec, il y a une alchimie entre nous deux, tu ne trouves pas ?

— Non.

— Ah bon.

Mia et moi nous sommes moquées d'Alex pendant tout le mois de janvier. Nous avons réussi tous nos examens, c'était cool. Tout à coup, ma mère a accroché ma nature morte au mur du salon, alors qu'elle n'avait jamais exposé aucune de mes œuvres. Comme Leo était quelqu'un de fidèle, il continuait à s'asseoir à côté de nous en classe, mais Lucia s'approchait, ils se souriaient, se touchaient discrètement les mains.

On s'est amusées à les imiter. Leo a rougi jusqu'aux sourcils.

— Je vais vous tuer, il nous a dit plus tard, dans le couloir. Vous êtes des monstres.

— Oh, laisse-nous en profiter, a ri Mia. Ça fait combien de temps qu'un de nous n'a pas été aussi idiot ? Depuis Pablo et moi ? Non ? Ça fait un million d'années.

Je lui ai souri quand elle m'a regardée. J'ai répondu, en haussant les épaules :

— Peut-être.

Mais ce n'était pas vrai. Mes amis s'étaient moqués de moi. Il existait dans ma tête un mois d'août où ils avaient ri. Ça n'avait plus tellement d'importance. La plupart du temps, je n'y pensais pas.

On était en janvier.

10. FÉVRIER

Travailler. Étudier. Travail. Dormir. La moto. Le Wok. Fumer. Appuyer sur le bouton de la porte du métro. Le 7, c'était mon anniversaire. Nous avons mis un nœud papillon à Paco. Il s'est juste passé ça et le premier travail de photo à rendre.

Mia me réveillait en me lançant des chaussettes les lundis et vendredis, comme d'habitude, tout était « comme d'habitude ». J'avais donné le chargeur de mon nouveau portable à Kyung. Leo ne comprenait pas pourquoi j'avais fait ça, mais je ne me souvenais même pas pour quelle raison j'avais un nouveau téléphone.

Tout ça n'était qu'un rêve. La douleur efface les événements. Travailler. Et danser. Et dessiner. Et prendre des notes. Et promener Paco le soir. Et regarder le ciel, comme ça. Et travailler. Et vivre. Vivre. Continuer à vivre. Continuer. Continuer.

On était en février.

11. MARS

Quand on doit être réveillé par des chaussettes, on acquiert certaines préférences. J'avais ma propre classification, avec de multiples paramètres. La consistance. La taille. Sans compter la présence ou non de bouloches, qui a une influence sur la texture, un des aspects fondamentaux de la chaussette. Un jour, j'ai donné à Mia une liste de mes préférences basée sur mon expérience depuis mes douze ans.

— Commence par celles-là, je lui ai expliqué. Puis celles-ci, mais, les dernières de la liste, ne me les lance jamais. Tu comprends ? C'est important.

On était dans sa cuisine. Elle m'a fixée avec une expression indéfinissable.

Le 1er mars, j'ai été réveillée par des chaussettes horribles, super rigides, du Real Madrid. C'était un vendredi.

— Debout, Hana !

Le cri de Mia a résonné dans toute la cour. Le coup m'avait fait mal au nez. Je l'ai palpé sans ouvrir les yeux.

— Je te déteste. Je vais mourir.

— Je te donne cinq minutes !

— T'as utilisé les chaussettes interdites !

Je me suis lavé les dents. Je me suis brossé les cheveux. J'ai enfilé les habits abandonnés sur ma chaise de bureau qui ne sentaient pas mauvais. J'ai couru à la cuisine et j'ai avalé d'un trait le café brûlant de Kyung.

— Hé, il a protesté. Tiens, tu as dormi ici aujourd'hui ?

Il a souri. J'ai froncé les sourcils et, sans m'asseoir, en mâchant à moitié un biscuit, j'ai répliqué :

— Où est-ce que j'aurais dormi ? Dans le parc ?

Je ne comprenais pas sa remarque. Il a fait une tête qui signifiait : « Si tu le dis. » En me dirigeant vers le couloir, je lui ai demandé :

— Je fais des livraisons aujourd'hui ?

— Non. Maman a dit demain midi.

— Yes ! j'ai murmuré en levant le poing.

— Coiffe-toi.

— Je suis coiffée.

— Essaie encore, ça ne ressemble à rien.

Paco a trotté derrière moi jusqu'à la porte, tout heureux. Quand j'ai ouvert, Mia portait son imperméable fluo ridicule qui ressemblait à un sac-poubelle. Elle avait envie de se fâcher, je le voyais dans son regard, mais elle était distraite par son portable.

— On est en retard, elle a maugréé.

— Comme d'habitude.

— Je ne serais pas en retard si… Donne-moi un bout, elle a exigé alors que nous descendions l'escalier.

Je lui ai tendu le Phoskito. Elle a pris une énorme bouchée, presque la moitié.

— Je t'ai laissé un mot dans la boîte aux lettres. Tu ne l'as pas vu ?

— Je l'ai mangé.

— C'est dégoûtant, Hana.

— Arrête de me laisser des mots. Tu me vois tous les jours.

C'était un vendredi ennuyeux comme la pluie. J'ai passé tout le trajet en bus à dessiner. Mia me faisait défiler sa liste de Tinder, ce qui ressemblait à une visite au zoo.

— Tu m'écoutes au moins ? elle m'a demandé, et je lui ai montré mes croquis.

— Tu ne crois pas que Paco ressemblerait à ça s'il était une personne ?

Je dessinais beaucoup à l'époque, mais jamais ce qu'on me disait de dessiner. J'ai trébuché en montant l'escalier.

Ça a beaucoup fait rire Mia. Les quatre heures de cours ont été soporifiques, et Leo et moi les avons passées à jouer aux cartes sous la table. Nous pensions qu'il allait déjeuner avec Lucia, mais il a fini par s'asseoir avec nous à la cafétéria, qui était bondée. Le bruit était insupportable. On était un vendredi, en mars, et il n'y avait pas grand-chose d'autre à dire.

— Hé, on sort ce soir. Alex vient de le proposer.

Leo a tourné l'écran de son portable et nous a montré le groupe WhatsApp auquel je ne participais plus depuis 2017. Alex abusait d'une manière presque gênante de l'émoticône du feu.

— Je ne peux pas. J'ai un rendez-vous, a prévenu Mia. Ce soir, avec le type, celui qui… Vous voyez lequel.

J'ai laissé échapper un petit rire.

— Il faut vraiment avoir envie.

— Eh ben, j'ai envie.

— Il t'a fait une thèse sur la coupe menstruelle.

— Et alors ? C'était intéressant.

— Je vais inviter Lucia, a lâché tout à coup Leo.

J'ai ouvert grand les yeux et je l'ai regardé en mâchant mon hamburger.

— Qu'est-ce qu'il y a ? Ne fais pas ta tête dramatique. C'est normal, c'est ma petite amie.

— Vous me lâchez, tous les deux. Bon, très bien. Je note.

— T'exagères.

J'ai ramassé mon sac à dos sur le sol. Je l'ai ouvert et y ai plongé la main pour trouver ma bouteille.

Je me suis piquée.

J'ai retiré ma main.

Si ma vie avait été un film, la musique se serait arrêtée d'un coup. Il y aurait eu un étrange silence. Je m'étais piquée. Il y avait quelque chose dans mon sac à dos qui piquait *(mon compas ?)*. J'ai froncé les sourcils. J'ai fouillé plus attentivement. J'ai senti quelque chose *(qu'est-ce que c'est que ça ?)*. Je l'ai sorti. C'était un cactus. J'ai cligné des yeux en le faisant pivoter entre mes doigts. C'était un petit cactus. Qu'est-ce qu'il fichait là ? Je le savais. *(Tu le sais très bien.)* Un étrange blocage de ma mémoire mélangeait les détails. Pourquoi est-ce qu'il y avait un cactus dans… ?

Leo m'a arrachée à mes réflexions :

— Hana, tu m'écoutes ?

— Oui, désolée, qu'est-ce que tu disais ?

— Ro vient ?

Je l'ai regardé pendant de longues secondes. Quelque chose en moi a répété : *Ro*. On aurait dit un écho. Ma tête était une imprimante. Le papier sortait millimètre par millimètre. D'abord le son. J'avais appris à oublier cette syllabe dans la voix des autres ; puis le reste a suivi. Le cou.

Le menton. La bouche. Le nez. Les yeux. Le front. Une imprimante qui s'allume soudainement dans le noir, c'est flippant. Les lèvres de Leo ont bougé. Je continuais à le fixer. D'autres lèvres que je connaissais comme si c'étaient les miennes se sont superposées. *Tu t'es trompée*, je me suis dit. *Tu as mal entendu.*

Le cactus était toujours là, dans ma main, comme un bonus ridicule.

— Quoi ?

C'est tout ce que j'ai réussi à dire.

Comme un projectile d'air, un crayonné.

— Ce soir, a précisé Leo, elle vient ? Tu n'en as pas parlé avec elle ?

— Avec qui ?

— Ro, Hana.

— Ro ? j'ai marmonné.

— Oui, il a confirmé, l'air un peu perdu.

Ro.

Son nom m'a bouché les oreilles, a rampé sur les murs, il est apparu sur l'étiquette de la bouteille d'eau. Il était dans la signature du tableau au mur. Il se superposait aux menus de la cafétéria. J'ai senti des fourmis monter le long de mes doigts, mais je n'ai pas regardé mes mains, qui serraient encore le cactus. Les lettres s'inscrivaient sur mes nerfs et s'insinuaient sur ma peau et mes membres comme une plante grimpante : Ro. *Ro.*

— Hana, qu'est-ce qui ne va pas ? s'est inquiété Leo.

Je me suis tournée vers Mia. Le silence bourdonnait dans mes oreilles. Elle écrivait quelque chose sur son portable sans nous écouter. J'avais les lèvres sèches. Je l'ai appelée :

— Mia.

Elle ne m'a pas entendue. J'ai répété :

— Mia.

Elle n'a pas pris la peine de se retourner.

— Quoi ?

— Mia, qu'est-ce qu'on a fait en septembre ?

Elle a baissé un peu son téléphone. Elle m'a regardée d'un air interrogateur. Le 1er septembre palpitait dans ma gorge. Elle a enfourné un morceau de pomme de terre et les gens dans la cafétéria sont devenus des concepts, des concepts alignés devant le distributeur, assis à une table, au bar, en silence.

— Septembre ? Je ne sais pas. Comme d'habitude. Les examens, le… Je ne sais pas. Rien de spécial. Pourquoi ?

— Rien de spécial ? j'ai répété, à voix basse.

— Non. Enfin, je crois. Pas dans mes souvenirs.

Elle a jeté un coup d'œil à Leo et puis à moi, parce que nous ne répondions pas.

— J'oublie quelque chose, j'ai raté un truc ?

— Je ne sais pas, a répondu Leo, aucune idée.

— Tu ne te souviens pas, Mia ? j'ai insisté.

J'ai attrapé son bras.

— On y est allées ensemble. Tu es venue avec moi, c'est toi qui m'as convaincue de…

— De quoi tu parles ?

— Le psychiatre.

Elle a écarquillé les yeux. Sa réaction en disait long. J'ai pensé : *Ça recommence.*

— Quoi ? Quel psychiatre ?

Le bruit de la cafétéria est revenu. C'était trop. J'ai lâché Mia et j'ai plongé une main tremblante dans ma poche. J'ai sorti mon portable. C'était inutile, la batterie était morte. Ces situations impossibles me tombaient toujours dessus quand j'étais à court de batterie. J'ai quand même appuyé sur le bouton, il ne s'est pas allumé et j'ai digéré ce moment. Il n'appartenait qu'à moi. Le monde m'avait créée pour comprendre des instants comme celui-là.

— Hana, vous vous êtes disputées ? a voulu savoir Leo.

Je les ai regardés. J'avais toujours le cactus en main. J'ai déclaré :

— Ro vient ce soir.

Leo a répondu sans comprendre :

— Oui.

Je suis rentrée chez moi et Mia n'arrêtait pas de me demander ce qui se passait. Je n'avais pas prononcé un mot pendant le dernier cours. Arrivée à mon étage, j'ai dit :

— Je crois que j'ai de la fièvre. Je vais dormir un peu.

J'ai fermé la porte en laissant mon amie Mia sur le palier, sans la laisser finir de me dire au revoir. J'ai cherché partout mes dessins, tandis que Paco se faufilait entre mes jambes et me léchait les chevilles. J'ai fini par trouver mon carnet sur l'étagère. Je l'ai ouvert : il y avait des dessins depuis la première page jusqu'à la dernière ou presque. Ce n'étaient pas ceux de septembre. C'étaient ceux du mois d'août, ils étaient de nouveau là : Ro, Ro endormie, Ro en train de fumer, Ro assise sur mon balcon le soir. Je les ai parcourus si vite qu'ils ont formé un film.

Ce n'était pas possible.

J'ai levé la tête. Je me suis examinée dans le miroir de ma chambre : ça ne pouvait pas être vrai.

Mais qu'est-ce qui ne pouvait pas être vrai ? Ça ou ce qui s'était passé avant ou encore avant, qu'est-ce qui était le moins possible ? Les couches supérieures ont commencé à se disputer avec celles d'en bas. *Tu rêves*, affirmaient certaines, tandis que d'autres insistaient : *Tu savais qu'elle existait*. J'ai branché mon portable avec le vieux chargeur et j'ai dû attendre, car la position impossible dans laquelle je pouvais le charger ne me permettait pas de le toucher. Pendant tout ce temps, j'ai continué à me répéter : *Ce n'est pas possible*.

Il s'est allumé. Je suis allée dans mes photos. Je les ai fait défiler jusqu'en août.

Elle était de nouveau là.

Ro était revenue.

Elle était présente sur toutes les images. C'était son visage, je ne l'avais pas vu depuis des mois, et ce n'était pas un croquis, c'était Ro. Les yeux, le nez, le festival en arrière-plan. J'ai vérifié mille fois. J'avais appris à l'oublier. Je n'y avais pas vraiment pensé depuis janvier. J'avais gardé tant de choses à l'esprit sans vraiment y accorder ma pleine attention. Elles étaient floues. Comme le mois de septembre, la tête du psychiatre, moi qui pleure et l'hôtel bon marché. C'est comme ça que le cerveau réagit face aux événements traumatisants, mais là, nous étions le 1er mars et il y avait un cactus sur ma table de nuit. Quand j'ai ouvert le tiroir du haut, il était rempli de paquets de spaghettis.

Tout était revenu d'un coup.

J'ai relu les derniers messages de notre conversation WhatsApp.

J'ai envisagé de l'appeler, mais j'avais peur. C'était trop énorme.

Ce soir-là, Leo m'attendait en bas de mon immeuble. On s'est fait la bise.

— Comment ça va ? Tu n'emmènes pas Paco avec toi aujourd'hui ?

— Il a arrêté de boire, il devient violent.

Il a rigolé. Je lui ai souri.

— Tu vas bien ? il a insisté en inclinant un peu la tête et en m'observant avec de grands yeux. T'es sûre ?

— Tu me psychanalyses ? Ça va, je t'assure.

Je voyais bien à son expression qu'il n'était pas convaincu.

— J'ai pas beaucoup dormi. Allez, laisse-moi.

Je l'ai poussé d'un coup d'épaule. Cela m'a valu un sourire et un « OK ». Nous nous sommes mis en marche et j'ai senti un essaim bourdonner en moi, c'était difficile de faire semblant de rien. Leo me parlait de choses que je n'entendais pas.

Lucia nous attendait devant le bar. J'ai eu l'impression de la voir réellement pour la première fois, comme si je n'avais eu d'elle qu'une image floue depuis des mois. L'univers semblait plus net. Elle m'a lancé :

— Hana, j'adore tes bottes.

— Bah, elles sont super vieilles.

Je lui ai souri, distraitement. Elle voulait que je l'apprécie. Je l'aimais déjà bien, mais je n'avais pas réussi à le lui faire comprendre : j'avais la tête ailleurs. Comme quand on gonfle un ballon et qu'on sait qu'il va éclater d'un moment à l'autre. On ne peut pas faire semblant de rien. Mon cerveau me disait : *Elle est là. Où est-elle ?* Puis nous avons poussé la porte et le bruit a tout recouvert, la voix de Leo, celle de Lucia et celle qui me parlait dans ma tête, aussi.

— Hannah Montana !

Alex nous avait vus et m'appelait. La chanson qui passait à ce moment-là était horrible et il souriait, appuyé contre le bar. Il y avait quelqu'un à côté de lui. Je ne l'ai pas reconnu tout de suite, puis j'ai réalisé que c'était Isaac. Ça m'a fait un choc parce que, comme le cactus, Isaac était une extension bizarre de l'existence de Ro.

Il a levé le menton pour nous dire bonjour. Je ne sais pas si je l'ai salué en retour.

— Viens par ici !

Alex a agité ses mains avec enthousiasme, puis s'est retourné et m'a tendu un verre.

— Tiens ! Bois un coup !

— Tu es déjà bourré ?

— Évidemment ! Ce n'est pas sain de rester sobre.

Il m'a attrapée par les pans de ma veste et m'a secouée.

— Où est Mia ?

— Elle n'est pas venue. Alex, tu n'as pas vu…

— Je vais l'appeler !

Il faisait chaud, il y avait trop de monde. J'examinais les visages des gens, mais aucun n'était le sien. Je recommençais à la chercher, pour la première fois depuis des semaines, mais personne n'était Ro.

Où est-elle ?

Mes amis continuaient à parler. Je ne comprenais pas ce qu'ils disaient.

Je suis partie.

Je me suis frayé un chemin à travers la foule.

Ce n'est jamais confortable d'avoir un essaim qui bourdonne à l'intérieur, mais ce bar était un endroit particulièrement horrible pour endurer ça. C'était un mauvais écosystème pour des abeilles. J'avais l'impression de nager, je repoussais une mer de formes indistinctes pour rejoindre un endroit que je ne pouvais pas atteindre.

Ro.

Où est-elle ?

La première fois que je l'avais vue, c'était dans les toilettes d'un bar. Mes pieds m'ont conduite tout seuls ; la porte était fermée. J'ai attendu. Je pensais que, si j'attendais et que je refaisais les mêmes gestes, le battant s'ouvrirait et elle sortirait des W-C. Mais ce n'est pas elle qui est sortie. La fille qui s'est excusée de m'avoir bousculée avait un piercing dans l'arcade sourcilière, ce qui était une mauvaise idée. Son apparition m'a à la fois soulagée et déçue. Je me suis aspergé le visage d'eau.

L'essaim bourdonnait plus fort que jamais. Mon estomac était en ébullition.

J'ai écrit à Mia sur WhatsApp :

Comment tu vas ? (23:43)

Quand je suis sortie, Lucia m'attendait.

Elle a souri.

— Hana ! T'étais passée où ?

— Je… je cherchais quelqu'un.

Elle m'a demandé, en tenant la porte des toilettes :

— Elles sont vraiment dégueulasses ?

— C'est supportable.

— Bah, j'ai des kleenex.

Elle me les a montrés en souriant, puis elle a rajusté son sac sur son épaule.

— Je vais sortir fumer après, si tu veux…

— On t'attend.

Lucia s'est retournée parce que ce n'était pas moi qui avais dit ça. J'ai fait volte-face et Ro était là, appuyée contre

le mur à côté de la porte des toilettes, une bière à la main. À quelques pas de moi. Elle était là. Et moi aussi.

Et je l'ai vue. Et c'était bizarre.

L'espace a ralenti. Les gens se sont figés. En vrai, rien ne s'est arrêté, mais pour moi, si. Les lèvres de Lucia ont cessé de laisser échapper des mots. Mes yeux se sont concentrés sur Ro, son visage, ses jambes et ce T-shirt noir avec le nom d'un groupe que je lui avais enlevé tant de fois. Elle avait son sourire habituel, comme si elle en savait un peu plus de ce qu'il est possible de savoir. Elle avait une cicatrice en forme de pingouin sur le bras. Lucia m'a demandé quelque chose et je ne l'ai pas entendue. Elle a disparu dans les toilettes. Je me souviens que Lucia était partie. Ro a vu que je la regardais et elle a dit, d'un ton calme :

— Bonjour, Hana.

Hana.

J'avais passé des mois à recréer ce son. J'ai pensé : *Je l'entends. Sa voix.* Ce n'était pas un mensonge. Ça ne pouvait pas être un mensonge. Si c'était mon imagination, alors l'univers entier en était le fruit.

Je l'ai examinée.

La salle était bondée. Elle m'a regardée.

C'était elle, en chair et en os, vivante. Ro. J'avais envie de la toucher, mais j'étais morte de trouille à l'idée de le faire parce que j'avais passé trois jours enfermée dans ma chambre en septembre, à réaliser qu'elle n'existait pas. Elle était de retour et les deux impulsions me tiraient si fort dans deux directions opposées que j'étais clouée sur place.

Je la fixais avec tellement d'intensité que j'allais la faire fondre.

Elle s'est écartée du mur et s'est approchée.

— Hana.

Elle m'a adressé un sourire un peu inquiet et a ajouté :

— Salut.

J'ai entrouvert les lèvres. Je voulais dire quelque chose. Je n'ai rien pu dire. C'était comme rencontrer un fantôme. Je suis restée comme ça, coincée. Ro a jeté un coup d'œil derrière elle, puis elle s'est retournée vers moi. Elle ne souriait plus.

— Hana, qu…

— Tu es là, j'ai fini par articuler.

C'est sorti comme une bouffée d'air.

Ro a cligné des yeux.

— Oui. Je suis là…

— Tu as disparu pendant six mois.

Son expression est devenue indescriptible. Pour essayer de la définir, je devrais forcément la trahir. Il faudrait inventer un mot rien que pour ça. Il y avait trop d'émotions différentes contenues en un seul visage.

Elle était surprise. Non : elle avait peur. En une seconde, elle a été remplie d'effroi.

Elle a fait un pas en arrière.

La bouteille qu'elle tenait en main a glissé entre ses doigts. Elle est tombée par terre et a dû se casser. Je ne me souviens pas du bruit de verre. J'imagine que des gens ont dû se retourner, mais nous nous fixions droit dans les yeux et son visage semblait dire : « Tu es au courant ? »

Le gars du bar nous a crié :

— Qu'est-ce qui se passe ?

Ro s'est retournée. Elle l'a vu. Puis elle a remarqué les éclats de verre autour de ses bottes. Tout ce que je sais, c'est que, juste après ça, elle est partie. J'ai cligné des yeux et elle s'éloignait. Ro repoussait les gens. J'ai cessé d'être figée sur place et j'ai pensé : *Non. Où tu vas ?* Je n'allais pas la laisser filer. J'avais passé des mois à la chercher. Je l'ai suivie. J'avais l'impression que le bar était un entrepôt rempli de mannequins de vitrine. C'était un labyrinthe étouffant, sans oxygène, et l'essaim s'est échappé par mes lèvres, mes oreilles et mes doigts.

Ro est arrivée à la porte.

Elle l'a poussée.

Elle est sortie.

J'ai attrapé son poignet.

Il faisait froid dehors. Ce n'était pas le froid de novembre, j'ai reconnu cette bouffée d'air particulière. Je savais où nous étions, maintenant, dans cet instant incompréhensible. Je l'avais rencontrée là. Alex s'était battu devant cette porte et l'écran de mon téléphone portable s'était brisé. C'était en mai. Nous nous étions mises à courir. Ça, c'était en mai. Maintenant, Ro était en train de fuir. Je ne l'ai pas laissée faire : je l'ai attrapée par le poignet. Je l'ai tirée vers moi. Ma main n'est pas passée à travers elle, comme je le redoutais un peu. Le contact avec sa peau a confirmé son existence. Je ne parvenais pas à me défaire du doute, mais j'y suis enfin parvenue quand elle s'est retournée et que nous nous sommes retrouvées si proches tout à coup.

— Non, j'ai haleté. Tu ne partiras pas.

— Hana…

— Non, je l'ai coupée.

Son regard était paniqué.

— Tu es là. Putain, qu'est-ce qui se passe ? Tu as disparu. Ro, en septembre, tout a disparu, et j'ai pensé que… Et maintenant tu es là et…

— Je ne peux pas, Hana, je dois m'en aller…

— Tu as disparu pendant *six mois*. Comment c'est possible ?

Leo est sorti, il m'a appelée. Je me suis retournée et j'ai lâché Ro par réflexe.

— Hana, Alex n'est pas bien. Il vomit, je crois qu'on…

— Pas maintenant, Leo, je ne peux pas.

Quand je me suis retournée, Ro avait disparu. Le silence à l'extérieur du bar était accablant et je suis restée là, avec le dernier bout d'essaim qui bourdonnait dans l'unique partie de mon corps que Ro avait touchée.

On était en mars.

12. RO

Cette nuit-là, j'ai dormi dans l'appartement d'Alex. Leo a ramené Lucia chez lui. Dans le dernier métro de la ligne 4, le front posé sur mon épaule, Alex a murmuré :

— Je t'aime.

— T'as intérêt.

— Je le pense vraiment.

J'ai soupiré. J'ai contemplé la voiture vide.

Elle n'était pas vide, en réalité ; à une heure et demie, aucun wagon n'est désert, mais personne ne prête attention aux autres voyageurs et ce genre de solitude est fatigante.

Je me sentais à bout de forces. Je n'étais même pas capable de penser, pourtant je repensais à la même chose en boucle, à la façon dont Ro m'avait regardée et à cette histoire impossible. J'ai fermé les yeux. Ma tête tournait. J'avais dépensé toute mon énergie et, pour une fois, la batterie de mon portable n'était pas morte. C'était un détail ironique. Peut-être que c'est mon téléphone qui m'a soutenue juste cette nuit-là.

Je me souvenais de Ro et moi dans le métro.

Alex s'accrochait à moi comme un chiot perdu. J'ai passé une main dans ses cheveux trop longs. Il était complètement défoncé, mais c'était mon ami aussi, et nous étions là ensemble, dans le dernier métro de la ligne 4.

— Je vais vomir, il a chuchoté.

J'ai répondu en chuchotant, sans me démonter :

— Mais non. Pas ici.

— Et si je le fais ?

— Tu ne vas pas le faire.

— OK.

Il a vomi à côté des rails. Si Alex y mettait du sien, il pourrait vomir pour toute l'humanité, je veux dire, remplir un quota. Je lui ai donné des petites tapes dans le dos. Je l'ai accroché à mon épaule, comme un sac à main.

Nous avons marché.

Nous sommes arrivés chez lui. Adara nous a ouvert la porte. À nous deux, nous l'avons emmené jusqu'à son lit et je me suis effondrée sur le canapé un peu plus tard, alors qu'il ronflait déjà, un sourire aux lèvres. Adara m'a proposé :

— Tu peux dormir avec moi, si tu veux. Ça ne me dérange pas.

— Non merci.

J'ai sorti mon tabac de mon sac et je le lui ai montré.

— Je vais m'en rouler une, puis je vais y aller.

— Maintenant ? Tu es sûre ?

— Je travaille demain.

Je me suis endormie là, sur le canapé, sans même allumer ma cigarette. Je l'ai glissée entre mes lèvres, je me suis allongée, j'ai fermé les yeux et *pouf*. J'ai rêvé que j'étais entourée de fumée.

Le lendemain, Alex m'a préparé un Cola Cao. C'était le plus mauvais chocolat qu'on m'ait jamais proposé, ce n'est pourtant pas très compliqué de mélanger de la poudre de cacao et du lait. J'avais mal à la nuque à cause de la position dans laquelle j'avais passé la nuit, mais Alex débordait à nouveau d'énergie et il a commencé à me parler de dinosaures. Il lisait ces jours-là des livres sur le sujet, et il m'a résumé ce qu'il venait d'apprendre pendant que je prévenais ma mère via WhatsApp que je serais là à midi.

J'ai ouvert le tchat de Ro. Je voulais lui écrire, mais je ne savais pas quoi lui dire.

Alex m'a souri comme si toute son existence était un sourire. Puis il a fait des bulles avec sa paille. C'était un gamin. Il ne pouvait pas continuer à être aussi immature. Il ne pouvait pas continuer à jouer avec sa vie. Je l'ai regardé sniffer un rail de coke et je n'ai rien dit parce que je n'étais qu'une gamine inquiète à cause de quelque chose qui la dépasse et qu'elle n'arrive pas à comprendre. Je voulais faire semblant que ça n'arrivait pas. Il m'avait dit un jour : « Pour affronter la journée, c'est l'idéal. T'en veux ? » Ça devrait être incompatible de faire des bulles dans son Cola-Cao et de sniffer cinq minutes après, mais le monde était comme ça. Alex ruinait sa vie devant moi, comme un Tupperware de lentilles sorti du congélateur qui fond peu à peu, et il n'était la priorité de personne.

— Isaac est venu hier, j'ai marmonné.

Le soleil ne brillait pas à l'extérieur.

— Ah oui.

— T'es avec lui pour le moment ?

— Non.

Il a ri.

— Non, je veux dire oui, je ne sais pas, on couche ensemble de temps en temps, mais c'est… ça fluctue. Ce n'est pas comme toi et Ro.

J'ai répété, calmement :

— *Comme moi et Ro.*

— Tu vois ce que je veux dire. Ce n'est pas constant, ce n'est pas… Depuis combien de temps tu sors avec cette fille ? Depuis un an ? Presque un an ou plus. Isaac et moi, ça n'a rien à voir.

J'ai tiré une bouffée sur ma cigarette.

Le monde se réajustait autour de moi. Je cherchais les limites. Je me sentais terriblement fragile d'avoir vécu quelque chose qui n'existait pas et de devoir comprendre ce qu'on a vraiment vécu à travers ce que les autres en racontaient.

J'ai expiré la fumée et porté la tasse à mes lèvres.

En sortant de chez Alex, j'ai appelé Ro.

J'ai d'abord fixé l'écran un moment. J'ai examiné son image de profil WhatsApp, qui était juste une photo d'une plante. Puis j'ai appuyé sur le bouton, mais je n'avais pas de réseau.

J'étais dans la pire rue de Madrid et j'ai dû marcher jusqu'au coin de la rue avant de réessayer.

Ça a sonné. Elle n'a pas décroché.

Je l'ai appelée trois fois. Cinq fois. La sixième fois, j'ai laissé sa messagerie se déclencher. Je voulais dire quelque chose, mais aucun son n'est sorti, et elle a probablement eu trois secondes de silence gênant.

Je suis montée dans le métro pour aller au Wok. Mon père était derrière le bar, il m'a adressé un signe de tête. La salle était super bruyante, comme toujours. Le bruit semblait physique. Ma mère est revenue après avoir servi une table et m'a annoncé :

— Haneul, on a cinq commandes, tu es en retard, je vais les chercher, sors, mets ton casque, allez, dépêche-toi.

Elle a probablement articulé toutes ces syllabes en même temps. J'ai posé les paquets de porc aigre-doux, un par un, dans le sac isotherme. Je suis ressortie.

Je suis montée sur ma moto. Il faisait gris, le ciel était bouché par les nuages. J'ai traversé la ville sans réfléchir : rues, feux rouges, sonnettes, coins. Bâtiments. Me garer le long du trottoir. Appuyer sur le bouton de l'interphone. Faire une pause forcée dans l'ascenseur. « Bonjour, votre commande, merci. » Descendre. Une descente continue. Et redémarrer.

J'ai accompli ces gestes ce midi-là, comme je le faisais toujours, et c'était une parenthèse étrange.

Je suis retournée au resto. J'ai recommencé une tournée. Je suis repassée au Wok. J'en ai pris une de plus.

La troisième fois que j'y suis revenue, il pleuvait et il n'y avait presque plus personne. Je me suis faufilée derrière le bar et j'ai évité ma mère. Je suis allée dans la cuisine.

Kyung a ri parce que je devais avoir une tête pas possible après avoir libéré ma tignasse du casque.

— On est en train de nettoyer.

— Je vous aide ? j'ai proposé.

— Tes cheveux sont très longs, Haneul.

Ce n'était pas vrai. Ma mère m'a quand même suivie : elle est entrée derrière moi et a peigné ma frange avec ses doigts.

— Tu ne vas pas les couper ?

— Si. Un jour.

L'odeur de la cuisine était indescriptible. On aurait dit la fusion de vingt mille arômes différents et, en même temps, aucun parfum précis ne se détachait du lot. J'ai noué mon tablier et je me suis mise à faire la vaisselle, mais Kyung s'est approché et m'a donné un coup de coude.

— Laisse-moi faire, rabat-joie, c'est ma partie préférée. Trouve-toi un hobby, allez, ouste !

C'était sa façon de m'accorder une pause. Je lui ai souri. J'ai eu du mal à défaire le nœud de mon tablier. Je suis passée aux toilettes, puis j'ai enfilé ma veste en cuir, et mon père m'a saluée d'un geste maladroit tandis que ma mère me criait :

— Tu vas promener Paco ?

— Sûrement.

J'ai avancé précautionneusement sur le sol qui venait d'être nettoyé. Mia m'avait envoyé un message qui disait :

Je viens de me lever (16:48)

J'ai poussé la porte.

Je suis sortie.

J'ai levé les yeux.

Ro était là, debout sous la pluie.

Il pleuvait vraiment, ce 2 mars. Comme si le ciel n'était que colère, comme si la pluie voulait tout briser sur son passage, comme si elle voulait baptiser les arbres. Ce n'était pas courant d'assister à un déluge pareil. Ma grand-mère disait, en coréen, que, quand il pleuvait comme ça, c'était pour quelqu'un. Puis elle ajoutait : « En général, le ciel sait ce dont nous avons besoin. »

Ro m'attendait devant le Wok sans parapluie, comme s'il ne pleuvait pas des cordes, comme si nous étions à nouveau au mois d'août et que nous nous déplacions comme un corps et son ombre. Elle avait les mains enfoncées dans les poches de son sweat-shirt et je l'ai vue droite, si grande, comme un gratte-ciel, qu'elle m'a fait penser à une règle d'enfant à l'école primaire. Elle pouvait être les deux à la fois, la règle et l'enfant. Elle était les deux à la fois. Elle avait encore une expression qui ressemblait à de la peur et elle était trempée jusqu'aux chaussures. C'était une image tellement théâtrale et inutile, elle lui ressemblait comme deux gouttes d'eau. Ro sous la pluie. La veille, je l'avais examinée comme si elle était un fantôme.

Cette fois, je l'ai regardée sous un nouveau jour. *C'est Ro.*

C'était Ro. Juste Ro.

Et elle était venue m'attendre.

— On peut parler ? elle m'a demandé, par-dessus le fracas du déluge.

Une voiture est passée derrière elle.

Nous nous sommes fixées.

Le trottoir devant le resto était étroit, mais il me semblait immense. On aurait dit un court de tennis. La décoration de l'entrée était kitsch, rouge avec des dragons chinois, le lettrage de l'enseigne était en Comic Sans. J'avais tout à coup conscience de tous les éléments présents : la bouteille de bière abandonnée près de l'arbre. Les flaques d'eau sale. La ville. Moi. Elle.

— Je t'ai appelée, j'ai répondu. Ce matin.

— Je sais.

— Tu es partie.

— Je sais.

Elle était nerveuse. Je ne l'avais jamais vue comme ça, Ro était super calme en toutes circonstances.

— Je devais y aller, je...

— Il faut qu'on parle, Ro.

— Il faut qu'on parle, oui.

Une autre voiture est passée. Puis une dame avec un parapluie s'est faufilée entre nous. Étonnamment, Ro n'a pas disparu en un clin d'œil.

Je lui ai fait remarquer :

— Tu es trempée, Ro.

Elle n'avait pas l'air de s'en rendre compte. Elle a levé les yeux vers le ciel pendant une seconde, comme si elle venait de réaliser qu'il pleuvait.

— On peut aller chez moi ? elle a proposé quand elle a reposé son regard sur moi.

J'étais toujours à l'abri, sur le seuil du Wok.

— Je n'ai pas de parapluie.

— Tu veux bien te mouiller pour moi ?

Nous sommes allées à son appartement. Je ne me souviens pas du trajet. Je sais que nous n'avons pas échangé le moindre mot. Il y a une ellipse bizarre dans mon souvenir : nous étions devant le resto, puis, l'instant d'après, nous montions les marches jusque chez elle. On aurait dit des automates. Nous aurions pu discuter là sous la pluie. Ça aurait été beaucoup plus cinématographique. Comme j'avais compris que Ro et moi ne pouvions pas cesser d'être Ro et moi, nous avons marché dans une tension qui n'avait rien de poétique. Voilà ce dont je me souviens : des lumières des feux de signalisation. Du coin de sa rue. De la rampe, de la clé. De l'appartement vide. Un obstacle dans ma tête m'empêchait d'assimiler les parties incohérentes de cette histoire – tous ses aspects, autrement dit –, je n'ai donc rien enregistré en dehors du tableau, des murs bruns, de la cuisine, du couloir. Voilà ce dont je me souviens. Je me souviens d'avoir aperçu une traînée de miettes de pain alors que je fixais mes chaussures. Les images défilaient comme par la fenêtre d'un train qui ne s'arrête jamais : les endroits où je l'avais cherchée se succédaient à toute vitesse, puis, d'un coup, une porte s'est refermée derrière moi et nous étions dans la chambre de Ro.

C'était la chambre de Ro.

Le vieux clavier électronique dépassait de sous le lit. Les huit plantes étaient disposées dans des endroits où personne ne mettrait des plantes. Il y avait des vêtements pliés sur la table, le lit était défait. J'ai vu tout ça, la fenêtre poussiéreuse, l'armoire entrouverte, deux paires de bottes noires presque identiques et un réveil.

Je me suis retournée, lentement.

Aurora était appuyée contre la porte. Elle avait ce visage encore nouveau pour moi, mais que j'avais cherché jusque sous la machine à laver, et ses yeux, son nez, sa bouche. C'était absurde de l'avoir en face de moi. C'était naturel, aussi. Nous nous sommes regardées comme si nous nous comprenions.

Elle a déclaré :

— Je n'ai jamais fait ça.

Je ne savais pas ce qu'elle voulait dire. J'ai répondu quand même :

— Moi non plus.

Elle a hoché la tête et a fixé le sol. Elle a fourré ses mains dans les poches de son pantalon. Nous sommes restées comme ça pendant quelques secondes, incapables de communiquer correctement.

— Parlons-en, a-t-elle chuchoté.

— D'accord.

— Depuis que je suis partie hier, j'ai réfléchi à comment parler de tout ça, a-t-elle commencé d'un ton calme, mais…

— Qu'est-ce que tu as conclu ?

Elle a marqué une longue pause avant de répondre :

— Asseyons-nous d'abord.

— D'accord.

Nous nous sommes assises sur le lit du bas. On était le 2 mars et nous regardions droit devant nous, comme deux gargouilles inutiles. Je me souviens de tout : des gouttes de pluie contre le rebord de la fenêtre. De ma main sur le matelas. De sa main à un centimètre de la mienne dans l'autre sens, comme deux pièces de Tetris qui seraient tombées de travers. Un silence s'est installé et il faisait sombre, à cause de la météo. Ro a allumé la lampe de la table de nuit, qui a projeté une lueur jaunâtre.

— La dernière fois que je suis venue ici, Denali m'a dit qu'elle allait appeler la police.

Ro n'a pas bougé. Je ne me suis pas retournée pour vérifier, mais je savais qu'elle n'avait pas bougé.

— Elle l'a fait ?

— Non. Elle m'a chassée. Elle m'a claqué la porte au nez.

Nous nous sommes tues quelques instants, puis Ro m'a demandé :

— Pourquoi ?

— Parce que je lui avais demandé si tu étais là.

J'ai sorti ça à l'intention de la chambre. Je l'ai dit aux plantes, d'une toute petite voix.

— Et elle ne te connaissait pas, j'ai précisé. Parce que j'ai voulu entrer dans l'appart et chercher après toi, mais tu ne vivais pas ici et j'étais folle. Depuis septembre… je crois que je suis folle. J'ai… je n'ai pas fait grand-chose, en fait. Je n'arrivais pas à penser à autre chose que…

J'ai poussé un énorme soupir avant d'ajouter :

— *Hana, tu es folle.*

C'était un discours étrange. Ça ne m'a pas libérée du moindre poids. J'avais l'impression qu'en gardant les yeux fixés sur le bureau, je ne parlais à personne. C'était plus logique que de raconter tout ça à Ro.

Au début, elle n'a pas répondu. Puis sa voix, qui était trop la sienne pour ne pas l'être, m'a demandé :

— Et maintenant, qu'est-ce que tu penses ?

J'ai haussé les sourcils.

— Je ne sais pas.

Il y a eu un nouveau silence. La lumière a tremblé un peu parce que l'ampoule était en fin de vie. La seconde qui s'est écoulée avait quelque chose d'insondable, comme une mèche qui se consume.

— Hier soir, je… a repris Ro.

— Tu es partie.

— Oui, elle a murmuré.

Elle a dégluti.

— Je suis partie, elle a répété d'une voix moins audible.

Je voyais bien que c'était difficile pour elle d'exprimer sa pensée, mais il le fallait, alors elle a poursuivi :

— Hana, il y a… il y a certaines choses que je contrôle… Ça m'est arrivé souvent et je crois que je comprends comment les gens fonctionnent. Avec ça. J'attends leurs réactions, c'est comme une pièce de théâtre qui...

Elle s'est interrompue.

— Je ne sais pas comment en parler. Je...

Elle a pris une grande inspiration.

— Personne n'a jamais rien remarqué. Et toi... tu t'en es rendu compte.

Je me suis retournée.

Je l'ai regardée. Elle m'a fixée sans bouger.

Personne n'aurait pu s'exprimer aussi mal avec autant de mots. Nos visages étaient tout proches, dans cette lumière familière. C'était celle qu'elle avait utilisée en août pour me lire *Gatsby le Magnifique,* le soir.

— Qu'est-ce que tu racontes, Aurora ?

— Tu n'es pas folle.

— Pourquoi... ?

— Je n'existe pas. De septembre à février, je n'existe pas.

C'est ce qu'elle m'a dit.

Elle a déclaré :

— Hana, je n'existe pas la moitié de l'année.

C'était ça, la réponse.

J'ai pensé : *Ce n'est pas possible.*

Mes lèvres se sont ouvertes.

Je l'ai observée.

Ro s'était tournée de tout son corps.

— Je voulais trouver un moyen de t'expliquer, j'ai...

Elle a sorti quelque chose de sa poche.

— Tiens.

C'était un morceau de papier.

— Tu ne comprendras rien, j'ai une écriture de merde, je voulais... Mais je ne peux pas. Hana, toute ma vie...

Ça a été comme ça toute ma vie : je ne sais pas ce qui se passe. Hier, tu m'as demandé ce qui se passait. Je ne sais pas. Ça dure depuis aussi longtemps que je me souvienne.

Nous nous sommes regardées et elle a répété :

— J'existe six mois par an. Je ne sais même pas ce qu'est l'hiver. Je m'endors le 31 août et je me réveille le 1er mars.

C'est *toujours* comme ça. Toute ma vie.

Un, deux, un, deux.

Le monde faisait un test micro à l'intérieur de moi.

La pluie sur la vitre. L'ampoule qui vacillait. Le calendrier arraché. La question qu'elle m'avait posée au point de vue de la Moncloa. Le dernier jour d'août et cette phrase qu'elle avait prononcée : « C'est essentiel qu'on se souvienne de toi. » Tout a défilé dans ma tête encore une fois, le bloc entier, et c'était indigeste. Je n'ai même pas pris le papier. Il est resté là, entre nos deux corps, et moi qui la regardais.

— Tu as disparu des photos. Il y avait un trou dans les images et… personne ne se souvenait de toi, sauf moi.

Les sourcils de Ro se sont légèrement haussés. Elle a répondu, en détachant lentement les mots :

— Je crois que tu n'es pas censée te souvenir de moi non plus.

— Pourtant, si.

— Je sais. C'est pour ça que je suis partie hier.

Je vois encore son regard quand elle a déclaré :

— Personne ne s'était jamais souvenu de moi.

Mon esprit était vide. Mes pupilles se sont déplacées d'elles-mêmes, jusqu'au papier, jusqu'à son nez, ses sourcils et ses yeux.

— Comment ? Qu'est-ce qui se passe pendant ce temps-là ?

— Rien.

— Tu étais où ?

— Je n'existe pas. Je me réveille là où j'ai disparu. À minuit. Je disparais à minuit et je réapparais à minuit.

— Dans cette chambre d'hôtel cheap ?

— Oui. Je me suis réveillée là.

— Hier.

— C'est comme un très long rêve. C'est...

Ro a pris une inspiration.

— Je n'ai jamais expliqué ça... C'est comme si je dormais sans jamais être interrompue. Et je suis derrière les yeux de quelqu'un d'autre, c'est... Il s'appelle Romeo. Je suis seulement la moitié de quelque chose. Tu ne devrais pas savoir ça... Romeo existe de septembre à février. Et moi de mars à août.

C'était ridicule. C'était une information que je n'arrivais pas à traiter. J'ai pensé : *Si j'essaie de la toucher, ma main va passer à travers elle,* et cette idée a tout supplanté, elle s'est insinuée dans tout, en même temps que le doute.

— Ça n'a pas de sens, j'ai répondu dans un souffle.

— Je sais.

— Les gens n'existent pas tous les six mois.

— Je sais.

— Je suis folle, Ro. Ce n'est pas ça qui se passe, hein ?

Elle m'a observée pendant une seconde comme si nous ne parlions pas la même langue. Puis, d'un seul mouvement, elle a attrapé mon visage.

Et m'a embrassée.

Nous ne nous embrasserions sans doute jamais plus comme ça.

C'était sa façon de me dire : « Je suis là. Ce que je te raconte est la stricte vérité. » Ses doigts se sont accrochés à mon menton. Je savais comment ses lèvres bougeaient. Je me suis dit : *Elle est là. C'est vrai.* Je n'aurais jamais pu inventer une chose pareille. Et encore moins l'oublier. Mes mains ont agrippé son T-shirt et sont montées vers son cou, ses oreilles, puis ses cheveux. Ses mains à elles descendaient. C'étaient deux ascenseurs dans le même bâtiment et ils se comprenaient. Le mois de mars sentait l'odeur de Ro et je ne sais pas comment j'ai fini sur elle, sur le matelas. Elle m'a collée contre elle. Je l'ai embrassée comme si elle disparaissait. Je n'arrêtais pas de la supplier dans ma tête : *Ne disparais pas*. Elle a cédé sous mon poids. J'ai grimpé jusqu'à sa bouche ; nous étions trempées de la tête aux pieds. Je ne m'en étais pas rendu compte, mais mes vêtements me collaient à la peau comme du néoprène et mes cheveux étaient tout décoiffés. Se toucher était inconfortable et froid, mais ça n'avait aucune importance. Rien n'a d'importance après une conversation pareille. Nous avons mouillé les draps et notre étreinte avait presque quelque chose de scientifique, comme s'il s'agissait d'une expérience, d'une vérification de la réalité du monde : « Oui, tes cellules sont bien là. » Nous nous sommes embrassées et je ne suis pas passée à travers elle comme si c'était un fantôme. Je ne me suis pas retrouvée à embrasser le mur d'une chambre qui ne pouvait pas exister si Ro n'existait pas.

Elle s'est un peu éloignée de moi, à bout de souffle :

— Tu te souviens de la chambre d'hôtel minable, hein ? Les films, et la fête et tout le reste, non ?

J'ai répondu par-dessus sa bouche :

— Oui. Tout. Je me souviens de tout.

— Hana.

Quand elle a prononcé mon prénom, toutes les Hana des autres fois sont remontées à la surface. Ro était là, en dessous de moi, avec ses yeux jaunes et verts et marron et elle avait le visage que je préfère.

— Quand tu m'as raconté ton histoire de homard, tu m'as dit qu'il y avait des choses qui ne s'expliquaient pas parce qu'elles nous appartenaient. Il y a des choses inexplicables dans ce monde et celle-ci, c'est la mienne. Et c'est la tienne aussi, maintenant. On partage quelque chose qui est impossible à partager, tu comprends ?

On était un samedi. Les choses se comprennent bien les samedis. Je l'ai embrassée et je me suis dit : *C'est Ro*. Tout le reste, tout ce qui allait marquer ma vie, comptait moins que ça.

C'est Ro.

C'était Ro.

13. AVRIL ET LES LENTILLES DANS LE GOBELET

Il était une fois une petite fille qui n'existait que six mois par an. Elle s'appelait Aurora Rojas.

Aurora vivait avec sa mère dans un quartier de Madrid où des paires de chaussures étaient suspendues aux câbles téléphoniques. Ça lui plaisait même si, en réalité, les baskets suspendues n'étaient pas toujours un bon présage : elles pouvaient indiquer la présence d'un gang ou d'un dealer dans le quartier. À une époque, Aurora croyait qu'il y avait des gens qui marchaient la tête en bas, sur le ventre des nuages, et que, parfois, leurs chaussures tombaient du ciel.

Elle avait essayé d'y accrocher les siennes un jour. Sa mère l'avait grondée.

— Tu crois qu'on peut se permettre de gaspiller des souliers ? Tu iras pieds nus à l'école.

Elle l'avait fait sortir sans chaussures, mais seulement jusqu'à la porte d'entrée de l'immeuble.

Aurora ne connaissait pas son père. Il était mort dans un accident de train. Tout ce qu'elle avait appris sur lui, c'est que ce n'était pas quelqu'un de recommandable. Pour elle, il n'avait simplement jamais existé. Elle m'a raconté que sa mère s'appelait Olga, qu'elle parlait souvent très fort et qu'elle était obsédée par l'idée de lui couper les cheveux. Elle voulait toujours que sa fille ait les cheveux très courts.

Elle décrétait par exemple :

— Je ne te ferai plus de queue-de-cheval, demain tu la feras toi-même.

Un jour où sa mère lui coupait les cheveux, elle l'avait blessée à l'épaule d'un coup de ciseaux maladroit. Aurora se souvenait très précisément que sa mère avait beaucoup pleuré, alors qu'elle pas du tout. Sa mère continuait à pleurer après avoir placé un pansement sur l'entaille.

Elle n'arrêtait plus de pleurer. Elle titubait.

Des années plus tard, Aurora avait réalisé que, ce jour-là, sa mère était défoncée avec la drogue vendue par les types qui accrochaient leurs chaussures aux fils téléphoniques. Une heure plus tard, Aurora avait trouvé sa mère allongée sur le dos dans sa chambre, dans une flaque de vomi. Elle avait dû appeler une ambulance alors qu'elle ne connaissait même pas le nom de la rue.

— Ma mère est malade.

— Où es-tu, ma chérie ?

— Chez moi.

Le surlendemain, l'après-midi, elles regardaient ensemble *Le Roi lion*. Sa mère avait couvert ses cheveux à moitié coupés de baisers et avait déclaré :

— Je t'aime plus que tout au monde.

Aurora plantait des lentilles dans des petits gobelets en plastique que sa mère et elle prenaient à la soupe populaire. Elle mangeait aussi souvent à l'école, même si personne ne payait la cantine. Les profs la laissaient faire par pitié et pour ne pas la laisser le ventre vide. Ils lui disaient :

— Viens ici. Tiens.

Certains après-midi, sa mère oubliait de venir la chercher. Elle restait dans la classe et jouait sur le petit clavier du cours de musique. Sa mère arrivait en répétant :

— Je suis désolée.

Les lentilles poussaient dans la salle de bains, à côté des flacons de pilules et du dentifrice.

La directrice les a prévenues :

— Si ça continue, je vais devoir appeler les services sociaux, vous comprenez ? Pauvre petite. C'est une gentille fille que vous avez.

Beaucoup de gens passaient chez elles, des gens bruyants, qui fumaient dans la cuisine jusque tard dans la nuit, pendant que Ro regardait la télé.

— Chérie, écoute, mets ça, d'accord ? Tu n'aimes pas Disney Channel ?

Sa mère riait en fumant et en montant le volume à l'aide de la télécommande. De la cuisine, les gens bruyants lui disaient des choses et la mère d'Aurora répondait :

— J'arrive, Julio. Ma fille est là. Ne fais pas le con, je viens… Aurora, ma poupée…

Elle posait un baiser rapide sur ses cheveux.

— Tu restes ici, d'accord ?

Aurora restait sans bouger. Certains matins, les gens étaient encore là. Ils se promenaient torse nu et elle les regardait exister pendant qu'elle prenait son petit déjeuner en chipotant. Ils chatouillaient sa mère.

— Pas devant la petite.

Ça signifiait que c'étaient des chatouilles qu'elle ne pouvait pas voir.

Romeo avait été le premier ami d'Aurora.

Romeo était bon en maths et avait une grande famille.

Aurora trouvait merveilleux qu'il ait une famille. Sa maison ressemblait à un catalogue de meubles. Il prenait des cours de piano et n'aimait ni la pastèque ni les brocolis. Il avait un tas d'autres amis. Il les a présentés l'un après l'autre à Aurora : Nico, Juan, Quemada et Julia et Ana et aussi Eva. Surtout Eva.

À une époque, Aurora ne voulait pas parler d'un autre sujet : Romeo, Romeo et ses trois frères, Romeo et les leçons de piano qu'il prenait le mardi après-midi. Sa mère l'écoutait sans prêter la moindre attention à ce que sa fille racontait, une cigarette entre les doigts. Elle hochait un peu la tête.

Un jour, elle a demandé :

— Pourquoi tu ne le ramènes pas à la maison, ton ami ?

Elle a ajouté, l'air un peu contrarié :

— C'est bien aussi chez nous, Aurora. Qu'est-ce que tu reproches à notre maison ? Et puis, comment tu sais à quoi ça ressemble chez lui si tu n'y as jamais mis les pieds ?

— J'y suis allée.

— Non, ma chérie. Quand est-ce que tu y serais allée ?

— Plein de fois.

Sa mère a ri un peu en lisant quelque chose sur son téléphone.

— Alors, ramène-le.

— Romeo habite loin. Il vit à Séville.

Quelques semaines plus tard, la mère d'Aurora a posé des questions à la maîtresse au sujet de Romeo. Pas parce que sa fille lui avait dit qu'il vivait à Séville. Aurora était convaincue que sa mère n'avait pas compris, qu'elle aurait aussi bien pu parler de l'Amazonie. Sa mère vivait dans une autre sphère, à l'intérieur de laquelle elle essayait d'éviter l'idée qu'elle avait une fille, mais pas suffisamment pour renoncer complètement à son rôle. Ça, c'était vraiment exister à moitié. Elle avait posé la question par curiosité. La maîtresse avait dû répondre :

— Il n'y a pas de Romeo dans cette classe.

— Dans celle au-dessus alors.

— Il n'y a pas de Romeo dans cette classe ni dans la suivante. Ni dans l'école, j'en suis sûre. Enfin, presque sûre.

C'est sans doute comme ça que ça s'est passé, plus ou moins. L'important, c'est que, cet après-midi-là, sa mère lui a crié dessus :

— Pourquoi tu me mens ?! Aurora !? Regarde-moi ! Tu t'es inventé un ami ?! Hein ?! Dis-moi ! C'est un mensonge ! Je ne veux plus que tu en parles, compris ? La maîtresse était inquiète parce qu'elle s'est dit que tu parlais à des gens bizarres !

Aurora a froncé les sourcils. Elle s'est mise à pleurer, avec des hoquets, par vagues.

— Je n'ai pas inventé Romeo.

— Il est où, alors, Aurora ? Hein ?

— Dans les yeux.

Le visage de sa mère s'est figé.

— Romeo est… derrière les yeux… Et parfois, moi je suis dans ses yeux. Je ne l'ai pas inventé, c'est juste qu'il vit très loin.

La gifle est arrivée avec un peu de retard. Les larmes sont montées aux yeux d'Olga, même si le lendemain elle avait déjà tout oublié.

— Arrête ces bêtises, a-t-elle ordonné en levant un doigt. Je te préviens, Aurora.

Romeo était le garçon qui prêtait ses yeux à Ro. Elle se souvenait d'un tas de choses à son sujet. Parfois, elle sentait que c'étaient ses mains à lui qui pianotaient sur le vieux clavier de son père. Elle était capable de tracer un plan de sa maison, elle connaissait l'odeur de la piscine de son lotissement, quand elle venait d'être nettoyée et qu'on y avait ajouté du chlore, elle savait de quelle couleur étaient les T-shirts dans son armoire et où il s'asseyait en classe. Ils passaient tellement de temps ensemble, mais elle était incapable de l'expliquer autrement : Romeo et elle, parfois, se prêtaient mutuellement leurs yeux.

Ça s'était toujours produit. Et, même si elle n'en a plus parlé par la suite, ça n'a jamais cessé de se produire.

Certaines choses sont inévitables quand on n'existe que six mois par an. Aurora passait par exemple à côté de pas mal d'événements : la rentrée, notamment. Elle ratait l'occasion de se faire des amis au début de l'année scolaire. Elle manquait la moitié des cours et son retard était impossible à rattraper. C'est pour ça qu'elle avait redoublé plusieurs fois, jusqu'à ce qu'elle comprenne qu'elle allait devoir donner deux fois plus d'elle-même dans tout, dans mille directions différentes. Aurora, calmement, sans rien dire, se donnait deux fois plus et ça ne semblait pas encore assez. Entre Romeo et elle, il y avait toujours ce fossé, même s'ils vivaient la même chose. À vrai dire, on ne vit pas la même chose lorsqu'on existe de septembre à février que lorsqu'on existe de mars à août. Aurora ratait Halloween, Noël et le Nouvel An. Et aussi la Saint-Valentin, dont elle se fichait pas mal, et l'anniversaire de sa mère, qui était, en fin de compte, la seule personne qu'elle avait eue dans sa vie pendant longtemps.

Les gens évoquaient sans cesse des concepts qu'elle ne comprenait pas. On peut supporter pendant plusieurs années d'entendre les gens dire qu'il neige à Madrid en vivant dans la capitale sans avoir jamais vu la neige. Si on n'a pas connu le monde autrement, il est fatalement comme ça : des gens parlent de concepts inconnus et un enfant partage vos yeux.

À neuf ans, Aurora a eu son premier calendrier. C'est Olga qui le lui a offert.

— Pour que tu t'organises et que tu réussisses ton année.

C'était une époque où elles ne parlaient presque plus de rien et où sa mère répétait qu'elle allait l'envoyer en internat. Mais elle n'avait pas l'argent pour mettre sa menace à exécution. Olga était une prostituée à temps partiel et Aurora le savait, même si elle ignorait ce que faisait sa mère le reste du temps. Grâce à son calendrier, Aurora a appris l'ordre des mois et a décidé que, même si personne ne la croyait, elle n'avait jamais vécu en novembre. Elle s'est mise à marquer chaque jour d'une croix. Elle n'oubliait jamais de cocher la date et elle voulait se voir cocher tous les jours en novembre.

Le 31 août est arrivé. Elle a tracé une croix.

Quand elle s'est réveillée le lendemain, c'était le 1er mars. Elle a barré le 1er septembre, en fait, mais ensuite en classe la maîtresse a précisé :

— N'oubliez pas d'écrire la date en haut de la page. Le 1er mars.

Aurora a retourné dix fois les pages de son calendrier. Elle en est venue à la conclusion qu'il y avait une erreur et elle l'a montré à Olga, qui s'est fâchée et lui a assuré que non, mars ne venait pas après août, qu'il fallait qu'elle arrête de raconter n'importe quoi.

— Tu es irrécupérable, Aurora. Je ne sais pas ce que j'ai fait parce que je t'ai tout donné.

Puis Olga a avalé de l'eau pour faire passer une pilule et s'est remise à compter les pièces de monnaie étalées devant elle.

C'est un peu bizarre d'assimiler à neuf ans qu'on n'existe que tous les six mois. Aurora a tout compris avec un simple calendrier en main, même Romeo. Elle s'est mise à poser des questions à tous ceux qui voulaient bien l'écouter : sa prof d'anglais, son voisin de table, le garçon qui vivait au 2A de son immeuble et qui s'appelait Isaac.

— Tu m'as vue en novembre ?

Il fumait déjà. Il n'avait qu'une année d'avance sur elle à l'école.

— Je ne sais pas. Je suppose.

— Il faut que je le sache, a insisté Aurora. C'est important.

— Je ne m'en souviens pas.

— Je suis partie la moitié de l'année, Isaac ?

Il l'a regardée sans se démonter.

— Non.

Il a expulsé la fumée avant d'ajouter :

— Où est-ce que tu irais ?

Où irait une personne dans ce quartier où même les chaussures sur les fils étaient immuablement à la même place ?

Aurora n'avait jamais vécu un réveillon du Nouvel An. Quand cette idée l'a frappée, ça a créé un trou que personne n'aurait été capable de réparer. Elle a réalisé qu'il y avait six mois de l'année qu'elle n'avait jamais connus. Ça lui a permis d'assembler les pièces du puzzle. Tout à coup, elle a compris qu'elle connaissait Romeo sans le connaître et que, à travers les yeux de ce garçon, elle avait vu les cadeaux de l'Épiphanie, mais en version floue, comme dans un rêve sans détails, par flashs. C'était ça, partager les yeux : vivre à moitié. Personne n'était capable de dire à Aurora ce qu'elle avait fait spécifiquement au cours des mois où elle était absente. Un jour, dans l'ascenseur, en se regardant dans le miroir, elle avait conclu que personne ne se souvenait d'elle. Quand elle n'était pas là, de septembre à février, elle n'était pas là du tout pour personne, même pour sa mère. Peut-être même aussi pour les lentilles qui poussaient dans la salle de bains.

Ne pas exister six mois par an est trop important pour ne pas être partagé.

Mais Aurora ne pouvait en parler à personne.

Et pourtant, rien de ce qu'elle était ne pouvait s'expliquer sans ça. Elle ne pouvait par conséquent expliquer à personne ni qui elle était, ni pourquoi elle était, ni quand elle était précisément. Ce silence créait un gouffre entre elle et absolument tout. Entre elle et Olga, avec qui un fossé se creusait déjà avant, entre elle et ses demi-amis, car elle n'avait jamais connu que des demi-amitiés à partir de ce moment-là. Elle avait eu une première petite amie à quinze ans. Une autre à seize ans, et elle avait tenté de lui en parler, mais sa copine ne l'avait pas trop crue. Quand Aurora était revenue en mars et avait constaté que sa copine n'avait pas remarqué sa disparition, le gouffre était devenu infranchissable. Qui aurait pu tomber amoureux, avec un tel fossé ?

— Tu n'es plus avec Laura ?

— Non.

— Ah bon ? Pourquoi ?

— Je ne sais pas.

Aurora avait tiré sur sa cigarette avant de répondre :

— On ne se parlait pas beaucoup.

Isaac l'avait observée, attentivement, dans le parc à côté de leur immeuble. Il avait secoué la tête.

— Je t'aime bien, mais t'es vraiment bizarre.

La seule personne avec qui Aurora pouvait partager cette histoire, c'était Romeo.

Mais Romeo et Aurora n'existaient jamais en même temps.

Alors qu'ils partageaient tout, sans un mot et avec tous les mots du monde. J'ai réalisé, le jour où elle m'a raconté tout ça, qu'Aurora tenait plus que tout à Romeo. C'était comme aimer la moitié de son propre visage. Il vivait à Séville de septembre à février. Il avait trois frères et de très bonnes notes. Il étudiait la médecine, sa famille lui faisait confiance et ses parents ne l'auraient jamais oublié pendant un après-midi entier à l'école. Sa maison était toujours impeccable. Il était gentil, sympa, et Aurora m'a expliqué qu'il sortait avec une fille depuis six ans, elle s'appelait Eva. Il affrontait la maladie avec elle depuis qu'elle avait consulté un médecin à dix-sept ans et qu'on lui avait annoncé :

« C'est un cancer. »

Les amis de Romeo l'appelaient Ro.

Aurora s'était dit : *Moi aussi, je veux qu'on m'appelle Ro.*

Dans les six mois qui avaient suivi son dix-huitième anniversaire, Romeo s'était fait tatouer *Ro* sur le poignet. Aurora m'a juré qu'elle se souvenait encore de la douleur, de celle de Romeo, et aussi de la sienne lorsqu'elle s'était fait tatouer les mêmes lettres sur la cheville. C'était le premier et le seul mot qu'ils avaient vraiment partagé : *Ro*. C'était comme dire : *Tu es là, tu es avec moi, et je le sais.*

À vingt-deux ans, Ro se battrait et finirait par partager une cigarette avec une fille. Elle encaisserait les pâtes que cette fille achèterait au Mercadona. Elles passeraient une nuit dans une salle de bains et trébucheraient sur un étendoir. Plus tard, elle viendrait l'attendre sous la pluie et lui raconterait toute son histoire.

Cette fille, c'était moi.

Sans que je sache pourquoi, j'étais la seule personne qui se souvenait d'Aurora douze mois par an.

— Il a prétendu que je lui avais cassé le dos, a déclaré Mia en ajustant son sac à dos alors que nous marchions dans les couloirs de la fac. Ah, les hommes…

Leo se retenait de rire. On était le 11 mars, il faisait ridiculement froid ce matin-là, comme si quelqu'un avait laissé la porte d'un frigo ouverte. En m'habillant, j'avais pensé : *Tiens, la semelle de ma botte se détache*, et cette remarque sans intérêt représentait une incroyable normalisation par rapport à ce qui m'obnubilait depuis des jours.

— Tu lui as vraiment cassé le dos ?

— Mais non, idiote. Au pire, je lui ai juste déplacé une vertèbre.

Leo riait vraiment maintenant et Mia a levé les yeux au ciel.

— Mais ça se remet en place facilement. Et puis je vous signale que c'est lui qui m'avait demandé de lui faire un massage.

J'ai allumé ma cigarette avant d'arriver à la sortie et d'avoir le visage fouetté par le vent.

— Écoute, faut que t'arrêtes de prétendre que tu es chiropraticienne dans ta bio Tinder. Sinon, ce genre de trucs va continuer à t'arriver.

— C'est ironique. C'est un clin d'œil sexuel.

— Que tu es la seule à comprendre, j'ai insisté.

Leo a secoué la tête et a souri, en tapant sur son téléphone.

— Tu es vraiment la seule à le comprendre, Mia.

— Oh, va te faire foutre, elle a rétorqué.

Puis elle a regardé droit devant elle alors que nous descendions l'escalier.

— Voilà ta petite amie, Roberta, vous êtes toutes les deux en mode *Twilight* maintenant ?

J'ai soufflé la fumée :

— Peut-être.

Ro m'attendait devant la fac, le 11 mars.

Un calme très quotidien suit souvent les situations abracadabrantes. Il n'y avait pas d'autre moyen d'envisager la nôtre : nous avions vingt-deux ans et nous vivions à Madrid. Nous devions continuer au milieu des innombrables voitures et du bruit incessant. Depuis ce samedi où il avait plu et où Ro m'avait expliqué la moitié de ce qu'elle finirait de me raconter plus tard, je ne voyais plus la ville de la même façon, mais la ville ne me voyait pas différemment.

Mon père continuait à préparer du porc aigre-doux, Mia à fréquenter des types qui n'en valaient pas la peine, Leo à sortir avec Lucia et moi avec Ro.

Quand Ro est venue me chercher à la fac, elle a piqué ma cigarette et je lui ai enlevé ses lunettes de soleil pour les poser sur mon nez. Mes amis lui ont dit bonjour et au revoir au même moment, et nous sommes restées là, face à face.

— Je porte ton sweat-shirt, elle m'a dit.

— Je vois ça.

— Il est trop petit.

J'ai incliné la tête.

— Oui. Il ne te va pas du tout.

— Tu ne comprends rien, je suis à la mode.

— Crop top.

Ma remarque l'a fait sourire.

Ro a recommencé à venir au Wok le soir. Ma mère se souvenait d'elle, l'univers se souvenait d'elle. C'était si facile de partager ça, la joie étrange d'être certaine qu'elle existe.

— Tu te souviens de Ro ? j'ai demandé à ma mère.

— Bien sûr, la grande, c'est ça ?

Tout le monde l'aimait bien. J'arrivais au resto à minuit et parfois elle était là, au comptoir, ou en train de faire la vaisselle avec mon frère. Kyung aimait frotter les casseroles avec elle. Quand je tirais sur le tablier de Ro, paniquée, il protestait :

— Oh ça va, elle ne va pas en mourir.

— Tu l'exploites ! Hé, qu'est-ce que tu fiches ?

— Elle a volé mon éponge !

— Tu dramatises, soulignait Ro en riant. Laisse-moi faire.

Elle m'attrapait les poignets avec ses gants mouillés.

Ro était surtout la chouchoute de mon père. Enfin, après être la mienne. Il a commencé à lui enseigner des mots en coréen et Ro me chuchotait tout à coup à l'oreille :

— *Gamja*[1].

Il me demandait où elle était, les soirs où elle ne pouvait pas venir. Il lui préparait des échantillons de plats pour quand elle viendrait et le cactus Raphael était maintenant exposé dans ma cuisine.

Nous promenions Paco ensemble. Le jour où il l'a revue, Paco a failli devenir fou. Il a gratté son pantalon avec les pattes et l'a léchée jusqu'aux épaules, puis aux oreilles. Plus tard, quand il a fait pipi, il la fixait avec la langue sortie, fier de pouvoir à nouveau partager cet événement avec elle. Mon chien déstabilisait toute ma théorie selon laquelle elle et moi étions unies par quelque chose d'inexplicable. Si c'était le cas, ce quelque chose incluait aussi Paco.

Ro existait. C'est tout ce qui comptait.

Un jour, elle m'a montré les albums qu'elle gardait dans sa chambre.

— Regarde, c'est moi qui l'ai fait.

J'ai éclaté de rire en voyant la photo d'une mini-Ro engoncée dans un horrible déguisement. Elle avait déjà sa cicatrice en forme de pingouin.

— Tu étais l'arbre du spectacle ?

— Oui.

— C'est tellement toi.

— Jusqu'à sept ans, j'étais incapable de prononcer correctement les « r ». Ils ne voulaient pas me laisser déclamer une seule réplique.

1. Pomme de terre.

On était assises sur son lit, épaule contre épaule. On est restées en silence et j'en ai profité pour tenter de mémoriser chaque parcelle d'elle en pensant : *Tu es là.*

— Dans la crèche vivante, tu aurais fait l'âne.

— Ah oui ? Et toi tu étais quoi ? elle a répliqué.

— Le bœuf, toujours.

Ro a haussé les sourcils.

— L'âne et le bœuf, c'est ta façon de te montrer romantique ?

Je me souviens de cet après-midi-là parce que, au bout de dix minutes, nous nous sommes déshabillées. Ro m'a embrassée et a entremêlé nos doigts, et, à un moment donné, quelqu'un s'est cogné la tête contre le lit du haut. Elle m'a dit « Hana » et j'ai pensé : *Plutôt que de me donner un prénom, tu me l'as dérobé pendant les six autres mois de l'année.*

Une heure plus tard, alors que nous partagions une cigarette et que j'avais les lèvres contre son cou, elle a annoncé :

— Hana, je veux installer une crèche.

Elle a tourné la tête. J'ai pris un peu de recul et je l'ai regardée dans les yeux.

— On peut ? elle a insisté.

Le premier mois de nos retrouvailles, j'ai compris que les morceaux du monde auxquels Ro n'avait jamais eu droit lui manquaient énormément. Sa mélancolie était profonde. Qui aurait cru qu'elle cachait ça sous son calme de lentille qui pousse dans un gobelet ? Nous avons installé une crèche super kitsch en mars, je l'ai posée sur son étagère et je lui ai décrit aussi précisément que possible la neige.

— Ne t'imagine pas que c'est doux, c'est comme ça qu'on nous vend la neige, mais ça n'a rien à voir.

— C'est comment quand il fait vraiment froid ? Ça a quel goût, la galette des Rois ?

C'était tout un processus.

Les premiers jours, quand je n'avais pas encore assimilé ce qu'elle m'avait raconté, nous avons tout mis sur pause. Ro m'a laissé l'espace dont j'avais besoin. Puis, un soir, alors que nous marchions dans ma rue sous la lumière jaune des lampadaires, je lui ai demandé :

— Romeo vit vraiment à Séville ?

Je me rappelle comment elle m'a regardée. Elle a sorti son téléphone et a ouvert Google. Plus tard, Ro m'a montré mille fois le monde de Romeo, les rues de Séville dont elle se souvenait à son réveil, mais ce jour-là était une première et c'était important. À partir de là, elle a commencé peu à peu à poser des questions. C'était tellement évident : Ro avait *besoin* de demander. Elle voulait que quelqu'un lui précise quelle part des films de Noël était authentique.

— Il s'est coupé les cheveux, elle m'a informée alors que nous promenions Paco dans le parc.

On était le 18 mars.

— Il s'est enfin rendu compte que ça ne lui allait pas, les cheveux longs, elle a continué. Il se faisait parfois un chignon et c'était ridicule. Heureusement qu'il les a coupés.

— Laisse-le faire, je l'ai défendu en riant. C'est ses cheveux.

Ro a levé les yeux au ciel comme pour dire « Pff ».

— Tout le monde le lui disait. Il les avait rasés en même temps qu'Eva quand elle a recommencé la chimio.

— Eva aussi lui disait que c'était moche ?

— Non, elle ne voulait pas gâcher son rêve.

— Donc, elle l'aimait bien comme ça.

— Non, ça se voyait qu'elle était en mode « On verra combien de temps ça va durer ». Ça se lisait sur son visage.

— Si ça se trouve, il n'aime pas ton look Monsieur Propre. Tu as déjà pensé à ça ?

— Je ne suis pas Monsieur Propre, j'aimerais bien, Hana, honnêtement. Mais regarde comme ils repoussent vite.

Nous avons souri. La nuit commençait à tomber et le parc devenait sombre. Au fil des semaines, j'avais remarqué que la voix de Ro changeait quand elle parlait de Romeo. J'avais envie d'en savoir plus sur lui et je l'encourageais à en parler.

— Si tu te concentres, tu ne peux pas, par exemple, ramasser une paire de ciseaux à sa place ?

Cette idée l'a fait sourire davantage. Ses doigts ont serré les miens.

— Non.

— T'es sûre ?

— Certaine. Ça ne marche pas comme ça. Je ne peux pas contrôler Romeo.

— Oui, ce serait chelou.

— Exactement.

— Continue à me parler du chewing-gum. Il s'est passé quoi ?

Il restait quelques pages libres dans mon carnet. Celui qui se transformait en mars et en septembre. Est-ce que c'était le même ? J'avais vécu des choses différentes. Il y en avait un qui m'avait vue pleurer en serrant mon chien et un autre qui avait entendu Ro jouer du piano. Ces expériences modifient aussi les carnets.

Je dessinais Romeo dans l'espace resté vide. C'était pendant les après-midi où Ro jouait du piano. Elle me donnait des indications. C'était difficile pour elle parce qu'elle ne l'avait vu que dans des miroirs. Au bout de plusieurs mois, les croquis du visage de Romeo étaient flous à force d'être changés, mais Ro a caressé un des portraits du bout des doigts le jour où j'ai réussi pour la première fois à le représenter approximativement. Un silence a enveloppé la chambre, puis Ro a précisé :

— Il a la mâchoire plus… plus prononcée.

— D'accord.

— Tu dessines super bien.

Un autre matin, tout en jouant du piano, Ro m'a confié :

— Je fais toujours le même rêve à la fin des six mois. Quand ça va être mon tour de revenir. C'est en quelque sorte une scène que je vois entre la vie de Romeo et la mienne, c'est… Ça se déroule très vite. Je suis dans le métro et il s'écrase. C'est tout. Je suis là et tout à coup…

Elle a haussé les sourcils.

— *Boum*. Enfin, en réalité, je n'entends rien. Ça se termine et je me réveille.

Je l'ai regardée, elle n'avait pas arrêté de jouer.

— Tu fais ce rêve tout le temps ?

— Une fois par an. J'ai commencé à écrire les détails quand j'ai réalisé que ça se répétait. La ligne de métro. La date, l'heure…

— Et ça donne quoi ?

Ro a lâché un petit rire qui n'avait rien de joyeux.

— Ça montre juste que les rêves sont bizarres.

Le jour où j'ai frappé à la porte de cet appartement et que Denali l'a ouverte pour la première fois, je ne savais pas du tout quoi dire. C'était différent avec Nadia. Je finirais par comprendre que la Denali qui était là devant moi ne m'avait pas fermé la porte au nez en septembre, que c'était une autre Denali. Elle m'a souri.

— Hana ?

Elle s'est retournée pour voir s'il y avait quelque chose derrière elle, interloquée.

— Qu'est-ce qui ne va pas ? C'est quoi cette tête ?

J'ai cligné des yeux. J'ai pris une inspiration.

— Rien.

J'ai essayé de lui sourire.

— Salut.

Le monde était comme ça pour moi aussi, désormais.

Je devais m'adapter quotidiennement au fait que Ro n'existait que tous les six mois.

Le 29 mars, Mia et moi avions un travail à rendre pour notre cours de gravure sur cuivre. Nous y avons passé toute la nuit précédente parce que nous avions attendu la dernière minute pour nous y mettre et, après avoir échoué, nous avons fait une sieste de quatre heures. Le soir, nous avons retrouvé Alex, Leo, Lucia et Ro dans le sous-sol d'un bar affreux. Alex a grimpé sur la table de billard et s'y est allongé de tout son long pour effectuer ce qui devait être le coup le plus lamentable du monde. Il s'est relevé.

— Je m'impressionne moi-même. Quel spectacle. On ne voit pas ça tous les jours. Ne me remerciez pas…

— Tu n'as pas touché une seule boule ! s'est insurgée Mia en gesticulant tellement qu'elle a renversé de la bière sur ses vêtements.

Elle s'est exclamée :

— Non !

J'ai ri.

— On va se faire jeter…

En novembre, cette soirée du 29 mars passée à déconner dans un bar, à mal jouer au billard, n'aurait pas eu lieu pour Ro. J'étais sur ses genoux, sur une chaise qui n'était pas suffisamment solide pour supporter notre poids. Ro avait les bras autour de ma taille et traçait des mots sur la toile de mon pantalon. J'essayais de suivre ce qu'elle écrivait tout en riant avec mes amis. Son odeur sur mes vêtements, son corps contre le mien. Il y avait du bruit et elle formait des lettres : H A N A.

Je l'ai entendue dire, le menton posé sur mon épaule :

— T'as mis l'horrible ceinture.

J'ai rigolé.

— Quoi ?

— Elle est affreuse, on dirait qu'elle a été conçue pour les professionnels de la ceinture.

— Qu'est-ce que tu racontes ?

— Tu ne l'enlèves jamais.

— Tu veux me l'enlever ? Maintenant ?

— Oui, ici.

J'ai ri et elle m'a susurré, plus près :

— Sur le porte-parapluie.

— T'es disqualifié ! s'est exclamé Alex.

Leo s'est levé pour protester alors qu'il venait de célébrer un coup victorieux que je n'avais pas vu.

— Hein ? Pourquoi ? Non, mec.

— Tu as rentré la boule blanche dans le trou.

— Non, c'était la grise.

— Non, c'est la blanche qui est sale, mais c'est pas la même couleur que la grise, tu vois ?

— Ah.

— Tu as beaucoup trop bu, a fait remarquer Lucia avec un sourire en attrapant le visage de Leo.

Il a hoché la tête.

Pendant que je les regardais, Ro m'a prise dans ses bras. Littéralement : sa main a glissé sous mes genoux, elle s'est levée et je me suis retrouvée dans ses bras. Je me suis accrochée à son cou et j'ai retenu un cri. Tout le monde s'est tourné vers nous. Ro a décrété :

— C'est mon tour.

Et elle m'a portée jusqu'au billard. J'ai protesté :

— Ro, qu'est-ce que tu fiches ? Qu'est-ce que tu... ? Pose-moi ! Aurora, je te jure, pose-moi ou je... !

Elle a attrapé la queue à côté de la chaise. J'étais dans une position plus qu'instable. Tout dans la situation l'était : Ro avait une date de péremption, cette soirée n'existerait plus en novembre, alors que nous la vivions avec fracas ce soir-là. Mia riait, Alex nous acclamait, Leo a embrassé Lucia et je me suis accrochée à Ro quand elle m'a demandé :

— Prête ?

Elle n'a pas touché une seule boule.

Cette nuit-là, nous avons planté des lentilles dans des petits gobelets. Nous avons posé ceux-ci sur le rebord de la fenêtre – nous avions beaucoup trop bu –, nous nous sommes allongées sur le lit et je l'ai regardée dans les yeux. Comme il était important, ce stupide 29 mars. La Terre bougeait un peu sous nos pieds, comme si elle était posée sur un escalator de centre commercial. J'ai levé une main et elle a placé sa paume contre la mienne. Alors que nous étions toujours dans cette position, je lui ai demandé :

— Romeo voit ça ?

Ro a chuchoté :

— Ça ?

— Oui, tout. Je viens d'y penser.

Elle a souri.

— Tu viens juste d'y penser.

— Oui, parce que…

L'alcool a tourbillonné dans ma tête.

J'ai repris :

— Je me suis dit : *Ro connaît plein de trucs sur la vie de Romeo, donc lui aussi doit connaître plein de trucs sur toi.*

— Bien pensé.

— Hm hm.

— Il voit ça, a-t-elle reconnu avec son calme habituel. Mais il ne se souviendra pas de grand-chose.

— Ah non ? Il ne se souviendra pas de ce moment ?

— Peut-être que si.

— Et tu sens sa présence ? j'ai murmuré.

Mes doigts se sont glissés dans les siens, et j'ai poursuivi :

— Romeo. À l'intérieur. Maintenant.

— Un peu. Toujours un peu. Parfois plus. C'est comme… porter des lentilles de contact.

Ça m'a paru une déclaration importante.

Il y a eu une petite pause, puis son sourire est réapparu.

— Ça te coupe l'envie ?

— Ben oui, un peu. Mais demain, j'aurai oublié. T'inquiète.

— Et en plus, tu portes cette horrible ceinture.

— Oui.

Personne n'apprécie assez les plantes qui s'efforcent de pousser dans les gobelets. Il faut de bons yeux pour saisir la magie que ça représente de s'alimenter uniquement de plastique, de lumière, d'eau et de coton.

Les lentilles se transforment peu à peu en plantes qui ne deviennent jamais ce que l'on attend d'un végétal ; elles le savent et elles poussent quand même.

Dans cette chambre, au milieu de Madrid, une lentille avait atteint un mètre quatre-vingts et elle maintenait en vie huit autres plantes. Je me disais que c'était un exploit quand on n'existe que six mois par an.

Ro s'allongeait sur le canapé et parlait à l'oreille de Paco. Elle m'accompagnait pour acheter du matériel destiné à des cours inutiles qui me plaisaient à moitié. Nous allions au cinéma et elle n'attrapait pas un seul des pop-corn qu'elle lançait vers sa bouche. Elle disait « Cette fois, je vais y arriver », et elle faisait une nouvelle tentative. Je tenais les portes du métro pour qu'elle ne reste pas sur le quai parce qu'elle marchait toujours lentement. Nous partagions un secret impossible à partager. Elle est venue plusieurs fois me voir danser en cours, ce qui mettait Leo mal à l'aise. Elle s'asseyait sur le sol, à l'autre bout du grand miroir, et elle souriait à tout, avec son air de savoir plus que ce qu'elle voulait bien avouer. Désormais, je pensais savoir ce qu'elle taisait.

Le 13 avril, nous sommes allées à l'Auditorium national de musique. À cette époque, ils donnaient des concerts de piano chaque mois et les étudiants pouvaient y assister gratuitement.

— Tu vas peut-être trouver ça un peu ennuyeux.

— N'importe quoi. Je t'entends jouer tout le temps. Enfin, presque tout le temps.

— C'est pas pareil.

— Bon, ben, je dormirai alors. Je suis venue pour ça en réalité.

Je l'ai vue sourire, avec la ville en arrière-plan.

— T'es bête. T'as pris ton médicament anti-ronflements ?

Je l'ai poussée.

— Hé ! Je ne ronfle pas !

— Si, si…

Je lui ai décoché un coup de coude.

— Je ne ronfle pas, si ? Non. Ro, non.

L'auditorium était immense. Je me souviens d'avoir été assise à un balcon et d'avoir écouté le piano pendant une heure et demie. L'âge moyen du public était de soixante ans. À côté de moi, Ro imitait le mouvement des mains du pianiste. Elle jouait le morceau sur ses genoux. La musique coulait entre ses doigts. Elle ne le regardait pas et l'imitait. Ro venait tous les mois, avec son calme et son existence qu'elle jugeait si accessoire, et elle jouait les partitions à l'oreille, les yeux fermés.

Comment est-ce qu'on pourrait oublier ça ?

Romeo lui avait donné des cours de piano sans le vouloir vraiment des années durant et, maintenant, elle accomplissait quelque chose d'impressionnant et personne n'avait idée de l'exploit impossible qui lui permettait d'arriver à ce résultat.

Pendant une pause entre deux morceaux, elle a levé les yeux vers moi et m'a surprise en train de l'observer.

— Quoi ?

— Rien.

Elle a pris mon bras et l'a posé sur ses genoux. Lorsque le piano a repris, elle a joué le passage sur ma peau.

C'est l'histoire d'une fille qui existe six mois par an.

Il faisait nuit lorsque le concert s'est terminé et que le public a quitté l'auditorium. Nous sommes descendues par l'escalier extérieur, puis nous sommes retournées à l'intérieur pour voir la salle depuis le rez-de-chaussée. Ro avait les mains dans les poches de sa veste et rayonnait. Quand on connaissait Ro, on comprenait qu'elle avait appris à être heureuse avec le bout de vie auquel elle avait droit. J'ai observé la salle avec attention, je me suis approchée des sièges pour les toucher. Tout le monde a fini par sortir. Même le pianiste est parti. Je me suis retourné et j'ai suggéré à Ro :

— Joue du piano.

Elle a souri, déroutée. Nous nous sommes regardées, à un mètre de distance.

— Qu'est-ce que tu racontes ? Je ne sais pas… On nous mettrait dehors.

— On finira bien par sortir, de toute façon.

Un silence minuscule s'est installé.

— Allez, quand est-ce que tu auras encore l'occasion de jouer sur un piano comme celui-là ?

Elle a haussé les sourcils. Je l'ai vue hésiter, mais j'ai commencé à descendre les marches et elle m'a suivie en m'appelant doucement :

— Hana. Hana !

Ro ne comprenait pas que j'aurais pu marcher jusqu'au Danemark si elle avait continué à dire mon prénom comme ça. À chaque pas, des plantes poussaient en moi, une, deux, trois magnifiques végétaux. J'ai regardé de tous les côtés avant de monter sur scène, elle est arrivée derrière moi et j'ai soulevé le couvercle du clavier comme s'il était en verre. Je lui ai adressé un signe de tête.

Ro a déclaré en riant :

— Tu es folle.

— Qu'est-ce qu'on peut nous faire ?

Elle a fini par se mettre à jouer. Elle a appuyé sur une touche, très lentement, le son était très fort et elle a écarté les doigts. Elle a enfoncé une autre touche. Je surveillais la porte d'un œil et je la regardais en même temps. Ro a entamé une très courte mélodie, puis elle a placé sa deuxième main et chaque note s'est mise à vibrer en moi, formant un étrange chatouillis, mais tout à coup la porte de l'auditorium s'est ouverte et un des gars de la sécurité est entré.

Ro s'est levée. J'ai fait un pas en arrière. Il s'est approché de nous et a déclaré :

— Excusez-moi, c'est interdit de jouer du piano.

— Oui, a répondu Ro.

— Oui, je suis désolée, j'ai renchéri. On est désolées. On s'en va.

Nous sommes pratiquement sorties en courant. Nous sommes descendues de la scène, pour passer devant le vigile sans lever les yeux vers lui. Nous avons franchi la porte et j'ai serré les lèvres pour m'empêcher d'éclater de rire. Ro m'a pris la main et nous avons avancé d'un pas rapide dans le couloir. Le silence était frappant et notre montée d'adrénaline était complètement disproportionnée. Comme si nous venions de cambrioler une banque. Dehors, il faisait noir, il n'y avait que les lampadaires et Madrid, pour Ro et moi. Elle s'est retournée et a explosé comme un feu d'artifice d'un sourire radieux.

— J'ai joué du piano !

— Et un type de la sécurité est venu.

— Ouais.

— Sa tête ! Ça valait de l'or.

— Oui, on voyait bien qu'il se demandait : *Qu'est-ce qu'elles font ? De quoi se nourrissent-elles ?* Hana.

Elle a prononcé mon prénom et sans arrêter de marcher elle a attrapé mon visage et m'a embrassée. J'ai failli trébucher. Je crois que, à certains moments, elle ne se rendait pas compte que je devais vraiment me hisser sur la pointe des pieds pour l'embrasser, mais j'ai fermé les yeux et j'ai souri.

— Tu es folle. Tu as une mauvaise influence sur moi.

— Tu vis littéralement avec une dealeuse.

— Je ne pourrai pas y retourner.

Mais nous y sommes retournées. Et, cette nuit-là, je suis retournée chez elle et je me suis à nouveau cogné la tête contre le lit du haut. Et à la fenêtre de la chambre de Ro deux lentilles plantées dans des gobelets avaient poussé suffisamment pour s'entrelacer. Elles font ça, les lentilles ? Elles s'entrelacent ? Je ne suis pas certaine ; les nôtres le faisaient. Deux lentilles entrelacées, ça doit au moins former une plante entière.

Ça doit être équivalent à douze mois.

On était en avril.

14. MAI, JUIN ET LES SIX VERS DE TERRE

En deuxième année de fac, je me suis cassé le doigt pour la première fois. C'était vraiment relou. En plus, le moment était mal choisi. C'est moi qui ai dû provoquer la fracture à force de souhaiter me casser quelque chose. Quand j'étais petite, j'enviais les enfants qui avaient un plâtre. Je me disais : *Si je me cassais quelque chose, maman me laisserait passer la journée au lit. Elle m'achèterait plein de Phoskitos.* Et, des années plus tard, alors que mes priorités étaient un peu différentes, je me suis cassé le doigt.

Mia s'est assise sur mon doigt dans la salle d'attente d'un hôpital. Je ne sais pas comment il faut s'asseoir sur un doigt pour le casser. Ce n'est peut-être pas moi qui aurais dû être surnommée Anus. J'ai crié, j'ai porté le doigt à ma bouche et Mia s'est retournée avec ses yeux comme des soucoupes. C'est comme ça que ça s'est passé. Nous attendions que Leo sorte de sa mastectomie. Au moins, le lieu de l'accident n'était pas trop mal choisi. Mia et moi avons couru ensemble à l'étage des urgences. Dans l'ascenseur, il y a eu une sorte de pause musicale. Puis nous avons à nouveau couru. Un peu calmée, j'ai expliqué au médecin :

— En fait, j'ai toujours voulu me casser quelque chose.

Il m'a regardée comme s'il avait l'intention de m'envoyer en psychiatrie. J'ai découvert, un peu plus tard, que les plâtres pour doigt ne sont pas très esthétiques.

J'ai d'autres souvenirs de cette journée, même si c'est avant tout celle où je me suis cassé un doigt.

Je me souviens que la mère de Leo me tapotait la jambe. Cette femme, avec des lunettes et des cheveux bouclés, souriait beaucoup. Parfois, elle souriait comme si elle était sous la menace d'une arme. Elle a tenté de ne pas sourire quand je suis revenue avec le doigt cassé, mais ça n'a pas marché. L'émotion était trop forte. Comment peut-on contenir une émotion pareille pendant des heures et des heures d'attente ? La mère de Leo était un concentré d'énergie positive. Elle a signé mon plâtre. Elle a écrit : *Maritere.* Puis, quand Leo a été ramené dans la chambre et s'est un peu réveillé, elle m'a chuchoté :

— Il va aller bien, à partir de maintenant.

Elle a serré ses petits yeux.

— Hein ? Mon fils. Il va s'en sortir.

Ce soir-là, quand je suis rentrée à la maison avec mon doigt dans le plâtre, ma mère était dans le salon. Elle m'a grondée :

— Haneul ! Pour l'amour du ciel, qu'est-ce que tu as fichu ?

C'était de l'inquiétude, en réalité, mais dans sa bouche tout tournait à l'engueulade. Elle s'exprimait à l'impératif sans s'en rendre compte, et moi, en la voyant là, j'ai repensé au visage de la mère de Leo et je l'ai serrée dans mes bras. Ma mère et moi, nous avons dû nous faire des câlins comme ça cinq fois au grand maximum. Il y en a eu un ce jour-là et je compte le câlin post-partum comme un deuxième.

Nous n'étions pas habituées à ce que nos corps s'emboîtent l'un contre l'autre, mais elle m'a enlacée aussi, déconcertée, puis elle a décrété :

— Allez, allez.

Elle a accompagné ces mots de deux tapes dans le dos pas agréables du tout.

— Va prendre une douche.

Ma mère n'aurait jamais accepté que je reste couchée à manger des Phoskitos.

D'un côté, il y a le concept sociétal de ce qu'on nous dit qu'est une mère et, de l'autre, il y a la réalité. Les gens sont des êtres humains avant de devenir parents.

Ma mère était une entité parfaitement préparée pour diriger un restaurant et complètement dépassée par l'idée que sa fille veuille s'appeler Hana. Elle hurlait presque avec indignation devant l'écran les réponses des jeux télévisés. La mère de Leo faisait des cupcakes et notait les changements dans la voix de son fils après un mois de testostérone et, parfois, elle venait danser avec nous. La mère de Mia était carrément d'une autre planète. Elle avait eu cinq Mia. Mia était la troisième de cinq sœurs, toutes blondes, grandes et bruyantes. Sa mère, une femme d'un mètre cinquante aux cheveux noirs, se déplaçait aussi vite qu'un robot aspirateur. Je la voyais boire du thé en permanence. Elle se tournait vers moi en clignant très lentement des paupières et elle disait, en faisant traîner les syllabes :

— Bonjour, Hana chérie. Comment vas-tu ?

Personne n'a jamais su comment était la mère d'Alex. Il ne parlait pas d'elle. Ma théorie, c'était qu'elle l'entretenait de loin en se désintéressant de lui. Il parlait beaucoup de son père, qui était un grand type dont la barbe fusionnait pratiquement avec ses poils pubiens et qui jouait déjà de la batterie dans un groupe de rock vingt ans plus tôt. Alex affirmait : « Mon père est une légende. Vous ne comprenez pas, il a remporté le prix du mec le plus cool du quartier. Il est génial. » Le père d'Alex ne lui avait pas donné un centime depuis qu'il était venu au monde ; en revanche, il lui avait proposé plusieurs fois de la drogue. Je l'avais vu. Il le serrait très fort dans ses bras et disait à ses amis « C'est mon fils ! », puis il ne répondait plus au téléphone pendant des mois, il disparaissait au beau milieu des fêtes où ils étaient ensemble et Alex le cherchait dans la foule. Ça n'empêcherait jamais Alex de répéter que son père était une légende.

La personne à qui nous faisons confiance pour apprendre à marcher nous définit, peu importe que ce soit par similitude ou par contraste.

En mai de cette année-là, le père d'Alex nous a invités à un de ses concerts. Je suis presque certaine que ça ne s'est pas passé comme ça, même si Alex insistait. À mon avis, il avait vu une affiche collée à la sortie du métro. Pour Alex, c'était l'équivalent d'une invitation.

— Mon père va jouer, il faut que tu y ailles.

Il a hoché plusieurs fois la tête et a bu un coup de sa bière.

— Ils viennent de sortir un disque. Je ne l'ai pas écouté, mais je crois que c'est du rock crade.

— Ce ne serait pas étonnant, ton père est crade, j'ai répliqué.

— Oui, quel mec.

Il a souri. C'était impossible de le vexer.

— C'est une légende, je te dis.

— Je crois que je dois assurer les livraisons ce jour-là.

— Non ! Justement ce jour-là ?

— Je ne sais pas.

— Je trouve que tu fais trop de livraisons. C'est juste un conseil d'ami.

Alex a passé le bras autour de mes épaules.

— Ça va, Hana ? Je veux dire, vraiment ? Avec tout le boulot, tes études… Tu veux qu'on en parle ? Non, non, attends, garde ça pour qu'on en parle au concert de mon père, OK ?

Alex était fatigant. Je l'aimais beaucoup, je n'aurais jamais pu en avoir marre de lui, mais c'est quelque chose qu'on réalise parfois trop tard.

Le 17 mai, c'était le concert et j'ai envoyé un message à Ro par WhatsApp :

S'il te plaît (18:43)

LLLLLL (18:50)

OK (18:50)

Elle n'avait même pas de contexte. Mais avec moi, Ro était toujours partante.

Le concert n'était pas trop mal. Nous avons dû rentrer en cachette, comme je m'y attendais, parce qu'il n'y avait plus de tickets et qu'Alex avait cru que nous étions invités. Ce n'était pas le cas. Il rêvait toujours que son nom figure sur une liste « Alex + amis, laissez-passer VIP », mais il ne l'obtenait jamais, ni là ni ailleurs. Nous l'avons vu sauter pour jaillir de la foule. Il n'arrêtait pas. Il voulait que son père l'aperçoive, mais Ro et moi étions les seules à le remarquer. Ro l'a pris sur son dos et il a dû sortir du lot comme ça, mais j'ai vu Ro souffrir pendant qu'Alex s'agitait.

— On va se tuer, ne me distrais pas, elle a protesté quand je me suis retrouvée devant elle et que je l'ai embrassée.

Quand le concert s'est achevé, le père d'Alex est descendu de la scène et a salué trois cents personnes avant d'arriver à nous. Alex l'attendait comme un chien derrière une porte vitrée. Lorsqu'il l'a serré très fort dans ses bras, son père a déclaré :

— Mec, t'as maigri ! Quoi de neuf ? Ça t'a plu ? Tu t'es bien amusé ? Oui, évidemment, je t'ai vu déconner. T'es toujours avec de nouvelles meufs, hein ? Espèce de don Juan, va ! C'est héréditaire !

Et il lui a décoché une série de tapes dans le dos qui aurait vraiment pu lui casser deux côtes.

— Putain, que t'es maigre !

— Papa, c'est Hana, tu te souviens d'elle ?

Alex souriait, ses yeux brillaient.

— C'est ma pote.

— Bien sûr, bien sûr.

Il ne se souvenait pas de moi. Alex nous avait déjà présentés cinq fois.

— Bonjour.

— Et sa petite amie, Ro.

— Eh bien, Ro. C'est triste pour la chienne quand elle n'a pas de mâle…

J'ai pris une grande inspiration, Ro a haussé les sourcils et a souri comme pour dire : « Vraiment ? »

Le père d'Alex a éclaté de rire.

— Vous voulez vous amuser ? Bougez pas. Attendez-moi, j'ai deux trois bricoles à faire. Mon fiston est toujours invité, pas vrai ? Putain, que t'es maigrichon.

— Papa… a commencé Alex tout excité. Papa, tu sais que maintenant… ?

— Pedro, mon salaud !

Il s'était retourné et n'écoutait déjà plus.

Nous ne l'avons pas revu de la soirée.

Tant mieux parce que le père d'Alex était un distributeur de drogues ambulant et, en plus de ça, dégageait une odeur de sueur de l'année précédente. Ne pas le voir était un plaisir. De toute façon, Alex avait déjà ce qu'il fallait comme psychotropes, pour ne pas changer. J'essayais de ne pas y penser parce que je me persuadais sans vraiment y croire que, si je n'y pensais pas, le problème disparaîtrait. Ce n'est pas comme ça que ça marche : au cours de cette soirée, Alex est devenu copain avec tout le monde, même avec les piliers de la salle. Il a perdu sa voix à force de chanter. Il m'a proposé de la MDMA.

— Pff, c'était notre truc et maintenant tu refuses ?

J'avais encore en tête l'image d'Alex secoué de convulsions pendant le festival en plein mois d'août, mais lui n'en avait aucun souvenir. Il se réinitialisait de manière dangereuse. Il a pris de la MDMA et j'imagine qu'il a aussi sniffé de la coke dans les toilettes. Ro lui a volé le sachet de speed qu'il gardait dans la poche arrière de son pantalon et me l'a montré discrètement près du bar.

— Voleuse de pistaches. T'es une pro.

Je me suis un peu appuyée sur elle.

— Merci.

— Ça n'arrivera pas aujourd'hui.

Ça a sauvé la situation que le sachet reste dans la veste d'Aurora. Nous avons bu et dansé, et nous avons sorti Alex de là à trois heures du matin. La colère l'a réveillé. Il marmonnait :

— Un connard m'a piqué mon speed.

Puis il a encore oublié. Alex était un poisson-clown qui nageait dans un sachet transparent différent chaque fois. Son espérance de vie se mesurait en minutes. Son niveau de défonce aussi et, le 17 mai, il n'était pas aussi défoncé que les autres fois. Il a passé tout le trajet à parler de son père. Il titubait. Tout à coup, il agrippait l'une d'entre nous et criait :

— Allons dans ce bar !

Il proposait ça devant chaque café.

— Non.

Je tirais sur la capuche de son sweat.

— Il est affiché « Shots gratuits » ! Hana !

C'est Adara qui nous a ouvert la porte. Je ne sais pas ce qu'Alex faisait avec ses clés. Est-ce qu'il avait même son propre trousseau ? Peut-être pas. Adara était toujours là et toujours éveillée, un Rubik's Cube en main quelle que soit l'heure. Est-ce qu'elle dormait parfois ? Alex et elle étaient des humains à l'existence difficile, comme tout le monde, mais en pire. Quand elle nous a ouvert, Alex a fait « Tadam ! » et s'est mis à rire tout seul. Il a trébuché dans le vide et il s'est étalé de tout son long. Je l'ai emmené au lit. Je me souviens de Ro et moi cette nuit-là dans le salon de l'appartement d'Alex.

Nous nous sommes assises sur le parquet et nous avons appuyé notre dos contre le canapé. Nous avons partagé une cigarette. Puis Ro s'est levée et a rapporté de la cuisine des gaufrettes, qu'elle m'a montrées depuis le couloir. C'étaient les mêmes que les espèces d'hosties de la fête.

— Hana, la salle de bains. Elle nous appelle. Jumanji !

Elle m'a souri et je lui ai souri aussi. C'était la meilleure partie de la nuit : Ro. Toujours Ro. Quelle image classique : Aurora Rojas et Haneul Hong mangeant des gaufrettes dans la pire rue de Madrid. Qui faisait les courses dans cet appart et considérait que c'était important de faire le plein de ces espèces d'hosties ? Il était quatre heures du matin, j'avais la tête posée sur son épaule et nous émiettions les gaufrettes.

— Je ne sais pas comment faire, j'ai reconnu. J'essaie tant que je peux, je te jure. Mais je m'y prends mal.

— Pas du tout. Tu es là et on l'a ramené, non ?

— Il me fait peur.

— Je sais.

— C'est… Parfois je… je laisse faire. Je me dis : *C'est son problème. Je n'ai pas à le régler à sa place.* Mais il ne le voit pas.

J'ai dégluti, puis j'ai ajouté :

— Il va se faire un bad trip un jour, Ro. Qu'est-ce que je ferai ce jour-là ?

— Tout ce qui est à notre portée.

Elle a légèrement appuyé sa tête contre la mienne et a continué à jouer avec les gaufrettes en me racontant :

— Isaac était plus loin qu'Alex. Il avait dix-sept ans. Il a tout essayé. J'ai tout essayé avec lui. Ce n'était pas notre meilleur moment, et je ne sais pas pourquoi je l'ai fait, étant donné ce que j'avais déjà vu, mais… on l'a fait quand même. Nous avons grandi dans un quartier où c'était un rituel.

Ro s'est tue un petit moment.

— Isaac n'avait pas posé de limites. Il allait plus loin que ça, et j'étais là, et je l'ai tiré de là. Tu tires Alex de là, Hana. C'est ce que tu as fait ce soir.

La voix de Ro ressemblait à une berceuse. Je n'aurais pas confié cette peur à quelqu'un d'autre. C'était grâce à elle, à la pièce silencieuse, à son calme et peut-être à celui de Romeo.

— Est-ce que ça suffira ? j'ai demandé.

— C'est déjà beaucoup mieux que rien.

Nous avons jeté le speed dans les toilettes. Le canapé en L était trop petit pour Ro. Elle a essayé de s'allonger, mais la moitié de sa jambe dépassait de l'accoudoir. Nous n'avions pas d'autre possibilité. Nous avons dormi là. Nous avons partagé un coussin et éteint la lumière, et, alors que nous étions couchées dans le noir toutes les deux, j'ai commencé :

— Ro.

Je fixais l'abat-jour de la lampe.

— Tu es ma petite amie ?

Je crois qu'elle a ouvert les yeux. Elle a souri, en tout cas je l'ai entendu dans ses mots quand elle a parlé :

— Quoi ?

— Alex a dit à son père : « La petite amie d'Hana, Ro. » Et tu ne l'as pas corrigé.

— J'aurais dû ?

— Non, mais… entre ça et… on s'aime bien.

Je l'ai entendue rire. J'ai ri aussi.

— On s'aime bien, non ? Il s'est passé des trucs entre toi et moi. J'ai pensé : *Peut-être que je lui en impose et qu'elle ne sait pas comment me demander*. Ça m'arrive.

— Ouais, tu en imposes vachement. Avec ta grande taille, tes muscles.

— Et mon sex-appeal. N'oublie pas…

Puis elle m'a demandé :

— Tu crois que je suis ta petite amie ?

J'aurais voulu que mon cœur ne batte pas si fort, comme une musique d'autos tamponneuses. Quelles drôles de circonstances pour avoir cette conversation, de toute façon. Est-ce que je considérais qu'elle était ma petite amie ? J'ai senti l'oxygène me remplir. Est-ce que nous regardions la même chose ? La lampe du salon d'Alex, au milieu de nulle part. J'ai cligné des yeux.

— Je ne sais pas. Je… je pense que tu m'as un peu gâché les autres êtres humains.

Cette phrase a été suivie par un long silence. Je me suis demandé ce qu'elle pensait parce que je la sentais penser. Tout avril, tout mai, je l'avais sentie penser à quelque chose. Après quelques secondes, Ro s'est déplacée sur le canapé. Je l'ai entendue bouger. Elle a déclaré :

— J'ai vraiment envie de manger des Chocapic au petit déjeuner demain, Hana.

Ça m'a fait sourire. J'ai fermé les paupières.

— D'accord.

— On le fera ?

— On luttera pour y arriver.

— De toutes nos forces ?

— Oui.

— Super.

— D'accord. OK.

(Rires.)

Le jour où nous sommes allées chez IKEA, Alex n'est pas venu parce qu'il avait la gueule de bois. Il m'a prévenue par virement bancaire. Il m'a envoyé un centime avec en communication : « J'ai la gueule de bois. J'ai perdu mon portable. » Cela aurait dû m'alerter, mais ça n'a pas été le cas. L'inquiétude se dilue tellement dans l'espace qu'elle se rationne elle-même. S'inquiéter pour Alex, c'était comme mâcher un chewing-gum sans goût à force de l'avoir dans la bouche.

Un dimanche, Mia avait fait une crise à cause de nos études et elle avait décidé qu'elle devait d'urgence acheter des rideaux.

— Qu'est-ce qu'on va faire avec ça ? Dis-moi. On termine cette année. Enfin, peut-être pas toi, mais moi, si.

— Toi non plus.

— D'accord, peut-être que moi non plus, mais ça m'inquiète.

Mia appelait les beaux-arts « ça » quand elle se rendait compte qu'elle étudiait les beaux-arts.

— C'est horrible. S'il te plaît, allons acheter des rideaux.

Nous sommes donc allées chez IKEA à la fin du mois de mai. Leo nous y a conduites en voiture. J'ai dû me cacher derrière le siège passager parce qu'il n'y avait pas assez de place pour tout le monde. La vie paraît vraiment bizarre quand on est assis à cet endroit. Personne ne l'a conçu. Je voyais une fenêtre, la ville en contre-plongée. Ro. Mia a passé une demi-heure à examiner avec le plus grand sérieux des tentures beaucoup trop grandes pour sa chambre. Je l'ai soutenue, même quand elle a choisi un tissu à motifs de dauphins. Lucia a insisté pour acheter un énorme requin en peluche qu'elle a été obligée de transporter partout et Ro a fourré dans sa poche une trentaine de crayons miniatures.

— Chérie, qu'est-ce que tu veux pour le petit déjeuner ? elle m'a demandé en faisant semblant de se laver les mains dans une cuisine modèle qu'aucun d'entre nous ne pourrait jamais s'offrir.

Ro était fascinée par le rayon des lampes. Elle tirait sur le fil des grands lustres qui se dépliaient et les observait la bouche légèrement ouverte. Elle me regardait dans les yeux. Elle disait « Hana ». C'est là que j'ai appris le peu de choses (et le grand nombre de choses) que j'avais encore à apprendre : les plantes en plastique la mettaient mal à l'aise. Elle aimait les couvertures en fausse fourrure. Pendant que nous mangions à la cafétéria, nous avons dessiné sur une feuille un plan très maladroit de notre maison idéale et nous nous sommes disputées pendant un moment sur le nombre de tapis. À la fin, j'ai réussi à faire monter sa limite à trois. Trois, c'était bien. À partir de ce moment-là, nous avons tout essayé et tout noté, même les serviettes de table. Il y a une première fois pour noter le nom des objets chez IKEA.

— Romeo a le même lit, m'a-t-elle informée alors que nous étions toutes les deux allongées sur un des modèles en expo côte à côte.

— Ah oui ?

— Dans leur résidence secondaire à la plage.

— Il est immense.

J'ai souri en fixant le plafond.

— Il rentre dans sa chambre ?

— Oui.

— Elle doit être vachement grande.

— Ça rentre tout juste. Il a renoncé à un bureau pour le lit, ce qui n'est pas très malin.

— Non, en effet, j'ai admis en riant.

Ro s'est mise à l'aise sur l'oreiller et a ajouté :

— Il est content. Là maintenant. Parce qu'on a trouvé son lit.

J'ai demandé :

— Tu le sens en ce moment ?

— Oui.

Je crois qu'elle a sondé un peu ma réaction. Elle le faisait parfois. Ro partageait tout avec moi, puis, par moments, elle semblait combler un silence avec une interrogation du genre : « Comment ça se fait que je te dis tout ? »

— Il faut qu'on lui fasse plaisir, j'ai conclu.

J'ai ressorti notre plan et je l'ai étudié. J'ai senti qu'elle m'examinait un peu avant de venir vers moi et de se pencher sur le papier.

— Regarde, il irait bien là, non ? Y a la place. Et on mettrait l'armoire ici.

— C'est la pièce pour le piano.

— Tu as mis « piano », là ? Pff, t'as vraiment une écriture… C'est des hiéroglyphes. C'est un « i », ça ?

— Comment tu ferais ? m'a demandé Ro en posant ses doigts sur les miens par-dessus le papier. Pour l'appart.

— Pour le louer ?

— Dans le cas hypothétique…

La Hana de cette seconde ne pensait pas à Alex. Elle ne se disait pas que la vie avec Ro ne pouvait être qu'un casse-tête, elle s'occupait de cette seconde et de rien d'autre, puis continuait.

— Ce serait à mon nom. Je le louerais avant, en janvier par exemple, et tu viendrais après.

— Et c'est toi qui le paierais.

— La moitié de l'année.

— Tu pourrais ?

— Tu n'as pas suivi ou quoi ? J'étudie les beaux-arts !

Je me suis retournée sur le matelas pour bien la regarder, et elle a souri, comme si elle oubliait que nous étions en train de confirmer que c'était un avenir ridicule.

— Je vais me faire plein de fric, tu verras.

— D'accord.

— Je suis super sérieuse.

Ro m'a examinée un moment avec cette expression qu'elle avait quand ses pensées n'atteignaient pas sa bouche. Puis elle m'a demandé en me regardant droit dans les yeux :

— Tu veux venir avec moi voir ma mère ?

J'ai cligné des paupières. Elle m'avait prise au dépourvu. Les bruits du magasin sont revenus.

— Ta mère ?

— Je déjeune avec elle. La semaine prochaine. Je ne l'ai pas vue depuis août. Tu veux manger avec elle ? Avec nous. Avec moi.

Elle a conclu :

— Je veux que tu viennes avec moi voir ma mère, Hana.

Ro et moi avions cette conversation sur un lit au milieu de chez IKEA. Le lit était confortable. Des clients passaient d'un côté et de l'autre, Mia tripotait les cadres avec Lucia quelques étagères plus loin. Il y avait des lumières blanches au plafond, des voix et des bruits de pas. J'ai répondu :

— Oui. Bien sûr, oui.

Ro s'est rapprochée et m'a embrassée lentement. J'ai écarté mes lèvres, mes doigts se sont un peu accrochés à ses vêtements et je l'ai embrassée à mon tour, sans penser à rien. Un employé est arrivé :

— Désolé, vous n'avez pas le droit d'utiliser les lits.

— OK, a fait Ro en riant et en s'écartant de moi. On allait partir.

La mère de Ro.

Qui était-elle ?

Voilà ce que je savais à son sujet : elle s'appelait Olga. Ro évitait d'en parler. Elle avait malgré tout un pendentif avec son initiale parce que les engrenages qui font tourner la famille sont étranges ; elle travaillait pour lui envoyer de l'argent. Ro m'en a parlé un jour, alors que nous nous promenions : elle n'économisait pas pour un piano, elle envoyait l'argent à sa mère. Olga vivait au bout de la ligne 5 du métro. Elles se voyaient à peine. Elles avaient désappris à être bien ensemble. Au commencement de tout, on est comme un organe supplémentaire de sa mère. Puis on doit faire quelque chose de très étrange : se détacher d'elle. Il y a des gens qui parviennent à établir des rails entre eux. Et il y en a qui ne laissent même pas un fil. Ro et Olga étaient encore liées par un fil, mais il était ténu.

J'ai rencontré Olga le 31 mai.

Je me souviens du trajet en métro, de la porte, de l'ascenseur et du miroir dans la cabine. Ro était calme. Elle perdait tous nos combats de pouces. Je crois qu'elle me laissait gagner. Dans le métro qui nous emmenait chez Olga, j'ai demandé à Ro :

— Je dois me comporter d'une certaine manière ?

Ma question a eu l'air de la surprendre. Elle a ri un peu avant de répondre :

— Oui. Regarde, je t'ai apporté une perruque…

— Sérieux, Ro.

Elle a appuyé le front contre la barre du métro.

— Je t'ai amenée ici parce que tu es toi. Qu'est-ce que tu pourrais être de plus ?

Et puis elle a ajouté :

— Hana. Anus.

J'ai souri. J'ai poussé sa jambe avec la mienne.

— Hé là, je ne t'ai pas donné la permission. C'est cinq euros quatre-vingt-dix si tu veux m'appeler comme ça.

— C'est trop cher.

— La demande est forte. Maintenant, tu me dois de l'argent. Allez, à la caisse !

Ro a déclaré, sans vraiment m'écouter :

— J'adore la façon dont tu souris.

Les rues m'ont paru désertes. Elles l'étaient. Ici, la ville n'appartenait à personne, et encore moins à nous. Il y avait encore des chaussures accrochées à des fils, comme des oiseaux fossilisés avec des lacets qui pendent. Il y avait des fenêtres avec des drapeaux et des sous-vêtements. Ro et moi étions là, dans un minuscule ascenseur, à contempler notre reflet. Le silence s'est mis à peser et j'ai senti une tension étrange. Je l'ai regardée jouer avec une bague. Elle n'a rien dit. Moi non plus.

Lorsque nous avons frappé à la porte du 6B, il a fallu une éternité avant qu'Olga vienne ouvrir.

Sur le paillasson, « BONJOUR » était imprimé en grosses lettres majuscules. Je l'ai relu huit fois. Puis il y a eu des bruits de pas et quelqu'un a ouvert la porte avec force. C'était Olga, évidemment.

La mère de Ro était moins grande que sa fille. En revanche, elle l'était plus que moi. Elle avait de longs cheveux bruns, de grands cernes sous les yeux et un joli sourire. C'est tout. Elle avait mis du rouge à lèvres.

— Aurora. Bonjour.

Son regard s'est posé sur sa fille. Elle semblait vouloir faire un pas et l'embrasser. Aucune des deux n'a bougé. Elle m'a regardée.

— Tu dois être Ana.

— Hana, je l'ai corrigée en souriant un peu.

— Hana, c'est ça. Comment vas-tu ?

— Bien. Bien.

Nous sommes restées figées de façon gênante. Nous avons hésité. J'ai mis fin à cet instant inconfortable en m'approchant, nous nous sommes donné deux bises et elle a posé une main dans mon dos.

— Enchantée, j'ai dit.

— Entre. Mets-toi à l'aise. Aurora, montre-lui... Tu t'es coupé les cheveux, non ? Encore une fois. Bon...

Elle l'a observée très attentivement pendant une seconde, puis elle m'a regardée à nouveau, pour le cacher. Elle a souri. Elle est entrée dans l'appartement et s'est dirigée vers la cuisine.

— J'ai préparé un pot-au-feu, tu aimes ? Je termine. Aurora, montre tout à Hana.

Nous sommes entrées ensemble à sa suite.

— Comment ça s'est passé chez le médecin ? a demandé Ro.

C'est la première chose qu'elle a dite. J'ai enlevé mon sac et elle l'a suspendu au portemanteau. J'ai commencé à observer les meubles encombrés, les cadres aux murs. Sa mère a répondu depuis la cuisine :

— Bien ! Très bien. Il m'a prescrit des médicaments. On en parlera plus tard.

Je sentais presque la respiration de Ro ralentir.

C'était quelque chose qui se remarquait tout de suite : le tempo d'Olga et celui d'Aurora étaient complètement opposés. Elles se déplaçaient sur des niveaux différents. Elles dégageaient des énergies qui ne pouvaient pas se mélanger. Elles étaient comme des aimants incompatibles ; Olga était une feuille de papier mal pliée en deux, avec un coin plus haut que l'autre. Elle était nerveuse. Elle gesticulait beaucoup.

Je ne savais pas comment je me l'étais représentée ces deux derniers mois. Peut-être que je ne l'avais pas imaginée, je n'arrivais pas à concevoir que Ro soit sortie de quelque part. Ro était un morceau de papier parfaitement plié quinze fois. Elle était sortie d'ici, de cet appartement rempli d'éléments qui ne semblaient appartenir à personne, à l'image des produits en exposition chez IKEA, mais avec des meubles retirés du catalogue et en piteux état. La table était branlante. Il y avait des bouteilles de bière auprès de la télévision. Olga avait trop de lampes et aucune plante. Elle n'avait de photo de Ro nulle part. Pas la moindre. Plusieurs cadres exhibaient encore les images de démonstration, celles de familles inconnues, blanches et heureuses.

Peut-être que cette femme prétendait vraiment la moitié du temps ne jamais avoir eu de fille. Elle devait y arriver sans trop de mal. Mais j'étais convaincue que, les six autres mois de l'année, elle était une personne complètement différente.

Qui était-elle en réalité ? Quelle version était la plus crédible ?

Alors que nous étions attablées devant nos assiettes, elle m'a demandé :

— Qu'est-ce que tu étudies, Hana ?

J'étais sur le point de lui répondre quand elle a commencé à me raconter ce qu'elle avait étudié et à m'expliquer que le lycée était compliqué à l'époque.

— Il faut étudier quelque chose d'utile, maintenant que c'est possible, a-t-elle conclu.

Elle a continué à manger avant de me reposer la question.

— Je suis en quatrième année aux Beaux-Arts.

— C'est comme dessiner, non ?

Les coins de sa bouche se sont abaissés.

— Quand elle était petite, Aurora disait qu'elle voulait étudier le dessin.

Ro l'a corrigée à voix basse :

— La musique.

— C'est vrai. Le piano. Tu l'as pris avec toi, non ? Parce que je l'ai cherché.

Elle a haussé les sourcils.

— Je voulais le donner à Juan.

La voix calme de Ro n'a pas changé d'un iota quand elle a demandé :

— À Juan ?

— Oui, parce que sa fille a six ans maintenant. Je voulais lui faire un beau cadeau.

Olga a coupé une rondelle de chorizo avec un empressement particulier.

Elle a ouvert de grands yeux en regardant Ro et lui a demandé :

— Tu l'as ?

— Oui.

— Où ?

— Chez moi.

— Tu t'en sers ?

Olga a mis le chorizo dans sa bouche. Elle a mâché rapidement.

— Ça doit déranger tes colocataires. Pourquoi est-ce que tu veux ce piano ? Tu travailles, maintenant.

Il y a eu un silence. J'étais en plein milieu, entre ces deux énergies incompatibles, j'avais l'impression que quelqu'un avait éteint le monde autour de nous. J'ai jeté un coup d'œil de côté à Ro, puis à Olga, qui attendait que sa fille réponde, et j'ai déclaré :

— Aurora joue très bien.

Mon commentaire m'a paru complètement idiot. J'ai ajouté :

— Elle doit avoir l'oreille absolue. J'essaie de la convaincre d'économiser pour s'acheter un nouveau piano.

J'ai souri, avant d'affirmer :

— C'est impossible que sa musique dérange qui que ce soit.

Olga m'a un peu analysée. J'ai vu passer dans son regard un « T'es qui toi ? », mais elle a souri et a continué à manger.

— Elle a toujours eu cette facilité, oui. On le lui disait déjà à l'école.

Ro l'a coupée :

— Je t'ai donné de l'argent il y a un mois, pour la fille de Juan.

Je me suis tournée vers elle, étonnée. Elle avait l'air fatiguée. Elle a levé les yeux vers sa mère et lui a demandé, prudemment :

— Tu as besoin de plus ?

Olga s'est redressée sur sa chaise. Elle était mal à l'aise.

— J'ai été obligée de le dépenser.

— OK.

— Il y avait plein d'autres choses. L'anniversaire de sa fille est ce mois-ci. Le piano n'est pas à toi, Aurora, si je dois le vendre, tu dois me le donner.

Ro a demandé à nouveau :

— Tu as besoin de plus d'argent ?

Au lieu de répondre, Olga a lâché sans me regarder :

— C'est ta petite amie ?

J'ai cligné des yeux. J'ai entrouvert les lèvres. Ro a répondu avant moi :

— Oui.

— Et tu ne m'as rien dit. Comme d'habitude. L'argent, tu n'as que ce mot à la bouche… Peut-être que j'avais envie de te voir, Aurora, et de parler. Tu joues du piano tout d'un coup ?

— J'ai toujours joué du piano.

— Je ne savais pas.

— Si, tu le sais. Je t'ai apporté de l'argent. Tu en as besoin, non ? Tu veux que je le garde ?

Sa mère a réfléchi pendant une seconde aux choix qui s'ouvraient à elle, nerveuse.

— Je préfère que tu me rendes…

— Non, a tranché Ro.

Il y a eu une pause éternelle.

— Alors, viens ici parce que tu as envie de me voir comme moi j'ai envie de te voir, Aurora.

Ro a murmuré :

— C'est vraiment ça que tu veux ?

Olga a pincé les lèvres. Elle s'est levée brusquement.

Elle m'a dit « Je suis désolée », comme si je n'avais pas été témoin du reste. Elle a filé dans la cuisine. La salle à manger est restée pétrifiée. Je ne savais pas quoi dire, là, devant mon assiette à moitié entamée. Ro s'est adossée à sa chaise et s'est frotté les yeux. J'ai eu l'impression que c'était une scène qu'elles avaient répétée presque religieusement, que c'était le seul moyen qu'elles avaient de parler une langue commune. Il y a eu un silence, puis elle m'a regardée pendant une seconde. J'ai hoché la tête, elle s'est levée et a suivi sa mère. Je les entendais parler de loin. Olga a fini par lui crier :

— Tu m'as humiliée.

C'était une visite très froide. Même le pot-au-feu dans mes souvenirs était froid et fade. Pas de sel, pas de musique, pas de plantes.

Nous sommes parties directement après cette scène. La table n'était pas débarrassée et Ro n'a rien dit quand elle a ouvert la porte, ni quand nous sommes entrées dans l'ascenseur.

— Elle a pris l'argent ? j'ai demandé pendant que nous descendions.

— Oui, mais ce n'était pas ça qu'elle voulait.

— Qu'est-ce qu'elle voulait ?

— Des pilules. Elle veut que je les achète pour elle parce qu'elle doit du fric à tout le monde dans le quartier.

Nous sommes arrivées au rez-de-chaussée. Dehors, le silence s'est étendu. C'était le silence dans lequel les chaussures se balançaient au bout de leurs lacets.

Nous avons marché en direction du métro et, au milieu d'un parc de terre desséchée, Ro a lâché :

— Je suis désolée, Hana. Tu n'aurais pas dû assister à ça.

Elle fixait un point droit devant elle, les mains dans les poches.

— Ça ne me dérange pas. C'est une partie de toi.

Ro s'est humecté les lèvres. Nos pas ont tout envahi, comme la fumée dans un rêve.

— Ça devait arriver, elle a murmuré. Je ne sais pas pourquoi je t'ai invitée.

— Parce qu'on est ensemble.

J'avais envie de lui demander comment elle allait, mais je le savais déjà.

— Tu vas lui donner le piano ?

— Peut-être. Elle n'en tirera rien.

— Ne le lui donne pas.

Ro a pris une inspiration.

— Ça n'a pas d'importance.

— Si.

Je l'ai observée un peu, son profil impassible, ou affichant une émotion impossible à nommer. Elle était épuisée. J'ai vu des crevasses et des fleurs lutter pour sortir de ces fissures, de cet endroit où personne n'avait jamais planté de graines.

— Elle est toujours comme ça ? j'ai demandé.

Ro a mis du temps à réagir. Puis elle a dégluti et a déclaré :

— Je ne la déteste pas. Elle a fait ce qu'elle a pu. Elle a tout fait, le pire comme le meilleur, pour nous nourrir.

Elle ne sait pas comment en sortir. Et elle ne me comprend pas. Comment est-ce qu'elle pourrait me comprendre ? La moitié de l'année, elle m'oublie. Comment elle pourrait être ma mère ? Elle ou n'importe qui, d'ailleurs.

Pendant une seconde, j'ai vu la mienne, qui me criait dessus dans ses messages vocaux, qui me pourchassait avec un tablier, qui me disait : « Pourquoi tu veux étudier les beaux-arts ? Tu n'as jamais dessiné ! » Ma mère. C'était une porte que nous avions fermée et que nous pouvions toujours ouvrir, tandis que Ro et Olga étaient perdues dans un labyrinthe inextricable, sans le moindre raccourci et sans porte de sortie.

— Elle ne t'oublie pas, j'ai corrigé, elle ne se souvient pas de toi. Ce sont des choses différentes.

Ça fait aussi mal, j'ai pensé après coup.

Aurora n'a pas répondu. Elle a relevé un peu la tête et a continué à marcher, et, après un moment, elle m'a avoué :

— Mon père était héroïnomane. Ma mère m'a raconté qu'un jour il est venu me chercher et est parti avec moi. Il voulait m'éloigner d'elle. Il m'a enlevée, en réalité. Il était violent, ils ne s'entendaient pas tous les deux. C'était une relation horrible. Il est monté dans un train et il est mort. Et, pendant plusieurs années, j'ai pensé que… que, si mon père était encore là, il se souviendrait peut-être de moi.

Elle a réfléchi.

— À quoi est-ce que ça servirait ? Mon père n'était pas quelqu'un de bien. Il aurait fait du mal à ma mère, à toutes les deux, il aurait… il aurait cassé le piano. Et je l'aimerais quand même, s'il se souvenait de moi. Je…

Ro a baissé la tête et l'a secouée. Je n'entendais plus que le crissement de ses bottes.

— Je suis égoïste, Hana. Avec toi. Je ne devrais pas t'entraîner là-dedans.

Je ne m'attendais pas à cette conclusion. J'ai lâché un « Quoi ? » qui s'est perdu quelque part, j'ai froncé les sourcils et je me suis arrêtée. Elle avait un pas d'avance sur moi. J'ai tendu la main. J'ai pris son bras.

— Ro. Non. Qu'est-ce que… ?

Je l'ai tirée par le bras pour qu'elle arrête de marcher. Nous étions face à face au milieu du parc, mais elle refusait de lever les yeux.

— Hé, c'est moi qui ai décidé de venir ici.

J'ai attrapé son visage.

— Aurora : je suis là. Le repas s'est mal passé, c'est compliqué, mais…

— Hana…

— Ce n'est pas comme…

Elle m'a interrompue, les yeux plantés dans les miens :

— On est en juin, Hana. Dans trois mois, on est en septembre.

— Je t'attendrai jusqu'en mars.

Le visage de Ro s'est rempli d'une tristesse lasse.

— Tu passerais la moitié de ta vie à attendre quelqu'un ? La moitié de moi. Chaque année… Six mois d'une vie intermittente, et puis une autre, et encore une autre, et rien ne reste, ni le cactus, ni mes dessins, ni les souvenirs avec les amis dans la salle de billard. Est-ce que cette situation ne rend pas fou ?

J'ai compris que Ro était une gomme. Être avec elle, c'était s'effacer aussi. C'était se diviser avec elle. Je digérais les informations par petits bouts, comme la perspective d'un bel appartement et sa bouche et ses mains, et peut-être que je pouvais aussi me couper en deux ? Peut-être que je l'avais déjà fait ?

— Qu'est-ce que tu crois qui se passe après ça ? je lui ai demandé.

Après la fille qui existe six mois par an avec une cicatrice en forme de pingouin…

— Ce n'est pas juste ton problème. Ro, c'est aussi le mien maintenant.

— Ça pourrait ne pas l'être.

— Non, j'ai protesté en secouant la tête. Je ne peux pas ne pas me souvenir de toi. C'est ça, l'essentiel. Désormais, on partage quelque chose qui ne peut pas se partager. Tu crois que je peux te laisser là et passer à autre chose ?

Ro a réfléchi.

— Quel genre de petite amie est-ce que je peux être, Hana ? Hein ? Je ne peux même pas célébrer le Nouvel An avec toi.

Le parc était vide, le monde était vide.

— On s'en fout du Nouvel An !

— Pas moi.

Nous avons goûté quelque part. Ce n'était pas l'heure du goûter, ce n'était pas l'heure de manger. Nos assiettes étaient quasiment pleines sur la table de la salle à manger de la mère de Ro et nous n'avions pas faim, mais nous sommes quand même allées dans un café. Ro a joué à ce jeu étrange qui consistait à se forcer à ignorer les parties douloureuses de sa vie impossible et a essayé de s'enfoncer un beignet dans le nez. Elle voulait juste me faire rire, et elle y est parvenue.

En réalité, aucune de nous deux n'a bien réussi à jouer à ce jeu. Nous avons tourné nos cuillères dans notre café sans un mot, puis nous sommes parties et le trajet de retour en métro a été bien différent de l'aller. Elle m'a dit au revoir devant le Taco Bell, où elle travaillait à présent.

Ce soir-là, j'ai vu Leo. Nous avons promené Paco ensemble au parc, nous nous sommes assis dans l'herbe et j'ai allumé une cigarette. Ce Leo ne m'avait jamais vue comme ça, le regard perdu dans le vide, mais celui de septembre, si.

— Elle s'en remettra, il m'a assuré. C'était une mauvaise journée. Quel pouvoir peut avoir sa mère sur elle maintenant ? Pas beaucoup. Elle travaille. Elle vit seule.

— Oui.

Leo a caressé Paco quand il est revenu en courant et lui a relancé la balle.

— Ça doit craindre d'avoir une mère pareille.

J'ai tiré une taffe sur ma cigarette.

— Comment va la tienne ? Ta mère est géniale.

Leo a souri.

— Oui. Elle va bien, elle est ménopausée.

— Les bouffées de chaleur.

— D'après mon père, elle pleure encore plus. Elle pleure même devant *Shrek*. Moi, je crois que cette histoire l'a toujours fait fondre en larmes.

La fumée est ressortie d'un coup quand j'ai ri.

— C'est vachement profond, *Shrek*.

— Oui, sans déconner.

— Maritere, j'ai conclu.

J'ai imité la voix d'Alex pour ajouter :

— Une légende.

— Ro n'a vraiment jamais célébré le Nouvel An ? m'a interrogée Leo.

Paco est revenu en trottant et a déposé sa balle pleine de bave devant moi.

— Ça a dû être bizarre comme enfance. Pourquoi elle ne le fêtait pas ? Et pourquoi elle ne le fête pas maintenant ?

Nous nous sommes salués sur le pas de ma porte une heure plus tard.

Il m'a murmuré, alors que nous nous serrions dans les bras l'un de l'autre :

— Une mauvaise passe dans une relation, c'est normal. Ne te tracasse pas trop.

J'ai eu envie de tout lui déballer, là, de ne plus porter ce poids en moi. J'ai compris que c'était ça, le fardeau de Ro.

Je suis rentrée chez moi. Je me suis allongée sur le lit. Je me suis relevée. J'ai remonté la rue. J'ai marché dix-huit minutes. J'ai monté l'escalier. Denali a ouvert la porte. Quelque chose d'instinctif a frémi en moi, encore une fois.

Elle m'a souri.

— Hana. Salut. Ro n'est pas encore rentrée.

— Tu peux m'aider à préparer quelque chose ?

Je n'avais jamais acheté de raisin. Je n'aime pas spécialement ça. Quand j'ai voulu en acheter pour respecter la tradition qui veut qu'à chaque coup de minuit, le 31 décembre, on avale un grain de raisin et on formule un vœu, je me suis rendu compte qu'ils ne tombaient pas du ciel et que, même s'ils tombaient du ciel, le ciel d'été n'aimait pas les raisins. J'ai parcouru huit supermarchés pour découvrir cette réalité.

Ro et moi n'avons pas parlé pendant cette journée-là. J'ai enlevé mon casque après avoir fait mes livraisons et j'ai crié à ma mère que je ne serais pas là pour le dîner. J'ai fait le tour du quartier :

— Est-ce que vous avez un père Noël dansant ? Et du raisin ?

Denali m'a aidée à suspendre les décorations de Noël les plus kitsch qu'on puisse dénicher en juin. J'en ai récupéré la moitié dans le placard de mon entrée, qui était un nid de guirlandes. Quand je l'ai ouvert, tout m'est tombé dessus. Ça ne m'a pas arrêtée : j'en ai emporté trois sacs. Je suis arrivée à moitié morte au quatrième étage. Nadia passait de temps en temps devant la porte de la chambre et elle a fini par demander :

— Qu'est-ce que vous fabriquez ?

Denali, perchée sur l'échelle des lits superposés, a répondu :

— Je n'en sais rien. Hana est folle.

Aurora est arrivée à une heure.

Je l'ai entendue ouvrir la porte et jeter les clés sur le canapé, puis elle a traversé le couloir, allumé la lumière et j'étais là. Ça ne devait pas être un panorama à couper le souffle : Haneul Hong, un mètre soixante, avec sa frange mal peignée et un chapeau en forme de cône sur la tête.

Les yeux de Ro se sont élargis. Elle est d'abord restée pétrifiée, puis elle a examiné sa chambre, décorée de la pire façon imaginable.

— Hana ?

Le sac à dos a glissé de son épaule. Il est à moitié tombé. Elle a cligné des yeux.

— Que… qu'est-ce que c'est que… ?

On était le 2 juin et je lui ai annoncé :

— Tu vas fêter le Nouvel An avec moi.

Elle a souri. C'était un magnifique sourire de stupéfaction.

— Tu as mis Mariah Carey ?

— Je mélange les concepts. La playlist a été difficile à créer, maintenant c'est Chenoa qui arrive, puis l'intro de *Code Lyoko*… Et, pour les grains de raisin, ce sera *I Will Survive*. Ah oui, il n'y a pas de raisin, d'ailleurs. En juin, on n'en vend pas par ici, j'ai…

J'ai pris les deux bols sur la table pour les lui montrer.

— J'ai des vers de terre en gélatine à la place.

Elle est restée immobile devant moi.

— Sérieux ?

— On peut les appeler autrement si tu préfères…

Ro m'a embrassée. Elle ne m'a pas laissée finir ma phrase. Elle m'a embrassée si fort que j'ai failli renverser les bonbons. J'avais cherché sur YouTube une vidéo des douze coups de minuit à Madrid cette année-là, mais nous avons fini par mettre ceux de 2005 et nous avons choisi de manger les vers de terre en gélatine seulement à partir du sixième coup. L'image était de mauvaise qualité. Nous avons avalé nos six petits vers, *dong, dong, dong*, et nous nous sommes regardées quand les gens ont commencé à applaudir sur l'écran de l'ordinateur portable. C'était cucul et transcendant à la fois. Nous nous sommes embrassées. Les vieilles guirlandes de Noël clignotaient : bleu, rouge, vert, jaune. Nous nous sommes séparées et j'avais envie de lui dire « Je t'aime » et elle aussi sans doute, mais j'ai lancé :

— Bonne année !

J'ai glissé la langue de belle-mère entre mes lèvres. J'ai soufflé dedans et le tube en papier a cogné son nez.

Ro a mis un masque en carton et enfilé un collier de fleurs en plastique autour de son cou.

— Je suis comment ?

— Irrésistible. Tes cheveux ont beaucoup poussé.

Je l'ai peignée un peu.

— Je viens juste de le remarquer.

— Bonne année, Hana.

Nous sommes montées sur le toit. J'avais acheté des feux de Bengale qui explosaient en plein de couleurs, et je n'étais pas fan du bruit, mais je n'étais pas une grande fan de Mariah Carey non plus. Nous avons allumé les fusées à l'aide du briquet de Ro. Nous nous sommes éloignées et le premier feu a été un échec. Le deuxième était réussi et le troisième aussi. Nous avons gardé le plus gros pour la fin et je nous revois là, sur le toit de l'immeuble abritant l'appartement avec le poster de Raphael : nos yeux scintillaient sous les reflets colorés et nos doigts étaient entrelacés.

— Hana, tu te souviens du rêve dont je t'ai parlé ? Le rêve des six mois. Celui avec le métro qui s'écrase.

— Oui.

Et là Ro a dit :

— Je t'aime.

Juste comme ça. Quelque chose est monté depuis mes pieds jusqu'à mes oreilles et a rempli ma cage thoracique.

— Hier, je voulais te le raconter, mais je n'ai pas réussi… Tu m'as préparé un réveillon de Nouvel An et… Hana, j'ai noté la date il y a longtemps. J'ai tout noté quand j'avais seize ans. La ligne de métro. L'arrêt. L'heure.

La bande-son et les feux de Bengale étaient terminés et la nuit se dessinait derrière Ro. Je voyais la ville avec ses lumières jaunes et mes lèvres se sont écartées. J'ai demandé :

— Quoi… ?

— C'est l'année prochaine. Le métro s'écrasera le 2 juin de l'année prochaine. J'attends depuis tout ce temps le jour de l'accident, quand j'aurai vingt-trois ans. Et maintenant, il y a toi.

Elle s'est approchée de ma bouche :

— Hana, je t'aime. Je vais monter dans ce métro.

C'était cette pensée qui l'obnubilait.

On était en juin.

15. JUILLET. AOÛT.

- 2 juin 2020
- 10 h 43
- Ligne 2
- Voiture 5
- Première porte
- entre les arrêts Sol et Sevilla

Que disent de nous les rêves à répétition ? Quand il avait douze ans et que j'en avais sept, Kyung m'a raconté qu'il rêvait parfois que ses mains étaient des poêles à frire. Il voulait enfiler ses vêtements, mais ses mains ne passaient pas. Personne ne le remarquait. Il voulait préparer un repas dans le resto, mais il était obligé de manipuler le wok avec ses mains en poêle à frire. Le soir (et parfois aussi le jour), notre cerveau se vide, comme une bouteille dont on a retiré le bouchon. Mais certaines idées ne passent pas par le goulot et restent coincées à l'intérieur.

Personnellement, dans mes rêves, je marchais au milieu d'une fumée épaisse. Kyung pour sa part avait des mains en poêle à frire. Ro rêvait, une seule fois par an mais chaque année, qu'elle était dans le métro, le 2 juin 2020 à 10 h 43, sur la ligne 2, entre les arrêts Sol et Sevilla, qu'elle se trouvait à côté de la première porte et que le métro se renversait.

La rame s'inclinait légèrement. Le bruit rappelait celui du voisin du dessus quand il déplaçait une table sur le sol. Des étincelles tombaient en pluie de l'autre côté de la vitre. Les fenêtres se brisaient. Le sol se tordait.

Le métro se repliait comme un accordéon.

Elle ouvrait les yeux en haletant. Et c'était à nouveau le mois de mars.

Le 3 juin 2019, je me trouvais dans la chambre de Ro et il était deux heures du matin. Un cahier était posé devant moi. Cette histoire, en réalité, parle de carnets qui s'effacent et qu'on noircit. Je pouvais lire : 2 juin 2020, 10 h 43, ligne 2, voiture 5, première porte, entre les arrêts Sol et Sevilla. Le texte était rédigé à l'aide de stylos différents pour chaque ligne. L'écriture aussi paraissait presque différente. La première était un peu plus ronde. La deuxième était au crayon. La suivante en noir. Six années différentes, de dix à seize ans ; six ans pour six scénarios, et c'était tout. C'était déjà énorme. C'était la chose la plus spécifique qu'on m'ait jamais montrée.

J'ai lu les mots en silence. J'ai ouvert la bouche :

— C'est un rêve, Ro.

Elle était devant moi. Je me souviens d'elle assise sur le lit et des stupides guirlandes lumineuses qui l'éclairaient, de la pièce décorée autour d'elle. Du père Noël dansant qui ne bougeait plus et de la couronne suspendue au-dessus de la porte. Il y a eu deux soirées très différentes ce 2 juin : d'abord un réveillon, puis un silence fracassant, assourdissant.

Mes doigts ont à nouveau effleuré la feuille.

(« Je vais monter dans ce métro. »)

J'ai cligné des yeux.

— Ça arrive que les rêves se répètent…

Ro a chuchoté :

— Hana.

J'ai regardé le cahier. 2 juin 2020, 10 h 43…

— C'est impossible, ce n'est pas…

— Hana.

Quand je l'ai regardée à nouveau, Ro était calme. Elle était *toujours* calme.

— Je sais.

J'ai entrouvert les lèvres. Je les ai laissées comme ça, pendant une seconde.

— Tu ne sais pas.

— Si.

« Je sais que ça va arriver. »

C'est ce qu'elle m'a dit. J'ai pensé : *Ça ne peut pas arriver*, parce que c'était absurde, mais tout était absurde à la base. L'existence est absurde. Ro était déjà un cas impossible. C'était une fleur qui poussait dans l'eau. Par conséquent, tout ce qui l'entourait était possible et cette date précise dans le cahier sur mes genoux m'a serré la gorge.

— Alors, n'y va pas. Ne prends pas le métro ce jour-là.

— C'est l'univers qui décide, Hana.

J'ai secoué la tête.

— Non. Je refuse de t'entendre dire…

— Hana. Jusqu'à quand tu crois qu'on peut continuer comme ça ? C'est super difficile. Et je suis vraiment fatiguée. Nous sommes obligées de faire des sacrifices en permanence, toutes les deux : la famille, l'appart, le boulot, les études, les relations avec les autres et… notre avenir. Jusqu'à quand ?

Elle a plongé les yeux dans les miens et m'a pris la main.

— Ce n'est pas une vie. Pour aucune de nous deux. Ça ne peut pas durer éternellement.

J'avais envie de protester par réflexe, mais elle avait raison : c'était épuisant. Quand on vit six mois par an, on doit dépenser deux fois plus d'énergie tout le temps. Ro me l'avait expliqué trois mois plus tôt.

— Eva a un cancer, m'a-t-elle rappelé.

Sa voix a changé et elle a baissé les yeux. Elle a glissé ses doigts dans les miens.

— J'empêche Romeo d'être avec elle six mois par an. Six mois pendant six ans. Peut-être qu'un jour il reviendra et Eva ne sera plus là. Et tu sais quoi ? Je veux qu'il achève ses études de médecine. Je veux qu'il obtienne un diplôme et qu'il aille à la plage avec ses parents.

— Tu vas te suicider, j'ai chuchoté.

Je n'arrivais pas à le digérer.

— Non.

Je me suis emportée :

— Qu'est-ce que c'est, alors, si tu…

Ro m'a coupée :

— Il y a quelque chose qui nous dépasse… J'aime bien penser que tout était prévu et que ce *quelque chose* nous a donné à tous les deux l'opportunité d'être *comme ça* parce que rien ne pouvait être autrement. Je ne sais pas ce que c'est. Je ne le comprends pas, mais…

— Ro…

— Ce *quelque chose* a décidé. Et c'est Romeo, Hana, c'est lui, et…

Elle m'a regardée comme si elle voulait s'excuser et a ajouté :

— Et je veux que ce soit lui.

Aurora et Romeo.

Ils ne s'étaient jamais parlé, ne s'étaient jamais vus, ni touchés, mais ils étaient coincés sous les os de l'un et de l'autre. Certaines choses ne peuvent visiblement se partager que sous les os, entre les os, par l'intermédiaire des os.

Ro et Ro.

Aurora avait grandi avec sa mère. L'argent qui manquait en permanence, les pilules et les lentilles sur le bord du lavabo. Romeo avait grandi dans une famille nombreuse, allait dans des parcs d'attractions, prenait des leçons de piano et avait de nouvelles chaussures à sa taille. Aurora ne pouvait pas réussir ses examens de fin d'année pour des cours qu'elle avait à peine suivis, elle travaillait dans un Taco Bell et Romeo étudiait la médecine.

Pour elle, Romeo avait tellement plus à apporter au monde. L'univers l'avait choisi parce qu'il avait mieux tiré parti de son existence étrange. Mais, dans le fond, ce n'était pas la vraie raison. Je l'ai lu sur son visage ce soir-là : Aurora n'était pas prête à mourir pour Romeo parce que l'univers en avait décidé ainsi, mais parce qu'elle l'aimait, quoi que l'univers dise en réalité. L'univers n'était qu'une excuse. L'univers était une sorte de manteau qui recouvrait les os qu'ils partageaient. Il n'y avait aucune tristesse dans tout ça, aucun drame dans la démarche qui l'avait guidée en silence vers un accident depuis l'âge de dix ans. C'était devenu une évidence à présent. Ils étaient deux moitiés qui luttaient contre l'idée de n'être que des moitiés. Sa décision était prise et elle était en paix avec elle-même.

Elle était convaincue que, au final, Romeo devait exister pour eux deux.

Mais on était en 2019.

Et j'étais là.

J'imagine que j'ai un peu gâché son plan. Pour la première fois, elle a effleuré du bout des doigts ce que ça pourrait faire d'être un tout.

— Qu'est-ce que tu racontes ?

Ro a joué avec sa bague.

— J'ai été égoïste avec toi. Je ne pouvais pas te le dire. Je pouvais, mais je ne voulais pas… Je ne voulais pas que tu t'en ailles. Je pensais ne faire de mal à personne, je me disais que le 31 tu m'oublierais, mais…

— Non. Non. C'est n'importe quoi. Il doit y avoir d'autres solutions.

Ro a relevé la tête et m'a souri sans vraiment sourire.

— Je n'ai jamais pu avoir ça avant. Tu… Ça va être… beaucoup plus compliqué. Je suis désolée, Ha…

Je ne l'ai pas laissée finir. Je l'ai tirée à moi. Je l'ai embrassée.

Ro m'a embrassée en retour, avec beaucoup plus de patience, c'était un baiser à deux vitesses incompatibles et le cahier a glissé sur le sol. J'essayais de comprendre ce qu'elle voulait dire. Je m'accrochais à tous ces meubles IKEA notés sur une liste.

— Tu n'iras pas, je lui ai ordonné en la serrant dans mes bras. C'est un rêve, Ro, tu ne vas pas monter dans ce métro, on va faire en sorte que ça marche, on va…

— Je suis désolée.

— Tu n'iras pas, c'est compris ? Je ne te laisserai pas faire.

J'ai enfoui la tête dans son cou.

— Je n'ai pas besoin de douze mois. On…

Je l'ai entendue murmurer, près de mon oreille, d'une voix parfaitement calme :

— Hana.

Ses bras étaient serrés autour de moi, mais elle a déclaré quand même :

— Hana, tu peux t'en aller.

J'ai serré les yeux si fort que j'ai aperçu des lumières de Noël qui n'étaient pas là.

— T'es bête. Tu ne comprends rien.

J'ai dormi avec elle cette nuit-là.

Est-ce que nous avons dormi ?

Je sais que je fixais le mur mal peint en blanc par-dessus le marron. Je me répétais : *On est en juin*. J'en avais tout à coup pleinement conscience. La veille, l'après-midi, Ro m'avait fait remarquer que nous étions en juin et, ce qu'elle voulait vraiment dire, c'est que c'était notre dernier mois de juin.

C'étaient nos six derniers mois. Pas même une année entière : six mois maximum. L'idée était tellement énorme qu'elle ne tenait pas en moi.

J'ai passé des heures à attendre que la pièce s'effondre. Quand on pose un ultimatum aussi étrange, c'est un coup de feu qui signale le départ de la course. On sait qu'une catastrophe va se produire quelque part. Rapidement, la situation m'est devenue insupportable. Alors que j'étais allongée sur ce lit, collée contre Ro, l'idée que nous nous rapprochions inéluctablement de la fin était inacceptable.

J'ai réussi à m'endormir à l'aube. Je me suis réveillée vers une heure. Ro était déjà partie au travail, mais elle avait collé un post-it sur mon front, sur lequel elle avait écrit :

Il y a des Phoskitos

Quand j'ai ouvert l'armoire au-dessus de l'évier, une avalanche de boîtes de Phoskitos m'est tombée dessus.

On était lundi. J'avais cours et trente messages de Mia sur mon portable. Dix étaient des notes vocales de huit secondes. Il y avait un devoir à rendre pour le mercredi, des livraisons à faire ce soir-là et la vie qui suivait son cours, comme toujours. J'ai contemplé beaucoup trop longtemps la pièce et ses décorations. J'ai enfilé mon pantalon. J'ai volé un T-shirt à Ro.

J'ai traversé la cuisine et, après l'avalanche de Phoskitos, les dix-huit minutes de marche pour rentrer à la maison m'ont paru si calmes que je ne m'en souviens pas. Puis j'ai ouvert la porte et Paco m'a gratté les genoux avec ses griffes. Je l'ai caressé un peu. J'ai ouvert un Phoskito. J'ai allumé la télé. Ils repassaient un épisode de *Modern Family* qui n'était plus drôle à force d'avoir été revu, et c'était la chose la plus vide qu'on puisse regarder.

Mon regard est devenu flou.

On était le 3 juin.

Kyung est sorti des toilettes et s'est assis à côté de moi.

— Hana Banana qui avale de l'huile de palme. Tiens donc.

Il a souri et a passé un bras autour de mes épaules.

— Qu'est-ce qui se passe ? Tu n'as pas cours ?

Et là, sans aucune invitation de sa part, je me suis mise à pleurer. Avec le Phoskito en main.

C'était toujours Kyung qui avait droit à cette facette de ma personnalité. Peut-être que sa voix ouvrait un robinet en moi. J'étais incapable de pleurer dans le feu de l'action, les larmes venaient en retard, en décalage, quand ça n'avait pas de sens. J'ai serré les lèvres. J'ai continué à fixer la télé. J'avais l'impression de garder les yeux ouverts sous l'eau à la piscine, puis les larmes se sont mises à tomber. Mon frère n'a pas remarqué tout de suite. Il n'a réalisé que je pleurais qu'au bruit idiot que j'ai fait en reprenant ma respiration. Il s'est tourné vers moi et m'a examinée d'un air inquiet.

— Hé, qu'est-ce qui ne va pas ?

Il m'a prise dans ses bras.

— Rien.

— C'est à cause de ce que j'ai dit sur l'huile ?

— Non.

— Qu'est-ce que c'est, alors ?

Il a haussé les sourcils.

— Hana ?

J'ai secoué la tête d'un côté à l'autre. Je ne voulais pas qu'il me voie dans cet état. Quand je pleurais, on aurait dit que j'avais été piquée par quatre-vingt-dix-sept abeilles. J'ai à moitié essuyé mes larmes. J'étais épuisée. Le déjeuner avec Olga. Le faux réveillon de fin d'année. La fin de tout.

— C'est rien, j'ai haleté. C'est cet… épisode horrible de *Modern Family.*

Kyung a souri, comme s'il avait un peu pitié de moi. Il m'a contemplée un moment de ses yeux verts. *Mes* yeux verts.

— D'accord. Je peux faire quelque chose ? Pour que *Modern Family* soit moins horrible.

— Non.

La boule dans ma gorge me faisait mal. Les nœuds s'étaient formés les uns sur les autres au fil des heures.

J'avais envie de lui dire : « Je suis épuisée parce que tout m'échappe. » J'ai regardé la télé. Sofía Vergara criait quelque chose. Mes larmes sont revenues.

— C'est nul, c'est pas drôle du tout, et je ne veux pas qu'il y ait dix saisons.

— OK.

Nous nous sommes allongés sur le canapé. Et nous sommes restés là une heure de plus, à regarder *Modern Family* en partageant un deuxième Phoskito.

J'ai continué à pleurer pendant longtemps. Je n'arrêtais pas de penser : *Qu'est-ce que je vais faire ?* Mais l'odeur de Kyung, qui était celle de ma mère et de ma maison, l'odeur de notre adoucissant, a fini par tout apaiser. Elle a défait les nœuds. Mon frère a formé des petites tresses dans mes cheveux et a dû se dire à ce moment-là, face à ce spectacle sans contexte, que les gènes s'étaient beaucoup détériorés après sa naissance. Mais, s'il l'a pensé, il ne me l'a pas dit. Le métro a freiné. Ou, du moins, il a ralenti dans le tunnel.

Je me suis endormie là, sur les jambes de Kyung. J'ai rêvé de fumée.

À travers la fumée, ma propre voix appelait Ro.

Je me suis réveillée à cinq heures de l'après-midi avec une couverture sur moi et Paco roulé en boule qui ronflait sous mon nez. J'ai contemplé le plafond. J'avais la migraine, et c'était différent de me lever cette fois.

J'ai pris une douche.

Je suis allée au resto. J'ai fait quatre livraisons ce soir-là. J'ai caressé un chat qui était recroquevillé sur un seuil. Trottoirs, boîtes aux lettres, rues, poubelles et grisaille. Je me suis regardée dans les miroirs des ascenseurs. J'ai attendu que les feux de circulation passent au vert. Quand je suis revenue au Wok à minuit et demi et que les tables étaient vides, Ro m'attendait assise au bar. Mon père lui servait des petits plats.

— T'as vu ? il a déclaré, tout content. Ton amie aime ça.

— C'est quoi ?

— Des croquettes.

— Des croquettes de kimchi, a précisé mon père.

J'ai rigolé en ouvrant le sac isotherme.

— Oh, mon Dieu… Les croquettes de kimchi…

— Elle aime bien. Pas vrai ?

Kyung est intervenu depuis la cuisine :

— On ne parle pas de croquettes de kimchi dans mon restaurant.

Papa a répondu, en coréen :

— Je peux encore m'arranger pour que tu n'en hérites pas.

— Ah oui, qu'est-ce que tu vas en faire, alors ?

Ro a souri et a continué à manger. J'ai rangé mon casque pendant que mon père et mon frère poursuivaient leur chamaillerie.

C'était une soirée étonnamment ordinaire, après celle de la veille. Je me suis approchée d'elle.

— Qu'est-ce que ton père a dit à ton frère ?

J'ai peigné un peu ses cheveux avec mes doigts.

— Qu'il essayait de t'empoisonner.

Une demi-heure plus tard, Paco se faufilait entre nos jambes et nous nous asseyions ensemble au point de vue de Moncloa. Nous avons contemplé l'arc de la Victoire, tout petit. J'ai allumé une cigarette et je l'ai passée à Ro. Les voitures, le ciel sombre, les lampadaires brillaient beaucoup plus que les étoiles.

— Je ne te laisserai pas y aller, j'ai décrété.

Ro a esquissé un léger sourire.

— Tu n'accepteras jamais de me considérer comme perdue, hein ?

— Non.

— Tu vas m'attacher à un lampadaire ?

— Je vais te montrer pourquoi tu n'iras pas dans ce métro. Laisse-moi un peu de temps.

Ro a gardé le silence. Je pense qu'elle se disait : *C'est réglé, mais c'est gentil. Je te laisse digérer en essayant ce que tu veux.* Et moi je pensais : *Je ne te considérerai jamais comme perdue. Je vais t'attacher à un lampadaire.*

Sa main a pris ma main sur le banc. Elle a retiré une de ses bagues et me l'a passée au doigt. Puis elle a répondu :

— D'accord.

Le mois de juin est passé.

J'ai réussi la moitié de mes examens. Ma mère s'en fichait un peu, parce qu'elle s'attendait à ce que je continue à livrer du porc aigre-doux. Elle m'a demandé :

— Tu as terminé tes études ?

— Non.

Elle était en train d'examiner les factures d'électricité.

Mia a fini par sortir avec le gars de Tinder à qui elle avait cassé le dos.

— Il est cool, on s'aime bien. Je me suis dit : *Si ça se trouve je vais mourir demain, je pourrais m'étouffer avec une olive, qu'est-ce que j'en sais ?* C'est comme ça que le cousin de mon père est mort, sans blague. Il étudie l'administration des affaires.

Je mettais la touche finale à un travail que nous devions rendre à deux. J'ai ri, incrédule.

— Mia…

— Quoi ? Qu'est-ce que je dois faire ? Je ne vais pas lui demander d'arrêter ses études.

— Tu sors avec un gars qui étudie l'administration des affaires. Comme ça. Tout à coup.

Elle a levé les yeux au ciel.

— Tout le monde n'a pas besoin de deux ans, Hana, pour comprendre que ce qu'elle vit avec sa Rodriga est important.

— Rodriga n'est pas un prénom, j'ai argumenté en la pointant du doigt avec le fusain.

— Qu'est-ce que tu fiches ?

Mia m'a repoussée et a examiné la touche que j'avais apportée à notre tableau. Elle a posé la main sur mon visage quand j'ai commencé à me plaindre et ma chaise à roulettes a glissé dans la porte.

— Tu rajoutes de la laitue dans ma peinture ?! Arrête. Non. C'est quoi, cette obsession avec les plantes ? Tu fais une deuxième puberté, ou quoi ?

Le mois de juin est passé.

Je me répétais parfois *Ligne 2*, et à d'autres moments *10 h 43*. Au début, j'évitais le métro, je ne sais pas pourquoi ; peut-être parce qu'il m'empêchait de penser à autre chose. Mais personne ne peut prolonger une telle tension, et personne ne peut vivre à Madrid sans utiliser le métro, alors je m'y suis remise. Je suis allée chercher Ro au travail et elle a piqué de la bouffe pour moi. Nous avons joué au Monopoly avec Denali et Nadia. Nadia gagnait presque tout le temps. Ro, quoi qu'elle fasse, finissait en prison.

Elle s'exclamait « Mince ! » quand elle était ruinée sans avoir acheté une seule rue, et elle prenait toujours le chapeau comme pion. Je la regardais déplacer son couvre-chef miniature sur les cases, je l'embrassais après, sur le trottoir, chez elle, sur les mains et sous les côtes.

Je lui ai rasé les cheveux, une nuit dans sa salle de bains. Il était deux heures du matin et, quand j'ai eu fini, le sol était dans un état pas possible. Ro s'est contemplée dans le miroir et elle a glissé la main sur son crâne, où ses cheveux n'étaient plus qu'une ombre grise. J'ai passé les bras autour de son cou. Nous nous sommes regardées, là, toutes les deux, en pyjama, le visage endormi.

— Ça donne super bien, elle a commenté.

— Ouais. J'ai mis le morceau d'oreille dans ta poche, au cas où tu le voudrais.

J'ai souri. Elle a souri et a murmuré :

— Idiote.

Elle a appuyé sa tête contre la mienne.

— Ça te va super bien. C'est un peu injuste pour le reste d'entre nous.

— Ça t'irait bien aussi.

— Non.

— Tout t'irait bien.

— Évidemment, tout : la tuberculose, un nombril sur le front.

— Surtout ça.

Le sourire de Ro s'est élargi.

— C'est ce que je me dis tous les jours : *Elle est chouette, Hana, mais il lui manque un nombril, la tuberculose. Bref. Elle a des défauts.*

J'ai rigolé. Je lui ai mordu le cou et elle a ri aussi. On a cassé le plan, qui semblait sorti de *Lost in Translation*, dans une autre salle de bains ringarde, avec du dentifrice séché dans le lavabo.

— Et Romeo ? j'ai demandé. Il en pense quoi ?

Ro s'est cramponnée à mes bras. Mes doigts ont effleuré sa cicatrice.

— Il trouve que ce n'est pas nécessaire, mais que ça me va pas mal. Il faut bien que quelqu'un se rase le crâne en juin en même temps qu'Eva, non ?

Une partie d'elle ne comprenait pas pourquoi je restais. Pourquoi j'étais prête à compliquer ma vie comme ça. Elle ne protestait pas, mais parfois je devinais son « Comment est-ce possible ? » silencieux. J'attachais de nouveaux nœuds avec nos hypothétiques meubles IKEA. Ro devait rester. Parfois, dans ce monde étrange, deux personnes sans importance se rencontrent et vivent des choses extraordinaires que personne ne voit, mais elles les vivent quand même.

Les lentilles ont poussé. La mère de Ro n'a pas appelé pour réclamer le piano.

Nous sommes tout de même allées voir les modèles en vente au rayon musique d'un grand magasin et Ro les a testés l'un après l'autre, même si des panneaux annonçaient explicitement « NE PAS JOUER DU PIANO ». On en vendait un tout petit chez Imaginarium. Ro s'est assise sur le minuscule tabouret et nous avons failli nous faire mettre à la porte une fois de plus. Elle a acheté trois figurines en plastique d'animaux au hasard. Elle a insisté pour sortir du magasin de jouets par la petite porte réservée aux enfants avec sa taille de gratte-ciel et m'a entraînée avec elle. Elle est tombée sur les fesses pendant qu'elle passait et je me souviens qu'elle a ri comme elle riait parfois, sans le moindre bruit.

— Je me suis empalée sur l'éléphant, m'a-t-elle annoncé en retirant le sac sous ses fesses.

Même si ça paraissait incohérent, Ro ne considérait pas que le monde ne voulait pas d'elle. Je pense qu'elle se sentait satisfaite. Elle avait fait la paix avec tout ça depuis longtemps.

J'ai continué à essayer de dessiner Romeo. Sur la page, les croquis représentant Aurora se mêlaient à ceux qui représentaient Romeo.

Le 6 juillet, nous étions à la piscine de Leo. Peut-être que ce n'était pas le 6 juillet. Cette année-là, nous sommes souvent allées à la piscine du lotissement de Leo, parce que ça faisait trois étés qu'elle était en travaux. Les carreaux du fond étaient bicolores désormais. Ça aurait pu être un choix artistique déplorable, mais non, c'était juste du travail bâclé.

Ces après-midi-là, nous nous asseyions en cercle tous les six sur le faux gazon et nous jouions aux cartes encore trempés, et Alex perdait. C'était ça, le jeu, faire perdre Alex. Ça s'appelle aussi Uno. Ce jeu permet d'apprendre beaucoup de choses sur la personne qu'on est vraiment. C'est un horoscope beaucoup plus fiable que celui qui utilise les douze signes.

Alex a passé la moitié de l'été à insister pour se baigner à poil dans cette piscine, sans y parvenir. Leo l'a banni le jour où il a tenté la première fois. Il est quand même revenu. Il se tenait à la porte du lotissement et il nous appelait. Il criait :

— J'ai mon maillot de bain ! Je viens de loin, j'ai même changé de métro !

Tous les voisins nous regardaient.

— Le pauvre… disait la dame qui s'installait toujours sur la meilleure chaise longue.

Finalement, Leo devait se lever et lui ouvrir la porte.

— Merci. Mec, t'as de la crème ?

— De l'après-soleil.

— Regarde mon dos. Il est bordeaux !

Je me souviendrai toujours de cette nuit où nous sommes sortis de chez Leo. La piscine était là, déserte, sans témoin. Peut-être que c'était vraiment le 20 juillet. Alex m'a regardée comme pour me demander « On le fait ? », et puis il a tenté le coup avec Mia. Il a eu de la chance que Ro soit là. Elle aurait suivi n'importe qui d'enthousiaste jusqu'au bout du monde. J'évitais de penser que, dans dix jours, nous allions être en août et que c'était le mois au centre du calendrier. En septembre, Alex n'aurait pas eu Ro sous la main pour la convaincre de faire une bêtise comme ça.

Nous avons fini par nous jeter à l'eau. Nous n'étions pas particulièrement discrets.

Mia a fait comme les grands-mères, elle a tenté de ne pas se mouiller les cheveux en nageant toute raide, mais Alex a grimpé sur ses épaules pour la faire couler. Je me suis accroupie sur le bord. Ro a sorti la tête de l'eau, a nagé vers moi, s'est accrochée au bord et a souri. Une fleur qui pousse dans l'eau.

— Alors, tu joues les lâches ? elle m'a demandé.

— C'est tentant parce qu'il fait froid.

— Tu ne peux pas.

— Ah non ?

Elle est sortie un peu de l'eau en s'appuyant sur ses bras. Elle s'est approchée de ma bouche et moi de la sienne.

— Le filtre de la piscine a commandé du porc aigre-doux.

J'ai rigolé.

— Ah, d'accord.

— Sur Just Eat.

Je me suis penchée vers elle. Ro s'est étirée vers moi. Nous nous sommes cherchées comme des planètes, elle m'a attrapé les bras, a tiré dessus et j'ai perdu l'équilibre. J'ai crié :

— Ro !

Quand je suis tombée dans la piscine, tout m'a suivie sous l'eau : le silence de la nuit, les voix d'Alex et de Mia. Il y a eu un énorme fracas, puis plus rien, et quelque chose aurait pu exploser entre-temps, la lune par exemple, je ne l'aurais pas su.

Là-dessous, dans une piscine de Madrid aux carreaux bicolores, Ro a pris mon visage entre ses mains et m'a embrassée. Personne ne nous apprend jamais qu'embrasser sous l'eau c'est nul. Dommage.

La piscine de Leo attendrait aussi le retour de mars, et toutes les choses avec lesquelles Ro était en contact. La piscine de Leo disparaîtrait avec elle, le monde s'écraserait avec elle cette nuit, cet été, la moitié de moi et tout, si nous remontions à la surface et que nous continuions à vivre.

Reste, j'ai pensé tout le mois de juin et tout le mois de juillet. Juillet est passé.

Août est passé.

Moi je reste.

Mais il fallait bien respirer.

Quand nous avons sorti la tête de l'eau, j'ai entendu Mia prévenir :

— J'ai perdu une boucle d'oreille. Alerte, vous ne l'avez pas vue ?

— Elle est en forme de cafard ? a voulu savoir Alex.

— Non.

— Alors non.

— Merde, c'est Pablo qui me les a offertes. On peut la chercher ?

Ro a sorti une main de l'eau en brandissant la boucle d'oreille.

Un jour, deux jours, trois jours ont passé. Le resto, Paco, Madrid. Une chaleur atroce. Le ventilateur à fond. Ro et moi qui contemplions un ciel noir dans le parc. Ses mains, le son du piano.

Et puis Denali a eu sous les yeux un article intitulé « Voici les 36 questions qui vous feront tomber amoureux ». Nadia était presque vexée par cette idée.

— Tomber amoureux, c'est pas comme découvrir à quelle maison Harry Potter on appartient.

— T'es sûre ? a répondu Ro.

— C'est pire, j'ai rétorqué, parce qu'il n'y a pas d'écharpe.

Elle m'a regardée et a souri comme si c'était la meilleure réplique qu'elle ait jamais entendue.

On était en août. Un jour en août, dix jours en août, goutte à goutte comme un robinet qu'on ne parvient pas à fermer à fond. Pendant le mois d'août, Ro me posait les trente-six questions dans le désordre, jour après jour, comme un calendrier de l'Avent : « Qu'est-ce que l'amitié signifie pour toi ? », « C'est quand la dernière fois que tu as pleuré devant quelqu'un ? », « Que penses-tu de ta relation avec ta mère ? », « Est-ce que tu as des pressentiments sur la façon dont tu vas mourir ? » Après cette question-là, il y a eu un silence. Mais nous inventions les réponses : « La dernière fois que j'ai pleuré, c'était devant Madonna et elle a essuyé mes larmes avec la bretelle de son soutien-gorge », « J'ai été obligée de manger ma mère après un atterrissage forcé » Le 15 août, nous avons partagé des churros au Wok. Les fêtes du mois d'août d'Alex avaient un succès phénoménal cette année-là. Nous avons mis ABBA tellement fort le deuxième jour que le sol a tremblé. La terre a dû trembler de l'autre côté de la planète, pour compenser. La police est venue.

Il n'y avait plus de porte à la salle de bains chez Alex. Il y avait désormais un simple rideau de douche. Ro et moi avons fini dans cette pièce, là où tout avait commencé. Nous étions ancrées à cet endroit horrible et à ses bruits de canalisations. L'été était trop court. Mais en même temps, c'était long, six mois passés à tout emmagasiner. C'est ce qui arrive quand on tombe amoureux de quelqu'un qui n'existe que tous les six mois : tout a un goût double et une saveur de moitié. Toujours trop et trop peu à la fois.

On était le 30. J'étais assise sur le lavabo d'Alex. Les mains de Ro descendaient le long de mes jambes. L'alcool me faisait tourner la tête.

— Ro. Demain, nous serons le 31.

— Non. Demain, c'est mon anniversaire.

— C'est ton anniversaire ?

J'ai entrouvert les yeux et j'ai vu de la fumée, j'ai presque vu de la fumée, ou peut-être des cils. Son anniversaire était le 31 août, comme la date de péremption sur le couvercle du yaourt. Je me suis demandé, comme si c'était d'une importance capitale, si elle l'avait déjà fêté.

Ses lèvres se sont approchées des miennes.

— Tu peux le passer avec moi ? Je veux que tu le passes avec moi.

— Qu'est-ce que tu veux faire ?

— Être avec toi.

Le lendemain, je suis allée la chercher à la porte de sa chambre. Denali m'avait ouvert. Je portais un anorak, et Ro, en pyjama, était toujours allongée sur son lit, avec une gueule de bois intéressante. Elle m'a examinée de la tête aux pieds.

Elle a gloussé.

— Qu'est-ce que tu fabriques ? elle a demandé, la voix rauque.

Elle s'est frotté les yeux.

— On va faire du patin à glace.

Je lui ai montré mon écharpe Gryffondor.

— Christophe Colomb, tu es prête à découvrir la glace ?

— Il fait quarante degrés. Enlève ça, s'il te plaît, Hana…

Il existe des patinoires d'été, des pans de glace sortis de leur habitat. Il existe des crèches, des pères Noël dansants, des morceaux de Romeo et… des guirlandes lumineuses de Noël. Ro n'avait pas retiré les siennes, elle les avait laissées là : bleu, rouge, vert, jaune. Je l'ai traînée sur la glace ce jour-là, je lui ai tenu les mains, nous ne nous sommes rien cassé et c'était déjà une victoire. Nous sommes tombées deux fois. Mon anorak était trop petit pour elle. Ro n'en avait pas, elle n'avait jamais eu besoin d'en acheter. Pas de gants non plus. Je l'ai traînée jusqu'au bowling après et elle faisait non de la tête, les yeux écarquillés.

— Je ne peux pas retourner au bowling, Hana, c'est dangereux.

C'était dangereux. Ro n'arrivait pas à garder la boule entre ses doigts. Dès qu'elle prenait de l'élan, elle la lançait en arrière. Elle n'a pas renversé une seule quille et moi non plus. Le score était de zéro partout. Puis, pendant le dîner, j'ai planté une bougie sur une madeleine et je lui ai chanté *Joyeux Anniversaire* à voix basse. C'est tout ce que j'ai pu improviser en ayant été prévenue la veille, à la dernière minute, comme si je n'avais pas attendu ce jour avec impatience, tous les jours depuis le 1er mars.

Elle a souri. Elle a soufflé.

— Tu as fait un vœu ?

— Non.

— C'est contraire aux règles.

— J'ai déjà tout.

Je lui ai souri en retour, ma botte tapotait la sienne sous la table.

— C'est bien beau, mais tu aurais besoin d'un anorak. Non, ne ris pas, je suis sérieuse. Avec le changement climatique, on ne sait jamais. Tu as vu *L'Âge de glace* ?

J'ai pris une bouchée de la madeleine et je lui en ai offert une. Nous en avons laissé échapper la moitié. Je l'ai regardée ramasser les miettes.

— Joyeux anniversaire, Ro.

Nous avons pris le métro pour rentrer. Je lui ai proposé de venir chez moi.

Donc, le 31 août, nous étions là, dans mon lit. Nous nous regardions, la tête posée sur mon oreiller. Il y avait la lumière de ma lampe de bureau et ma famille hors de la chambre, tout en dehors de cette pièce existait sans ralentir.

Le monde allait continuer à tourner, mais il n'y aurait plus que moi.

C'était un sentiment étrange. Qui partait vraiment ? Qui voyageait vers un autre endroit ? Est-ce que quelqu'un voyageait ? Aucune de nous deux ne resterait dans ce lit. Ce ne serait pas le même lit, ce ne serait pas le même cahier, ce ne serait pas la même piscine, ce ne serait pas le même oxygène. J'ai été prise d'un doute, soudain, tandis que mon cœur battait dans ma gorge. Je me suis demandé : *Est-ce que ça va arriver ? Est-ce qu'elle va à nouveau disparaître ?* Ou est-ce que nous jouions à un jeu interminable ?

Il était vingt-trois heures cinquante-cinq, la nuit du 31 août, et nous ne savions pas quoi dire.

Au bout d'un très long silence, Ro m'a demandé :

— Si tu pouvais choisir n'importe qui dans le monde, qui est-ce que tu inviterais à dîner ? C'est la dernière question.

Ses yeux. Son nez. Ses lèvres. Ses oreilles.

— Ça peut être une personne morte ? j'ai chuchoté.

— D'accord.

— Raphael.

— Il n'est pas mort, Hana.

— Ah bon ?

— Tu te souviendras ? elle a lâché tout à coup.

C'est ça qu'elle voulait vraiment me dire. Et le temps pressait.

— Tu es sûre ? elle a insisté.

Je l'ai regardée.

— Toujours. Je me souviendrai de tout.

Il aurait dû y avoir des carillons. Mon téléphone portable était évidemment à court de batterie. Quelle heure était-il ? Elle était toujours là. *Reste*, j'ai pensé. Juin, juillet, août. *Reste*, ce seul mot était l'écho de toutes les fois où je lui avais demandé de rester. Dans son lit, dans sa salle de bains, dans la piscine : *Reste*. Je voulais l'attraper, la retenir pour qu'elle reste, mais ce n'était pas possible, car nous étions le 31 août. J'avais des mains en poêle à frire.

— Ça a marché, les trente-six questions ? j'ai voulu savoir.

Ro a souri.

— Je n'avais pas besoin de trente-six questions.

J'ai retenu mon souffle. J'ai tout retenu. J'avais une envie stupide de pleurer et, comme je n'étais pas capable de le faire, je lui ai dit :

— Tu vas me manquer.

J'ai dégluti.

— Beaucoup, parce que… On passe plein de temps ensemble, tu es un peu relou. Et je t'aime. Je t'aime, Aurora. Je t'aime.

Elle le savait déjà. Seule une imbécile capable de l'aimer de cette façon aurait gardé les yeux ouverts sans ciller pendant vingt secondes. Elle a chuchoté :

— Pourquoi tu me regardes comme ça ?

— Si je ne cligne pas des yeux, tu ne peux pas partir.

Son regard a changé. On aurait dit qu'un sourire fatigué apparaissait sur son visage. Elle a posé une main sur ma nuque et m'a serrée contre elle. Elle m'a embrassée. Une petite voix me répétait : *Ne cligne pas des yeux,* mais j'ai cherché instinctivement ses lèvres, j'ai fermé les paupières et je l'ai embrassée. Elle a juste dit une seule fois :

— Hana.

Quand j'ai voulu l'embrasser à nouveau, je me suis avancée et je ne l'ai pas trouvée.

J'ai ouvert les yeux.

Ro n'était plus là. J'étais seule, là, sur mon lit, et la pièce paraissait étrangement vide.

Nous n'étions plus au mois d'août.

Plus maintenant.

16. SEPTEMBRE À NOUVEAU

Le jour où nous avons adopté Paco, je voulais choisir un autre chien. Je m'en suis excusée plusieurs fois auprès de lui depuis, j'espère qu'il a compris. Il avait un an et moi quatorze ; j'étais allée dans un refuge avec mon père. La fille qui y travaillait nous a expliqué :

— Le pauvre, il est de race. Ce sont des chiens chers, mais sa famille n'en voulait plus parce qu'il respire bizarrement. Mais il est tellement jeune, regardez-le.

Paco a sorti de sa gueule plus de langue qu'elle ne semblait pouvoir en contenir. On ne choisit pas son chien. C'est lui qui vous choisit. Ils sont fabriqués avec le petit bout de pâte qui reste quand on nous fabrique avant la naissance.

J'ai tiré sur la veste de mon père et j'ai murmuré :

— Il est trop mignon.

On est rentrés avec un carlin, je ne sais même pas comment. Papa a déclaré :

— Il s'appelle Paco.

— Je veux l'appeler Croc !

— Paco Croc ?

— Non. Croc tout court. Je ne peux pas annoncer à mes amis que mon chien s'appelle Paco, papa.

Mais il n'y a rien eu à faire. Mon père ne voulait pas discuter. Il faisait ce qui lui plaisait et ça lui était égal si les autres n'étaient pas d'accord. Il aimait les noms très espagnols, comme Manolo, José Antonio, Concha et aussi Fernando. Il trouvait leur sonorité étrange et belle.

Pendant un certain temps, j'ai regretté que nous n'ayons pas adopté le berger allemand que j'avais repéré. Lui, personne ne l'aurait appelé Paco.

Le 28 septembre, j'étais assise sur le sol de la cuisine. Je tenais mon carnet pour le montrer à Paco.

— C'est qui ça, hein, mon chien-chien ?

Il a penché la tête sur le côté. Il a contemplé les nouveaux portraits de Romeo. Il m'a regardée. Puis j'ai tourné la page et il est devenu très nerveux en une seconde : il a tiré la langue. Il voulait lécher le carnet, et je l'ai sauvé de justesse en le posant sur l'étagère où on rangeait les verres.

Il se souvenait de Ro.

Pourquoi ? Peut-être que les animaux peuvent exister sans incohérences dans tous les univers possibles. Je ne sais pas. Six mois pour Paco, ça pouvait représenter quatre-vingts ans ou un an. Qui savait ce qu'il y avait dans son esprit ? J'aurais adoré voir notre histoire à travers ses yeux.

Le mois de septembre était là et, à nouveau, plus personne ne se souvenait de Ro.

Ro n'existait pas.

Elle n'avait jamais existé.

Partout, le silence était assourdissant. Le silence était en moi et je le traînais probablement partout avec moi. J'avais l'impression de regarder un film dont le son et l'image ne correspondaient pas ; le monde n'avait pas changé. Je devais rester la même. Mais comment conserver à l'identique ce qui n'est plus compatible ? Et prétendre que les voix et les bouches sont synchrones ? Le 1er septembre, je m'étais enfermée, j'avais pleuré et j'avais visité le cabinet d'un professionnel qui se demanderait à nouveau ce qu'il était advenu de la fille qui avait disparu. J'avais l'impression de me battre contre l'air. On aurait dit que ma chambre, le restaurant et la rue n'étaient que des décors. Il n'y avait plus de cactus. Toutes les décorations de Noël étaient à nouveau entassées en position instable dans le placard de l'entrée. Je n'aimais pas du tout l'idée qu'une bouteille ne se soit pas cassée dans un bar, qu'une lentille dans un paquet ne fleurirait jamais, qu'un numéro de téléphone n'était pas enregistré dans mon répertoire.

On était en septembre et je portais un silence dont les poignées étaient à moitié cassées et qui pesait plus lourd que moi. Ma mère me regardait piquer les légumes avec ma fourchette sans dire un mot. Elle me grondait quand je fumais à l'intérieur. J'éteignais ma cigarette sans protester. Mia me regardait aussi me perdre dans la contemplation des rues de l'autre côté des vitres du bus. Je savais qu'elle avait remarqué quelque chose, et c'était horrible. Ça me rappelait que, entre elle et moi, il y avait une caisse sans rien d'écrit dessus, où s'entassaient des choses qu'on ne toucherait jamais ensemble. Mon silence était un silence étrange, sans cicatrice : il ne se passait rien pour les autres. Le drame était réservé à moi seule. La peur, on peut en parler, mais ce qui se jouait à ce moment-là ne pouvait pas se partager. Ro et moi avions tant de choses en commun dont je ne pouvais discuter avec personne. D'un coup, comme si je n'avais pas été prévenue, Ro n'existait pas et j'étais bouleversée.

Une partie incroyable de celle que j'étais alors, des choses que j'avais faites et auxquelles je pensais, des choses que je voulais faire, était rattachée à quelqu'un qui n'existait pas. Soudain, cette partie de moi n'avait plus le droit d'exister.

Le silence qui s'étendait désormais entre moi et les autres a été la première chose qui est arrivée en septembre. Et elle m'a anéantie.

— Ça va ? m'a demandé une fille du cours de danse, Sara ou quelque chose comme ça, le jour où j'ai fait une chute ridicule et ai atterri sur les fesses.

J'ai hoché la tête, perdue. La pièce entière a oscillé un peu. J'ai cru voir Ro derrière les autres, mais j'ai cligné des yeux et elle était partie.

— Ou… Oui…

Leo s'est approché.

— Hana ?

J'ai entendu le prof demander comment j'allais. Au loin, tout était au loin, comme si j'étais dans une cabine d'avion et que j'avais les oreilles bouchées par la pression.

Je me suis allumé une cigarette quand nous sommes sortis du cours ce soir-là. Leo m'a accompagnée à pied jusqu'à la maison, les mains dans les poches de son sweat-shirt, et j'ai failli le laisser planté là. Je suis partie et il m'a rattrapée. J'ai enfin pris conscience qu'il était à côté de moi.

— T'as vu le nouveau tatouage de Julia ? il m'a demandé. Sur son coude.

— Oui.

— Il est horrible.

J'ai souri un peu.

— Bah, c'est Julia. Qu'est-ce que tu attends d'elle ?

— Qu'elle ne se fasse pas tatouer une Marge Simpson version zombie, par exemple. Elle et tous les autres. C'est la base.

Nous avons traversé un passage pour piétons. J'ai soufflé de la fumée *(fumée, fumée)* avec un rire qui ressemblait plus à une toux, et il y a eu un silence.

Leo m'a demandé :

— Hé, qu'est-ce qui t'est arrivé tout à l'heure ?

— Je… j'ai glissé.

— Tu t'es fait mal ?

— Non. Je vais peut-être avoir un bleu ou…

Leo m'a analysée. Je l'ai senti m'analyser, Mia, Leo, Mia, Leo, Alex jamais parce qu'il était à côté de ses pompes et ne voulait rien savoir, et ma mère et mon frère quand on se croisait dans la cuisine. La pression était insupportable. J'avais envie de déboucher mes oreilles. Mais il n'y avait pas de bâillement pour ça, ni de chewing-gum, et les autres avaient l'air de me demander : « Hé ho, connecte-toi, reviens parmi nous. On est dans cet hémisphère maintenant. » J'en étais incapable. J'avais tiré Ro par la main sur ce trottoir. C'était un autre trottoir à présent, c'était un autre monde où je n'avais pas ma place.

— Tu vas bien ? a voulu savoir Leo. Je veux dire, en général.

J'ai inspiré la fumée du tabac dans mes poumons.

— Je peux te poser une question bizarre ?

Ça l'a surpris.

— Bien sûr.

— Qu'est-ce que tu te rappelles... ? j'ai commencé.

Mais je n'ai pas continué, parce que la question n'était pas de ne pas se souvenir, elle était de ne pas avoir vécu.

— Qu'est-ce qu'on a fait cet été ?

Leo a hésité un peu.

— Ben... je ne sais pas.

Le bruit des voitures a couvert sa voix un moment.

— On est allés aux fêtes d'Alex. Les flics sont venus, on a célébré le 15 Août. Ma mère a cuisiné des pois chiches un jour.

J'ai porté la cigarette à mes lèvres. Tout paraissait insignifiant, résumé comme ça.

J'ai réfléchi :

— On a passé beaucoup de temps à ta piscine.

Leo a froncé les sourcils.

— Ma piscine ? Celle du lotissement ? Quand ?

— En juillet.

— Non, elle est en travaux, elle est fermée depuis trois ans.

Je me suis arrêtée net. Leo s'est arrêté quelques pas plus loin.

Nous nous sommes regardés.

Les leviers de ce monde étaient très étranges. C'était la deuxième phase de septembre, je pense ; je digérais ce mois par phases. C'était un processus de deuil programmé. Comment l'existence de Ro pouvait-elle conditionner l'état d'avancement des travaux de la piscine de Leo ? Ce n'était pas possible, et pourtant elle les conditionnait. L'extrémité de la rangée de dominos était trop éloignée pour être visible et ça faisait partie des pièces alignées : sans Ro, personne ne pouvait nager dans une piscine aux carreaux bicolores, et pourtant j'étais toujours là, coincée sous l'eau, à nager sous la surface sans pouvoir remonter. La lune aurait pu exploser, est-ce que je m'en serais rendu compte ?

Il fallait continuer à vivre.

(« Hana »).

Ro.

(« Tu te souviendras ? »)

Je ne me souvenais de rien d'autre.

— Il y a un problème ? m'a demandé Nadia le jour où j'ai livré du porc aigre-doux dans un appartement en plein centre-ville.

La porte de la personne qui avait commandé s'était ouverte. Et c'était Nadia.

— Non, j'ai marmonné.

Je ne lui ai même pas tendu le sac. Je suis restée là, avec mon casque, à essayer d'assimiler sa présence dans un autre endroit. Qu'est-ce qu'elle faisait là ?

— Euh... La nourriture... ?

J'ai dû acheter une multiprise dans le bazar près de chez moi. Celle de Kyung avait explosé comme ça, un après-midi, et laissé un rond noir sur le mur. Dans la boutique, je l'ai vu : le père Noël dansant. Il était posé sur une étagère, éteint. J'ai été envahie par un sentiment qui n'a pas de nom.

— Trois euros trente, a annoncé le jeune homme derrière le comptoir.

— Je peux avoir ça aussi ? j'ai demandé en indiquant le père Noël.

J'ai attendu.

En septembre, j'ai attendu. C'était un nouveau compte à rebours, mais qu'est-ce que j'attendais exactement ?

Un jour de moins. Très lentement.

Les cours. Le resto de mes parents. Le bus bondé. Je la cherchais instinctivement, tout en sachant qu'elle ne serait nulle part. Un tiroir vide dans ma table de chevet. Je suis allée au Mercadona et je suis tombée sur Denali près des congélateurs, penchée pour attraper une pizza. Je suis restée clouée sur place. Puis elle s'est retournée et nous nous sommes regardées. Elle avait un visage différent, elle semblait plus triste, et elle était avec une fille, mais ce n'était pas Nadia, évidemment, puisqu'elle habitait dans le centre, à présent. Denali s'était coupé les cheveux. J'ai froncé les sourcils, j'ai fait un pas en arrière et j'ai fui vers un autre rayon.

Pourquoi ? Pourquoi la piscine de Leo était-elle toujours en travaux, et pourquoi Denali n'était pas avec Nadia ? Les atomes de Ro placés de manière à former Ro changeaient le monde. Pas seulement pour moi. Il m'a fallu attendre la fin du mois de septembre pour le comprendre.

— Hana. T'en veux pas ? Hana. Haaaanaaaa.

Le balcon d'Alex était minuscule. Je contemplais la nuit, je ne sais plus quel jour, un gobelet presque plein à la main. Alex avait mis du Mozart parce que, à ce moment-là, il lisait des bouquins sur la musique classique. Il avait un œil au beurre noir suite à une bagarre je ne sais où. Il était en train de sniffer un rail de coke. J'entendais trois de ses nouveaux amis parler trop fort dans le couloir.

— Hé, je t'appelle !

Il m'a tendu une paille confectionnée à partir du prospectus d'une poissonnerie.

— T'en veux ?

J'ai secoué la tête.

— Non. Tu sais bien que je ne prends pas de ça.

— Tu es sur une autre longueur d'onde aujourd'hui, hein ? Qu'est-ce qui ne va pas ? Tu devrais tomber amoureuse. Moi, je tombe amoureux au moins trois fois par soir. Tiens, aujourd'hui, je suis tombé amoureux d'une meuf qui travaille dans un kiosque à journaux et je suis retombé amoureux du speed.

J'ai pris une gorgée de mon gobelet. Alex s'est penché sur la table basse, a sniffé la poudre qu'il avait répartie sur la surface, puis s'est redressé et a fait :

— Waouh !

— C'est du speed ?

— Oui.

Il s'est levé. Il a sautillé sur place, il s'est regardé dans le miroir et a inspecté ses dents.

— T'en veux ? Ah non, c'est vrai. Waouh, ça monte vachement vite.

— Depuis quand tu prends du speed ?

— Je ne sais pas… J'en ai pris au concert de mon père. C'est une légende, ce mec.

Alex n'avait pas pris de speed à *ma* soirée de concert. Ro le lui avait volé et nous l'avions jeté dans les toilettes.

Le soir du concert d'une Hana qui n'existait pas et qui était comme un morceau de carton dans la mémoire de pas mal de gens, Alex avait pris du speed et, maintenant, il en prenait trop. Un sachet en plastique contenant du speed se trouvait dans les égouts d'un monde qui lui-même se trouvait dans des égouts géants. Un tas de choses y flottaient : Denali, un père Noël entouré de plantes et un cactus. Je flottais encore moi aussi, mais je ne pouvais pas continuer comme ça. Tout le mois de septembre, j'avais attendu que ça passe, que ça s'accélère, et qu'on revienne à la version dans laquelle je voulais rester. Mais ce soir-là, en voyant Alex grimacer devant un miroir, les pupilles dilatées, j'ai conclu : *Le monde entier sera comme ça pour toujours après le 2 juin 2020.*

Et cette pensée est revenue.

Elle m'a engloutie.

Elle prenait de plus en plus de place.

Il restait à peine neuf mois avant l'accident.

Internet.

Je ne connaissais pas son nom de famille.

Les pages jaunes.

Je ne connaissais pas son nom de famille.

J'ai dessiné Romeo.

Crayon, gomme, gomme, gomme, crayon, gomme.

Je l'ai dessiné sur les pages d'un cahier à moitié fichu qui se trouvait tout à coup en haut de mon armoire. J'ai essayé de me souvenir des dessins que j'avais faits avant. C'était tout ce que j'avais. La version dessinée d'une description de l'image gravée dans l'esprit d'Aurora à partir de reflets de miroir. J'ai refait les croquis de l'année précédente, j'ai fait asseoir Paco dans la cuisine et je les lui ai montrés. Il a essayé de les manger. Je les ai étudiés plus tard, assise à la table. Sur cette table, avant, il y avait un cactus. On était le 28 septembre.

Mon père est entré avec son café. Il m'a vue examiner les dessins.

— C'est toi qui les as faits ?

Il n'était jamais au courant de rien, pas même que j'étudiais aux Beaux-Arts.

— C'est très bien dessiné, Hana. Qui est-ce ?

Paco a gratté mon pantalon avec ses griffes.

— Un ami.

J'ai lu dans le regard de Paco : « Tu sais. »

Et, sur une impulsion, j'ai su :

— Je vais aller le voir. Mon ami. À Séville.

Mon père a légèrement haussé les sourcils. Il a posé sa tasse dans l'évier.

— À Séville ? a-t-il répété lentement. La station de métro ?

— La ville, papa. Le métro, c'est Sevilla.

— Ah. Quand ?

Il restait huit mois et quatre jours avant l'accident.

— Je ne sais pas.

On était en septembre.

17. OCTOBRE

Rien n'aurait pu m'enlever Mia. Nous comptions aussi peu l'une que l'autre dans ce monde : les gens nous dépassaient dans la file d'attente du supermarché. Les profs ne nous voyaient pas quand on levait la main en cours. C'est pas évident de trouver quelqu'un d'aussi insignifiant que soi ; Mia, qui avait décidé que nous allions être amies, était le plus grand signe de mon existence bien réelle et moi de la sienne.

Le 10 octobre, nous étions assises à notre terrasse de café habituelle. Le serveur est parti après avoir apporté nos consommations et elle m'a demandé :

— De quoi veux-tu parler, Hana ? Tu m'as fait venir ici pour qu'on discute, non ?

J'étais en colère. J'avais passé le mois de septembre à me cacher les versions de mes amis qui me paraissaient moins convaincantes que les versions d'août. Ils avaient tous vécu les six derniers mois en compagnie d'une version hypothétique d'une autre Hana. Parfois, je fixais le ciel et j'imaginais qu'il se divisait en quadrillage, que des morceaux de ciel tombaient, comme des panneaux de faux plafond. J'allais enfin avoir la confirmation que, de septembre à février, je déambulais dans un décor mal fait. Toutes les portes s'ouvraient. Les doublures de mes amis s'arrêtaient net. Les personnes avec qui je pouvais au moins partager le nom de Ro revenaient. Mais ce n'était malheureusement pas un décor, et Mia était assise devant moi.

— Mia, tu te souviens… ?

Je me suis interrompue. Comment lui expliquer ? Je me suis répété : *Tu dois lui expliquer.* J'ai repris mon souffle.

— Tu te souviens de ce qui s'est passé l'année dernière ?

Mia m'a regardée. Quelque chose a changé dans son visage.

— Oui.

Je me suis humecté les lèvres. Un groupe de personnes qui parlaient très fort est passé à côté de notre table.

— Tu peux me faire confiance ?

Je tripotais nerveusement mes doigts sur mes genoux.

— Si je te dis quelque chose d'absurde, même si… même si tu ne me crois pas vraiment, tu peux me faire confiance ?

— Bien sûr.

Elle n'a pas hésité. C'était moi qui hésitais. Un an plus tôt, j'avais raconté à Mia une histoire qui n'avait aucun sens, et l'explication avait encore moins de sens aujourd'hui, et nous étions à nouveau là. J'ai retourné la situation dans ma tête. Tout s'emmêlait. Comment Ro avait-elle fait ? Elle s'y était très mal prise. Ro n'arrivait jamais à s'expliquer. Qui aurait pu mettre des mots là-dessus ?

— Je… je ne sais pas comment…

— Tu as recommencé à la voir, c'est ça ? elle m'a demandé tout à coup.

Elle avait dû se poser la question durant tout le mois.

J'ai avalé ma salive.

— Tu ne vas pas me croire. Je ne veux pas que tu penses....

— Hana. Hé.

Mia m'a forcée à la regarder.

— C'est moi, OK ? Dis-moi ce qui se passe.

Nous nous sommes observées pendant une seconde. Puis elle a tendu la main et m'a proposé sa cigarette, comme une sorte d'offrande de réconfort. Je l'ai prise et j'ai fumé, j'ai expulsé la fumée très vite.

Je me suis penchée en arrière sur ma chaise, et j'ai commencé :

— Mia, je suis...

Le premier mot avait été prononcé, maintenant je devais continuer, mais je l'ai fait en fixant mes mains.

— Disons que j'ai rencontré une fille qui n'existe que six mois par an et dont tu ne te souviens pas et les autres non plus, parce que c'est comme ça que ça marche quand on existe six mois par an.

Mia a gardé le silence pendant un petit moment. J'ai jeté un rapide coup d'œil dans sa direction, juste pour vérifier, pendant qu'elle tirait une nouvelle bouffée sur sa cigarette et que les gens à la table derrière elle parlaient de foot.

— Tu l'as revue.

— Oui.

— J'étais là ?

— Oui. Enfin... Peut-être pas toi, mais une autre version de toi. Mia, je...

C'était lourd de porter ce secret toute seule. Comment Ro avait-elle supporté ça pendant si longtemps ? Et le partager était encore pire que le porter.

— Je sais de quoi ça a l'air. C'était… l'année dernière, d'accord ? Voici ce qui s'est passé. Aurora. Elle s'appelle Aurora. Elle n'existe pas en ce moment, pas avant le mois de mars. Mais en mars, tu ne te souviendras pas de cette conversation. Je suis… amoureuse d'elle. Elle n'existe que tous les six mois, et je le sais avec certitude parce que je me souviens d'elle, et…

J'ai fermé les paupières.

— Je ne sais pas bien comment t'expliquer, parce que ce n'est pas à moi que ça arrive en réalité, mais je veux résoudre le problème et je crois qu'il y a une personne qui pourrait m'aider. Je dois aller lui parler. Et je voudrais que tu m'aides à y aller parce que j'ai besoin de toi.

Je comprenais un peu mieux Aurora, après avoir dû verbaliser sa situation. De l'autre côté de la table, Mia me regardait comme elle avait regardé les dessins. Le bruit de la ville s'est uni à sa voix quand elle a déclaré :

— D'accord.

Puis elle a passé une main dans ses cheveux, a cligné des yeux et m'a demandé :

— Tu es sûre ? Tu ne veux pas…

J'imagine qu'elle voulait dire « essayer de consulter un psychiatre à nouveau ».

— Certaine.

— OK…

Elle a hoché la tête, le regard vide.

— Bon, alors si t'es sûre, moi aussi.

Je suis restée bouche bée, cigarette à la main. Je ne sais pas ce que j'attendais exactement de Mia. Peut-être la réaction naturelle qu'aurait eue n'importe qui : qu'elle finisse sa bière et laisse les olives.

— C'est vrai ?

— Hana, je te connais, tu ne me mens pas. Alors, je ne sais pas, c'est… C'est la deuxième fois que tu me racontes cette histoire. Je pense…

Elle a secoué un peu la tête et elle a ajouté, plus calmement :

— Je pense que c'est moi qui deviens folle.

— Tu me crois ?

— Je ne sais pas. Nous avons passé l'année ensemble, Hana, et je n'ai jamais vu cette fille.

— Hm.

— Je te jure que je ne sais pas de qui tu parles. Mais je suis ta meilleure amie et je pense que tu y crois. Et qu'il y a des choses que je ne sais pas… Je te fais confiance, d'accord ?

Elle a pris une profonde inspiration.

— Alors, où est-elle, cette personne que tu veux voir ?

J'étais toujours pétrifiée sur ma chaise, des cendres de cigarette entre les doigts. Mon café était probablement froid maintenant.

— Il s'appelle Romeo. Il vit à Séville.

— Et tu veux y aller.

— Oui.

— Bon.

Elle a fini son verre d'un trait et a ajouté :

— Il va falloir organiser le voyage.

Et c'est tout. Il n'y avait pas besoin d'en dire plus à Mia. Nous allions voir Romeo.

Je l'avais cherché sur Facebook. Sur Twitter. Par tous les moyens qui me venaient à l'esprit. J'avais même consulté l'annuaire, même si le concept me paraissait préhistorique.

Ma mère avait eu du mal à le trouver sur la vieille étagère du couloir qui grinçait la nuit et contenait tous les volumes d'une encyclopédie.

— Pourquoi tu veux le bottin ? elle m'avait demandé.

C'est vrai que les téléphones et moi, nous étions légèrement incompatibles. Cela m'a été confirmé par cet énorme livre avec ses grandes pages de papier à cigarette poussiéreuses, desquelles une araignée a surgi à la page 50. Je l'ai jeté par terre. Paco a mangé l'araignée. Il a tiré la langue, tout heureux.

Le plus gros problème pour trouver Romeo était le suivant : la seule chose que je savais de lui, c'était son prénom. Je ne connaissais même pas son nom de famille. J'ai essayé de le chercher dans l'annuaire téléphonique, mais c'était idiot, puis dans Google et sur tous les réseaux sociaux. Je ne sais pas combien de personnes portent le nom de famille Hong, mais il y avait beaucoup de personnes qui s'appelaient Romeo.

Je ne pouvais pas lui envoyer un message. Je ne savais pas comment le contacter.

J'avais juste un nom, une ville, et le dessin d'une personne que je n'avais jamais vue. J'ai à nouveau regardé son portrait le jour où j'en ai parlé avec Mia, comme pour lui dire : « On va faire ça ? Toi et moi ? » Et je crois que le dessin essayait de me dire : « Allons trouver Aurora. À l'intérieur du garçon dont on ne connaît pas le nom de famille. »

Je savais qu'il était étudiant en médecine.

J'ai trouvé la fac de médecine de Séville et les horaires des étudiants de cinquième année.

— Mais c'est quoi, ça ? C'est quoi, ces horaires ?

Leo nous a examinées toutes les deux avec de grands yeux. Nous lui avions parlé un jour, à la cafétéria, pendant qu'il avalait ses frites.

— Tu ne peux pas lui parler ? Je ne sais pas… l'appeler ? Et lui donner rendez-vous ?

— Je n'ai pas son numéro. Je ne connais pas son nom de famille.

Il a froncé les sourcils.

— Et vous le connaissez d'où ?

— De la colo, a répondu Mia à ma place, d'un ton très déterminé.

Elle s'est éclairci la gorge :

— Une colo d'il y a longtemps, genre… l'école maternelle. Ça fait super longtemps. On n'a plus de nouvelles et il plaisait à Hana.

Leo a cligné des yeux, complètement perdu.

— Il te plaisait ?

— C'était mon ami.

— C'était de l'amour platonique, a précisé Mia en même temps.

Nous nous sommes regardées.

— Son cousin. Non, c'est pas ça… Mon cousin était l'amour platonique de ce garçon qui était l'ami d'Hana et j'étais… j'étais là.

Leo nous a examinées pendant un moment. Il a répété d'un air dubitatif :

— En maternelle.

— Hana a envie de reprendre contact.

Mia a piqué trois frites à Leo et les a enfournées.

— On pourrait partager le carburant, faire un road trip.

— Un quoi ?

— Un road trip, Leo. Un voyage en voiture.

Il a hésité en fixant son plateau, désorienté.

— Eh bien…

— Je *dois* lui parler, j'ai déclaré.

Leo a relevé les yeux vers moi. La cafétéria était bondée, comme toujours, les lieux étaient si peu intimes pour discuter de ces situations étranges. La table avait des traces de Coca et je devais couper ma frange.

— Leo, c'est… c'est important. Je dois lui parler, mais je ne peux pas lui parler autrement. J'ai essayé : je suis obligée d'aller sur place. Et mes parents seront plus rassurés si on y va ensemble.

Je n'avais jamais rien raconté à Leo. Il ne savait pas pour le psychiatre ou la fille qui n'existait pas il y a un an. Il me soutenait toujours aveuglément. Il savait que je traversais à nouveau une période bizarre. Mia avait dû me couver depuis l'âge de neuf ans pour que j'accepte de me confier à elle. Mia me croyait. Ou, en tout cas, elle était prête à m'accompagner. Leo aurait certainement réagi de la même manière si je lui avais tout raconté. Il était le seul à savoir conduire. Pour moi, Alex n'entrait pas dans l'équation.

Qu'est-ce que j'aurais fait si Leo avait vécu ça avec Lucia ? Si Lucia, qui semblait être la personne la plus normale du monde, s'était mise à disparaître tous les six mois ? Est-ce que j'aurais pris la voiture pour traverser la moitié de l'Espagne avec l'horaire de la fac de médecine et rien d'autre ? Je ne sais pas. J'allais déjà faire le tour de l'Espagne pour quelqu'un d'autre. Leo a fini par demander :

— Ce serait quel week-end ?

Nous sommes partis le 25 octobre.

Ma mère s'est exclamée :

— Maintenant ? En plein milieu du semestre ?

Elle a répété ça pendant six jours d'affilée, puis elle a oublié que je lui avais dit qu'on partait, et le jour de notre départ elle m'a appelée huit fois, très en colère.

— Où est-ce que tu vas ?

On entendait un frottement de tissu à l'autre bout de la ligne.

— Maman, enlève tes écouteurs, ils ont un micro.

— Haneul !

Sa voix m'a semblé très lointaine pendant que Leo démarrait.

On devait revenir le lendemain. Mia avait vraiment un cousin à Séville.

Elle l'a appelé et il a répondu qu'il avait un canapé dans son appartement. C'est avec cette information que nous avons pris la route : il y avait un canapé, on ne savait pas dans quel état, juste que c'était chez un cousin. Je ne pense pas que Mia l'avait prévenu que nous étions trois, et je n'étais pas sûre que c'était son cousin. Je sais que j'étais sur le siège du copilote avec Google Maps allumé dans la main, le 25 octobre, et que Mia avait mis de la musique sur son téléphone. Leo s'agrippait au volant avec une certaine crainte. Il nous a prévenues :

— Ça fait mille ans que je n'ai pas conduit sur l'autoroute.

La radio n'avait jamais fonctionné. La voiture que le père de Leo lui avait offerte le jour de ses dix-huit ans avait elle-même dix-huit ans : on devait baisser les vitres manuellement et la boîte à gants ne fermait jamais vraiment. Un CD était coincé dans la fente de l'autoradio avant même que son père ait acheté la voiture.

— Arrête ça, a ordonné Leo à Mia. Au moins, baisse le son, c'est horrible. Ça me déconcentre.

— On roule en ligne droite depuis deux heures.

— On dirait une cyborg qui hurle.

Google Maps a dit quelque chose de sa voix féminine mécanique pendant que Mia répondait :

— Critiquer le reggaeton, c'est du classisme.

Leo l'a regardée dans le rétroviseur.

— Baisse ! Elle a dit quelque chose et je n'ai pas entendu. Qu'est-ce qu'elle a… ?

— Elle a dit « Continuez comme ça pendant des centaines de milliers de kilomètres, vous êtes trop stressé », a répondu Mia en s'approchant de l'espace entre nos sièges.

Leo a rétorqué quelque chose par-dessus la voix de Bad Gyal et Mia m'a demandé :

— Qu'est-ce que tu fais ?

J'avais réussi. J'avais débloqué la radio et le CD est sorti de la fente. J'ai pensé pendant une seconde que, si je le prenais en main, toute la voiture allait tomber en morceaux, mais je l'ai attrapé quand même. Il était aussi chaud qu'un croque-monsieur qui sort du gril. Il était écrit dessus, au feutre, avec une écriture presque illisible : *Les 30 meilleures chansons de Raphael.*

Le trajet de Madrid à Séville dure cinq heures. Il y a de nombreuses stations-service et des bars isolés où les gens ont l'air de figurants.

Ma tête disait « *Ro* ». Je recevais, de loin, « *Hana* ». Cette radio-là ne se bloquait jamais.

Il restait moins de huit mois avant l'accident.

— Qu'est-ce que tu vas lui dire ? m'a interrogée Leo en me regardant pendant une seconde.

Mia s'était endormie. Il ne restait plus qu'une heure environ de trajet.

— Quand tu le verras. C'est un peu bizarre, non, que tu te pointes devant sa fac ?

J'ai tiré une taffe sur ma cigarette. Je lui ai mis un morceau de Kinder Surprise dans la bouche.

— Je ne sais pas. « Bonjour », j'imagine.

J'ai ouvert la surprise. Je lui ai souri un peu.

— Félicitations : c'est un requin.

— Oh, cool. Montre… Ne me le perds pas, hein.

— Je crois que c'est un avion, en fait.

— Bah, on ne peut pas tout avoir.

Séville est différente de Madrid. Je ne pourrais pas dire exactement en quoi. Les éléments sont distribués d'une autre manière, l'énergie est différente, la palette de couleurs aussi. À Séville, ce n'est jamais totalement septembre. À Madrid, ce n'est jamais totalement mars. Il était dix-sept heures quand nous sommes arrivés. Mia s'est réveillée, elle a retouché son eye-liner pendant que je guidais Leo dans les rues pour trouver la fac de médecine. Quand on s'est garés près d'un trottoir, elle m'a demandé :

— Je t'accompagne ?

Elle savait que j'allais rencontrer un inconnu et que seule une moitié de lui me connaissait.

J'ai marché jusqu'à la porte la plus proche.

J'ai attendu près de l'escalier, les gens entraient et sortaient et j'ai consulté l'heure sur mon portable.

Mon téléphone était allumé.

Quelles étaient les chances que nous nous croisions, Romeo et moi ? La fac était immense et il y avait un nombre incroyable de portes. C'était un plan foireux. Je ne connaissais pas Romeo, j'avais juste les dessins de son visage dans ma poche. Soixante pour cent. Ou peut-être quarante-neuf, comme quand on lance un euro en l'air. Tout à coup, je l'ai vu : un mec avec un cartable rouge en bandoulière qui sortait et descendait les marches. Il marchait vite, sans regarder autour, il écrivait quelque chose sur son portable. J'ai senti des fleurs jaunes pousser entre mes reins.

Je l'ai suivi.

(« Tu me suis ou quoi ? »)

Il est arrivé à l'arrêt de bus et s'est assis pour attendre en tapotant distraitement sur son téléphone. J'ai appuyé mon dos contre la vitre. J'ai regardé la rue, les poubelles, les voitures garées et les graffitis mal faits. J'ai sorti une cigarette de ma poche. Je l'ai glissée entre mes lèvres sans l'allumer.

Puis j'ai demandé :

— Tu n'aurais pas du feu ?

Romeo a relevé brusquement la tête. Il l'a tournée. Il m'a examinée.

Il a entrouvert la bouche.

Il a écarquillé les yeux.

Ils étaient verts, ou bruns, de mille couleurs, je n'aurais pas pu leur en attribuer une. Cela aurait été une simplification, nier ce qu'ils étaient, lui enlever ses yeux.

Il a chuchoté :

— Hana.

Et toutes les Hana de tous les temps possibles sont revenues.

On était en octobre.

18. ROMEO

Il était une fois un garçon qui existait six mois par an. Il prenait des cours de piano. Il n'aimait pas la pastèque. Il était l'incarnation du mythe de Perséphone mais il était l'absence, un personnage sans nom, comme un manque. Personne ne peut se déguiser en manque. Je l'avais dessiné de différentes manières dans ce carnet à moitié déchiré où j'avais dressé mes portraits-robots : des sourcils et des oreilles. Un menton.

Romeo, le garçon qui existait six mois par an, s'est levé et a fait tomber son cartable. Il s'est baissé pour le ramasser. On était le 25 octobre et je l'ai examiné de la tête aux pieds pour la première fois et j'ai pensé : *C'est Ro.* Il lui ressemblait, il était une sorte de transposition étrange de Ro, avec les épaules plus larges et le même mètre quatre-vingt-quatre, les cheveux rasés, les yeux, la bouche, la taille des mains et le choix des chaussures.

— Qu'est-ce que tu fais ici ?

Il s'est redressé et son cartable a encore glissé. Il s'est ouvert en touchant le sol et ses notes se sont éparpillées sur le trottoir, avec quelques crayons et un taille-crayon. Je me suis baissée pour les ramasser avec lui.

— Tes papiers se sont salis ?

— C'est rien.

J'ai regardé autour de moi. Sa gomme avait roulé jusque sur la chaussée. J'ai fait un pas, mais Romeo m'a tirée par mon T-shirt et le bus est arrivé.

Il est passé à moins de cinq centimètres de mon visage. J'avais failli me faire écraser par un bus à Séville.

Voilà comment j'ai rencontré Romeo.

Je me souviens d'avoir été assise sur le trottoir alors que les portes s'ouvraient et qu'une dame nous regardait. Nous nous sommes levés. Je lui ai expliqué :

— Ta gomme, elle est restée...

— Qu'est-ce que tu fais ici ? il a répété.

Ça n'avait pas de sens qu'il ressemble autant à Aurora, mais elle était incapable d'être aussi nerveuse.

— Hana, tu es venue de Madrid ?

— Oui. Je voulais te parler. Je voulais te voir. C'est tout, je ne savais pas...

— Merde.

Romeo a fermé les yeux. Il a froncé les sourcils. Il a fait un pas en arrière et il s'est frappé le torse à plusieurs reprises avec le poing, comme si quelque chose s'était coincé, et c'est là que j'ai commencé à comprendre. Il a dégluti puis il a susurré :

— Aurora... Excuse-moi. Attends.

C'était elle. Comme sur le lit chez IKEA, sauf que c'était le contraire. Comment est-ce qu'on faisait pour vivre comme ça ? Avec un autre être humain à l'intérieur ? En ressentant ses émotions, ses inquiétudes, sa joie et la montée d'adrénaline qui n'est pas la tienne, mais qui est à toi quand même, qui circule dans tes veines et des veines parallèles. Romeo s'est encore frappé entre les clavicules. J'avais envie de voir Ro là, dans ce geste qui donnait l'impression que des fleurs lui montaient à la gorge. Elle était si près de moi, sans être vraiment là.

(« Hana »).

J'ai sorti la cigarette de ma poche. Je me suis dépêchée de l'allumer, je me suis approchée de Romeo et je l'ai mise entre ses lèvres ; je l'ai presque enfoncée. Il a aspiré une bouffée et ses épaules se sont un peu affaissées, puis, quand j'ai repris la cigarette, il a soufflé la fumée et a déclaré :

— Je ne fume pas.

— Elle, si.

La voix de Romeo était grave. Il semblait beaucoup plus éveillé qu'Aurora, mais il bougeait comme elle, il faisait le même geste avec ses mains. Ils avaient appris à se déplacer ensemble. Ils avaient la même façon de marcher, de regarder et de hausser les sourcils. Je crois qu'ils n'avaient jamais bougé séparément ; il y avait une mémoire physique, de muscles, d'os et de cartilages, partagée par les deux. Ce n'était même pas de la mémoire, d'ailleurs, c'était du présent. Ils avaient le même nez. Je savais très bien à quoi ressemblait ce nez. Je l'examinais alors que nous étions tous les deux assis dans un bar minable près de l'arrêt de bus. Les chaises étaient d'un bleu fluo aveuglant. Le soleil était accablant.

— J'ai mon stage, il m'a prévenue quand le serveur lui a apporté un verre d'eau. Dans quelques minutes, je vais devoir… Merci.

— OK. J'ai laissé Leo et Mia… quelque part.

Il a bu un coup.

— Tu es venue avec eux ?

— Tu sais qui c'est.

Ce n'était pas une question.

— Oui.

Son expression gênée semblait dire : « Je sais trop de choses. » Moi, je me demandais comment ils pouvaient avoir le même nez. Il a fermé les yeux à nouveau. Il a pris une inspiration. Il a bu encore un peu d'eau et a marmonné :

— Bordel.

— Tiens.

Je me suis rapprochée de la table. Je lui ai offert la cigarette et je l'ai rassuré :

— Elle dramatise.

— Pas besoin, elle… Elle va mieux.

— Elle est en colère ?

— Non. Ce n'est pas ça, Aurora n'est pas…

Il a secoué la tête et s'est raclé la gorge.

— Elle ne se met pas en colère.

— Oui, elle ne se fâche jamais.

— Qu'est-ce que tu fais ici, Hana ? il a répété.

C'était elle. Dans certains détails ou dans le concept général. C'était un spectacle étrange et fascinant, comme les poissons qui dessinent sur le sable pour attirer les femelles, le genre de truc qu'on voit dans les documentaires. J'étais le seul public dans cette salle de cinéma. Quelle conversation est-ce qu'on pouvait avoir ? J'étais là, dans un bar de Séville, devant un type que je connaissais sans le connaître et qui savait tellement de choses sur moi que c'en était intimidant. Et pourtant j'étais aussi en face de Ro.

J'étais incapable de détacher les yeux de lui.

— Je voulais te voir, j'ai expliqué encore une fois. Je voulais te parler, je pensais…

J'ai tiré sur ma cigarette.

— Je voulais discuter avec toi de la façon d'arranger les choses.

Romeo a serré les lèvres. Il a passé une main sur son crâne rasé et il m'a demandé :

— Ça te dérange si je ne te regarde pas ? C'est plus facile…

— Pas de problème.

— C'est trop bizarre pour moi.

— OK.

— Tu as mangé ? il a demandé en continuant tout de même à me regarder. Tu veux que je t'offre un truc ?

— Non, j'ai mangé, on a apporté des sandwichs.

— Hana, les choses… il a commencé tout à coup.

Il avait du mal à démarrer. Il a froncé les sourcils.

— Je ne pense pas que tu puisses arranger les choses. Ça a toujours été comme ça, on ne va pas les changer.

Il a soupiré et a conclu :

— Je ne peux pas t'aider.

Romeo avait une bague au pouce droit. Il avait un tatouage sur le poignet que je connaissais déjà.

— Tu sais ce qu'elle va faire, non ? Dans huit mois ?

Ro s'est agitée à l'intérieur, derrière les côtes, et lui à l'extérieur, dans un ordre différent. Ils avaient du mal à bien piloter ce grand corps dans ce genre de situation.

— J'aurais voulu t'appeler, Romeo, pour t'en parler, mais je n'ai pas pu, je n'arrivais à te trouver nulle part, je ne connais même pas ton nom de famille. C'est quoi, ton nom ?

— Alvarez. Hana, je dois y aller.

— Tu sais ce qu'elle va faire.

Je me suis approchée de la table. J'ai essayé de l'arrêter.

— Romeo, je suis venue parce qu'elle ne peut pas faire ça. Et le temps presse, tu comprends ? Il doit y avoir… Il doit y avoir un autre moyen. Pour vous deux. On doit…

Il s'est levé. Il a passé la bandoulière de son cartable sur son épaule. J'allais lui dire quelque chose, mais il l'a ouvert, l'a fouillé, en a sorti un stylo, s'est approché de moi et a pris une de mes mains. Il a écrit son numéro au dos.

Aurora l'avait écrit sur ma paume.

— Viens chez moi. Ce soir. Je t'enverrai les indications. Charge ton téléphone.

— Mais…

— Je ne peux pas maintenant.

Et il est parti. Puis il a fait deux pas en arrière, il est revenu, il m'a volé ma cigarette et a tiré dessus tellement fort qu'il a tout recraché. Puis il est reparti. Je ne me suis pas retournée pour le voir s'éloigner.

Je suis restée encore un peu sur ma chaise bleu fluo. Mia et Leo étaient assis sur des sièges similaires, à deux pâtés de maisons de là. Alex avait rempli notre tchat de groupe avec la même émoticône, cinquante-sept messages d'affilée, et il faisait chaud. Séville m'a paru étrangement envahie d'orangers.

— C'est comme ça que je me sens, nous a expliqué Alex dans un appel vidéo.

Il était torse nu et ses cheveux étaient atroces.

— Comme le type de l'émoji qui jette des graines pour oiseaux.

— C'est pas du tout ça, a répliqué Leo. C'est un logo qui dit « Ne jetez pas vos ordures ».

— C'est des graines pour oiseaux. Vous m'abandonnez, vous pourriez au moins reconnaître que c'est des graines pour oiseaux.

— On part deux jours, a soupiré Mia en buvant son café. Tu ne vas pas mourir.

— Et si je meurs aujourd'hui ?

— T'inquiète, on viendra à la veillée funèbre.

Pendant qu'ils continuaient à discuter, j'observais la rue avec mes lunettes de soleil. Mia m'a balancé un petit coup de pied.

— Hé, ça va ?

N° 15, rez-de-chaussée B (18:44)

Romeo m'a envoyé ça une heure plus tard.

Nous nous sommes promenés jusqu'au fleuve. Nous avons descendu les marches pour nous approcher de l'eau. Ce jour-là, j'ai découvert que Séville avait un fleuve, que c'était une ville gorgée de soleil, de gens, de plantes, de rues étroites et de petits bâtiments. Le panorama était irrégulier. J'ai entendu, ou voulu entendre : *(« Hana »).*

— Je vais chez lui ce soir, j'ai annoncé à Mia alors que nous marchions le long de l'eau.

Il n'y avait personne d'autre. Nous avions l'impression d'être les seuls humains dans cette ville qui n'était pas la nôtre. Leo parlait au téléphone avec Lucia et jouait du pied avec une canette écrasée.

Elle a répondu :

— Chez un mec que tu ne connais pas.

— Je le connais.

— Tu l'as rencontré aujourd'hui.

— Non.

Mia a émis un « Tss » exaspéré.

— Je pourrais rester devant la porte ? Tu ne me verrais même pas.

Je ne me souviens de pratiquement rien de notre tentative de tourisme. Leo nous a traînées jusqu'à la cathédrale, qui n'était pas tout près, et il a pris au moins quatre-vingts photos pour sa mère.

— Waouh, que c'est beau, l'ancien minaret.

Je me souviens de ça. De sa voix et des mains de Mia. Les yeux de ma meilleure amie qui me suivaient de près, attentifs. Nous sommes entrés cinq minutes dans la cathédrale et il y avait de l'écho, comme dans un crâne, comme si on était à l'intérieur d'un corps.

— Qu'est-ce que c'est que cette connerie ? s'est exclamé Leo en prenant un porte-clés sur un présentoir. C'est un porte-clés de Majorque ! Pourquoi est-ce qu'ils vendent ça à Séville ?!

Il s'est retourné et a remarqué que j'en avais un en main.

— Tu vas l'acheter ?

— Je ne sais pas.

Il restait moins de huit mois.

Si ça ne fonctionnait pas, si être ici ne servait à rien, alors est-ce qu'il restait huit mois ? Ou étions-nous déjà en train de vivre la conséquence ? En cas de doute, il fallait s'acheter un porte-clés.

— Envoie-moi l'adresse, Hana, sérieusement, m'a ordonné Mia alors que le bus allait arriver. Et s'il y a quoi que ce soit, tu m'appelles.

Le bus était le numéro 34. J'ai regardé l'itinéraire sur les vieux écrans suspendus au plafond, assise sur un siège rouge. Il ne me manquait que le vert et le jaune. J'ai vu le fleuve, encore une fois, et les feux de circulation. J'avais l'impression d'entendre un moteur rugir dans une très longue avenue. Je suis descendue deux arrêts plus tôt et j'ai marché pendant dix minutes en suivant Google Maps. Une voiture s'est arrêtée à ma hauteur pour me demander une rue et j'ai répondu :

— Je ne suis pas d'ici.

Il était neuf heures et demie du soir.

Romeo vivait dans un joli ensemble d'immeubles avec de jolies façades en brique, un joli portail avec de magnifiques plantes grimpantes et une loge pour le concierge. Pas de chaussures suspendues à des fils dans le quartier. Je me suis un peu perdue en cherchant son pâté de maisons. Il y avait une piscine au carrelage uni qui n'était pas en travaux et j'ai sonné à une porte sans le vouloir en essayant d'allumer la lumière. J'ai fini par trouver le bon endroit, le rez-de-chaussée B, à côté de l'escalier.

J'ai entendu des voix de l'autre côté.

La sonnette de Romeo était du genre qui tinte beaucoup trop fort et sur laquelle on regrette d'avoir appuyé.

Quelqu'un m'a très vite ouvert, une femme avec des cheveux noirs courts et un large sourire.

— Bonsoir, elle m'a lancé.

J'ai cru que je m'étais trompée quand elle a ajouté :

— C'est Ana, c'est ça ?

J'ai cligné des yeux et je l'ai corrigée :

— Hana.

— Hana !

Elle a fait un pas en avant et a déposé un baiser sur chacune de mes joues.

— Bien sûr, désolée, Hana, Romeo me l'a dit. Je te jure qu'il l'avait prononcé correctement. Comment vas-tu ? Enchantée. Moi, c'est Virginia.

Elle m'a tirée à l'intérieur. La mère de Romeo avait des plis des deux côtés des yeux et un tablier. Je me suis retrouvée dans l'entrée en train de répondre :

— Pareillement.

— Il est tard, vous allez faire votre travail maintenant ?

J'ai ouvert la bouche pendant une seconde avant de bafouiller :

— Oui, je… On manque de temps, avec le stage.

— Ah oui, c'est vrai. Ils vous font bosser dur.

J'ai souri, nerveuse.

— Oui.

Romeo est apparu à ce moment-là. Il a jeté un coup d'œil dans l'embrasure de la porte.

Sa maison ressemblait à la description de Ro : un espace blanc, propre et spacieux, ni trop encombré ni trop vide, l'équilibre parfait du catalogue de meubles. Les murs étaient peints avec soin. Il y avait un portrait encadré de Romeo et de ses frères face à la porte. Certaines habitations sont comme un dessert qu'on a goûté une fois et qu'on cherche à retrouver toute sa vie. La lumière était chaleureuse.

— Salut, m'a-t-il lancé.

Puis il y a eu un silence. Nous nous attendions à nous voir, évidemment, mais en même temps c'était bizarre, surtout pour lui de me voir là. Il s'est ressaisi :

— Maman, Hana et moi, on va…

— Oui, oui, je vous laisse faire. Je ne vous dérange pas.

Elle m'a donné une petite tape sur l'épaule. Je lui ai souri à nouveau.

— Merci.

— Range tes vêtements propres, hein, Ro, elle a ajouté en regardant son fils. Ils sont là depuis ce matin.

Il m'a guidée dans le couloir. Je l'ai suivi.

Qu'est-ce qu'on ressentait en passant une moitié de l'année dans cette maison et l'autre dans un appartement avec des chaussures sur les fils ? Avec une mère qui était tantôt Olga, tantôt Virginia ? Quand je suis entrée dans la chambre de Romeo, j'ai compris : la planète possède deux pôles. Et, pour les unir, un noyau. Dans le noyau inaltérable des choses qui se divisent, il y avait la chambre de Ro, presque toujours en désordre.

Il s'est retourné. Nous nous sommes dévisagés.

Il était une fois un garçon qui n'existait que six mois par an.

Il vivait dans cette chambre à Séville avec des lits superposés équipés d'un seul matelas et, sur le sommier du dessus, il avait des plantes, beaucoup de plantes, et aussi sur le bureau, et sur l'étagère. Je n'ai pas eu besoin de les compter.

Il y en avait huit. Il y avait un clavier qui avait l'air neuf posé sur un pied. *Gatsby le Magnifique* traînait sur son tas de linge. La porte était à un emplacement différent et la fenêtre n'avait pas la même taille, mais la lumière était la même, l'air était le même, et la lampe sur la table de chevet clignotait de temps en temps en morse qui me disait : « Maintenant, tu sais pourquoi elle l'a peinte en blanc. »

— Désolé pour tout à l'heure, il a commencé. Et aussi pour ma mère.

— Elle est vraiment sympa.

— Oui, mais je comptais t'ouvrir. Je ne voulais pas que ça soit bizarre pour toi. Je ne me suis pas encore installé, Eva et moi on n'a pas…

— Moi aussi, j'habite encore chez mes parents.

— Je sais. Je les aime bien. Tes parents.

J'ai souri. J'ai fixé le sol en me disant : *Il le sait, évidemment.*

— Je suis content, il a déclaré d'un coup. De te rencontrer. Comme ça.

J'ai relevé la tête et j'ai souri.

— Oui, moi aussi.

Nous nous sommes observés pendant un moment, moi adossée à la porte, lui debout près du bureau.

— Tu ne ressembles pas du tout à mon dessin, j'ai déclaré.

Il a souri.

— Ah bon ?

— Oui, tu as le visage… plus petit.

— Il me manque un morceau ?

— Un petit. Ou alors c'est moi qui en ai mis trop.

Romeo est allé me chercher un verre d'eau. Quand je me suis assise sur le lit pour l'attendre, j'ai examiné le tableau en liège accroché au-dessus du bureau. Il y avait, punaisés, des photos, des tickets de cinéma et un calendrier sans pages arrachées. Un horaire. Il était organisé. Romeo est revenu, s'est installé sur sa chaise et a posé sur la table de nuit des cacahuètes auxquelles je n'ai pas touché. Il m'a assuré :

— Zéro pistache, je le jure.

— Eva est au courant ? j'ai demandé un peu plus tard.

Il a pris une profonde inspiration.

— Oui. Je lui ai tout expliqué au début où on sortait ensemble, il y a quelques années. J'ai été obligé de lui en parler parce qu'elle remarquait des trucs.

Il a haussé les sourcils.

— Elle sent les choses. Eva est un peu comme un chien policier.

J'ai laissé échapper un petit rire qui ressemblait à un souffle.

— Même ton histoire, elle l'avait sentie ?

— Non, c'est difficile à deviner.

Romeo a souri.

— Elle se souvient de toi ?

— Non, mais elle me croit.

On apercevait Eva sur les photos. Elle avait un grand sourire sincère. Sur certaines, elle avait des cheveux noirs bouclés et, sur d'autres, elle portait un joli foulard. J'aimais bien celle qu'ils avaient prise devant un miroir dans une chambre d'hôpital, tous les deux le crâne fraîchement rasé, Eva était perchée sur le dos de Romeo.

— Comment va-t-elle ? j'ai demandé à voix basse.

— Bien. Elle gère. C'est une experte.

— Le traitement fonctionne ?

— Elle fait en sorte que ça marche.

— Ro… *Aurora*, j'ai corrigé, m'a dit que vous vous connaissiez depuis toujours.

— Oui. Elle habite dans le lotissement d'à côté.

Il a baissé les yeux et les a relevés à nouveau. Romeo était nerveux, plus qu'Aurora, ce qui n'était pas difficile. Il était doux et sa voix était grave.

— Quand on était petits, mon frère Nico et moi, on jouait à qui envoyait la balle le plus loin, et elle finissait toujours dans la résidence d'à côté. C'était pourtant pas évident, parce qu'il y a une rue qui les sépare. On est allés la rechercher tellement souvent qu'on a fini par devenir amis avec Eva, il a conclu en jouant avec sa bague.

Est-ce que j'aurais cru Ro ? Si je n'avais pas de souvenir d'elle ? Je n'arrivais pas à me placer dans cette situation. J'ai pensé à Mia, à Eva et aux personnes prêtes à croire par amour. Est-ce que c'était suffisant ? J'ai commencé :

— Ces derniers mois, j'ai pensé…

Mais j'avais pensé à tant de choses que tout était emmêlé. J'ai repoussé ma frange de mon front.

— C'est si dur. De ne pas le partager. On se sent seul. Je ne sais pas comment on peut… être si proche de quelqu'un, avoir des frères, et ne pas le partager.

Romeo a réfléchi pendant une seconde.

— Je crois que j'ai réalisé ce qui se passait avant Aurora. Ou que je comprenais mieux ma situation en tout cas, qu'il y avait deux parties différentes, la sienne et la mienne. J'étais content de la mienne.

Il a serré les lèvres et s'est remis à jouer avec sa bague.

— Elle pas. Et c'est normal. Aucun de nous deux n'aimait être dans l'autre. Mais la mienne était facile et je n'ai jamais eu besoin de le raconter. On est différents. C'est pour ça qu'elle joue du piano, parce que…

Il a un peu haussé les sourcils avant de poursuivre :

— Aurora aspire à des grandes choses, en réalité. À l'intérieur. Et on ne peut pas les obtenir. Moi, je le supporte. Je veux dire, c'est ma vie. Je ne sais pas comment vivre autrement, je n'ai jamais eu besoin d'une autre façon de vivre, mais après… après, on a diagnostiqué un cancer à Eva.

— Tu rêves aussi de l'accident ?

Romeo m'a regardée. Ses yeux, son nez, sa bouche étaient une copie conforme.

— Je rêve que je me réveille. C'est comme se réveiller deux fois de suite. Je prends mon portable et je vois qu'on est le 2 juin. Il est 10 h 43.

Il restait moins de huit mois.

Non, j'ai pensé. J'ai secoué la tête.

Le monde traçait peu à peu son chemin inévitable. Je voulais me battre pour dévier le tracé, pour toutes les fois où je ne m'étais pas vraiment disputée avec ma mère. Je me suis redressée et j'ai décrété :

— Il doit y avoir un moyen de vous séparer sans passer par là, j'en suis sûre. On va le trouver, ça prendra du temps, c'est tout…

— Hana.

Je me suis tue. Romeo était en face de moi, il s'est penché et il a continué :

— Il n'y en a pas. Ça a toujours été comme ça. On a essayé toute notre vie de trouver un moyen, mais il n'y en a pas. C'est pour ça que tu es là. Parce qu'il n'y en a pas.

J'étais abasourdie ou effrayée. Qu'est-ce qu'il racontait ?

— Tu vas la laisser faire, j'ai chuchoté. Tu veux que ça se passe comme ça ?

L'expression de Romeo a changé. Puis il a tiré la chaise de bureau plus près du lit et a ouvert le troisième tiroir de sa table de nuit. Il a sorti sept carnets, les a empilés sur ses jambes avant de me les donner. Ils avaient de jolies couvertures et des élastiques, l'un d'entre eux était à spirale. Je les ai pris avec précaution, comme si on me confiait un bébé. J'ai ouvert le premier. Au milieu de la page, au stylo bille bleu, il était écrit :

NE FAIS PAS ÇA,
AURORA

C'était sur la première page, sur la deuxième, sur la troisième et sur toutes les pages de ce carnet. Je les ai toutes tournées avec précaution mais vite, et c'est devenu une animation presque statique, où seul l'espace entre les lettres semblait varier. J'ai feuilleté le deuxième carnet et c'était pareil. C'étaient sept carnets noircis de « Ne fais pas ça, Aurora ».

— Je l'écris tous les jours avant de m'endormir, depuis que j'ai seize ans. Je veux qu'elle s'en souvienne au réveil, mais elle ne s'en souvient jamais. Elle est têtue comme une mule et c'est impossible pour moi de lui parler. Je cherche un moyen depuis des années. Et maintenant tu es là, Hana, et je ne sais pas si ça va l'arrêter, mais il faut qu'elle sache…

Il a fermé les yeux. Ils étaient deux à l'intérieur et je l'ai vu essayer de digérer ça.

— Dis-lui de ne pas y aller. Que je ne veux pas qu'elle parte. Que c'est compliqué, que c'est fatigant, je sais, et…

et Eva, et tout le reste, je ne veux pas le vivre sans Aurora. Elle n'est pas un obstacle, elle est… la moitié de moi. Dis-lui : elle représente plus de soixante-dix pour cent de moi. On a toujours tout fait ensemble ; je ne veux pas douze mois. Je veux qu'elle reste, même si on n'a pas le choix. Tu le lui diras pour moi, Hana. Ne la laisse pas oublier.

J'ai pris Romeo dans mes bras. Mes bras ont entouré son cou et il m'a serrée. Nos gestes étaient maladroits et la chaise à roulettes a heurté les poignées des tiroirs, les câbles et le pied du lit.

Je lui ai promis :

— Elle n'ira pas. Je ne la laisserai pas faire.

Je me le suis promis aussi.

— Je sais. Tu as fait tout le chemin jusqu'à Séville, m'a rappelé Romeo comme s'il venait de se rendre compte de ce que ça représentait. Hana, tu es folle.

— C'est juste qu'elle a la manie de…

Ma voix s'est un peu brisée.

— Depuis que je la connais, elle a la manie de partir loin.

— Je sais.

Romeo m'a serrée contre lui. Il n'avait pas la même odeur que Ro et il émettait des signaux radio qui disaient « Hana ». Un de ses frères est rentré à la maison à ce moment-là. Il a crié « Salut », ça a brisé le silence et nous nous sommes séparés parce que nous pensions qu'il avait ouvert la porte. En fait, non. J'ai rapidement essuyé mes larmes et il a voulu ranger les carnets.

— Je t'ai enterrée sous les carnets, excuse-moi.

J'ai souri en reniflant.

— Non, c'est rien.

Et là, je l'ai vue. Sur son bras.

La cicatrice en forme de pingouin.

Je ne l'aurais peut-être jamais aperçue. La manche de son T-shirt la cachait presque entièrement. Romeo avait une cicatrice à l'intérieur du bras droit.

Il a tendu la main pour reprendre les carnets. Je l'ai vue, la forme était inimitable. C'était la cicatrice en forme de pingouin de Ro. Je l'aurais reconnue n'importe où, comme j'aurais reconnu son nez parmi toutes les autres formes de la planète.

J'ai attrapé le poignet de Romeo. Il s'est arrêté, m'a regardée.

— Comment tu t'es fait ça ? j'ai demandé.

Il avait l'air étonné.

— Ça ? il a répété, se souvenant tout à coup de sa cicatrice.

Il y a jeté un coup d'œil.

— Je me la suis faite quand j'étais petit.

Je l'ai regardé dans les yeux.

— Aurora en a une exactement pareille.

Il a cligné des yeux. L'atmosphère a changé. Il a répondu :

— C'est impossible.

— Non, c'est la même, elle a la même forme.

Je l'ai examinée à la lumière de la lampe.

— Je te jure, je la connais par cœur. Elle est identique.

— Mais… a commencé Romeo.

Il a froncé les sourcils.

— C'était un accident. Je me la suis faite quand j'étais bébé, c'était…

Il s'est tu. Et son regard a changé, il s'est perdu dans le vide et a repris, avec moins de force :

— C'était un accident de train.

Il y a eu un silence. Tout s'est arrêté.

Nous nous sommes tus entre un clignotement de la lampe et le suivant et j'ai entendu Ro, dans ma tête, après le déjeuner avec Olga. *(« Il est monté dans un train et il est mort. »)*

— J'étais avec ma famille, a repris Romeo.

— Où ?

Il ne m'a pas répondu.

— Vous alliez où ?

— À Madrid. On faisait Séville-Madrid. Deux trains se sont percutés de plein fouet, c'était… une catastrophe.

Et tout à coup Romeo est revenu à lui.

Il s'est levé. Il m'a ordonné :

— Attends-moi ici.

Il est sorti de sa chambre. Je suis restée seule encore une fois, là, avec les cacahuètes auxquelles je n'avais pas touché sur la table de nuit. Il est revenu. Il a refermé la porte. Il tenait quelque chose en main et il s'est assis à côté de moi sur le matelas : c'était un journal. Je n'ai pas compris, d'abord, quand il l'a posé sur ses genoux, mais ensuite j'ai lu le titre :

Accident ferroviaire :
le bilan s'élève à 105 morts et 213 blessés

— Mes parents l'ont gardé, m'a expliqué Romeo en tournant les pages. Il y a eu tellement de morts, mais nous, on a survécu. On en a beaucoup parlé à l'époque. J'avais un an. Je m'en suis tiré et c'était un miracle, on le célèbre toujours, le jour de mon anniversaire, ça les a complètement changés…

— « Le 31 août 1997 », j'ai lu sur une des pages consacrées à l'affaire.

— À minuit.

Tout était là. Devant nous, le début du fil. Mes yeux ont parcouru l'article, sans rien voir, sans vraiment rien lire. Puis j'ai remarqué un intertitre qui disait « Un bébé d'un an a survécu ». Les parents de Romeo l'avaient souligné, mais j'étais sûre ; j'ai sorti mon téléphone. La batterie était morte, j'ai serré les dents et je l'ai jeté sur le lit. Je me suis empressée de demander à Romeo :

— Passe-moi le tien. S'il te plaît.

Il l'a déverrouillé. J'ai cherché dans Google « Victimes d'accidents ferroviaires 1997 ». Je me suis trompée en tapant « ferroviaire ». Effacer, taper, effacer, *enter*. Ça n'était pas facile de trouver une liste, mais il y en avait une parce qu'il y avait un monument commémoratif à Séville et un autre à Madrid, couverts de noms. J'ai cherché des photos. On ne voyait pas assez bien ; j'ai regardé sur les sites de photos. J'ai accepté les cookies, puis je suis descendue d'une lettre à l'autre, plus bas, plus bas, jusqu'à « R ».

Et ils étaient là.

Diego Rojas
Aurora Rojas

Aurora Rojas. « Ro ».

Mes lèvres sont devenues sèches. Je n'entendais plus rien. J'ai vu des bulles, j'étais dans la piscine de Leo, en train de couler, Mia hors de l'eau perdait une boucle d'oreille et en même temps l'écran du téléphone illuminait le visage de Romeo et les plantes, tandis que la pièce se désintégrait et se remplissait de fumée.

Il était une fois deux mondes qui existaient six mois par an. Dans l'un d'eux, celui de septembre à février, Aurora Rojas était morte. Son père l'avait emmenée. Le train était entré en collision avec un autre. Elle n'avait qu'un an et n'avait pas eu le temps de prouver quoi que ce soit, ni qu'elle avait l'oreille absolue, ni qu'elle ajoutait trop de roquette dans les plats, ni qu'elle embrassait pour de vrai, sans retenue. Elle m'embrassait moi. Dans le monde qui existait de mars à août, Romeo Alvarez voyageait avec sa famille et on ne le trouvait pas dans les décombres. Le titre était le même : *Un bébé d'un an a survécu.* Un autre est mort, en silence, sans que ça fasse les titres. Ça aurait pu être n'importe lequel des deux. Ils ont grandi à partir de la même graine, ils ont à la fois survécu et ne s'en sont pas sortis vivants, en pleine voie, avec les vibrations, la pluie, le soleil et la terre, attendant le prochain train qui déciderait de l'identité de ce bébé. Deux mondes coexistaient avec une cicatrice en forme de pingouin. Dans un, en mai, j'avais rencontré quelqu'un qui m'avait pris ma cigarette pour la fumer et m'avait dit « Hana ». C'était Aurora. Dans celui-ci, en octobre, avec un journal sur les jambes, il y avait Romeo.

Et ce serait Romeo qui resterait.

À partir du prochain train. Pour toujours.

19. NOVEMBRE

Romeo m'a déposée chez le cousin de Mia. Il était onze heures et demie du soir et je lui ai assuré que je pouvais prendre un bus, mais il a demandé les clés de la voiture à son frère. Je me souviens d'avoir été assise avec lui dans ce petit espace, sans rien dire, à regarder Séville défiler à la lueur des lampadaires – les arbres jaunes dans la lueur orangée et le bruit des moteurs. Toutes les villes ressemblent à ça, la nuit.

Quand il s'est arrêté devant la porte et que je suis sortie, nous nous sommes regardés. Il y avait tant de choses à dire et nous ne savions pas par où commencer.

— Merci, j'ai fini par lâcher.

— De rien.

Il s'est forcé à sourire.

Il y a eu un silence. J'allais dire au revoir et refermer la portière, mais je me suis penchée à l'intérieur.

— Je pars demain après-midi, mais j'aimerais bien te revoir avant.

— OK. On s'appelle, d'accord ?

Leo était saoul.

L'appartement du cousin de Mia était au sixième étage d'un immeuble sans ascenseur et le cousin ne ressemblait pas du tout à Mia. Il était petit, il avait le teint et les cheveux foncés, cinq piercings au visage et une moustache mal choisie. Son salon était horrible. Le canapé était enveloppé dans une housse transparente du genre qui collait aux cuisses. À côté de la télé, il y avait une statue de la Vierge qui m'arrivait à la taille. Quand il m'a ouvert la porte, je me suis pris la musique en pleine figure et une odeur qui était un concentré d'humanité. Il s'appelait Pablo, comme par hasard. Ses colocs ne se sont jamais présentés.

— Hana, j'imagine ?

— Hana !

Leo m'a appelée et est apparu derrière Pablo.

Il souriait, une bière à la main.

— Ce type ne te connaît pas ! Il n'a jamais été en colo avec vous ! On s'est trompés de ville !

J'ai allumé une cigarette sur le balcon. J'entendais les éclats de rire de Leo en bruit de fond. L'intertitre de l'article continuait à me trotter dans la tête : « Un bébé d'un an a survécu. »

— Comment ça s'est passé ? a voulu savoir Mia en venant me rejoindre, une bouteille à la main.

— Je ne sais pas. C'était idiot de vous traîner ici.

— Non. Tu *devais* le faire, pas vrai ?

Je revoyais le nom d'Aurora sur la liste des victimes. Des bruits de voix et des sons de la télévision nous parvenaient depuis l'intérieur de l'appartement.

Ro était morte.

Ce n'est pas qu'elle n'existait pas : elle avait existé et n'existait plus. Elle n'était jamais devenue Ro. Cette nuit-là, à Séville, j'étais obsédée par une seule pensée : *Je vis dans un monde où Ro est morte.*

Elle n'était pas morte en réalité ; elle l'était sur des pages Web, sur des monuments, dans un cimetière, j'imagine, ou dans une parcelle de terre qui servait de terreau à une plante et créait la vie. Et, en même temps, Ro n'était pas morte.

Mia a pris son téléphone portable. Elle a cherché quelque chose, l'a trouvé et a appuyé sur un bouton.

De la musique a commencé à résonner.

J'ai souri.

— Qu'est-ce que c'est ?

Elle m'a souri. Je savais ce que c'était.

— Ce dont tu as besoin.

— Non.

Elle a attrapé mes mains. Elle a posé sa bouteille et m'a forcée à me retourner.

— Mia, ne…

Elle a commencé à chanter avec le morceau :

— *Chiquitita, tell me what's wrong…*

J'ai rigolé. J'avais ma cigarette allumée entre les doigts.

— Attends !

Mia a continué à chanter très mal et à m'obliger à bouger, faisant tomber la cendre, elle souriait et ça a suffi. Mia a arrêté les trains dans ma tête, avec les mains et avec ABBA, au moins pour quelques heures. Elle m'a fait tournoyer sur moi-même au moment du refrain.

— *Chiquitita, you and I know…* Allez, allez !

L'univers ne peut pas nous laisser tranquilles. Nous sommes ses cils, ou quelque chose comme ça, et, si on serre les paupières assez fort, on peut voir les étoiles à l'intérieur.

Pablo avait quelques bombes de peinture à moitié utilisées et Mia lui a demandé si elle pouvait les prendre. Ma meilleure amie était une experte en graffitis. Elle nous a tirés par la main, Leo et moi, nous l'avons suivie dans un parc que les colocs de son cousin nous avaient indiqué. Il était une heure du matin. Nous étions en train de faire des tags à Séville, on gâchait le travail d'autres graffeurs. Leo était encore saoul, il a remonté la capuche de son sweat-shirt et nous a demandé :

— Vous avez votre passeport ? Au cas où on se ferait choper ?

Il a dessiné une tortue abstraite. Ou un arroseur, c'est possible. Mia a laissé sur ce mur une omelette si réaliste qu'on avait l'impression de sentir son odeur. Nous avons dû la tirer par les bras quand elle s'est retrouvée coincée dans un toboggan, j'ai dessiné une silhouette avec des fissures et des fleurs dans les fissures.

— Qu'est-ce que c'est ? m'a demandé Leo.

J'ai répondu en admirant mon œuvre :

— Gatsby le Magnifique.

Nous avons dormi tous les trois sur le canapé plastifié. La table était encombrée de verres à moitié pleins et de bouteilles de bière ; la statue de la Vierge nous regardait fixement. Les jambes de Mia étaient collées contre les miennes. Mes bottes étaient posées à côté du cendrier et la tête de Leo était sur mon épaule. Il a marmonné, déjà à moitié endormi :

— Tu as fait ce que tu voulais ?

— Oui.

— Et c'était bien ?

Ses cheveux me chatouillaient le visage.

— Non. Mais maintenant on est ensemble.

Leo a souri, les yeux fermés. Je crois qu'il a murmuré :

— OK.

Le silence s'est installé dans le salon. Il ne faisait pas froid, il ne faisait rien. Nous étions tous les trois imbriqués comme des pièces de Tetris et ce n'était même pas inconfortable, c'étaient mes amis. J'ai pensé : *La statue de la Vierge, c'est Alex.* J'ai oublié pendant une seconde que l'année se découpait en mois.

— C'est un voyage vraiment cool, a chuchoté Leo de façon presque inintelligible.

J'ai souri.

— On a un devoir à rendre pour lundi, a-t-il ajouté. Vous l'avez fait ?

Mon sourire s'est effacé.

— Mec…

— Pourquoi tu dis ça maintenant ? a grogné Mia. C'est digne d'un psychopathe !

J'ai appelé ma mère, le lendemain matin. Elle était en colère, mais au niveau habituel, ce qui m'a soulagée. Il fallait que le monde reste stable et compréhensible, en partie au moins. Paco, le porc aigre-doux, ma mère en colère de façon unilatérale. On l'entendait comme si elle avait mis le haut-parleur et Leo me fixait, les yeux écarquillés, en mâchant son pain grillé. Romeo m'a envoyé un texto :

Salut (11:03)

On s'est donné rendez-vous au parc du Prado. J'y suis allée avec Leo et Mia. Ces deux jours étaient maladroits, ils nous ressemblaient. Romeo avait appris la veille qu'il n'existait pas la moitié de l'année. Après une découverte pareille, on ne peut pas rester éternellement perché sur un balcon à contempler le vide, il faut continuer à vivre et être là, à côté d'une station de métro, avec les bus qui passent, les feux de circulation et les gens. Romeo est arrivé. La partie de lui qui battait à un rythme différent disait toujours : *(« Hana »).* L'autre, à ce moment-là, partageait avec moi quelque chose qui ne peut pas se partager. Il n'avait sûrement pas dormi plus de deux heures et, à côté de lui, il y avait Eva. Je l'ai rencontrée au parc. Elle était un peu plus grande que moi, elle arrivait à être belle dans un pantalon en velours côtelé et avait sur la tête un foulard assorti à toute sa tenue.

— Hana, c'est ça ? Ça me fait plaisir de te rencontrer.

Elle m'a prise dans ses bras, spontanément, avec le plus grand sourire du monde.

— C'est génial, elle a repris. Tu étais déjà venue ici ?

Elle a souri à Leo et Mia.

— Bonjour, moi c'est Eva.

Eva s'était maquillé des sourcils enviables, parfaitement symétriques. C'est compliqué. Elle devait avoir une équerre intégrée.

Nous nous ressemblions très peu et c'était étrange de le découvrir, parce que je ne pense pas que Romeo et Aurora pouvaient choisir séparément les gens qui allaient se cogner la tête contre le lit du haut.

Dans le parc, il y avait une sorte de foire. Eva m'a expliqué le plus naturellement du monde, comme si je n'étais pas la petite amie de la fille qui existait quand son petit ami disait ne pas exister :

— Ça a lieu chaque année. Ils vendent des trucs mignons. Des pendentifs, des choses comme ça

— Ça dure jusqu'à quand ?

Elle a ri un peu. Elle avait un chouette rire.

— Jusqu'à Noël, comme ça ils ne doivent pas la monter deux fois. Pour Noël, ils rajoutent une grande roue. Et une patinoire.

— C'est cool.

Elle m'a regardée. J'ai haussé les sourcils, un peu nerveuse car je sentais qu'elle m'étudiait, mais elle n'a rien dit sur ce qui nous réunissait.

La foire était un alignement de chalets en bois. Ils vendaient des babioles typiques de différents pays et Mia était tout à coup toute folle d'être là. Elle a oublié pourquoi nous étions à Séville. Est-ce que je devais le lui rappeler ? Je ne l'ai pas fait. Nous nous sommes promenés tous ensemble, nous nous sommes perdus et nous nous sommes retrouvés sur un chemin de terre avec des arbres et des fontaines à l'arrêt où stagnait de l'eau croupie.

Voilà ce qui s'est passé : rien ne s'est écrasé ce matin-là. Tout était normal. Et nous étions normaux. En fait, les phénomènes bizarres cherchent des gens normaux.

— Ça me va bien ? m'a demandé Romeo en mettant un bonnet péruvien.

Je lui ai souri. Nous tripotions des objets sur les étals.

— Pas du tout.

— T'es obligée d'être aussi sincère ?

— Tu m'as demandé mon avis.

J'en ai pris un autre. Je l'ai enfilé et il a ouvert les yeux tout grand.

— Hé, ça donne un style. Ça fait un peu Doraemon.

— C'est sa vibe, a renchéri Mia en essayant des colliers.

Romeo s'est approché. Il a noué les cordons sous mon menton. J'ai essayé de ne pas rire, il m'a attrapée par les épaules et m'a fait pivoter pour que je puisse me voir dans le miroir. Notre reflet, soudain, dans un parc de Séville ou dans la salle de bains d'Alex avec le rasoir en main.

J'ai protesté :

— Tu l'as serré trop fort, ça va me provoquer une paralysie.

Il a acheté des frites en cornet. Je les lui ai presque toutes piquées, et les autres aussi. Il y avait une zone de chalets qui proposaient de la nourriture de différents pays et nous nous sommes assis dans celui du Mexique. Eva était à moitié mexicaine et elle voulait juger. C'était le genre de personne qui te propose « Tu veux goûter ? » et qui se sert dans ton assiette sans demander. Elle parlait fort. Elle copinait avec les serveurs. Elle dégageait une énergie impressionnante, à côté d'elle Romeo paraissait si calme que par moments, quand je le regardais, je voyais Aurora. Romeo avait survécu. La ville était différente parce qu'il avait survécu et, quand il serait parti, cette journée aussi disparaîtrait, cet instant, pour tout le monde sauf pour moi.

Nous étions le 26 octobre. Nous vivions la bonne, la meilleure version du 26 octobre.

Nous devions rentrer à Madrid et ma mère m'avait appelée huit fois de plus. À quatre heures de l'après-midi, Leo et Mia sont allés chercher la voiture. Ils se sont arrêtés en face du parc, juste avant les feux de signalisation. Romeo m'a accompagnée et nous nous sommes regardés, avec le trottoir, le vent et un autre arrêt de bus. Les feux de détresse clignotaient comme la lampe de la table de chevet. Il avait les mains dans les poches, j'avais sûrement les cheveux complètement décoiffés, de l'herbe poussait entre les pavés et des météorites devaient certainement, comme nous, se croiser dans des droites sécantes. Je m'attendais à ce qu'il me dise simplement « Au revoir ». Au lieu de ça, il a déclaré :

— Elle t'aime. Beaucoup.

Une voiture est passée. Séville, et ses orangers, que je sentais pousser dans mes reins en ce moment même.

— Je l'éprouve. Physiquement, tu sais ? J'ai l'impression que je pourrais tenir son amour dans ma main. Il a la forme de… d'un paquet de céréales. Je ne sais pas.

Il a souri. Il a posé les yeux sur la route et il a ajouté :

— Elle me tiraille depuis hier pour que je t'embrasse, t'imagines. Et ce serait une erreur.

— En effet.

Je lui ai souri.

Derrière moi, mes amis attendaient. Romeo et moi étions séparés par une distance horizontale et verticale. Je les ai brisées toutes les deux et je l'ai serré dans mes bras une dernière fois. Il m'a serrée dans les siens en retour.

— On va trouver une solution, je lui ai assuré, sur la pointe des pieds. OK ? Il n'y aura plus de trains.

— OK.

— Prends soin d'Eva.

— Toujours.

— Je l'aime aussi. Dis à Ro… que c'est une idiote et que je l'aime.

— Elle t'entend.

J'ai sorti le porte-clés de Majorque de mon sweat-shirt et je l'ai mis dans la main de Romeo quand on s'est séparés. Il l'a examiné sans comprendre et j'ai fermé ses doigts pour qu'il le serre. Je me suis dit : *Un jour, tu devras me le rendre.*

Mia s'est endormie sur mon épaule en chemin, sur le siège arrière, pendant que Leo mettait le disque de Raphael et que la lumière déclinait derrière les vitres. Le CD est resté coincé sur une chanson et n'a jamais voulu ressortir de la fente. Tout avait repris sa place.

Une semaine plus tard, au point de vue de la Moncloa, je me suis vue reflétée dans un autre miroir. C'était une plaque métallique un peu ternie. Il faisait déjà froid. Mes mains étaient tachées par l'aquarelle.

La plaque était cachée là, derrière les bancs, elle ne devait pas être très importante ; j'ai baissé les yeux, m'attendant à devoir parcourir une liste de noms. Ça n'a même pas été nécessaire. Il n'y en avait qu'un seul : de la mousse avait poussé sur sa plaque, un petit carré de mousse, et j'étais certaine que personne ne l'avait remarqué. Des fleurs jaunes avaient poussé autour, là où de la végétation pouvait jaillir ; les fleurs jaunes semblaient pousser sur une plaque de métal. Mes doigts ont effleuré les rainures de l'inscription gravée. Le A, le U, le R, le O, le R et le A.

Il fallait aller loin pour voir ça.

Et, en même temps, cette plaque était sous mes yeux depuis presque toujours.

J'ai allumé une cigarette. Je me suis assise sur un banc. Cette fois, je n'ai pas contemplé l'arc de la Victoire et la route.

On était en novembre.

(« Tu crois que ce sera pareil en novembre qu'aujourd'hui ? »)

C'était un monde totalement différent, Ro.

20. DÉCEMBRE

L'accident ferroviaire avait été provoqué par un problème sur les voies. Est-ce qu'en juin la même catastrophe allait se produire ? Il ne restait que six mois.

J'ai passé un nombre incalculable d'heures de ce mois de novembre plongée dans les articles publiés après le 31 août 1997. Cent cinq morts. Si mon bronzage avait fonctionné à l'envers, les ombres que la lumière de l'ordinateur portable projetait sur mon visage seraient restées imprimées à la surface de ma peau. Étudier. Bosser au Wok. Promener Paco. La nuit tombait tôt. L'accident avait été provoqué par un problème avec les voies et la vitesse. Est-ce que les hommes d'autrefois, ceux qui vivaient avant les calendriers, savaient que le soleil ferait son retour après l'hiver et que les nuits seraient à nouveau plus courtes ? J'ai trouvé des images des caméras de sécurité sur le Web, mais je n'ai jamais vraiment su si elles provenaient de cette catastrophe précise ou d'une autre, ça aurait pu être n'importe laquelle. Les mondes pouvaient se dédoubler à la suite de n'importe quel accident. De minuscules univers parallèles pouvaient se créer, que seuls remarquaient les livreuses de porc aigre-doux, les plantes et les carlins. L'événement s'est produit rapidement : un train a dévié, un autre venait dans le sens opposé. Ils se sont frôlés. Ils n'étaient plus parallèles. Puis ils se sont renversés, ils sont tombés sur le sol et de la fumée s'est élevée.

Il n'y avait pas de bruit. L'accident était silencieux. Deux trains qui entrent en collision en silence. Cette pensée me hantait.

— Bonsoir, ça va ? a lancé Alex dans le micro.

Le 23 novembre, nous sommes allés à une lecture de poésie dans un bar. Mia filmait avec son téléphone. Leo souffrait à l'avance. L'éclairage était rouge, tout paraissait rouge.

— J'ai écrit ce poème ce mercredi sur une serviette en papier. Je sais, vous allez penser : *C'est nul !* Mais il en est ressorti quelque chose de très personnel, je ne sais pas, le lire ici… Bref, je me déshabille. Devant vous. Je vais faire une petite performance. C'est expérimental, voilà, j'espère que ça vous plaira.

J'ai porté le verre à mes lèvres.

Alex s'est éclairci la gorge, il a fermé les yeux, et un silence de vidéo d'accident s'est fait dans la salle. Madrid a retenu son souffle.

— « C'est la galère de régler…

« Les programmes de la machine à laver…

« Chaque fois…

Mia a laissé échapper un rire qui ressemblait à une voiture qui démarre.

— Arrêtez-le, a chuchoté Leo. Je vous en supplie.

— Je ne me suis pas sentie aussi en vie depuis 2005, a déclaré Mia en zoomant sur Alex.

— Je ne peux pas regarder, je vous jure…

— Putain, j'ai lâché.

Je me suis étouffée avec mon vin rouge et je me suis redressée un peu.

J'ai toussé.

— Il se fout à poil, il se…

— Non !

Leo a rouvert les yeux. Il s'est levé de sa chaise. Il a enfilé sa veste.

— Je me casse.

Mia l'a attrapé par la capuche.

— Tu restes ici, espèce de lâche, ton pays a besoin de toi, et toi, tu…

— Qu'est-ce qu'on fait ? j'ai demandé.

Alex ne s'est pas déshabillé. Pas complètement ; il a enlevé son T-shirt, a baissé son pantalon, et j'ai cru qu'il allait se faire jeter dehors, mais non. Le public l'a applaudi. Je me souviens de lui assis à cette petite table, les cheveux tellement longs qu'ils s'emmêlaient dans son col, en train de boire un jus d'orange à la paille. C'était un problème de voies. Cent cinq morts ou cent quatre et un en équilibre sur la ligne qui sépare le oui du non. *(« Jusqu'à quand tu crois qu'on peut continuer comme ça ? »)*

— L'art n'a pas de limites, a décrété Alex. C'est extracorporel, ça dépasse le corps. Le corps, c'est une construction sociale. C'est imaginaire : à votre avis, qu'est-ce qu'un pélican vous répondrait si vous lui disiez « Ceci est un corps » ?

— Rien, a répliqué Leo, parce que c'est un pélican.

— C'est exactement là que je veux en venir.

Alex s'est redressé, très inspiré :

— Les corps sont surévalués. Si je pouvais vivre à l'intérieur d'une montagne, mec, je ne te parlerais pas de corps, parce que je serais une montagne.

— Pourquoi tu voudrais être une montagne ? l'a interrogé Mia.

— Et pourquoi pas, hein ? Penses-y. Ça vaut la peine de réfléchir à ces grandes questions.

Je fumais une cigarette avec Alex près de la sortie. Deux semaines plus tôt, Mia m'avait demandé « Quel Pablo ? » quand je lui avais parlé de son petit ami qui étudiait l'administration des affaires. En novembre, elle n'avait pas de copain qui portait ce prénom. Alex sortait avec une fille qui vivait dans un squat. Des corps manquaient et ils laissaient à la fois une présence et une absence. Les montagnes en auraient peut-être laissé aussi, mais moi j'avais besoin de corps.

— Isaac, ça te dit quelque chose ? je lui ai demandé. Ta braguette est ouverte.

— Merde.

Il a voulu la remonter, mais elle s'est cassée quand il l'a tirée. Il est resté immobile pendant une seconde à observer son pantalon.

— Merde, je ne savais pas que ce genre de truc pouvait arriver.

— Si, parfois.

— Ça t'est déjà arrivé ?

— Non.

— Quoi, Isaac ?

Il a essayé de remonter sa fermeture éclair à l'aide de ses dix doigts et marmonnait à cause de la cigarette dans sa bouche.

— J'ai… un oncle qui s'appelle comme ça.

— Non, un mec de notre âge. Qui traîne dans les mêmes bars que nous. Un pote à toi.

Alex a expulsé toute la fumée. Des trains renversés et des fils électriques coupés.

— Je ne vois pas du tout. Aucune idée.

Pourtant, Alex avait embrassé Isaac. Où était Isaac ? Il était là au début de toute cette histoire, à la soirée où Alex avait perdu une incisive. Et il l'avait perdue quand même, je le voyais à la différence de couleur avec les autres. Alex était peut-être destiné depuis toujours à certaines choses, comme avoir une fausse dent et se faire tatouer un mocassin. Pourquoi n'avait-il pas connu Isaac ? Denali avait une autre petite amie. Nadia habitait dans le centre. La piscine de Leo était fermée et Alex n'avait pas rencontré Isaac, mais c'était Isaac qui l'avait présenté à Ro. Ça n'avait aucun sens.

Début décembre, il y avait des travaux à rendre et le lave-vaisselle à vider et ma moto à enfourcher, et c'est alors que je me suis mise à penser à Isaac. Je crois que la seule chose que je l'avais jamais entendu dire, c'était « Salut ». Il avait une présence de boucle d'oreille. C'était difficile de savoir dans quels moments il existait et à quels moments il avait disparu. Je me rendais compte tout à coup qu'il n'était plus dans nos vies, je savais aussi qu'il était le voisin de Ro depuis qu'ils étaient petits.

Certains soirs, je parlais à Romeo. On s'envoyait des textos, au début, et puis un jour il a appelé.

— Le traitement d'Eva s'est bien passé. Zéro vomissement. Je n'ai pas pu être avec elle, mais son père m'a dit que ça s'était bien passé.

J'ai entendu des voitures à l'autre bout, la ville qui vrombit.

— Il lui reste encore dix séances de chimio, peut-être plus, on verra.

— Je suis contente que ça se soit bien passé. T'es où ?

— J'attends le bus.

— Ah. OK.

— Tu retournes cette histoire d'Isaac dans ta tête, non ?

Je me suis passé la main sur le front. J'ai soupiré. Cent cinq victimes.

— Je ne sais pas…

— Les choses changent de place, Hana. C'est un peu… comme une plante qu'on change de pot. Les gens sont ailleurs, mais ils sont toujours là. Isaac est spécial, il a toujours été… instable. Il va s'en sortir.

Isaac vivait dans l'immeuble de la mère de Ro. Il fallait être stable pour y rester aussi longtemps, il fallait avoir quelque chose en soi qui ressemble à une chaussure accrochée à un fil. J'ai dû faire des livraisons dans ce quartier un midi et je suis passée devant la station de métro d'où j'étais sortie avec Ro le jour où nous étions allées rendre visite à sa mère. À l'échelle du système solaire, le monde était identique, les panneaux de signalisation et le feu qui était au vert et la station de métro avec ses briques sales. Mais, à mon échelle, où était Isaac ? Je me suis garée le long du trottoir. J'ai observé la rue un moment. La prochaine étape a été de laisser la moto devant la porte du bâtiment d'Olga et d'examiner les sonnettes sans savoir sur laquelle appuyer.

J'ai choisi un bouton au hasard.

— Oui ? a répondu quelqu'un.

— C'est moi.

La porte s'est ouverte.

J'ai fêté Noël avec mes parents. Paco a volé mes gambas. Leo s'est promené avec moi dans le parc et nous avons mis au point une chorégraphie ensemble. Décembre était bordélique, rempli de pages Web, de millisecondes qui passent très vite dans le coin droit d'un écran en noir et blanc. Deux trains entrent en collision. Il n'y a pas de son.

J'ai poussé la porte du bâtiment ce midi-là et j'ai pensé : *Qu'est-ce que tu fabriques, Hana ?* J'ai lu les noms sur les boîtes aux lettres. Ro m'avait dit qu'Isaac habitait au 2A, mais son nom n'était pas là, sur la plaque à moitié rouillée.

J'ai contemplé les marches de l'escalier.

Je les ai montées.

Où était Isaac ?

J'ai appuyé sur la sonnette. Un homme d'une cinquantaine d'années m'a ouvert. Il avait des longs cheveux et, au fond de cet appart, un bébé pleurait. Je tenais mon casque de moto dans une main.

— Bonjour. Isaac est là ?

L'homme a changé de position. Il a froncé les sourcils. Il a croisé les bras.

— Qu'est-ce que tu veux ?

— Euh…

J'ai improvisé n'importe quoi. J'ai fait semblant d'ouvrir le sac isotherme rempli de porc aigre-doux.

— J'ai du courrier pour lui.

Il a pincé les lèvres. Un des témoignages du 1er septembre 1997 sur la collision disait : « On ne voyait rien tellement il y avait de fumée. » Je rêvais de cette fumée. Je me réveillais et je toussais.

— Quel genre ? m'a lancé le type.

— Notre magazine. Il est abonné à…

Il m'a interrompue, presque en colère :

— Il n'habite pas ici.

J'ai encore essayé :

— D'accord. Vous pourriez me dire où il vit maintenant… ?

— Isaac est mort. Il y a six ans.

Le casque m'a échappé des mains. Il est tombé ; il a roulé un peu sur le sol et je me suis baissée pour le ramasser. L'homme a saisi la porte.

— Modifiez vos informations. C'est un manque de respect. Dis-le à ton patron ou à je ne sais qui.

Et il a refermé le battant.

Il n'a pas neigé cette année-là non plus. Mia m'a coupé les cheveux chez elle. Ma grand-mère de Navalcarnero m'a appelée Maria toute la soirée du réveillon de Noël.

Pour le Nouvel An, je me souviens que j'étais assise avec Alex à la Puerta del Sol, que je regardais le sapin colossal chargé de guirlandes lumineuses, complètement inutile, et il m'a confié :

— Mon père ne m'a pas appelé.

Isaac était mort. Il était mort d'une overdose à dix-huit ans et Ro n'avait pas existé. Elle ne l'avait pas aidé à s'en sortir. Par conséquent, lui aussi n'existait que tous les six mois sans le savoir. J'ai descendu l'escalier. J'avais la nausée. Au-dessus de l'interrupteur pour ouvrir la porte, il y avait une brochure des Narcotiques anonymes. C'était une rencontre compliquée entre deux trains, un problème de voies. Sur la photo de la brochure, j'ai reconnu Olga. C'était elle. Il y avait cent six morts.

On était en décembre.

21. JANVIER

Le soir du réveillon de Nouvel An, Mia s'est étouffée avec ses raisins. J'étais assise à ma fenêtre et elle à la sienne, nous regardions toutes les deux nos familles installées face à la télé dans le salon. J'entendais ses sœurs mieux que je n'entendais ma mère. La cour intérieure était remplie de « Bonne année ! ». Mia s'est étouffée avec ses raisins, elle a toussé, a fait basculer un peu le bol, et, quand j'ai levé les yeux pour voir ce qui n'allait pas, un raisin est tombé et a rebondi sur mon œil.

— Putain !

Ça m'a vraiment fait mal. Je me suis couvert le visage avec la main.

— Merde, Mia !

— Hana ?

Elle m'a appelée en toussant toujours.

— Hana, qu'est-ce qui s'est passé ?

— Mon œil. Il est tombé.

— Quoi ?

Je le sentais là, contre ma joue, une sphère humide.

— Je ne veux pas te foutre la trouille, Mia, mais… mon œil est tombé.

— C'est le raisin. Écoute-moi, Hana, tu es sûre que ce n'est pas le raisin ?

J'ai palpé mon visage prudemment du bout des doigts. Je ne voulais pas me mettre des vers en gélatine dans l'œil. Pour le réveillon du Nouvel An, j'avais mangé six bonbons en forme de petits vers. J'étais convaincue d'avoir perdu un œil, mais j'ai poussé un gros soupir de soulagement.

— C'est le raisin.

On était en janvier. Le resto, les livraisons, les bus. Janvier. J'ai dû aller chez le médecin montrer mon œil parce que je voyais flou pendant la première nuit de 2020, mais nous avons quand même bu.

— Comment tu as fait ton compte, Haneul ? m'a demandé ma mère aux urgences.

On m'a diagnostiqué une infection oculaire.

Lucia a participé à une exposition. Nous y sommes tous allés, bien habillés, du mieux que je pouvais dans mon cas. Pendant les pauses entre deux tableaux, je m'imaginais que Ro était là, en train d'admirer la sculpture d'un vase rempli de fleurs en neige. Je lui disais : « Tu es le printemps. » Elle se retournait et me regardait, mais c'était Leo. Il chuchotait :

— Elle est géniale, hein ? Celui-là, c'est mon préféré.

La peinture de Lucia représentait un champ de tortues.

Janvier. Parfois, je feuilletais les pages de mon carnet déchiré. Alex a rencontré un mec à une fête qui s'appelait Isaac et, allongé sur son canapé un soir, il m'a montré des photos de lui.

— C'est lui ? Le gars dont tu m'as parlé ?

Ce n'était pas lui. La mère de Ro avait coupé ses cheveux très court, comme Denali ; sans Ro, le monde avait trop et trop peu de cellules à la fois. Olga était bénévole dans une association d'aide aux toxicomanes. Son visage figurait sur le site Internet, elle ressemblait à quelqu'un d'autre, elle était quelqu'un d'autre. Qui était-elle, au fond ?

Mon père a arrêté de faire des croquettes de kimchi. Il a continué à préparer du porc aigre-doux. En janvier, personne n'avait trouvé que ses croquettes étaient bonnes et cette idée me faisait de la peine. Romeo a joué du piano pour moi et je le regardais faire grâce à la caméra de son portable pendant que je terminais mes livraisons.

— Celle-là ?

Je lui montrais des couleurs à distance.

— Ou celle-là ?

— Celle-là.

— Ah non. Pas question. Ça va pas être moche.

— Ben, voilà, t'as ta réponse. Que serait ce tableau sans moi ? plaisantait-il.

Les Narcotiques anonymes se trouvaient dans un grand bâtiment terne rattaché à un centre de santé. On était en janvier et je pensais : *Il reste un mois et onze jours* et aussi : *Il en reste moins de cinq avant l'accident*. Le matin du 20 janvier, je suis allée à l'association où travaillait Olga. Il était tombé deux flocons et demi de neige et je voulais me camoufler parmi les participants. Il n'y en avait pas beaucoup. Ils étaient assis en cercle, leurs chaises collées les unes aux autres dans une pièce qui ressemblait à une salle de classe. J'ai pris un siège. Mes genoux touchaient d'autres genoux.

Olga avait les cheveux très courts.

Elle souriait différemment, bougeait différemment. Elle dirigeait la réunion avec une autre femme un peu plus âgée qu'elle. Tout le monde parlait à voix basse, la tête baissée, et Olga, ce jour-là, m'a paru plus que jamais ressembler à Ro. Je me suis dit qu'elles étaient compatibles, ce qui était le comble de l'ironie dans un monde où elles ne coexistaient plus. Elle a invité quelques personnes à prendre la parole. Là, dans cette petite salle, devant moi, elle a déclaré :

— Ça fait cinq ans aujourd'hui.

La pièce est restée silencieuse. Elle a haussé les sourcils.

— Je suis clean depuis cinq ans. Honnêtement, je ne me souviens même pas de celle que j'étais avant. J'étais perdue. Mais maintenant je suis là et je suis heureuse d'être ici avec vous. On peut tenir cinq années entières. Ça peut arriver. Je vous le promets.

Elle a souri, a parcouru le cercle des yeux avant de fixer ses mains.

— Beaucoup d'entre vous connaissent déjà mon histoire. Nous avons tous une histoire qui nous amène ici et la mienne, c'est…

Elle a pris une inspiration.

— Ma fille aurait vingt-trois ans aujourd'hui.

Mon estomac s'est noué.

— Je pourrais avoir des petits-enfants, peut-être.

Elle a ri.

— Je ne sais pas. Chaque jour, je pense… à toutes les choses qui auraient pu se passer, à ce qu'elle aurait étudié, aux vêtements qu'elle aurait aimé porter. Je me demande si elle aurait parlé beaucoup ou pas. J'imagine le visage qu'elle aurait pu avoir si elle était avec moi aujourd'hui.

Elle s'est mise à pleurer. Ses yeux étaient rouges lorsqu'elle a relevé la tête, mais elle semblait habituée aux larmes.

— Si j'avais été clean à l'époque… Il ne l'aurait pas emmenée. Mais je n'étais pas une personne sûre pour ma fille, aucun de nous deux ne pouvait lui offrir la sécurité. Mais mon mari l'a emmenée. Il a pris ce train. Aujourd'hui, plus personne ne parle de l'accident, le temps a passé.

Elle a pincé les lèvres.

— Mais ça ne disparaît pas. Ce que nous perdons en cours de route ne disparaît pas… Perdre des êtres chers, c'est pire que se perdre soi-même. C'est le plus compliqué. C'est ce qui nous amène ici et nous devons vivre avec. Aurora avait un an. Je l'aimerai toujours, même si je n'ai pas eu le temps de faire quoi que ce soit…

Sa voix s'est brisée. Elle a essuyé les larmes avec sa main et a souri.

— Je suis désolée. Ça me fait toujours cet effet quand j'en parle, c'est pour ça que je vous donne la parole.

Elle a hoché la tête.

— Je suis fière de moi aujourd'hui. Je sais que ma petite fille est fière de moi aussi, où qu'elle soit. Cinq ans de sobriété. On peut encore vivre, vous tous et moi, en dehors de l'addiction. Nous sommes bien plus que ça.

Tout le monde l'a applaudie. Les applaudissements étaient retenus et la femme plus âgée à côté d'elle lui a frotté le dos pour la réconforter. Je n'ai pas frappé dans mes mains. Je me revois en janvier sur cette chaise et je sens encore le froid de cette salle sans chauffage ni fenêtres.

Dans le monde dans lequel Romeo avait survécu, Olga ne demandait pas à sa fille de lui acheter des cachets. Elle ne se prostituait probablement pas. Elle avait échappé à quelque chose de majeur. Elle était poursuivie par quelque chose de terrible, un drame irréparable, pour lequel il n'y a pas de réunions ; Ro était un éventail de possibilités.

C'étaient un bébé d'un an, un berceau vide. C'étaient des rêves, et des vêtements qui ne seraient jamais portés. Elle m'avait dit « Je pensais ne faire de mal à personne », mais elle ne le savait pas, parce qu'elle n'était jamais ici et qu'elle n'avait jamais vu comment c'était. Moi, si : les atomes de Ro qui se positionnaient de manière à former des Ro créaient et éliminaient des êtres humains.

— Tu veux partager ton expérience avec nous, Hana ?

J'ai cligné des yeux.

Je ne m'attendais pas à ce qu'on m'interroge, mais j'avais mis le pied dans un espace intime. J'ai hésité. Je me suis demandé ce que je faisais là. La femme qui m'avait posé la question a attendu. Un autocollant avec mon prénom dessus était affiché sur mon pull. J'étais censée dire quelque chose. J'ai commencé :

— Eh bien, je…

Les autres me fixaient avec attention. Je me suis éclairci la voix. Je me suis demandé ce que dirait Alex et je me suis lancée :

— Il m'arrive de prendre des trucs. C'est pas très grave. C'est la fête. Mais, il y a deux étés, j'ai fait un bad trip. Mes amis étaient là, on était à un festival et je… J'ai passé la nuit à l'hôpital. Ils étaient vraiment inquiets, mais je m'amuse bien quand je prends des trucs.

J'ai repris mon souffle.

— Parfois, la soirée finit mal.

Le lendemain, je commencerais déjà à oublier. Alex prendrait une bière avec moi et je le regarderais en pensant :

Il reste un mois. Mais en cette seconde, après avoir exprimé ce que j'avais à dire, quelque chose battait en moi. J'ai ressenti une urgence pressante. La dame qui m'avait interrogée m'a adressé un sourire qui ressemblait à de la pitié et a décrété :

— Nous sommes tous passés par là, Hana. Et tu as besoin d'aide.

Janvier. Faire la fête en janvier. Entendre Romeo parler de médecine comme s'il était seulement Romeo en janvier. Lancer la balle à Paco en janvier. Rire avec Mia en janvier. Découper un dessin de Ro dans mon carnet et le laisser dans la boîte aux lettres d'Olga en janvier. Remettre Alex à plus tard en janvier. Janvier. Continuer à vivre en janvier.

On était en janvier.

22. LE DERNIER JOUR DE FÉVRIER

Le chien de Pepe a mangé les chaussettes de Mia. Du point de vue des chaussettes, les histoires sont souvent compliquées et violentes. Pourtant, personne n'en parle. Pour un lit ou pour une bouteille de produit ménager, par exemple, qu'est-ce que l'amour représente comme ensemble de mouvements et de bruits ? Voici ce que je savais de Pepe : il vivait au rez-de-chaussée, au A. Il ronflait beaucoup et gardait sa fenêtre ouverte. Sa boîte aux lettres était remplie de publicités pour des cours d'anglais, et il avait un labrador. Le dernier jour de février aurait dû être un vendredi, mais 2020 avait décidé d'être une année bissextile. Mia m'a réveillée le 28 en me lançant des chaussettes. Nous sommes allées à la fac. Elle a laissé dans la cour intérieure celles qu'elle avait lancées et le chien de Pepe en a mangé deux paires. Pas une : deux paires ! On était donc le samedi 29 février et ma mère est entrée dans ma chambre parce que Pepe était à la porte.

On était samedi et ma fenêtre était fermée, mais j'avais quand même été réveillée par des chaussettes. Elles trouvaient toujours un moyen de me réveiller de la pire façon possible, les jours où je devais retrouver Ro.

— C'est dangereux pour le chien. Ça lui donne des coliques, a expliqué Pepe.

Je me frottais encore les yeux et nous étions en famille, attroupés dans l'entrée de l'appartement. Paco haletait et nous regardait tour à tour.

— Tu ne devrais pas jeter des choses par la fenêtre, a repris le voisin du bas, ce n'est pas civique. Mon chien m'a chié des chaussettes, vous savez de quoi sont faites les chaussettes ? De pétrole. Et ce n'est pas la première fois. Et elles tombent d'ici.

— Oui, c'est évident, a répondu ma mère, on ne peut pas jeter des choses par la fenêtre.

— Ce n'est pas civique, a répété Pepe.

— Non, non.

Papa, qui était toujours en train de mâcher son toast, a demandé :

— Il a faim, le chien ?

Kyung a baissé la tête pour s'empêcher de rire. Il a chuchoté :

— *Appa*[1]...

— Que le chien ait faim ou non, c'est moi qui décide, a protesté Pepe.

Ma mère est intervenue en ouvrant grand les yeux :

— Le chien, c'est autre chose, mais pour les chaussettes, c'est vrai. Excuse-toi, Haneul. S'il te plaît.

1. Papa.

— Excusez-moi, j'ai dit.

J'ai vu derrière Pepe Mia descendre l'escalier en pyjama et je lui ai fait signe avec les yeux pour qu'elle parte. Elle a ouvert la bouche et a fait un pas en arrière, elle a marché à reculons sans faire de bruit jusqu'à ce qu'elle trébuche.

Elle a laissé tomber son téléphone. Ça a fait un boucan d'enfer. Pepe s'est retourné. Je me suis gratté le front.

— Bonjour, a lancé Mia à moitié assise en s'agrippant à la rampe. Je suis désolée pour le chien.

Ro allait revenir.

2020 était une année bissextile.

J'avais rayé les jours de février sur un vieux calendrier d'une année précédente. Les plantes sur le balcon poussaient d'une manière différente, elles poussaient plus, tous les après-midi. Romeo m'a prévenue :

— Cette année est plus longue.

Je n'avais jamais fait attention aux années bissextiles. Tous les quatre ans, Romeo avait droit à un jour supplémentaire et il ne savait pas du tout quoi en faire. C'était comme s'il acceptait ce jour en plus comme un cadeau inestimable ; il m'a expliqué qu'il l'avait passé à nettoyer la voiture et à lire les ingrédients de plats cuisinés. Ça ressemblait à une pause en attendant le *ding* du micro-ondes. En réalité, c'était une magie très humaine, si on tient compte des divisions du temps que les êtres humains ont inventées. Qu'est-ce que c'était un jour, qu'est-ce que c'était le 10 février, pour Paco ? Tout à coup, nous étions le 29. Le monde allait à nouveau tourner.

Le 7, j'avais fêté mon anniversaire, j'avais réussi tous mes examens et Leo s'était fait une entorse. Je l'avais emmené boitiller jusqu'au métro, puis j'avais fait le tour de Madrid sur ma moto avec de la nourriture dans le dos. J'avais vingt-trois ans et soudain nous étions le 29 février, et ces six mois avaient été si longs que j'avais l'impression de me réveiller dans la vie d'une autre version de moi.

— T'as fait un vœu ? avait voulu savoir Mia quand j'avais soufflé les bougies.

Qu'elle revienne, j'avais pensé. Et le 29 février est arrivé.

— Il te plaît, celui-là ? j'ai demandé à Kyung ce matin-là, en indiquant la boîte du réveil que je préférais.

Ma mère nous a obligés à aller acheter un réveil parce que le chien de Pepe avait mangé des chaussettes.

— Il est mignon, non ? j'ai insisté.

— Il est énorme. On dirait une lampe.

— Il est moderne, il a…

J'ai retourné la boîte et j'ai plissé les yeux pour lire les instructions.

— Une lumière.

— Je confirme : c'est une lampe.

Kyung a attrapé le pire de tous et me l'a tendu.

— Et celui-là, il te convient ?

Je l'ai fait tourner entre mes doigts, un peu mal à l'aise.

— Je vais perdre ma virginité de réveil, tu comprends. J'ai repoussé ce moment si longtemps.

— OK, a concédé mon frère. Si tu veux, on le prendra en rouge, c'est plus exaltant.

— Non, on va prendre celui qui a la lumière.

— Pourquoi, ça t'est égal, non ?

— J'ai senti un truc, tu ne peux pas comprendre. Tu me fais confiance ?

— Pour choisir un réveil ?

— Pour tout.

— Non.

J'ai glissé la boîte sous mon bras et j'ai tiré Kyung par sa veste dans le Corte Inglés. J'ai posé le réveil sur un comptoir devant un employé.

— Bonjour, c'est combien ?

Kyung souriait. Alors que je marchais sur les lignes blanches des passages piétons, on aurait dit qu'il me demandait : « Qu'est-ce qui te prend aujourd'hui ? » On était le 29 février. Madrid était la même, avec sa couche de pollution et ses trottoirs sales. Tout était gris. C'était beau, une sphère de fumée et les humains. Les magasins étaient ouverts. Les métros passaient et je scrutais le visage des gens comme pour leur dire au revoir, comme s'ils allaient être remplacés cette nuit-là. Peut-être que c'était ce qui allait se passer ? Qui pouvait me prouver le contraire ? Dans des détails, des grains de beauté, des couleurs de cheveux, des écharpes et des dents.

Ro allait revenir.

Une partie de moi avait oublié ses cellules ou comment elles s'emboîtaient et comment elles interagissaient avec les miennes. J'ai dû effectuer des livraisons parce que le resto de mes parents n'en avait rien à faire de tout ça. J'ai frappé à la porte des gens, j'ai souri et j'ai même retiré mon casque.

— Bon appétit.

Puis, à quatre heures et demie de l'après-midi, Mia est venue me voir avec des sacs de supermarché remplis de poivrons alors que je nettoyais le comptoir. Elle est entrée, essoufflée, et a tout posé près des tabourets.

— Écoute, je suis désolée. Vraiment, Hana. J'allais m'excuser auprès de Pepe. C'était le plan, mais j'ai paniqué quand je l'ai vu. Il est imposant…

— C'est rien.

— Je t'ai apporté des Phoskitos…

— C'est rien, je t'assure.

J'ai souri et Mia a arrêté de parler et m'a regardée comme si elle ne comprenait pas la langue que je parlais.

— Sérieux. Je suis vivante. En plus, c'est ma faute, cette histoire. Attends, j'ai un truc à te montrer…

Je me suis penchée. J'ai ouvert le sac, j'ai sorti la boîte et je l'ai mise devant elle. Mia a cligné des yeux, derrière le comptoir.

— Qu'est-ce que c'est ?

— Un réveil. Lumineux.

Des fleurs allaient éclore dans la caisse enregistreuse, il y avait des abeilles près des assiettes et des fougères sur les chaises. Ro allait revenir.

Le jour précédant son retour a été routinier et banal. J'avais un cours de danse avec Leo cet après-midi-là. Il était presque remis de son entorse. Quand les lampadaires se sont allumés, il m'a proposé qu'on aille promener Paco.

— On pourrait se préparer des sandwichs chez toi. Le supermarché sera encore ouvert, j'ai découvert que les anchois….

— Je ne peux pas.

Il a haussé les sourcils et j'ai tiré une rapide taffe sur ma cigarette, jusqu'à la finir.

— Pas aujourd'hui. Demain, si tu veux.

— Qu'est-ce que tu fais ce soir ?

J'ai donné une pichenette au mégot.

— Des trucs.

— À cette heure-ci ?

— Oui.

Je lui ai souri. Je crois que tout le monde me regardait d'un air étonné ce jour-là parce que j'étais déjà la Hana de mars. Je serais toujours la Hana de mars.

— Tu ne vas pas me dire ce que c'est ?

— Je ne peux pas. Mais demain, je te raconte tout. Tiens, je ne t'ai pas dit, mon nouveau réveil est lumineux !

Leo a souri.

— T'es bizarre.

On était le soir du 29 février.

Ro allait revenir.

Je me souviens que, à vingt-trois heures, j'étais assise sur ma chaise de bureau, je fixais le lit, ou la pièce en général. J'observais tous les détails. L'étagère en désordre, la table blanche souvent sale, la table de chevet et l'armoire. Mon carnet ouvert sur une pile de notes de cours. Je voulais qu'il se transforme devant moi. Je voulais voir le monde devenir la version que j'espérais. J'ai jeté un coup d'œil à mon téléphone, mais je n'ai pas osé écrire à Romeo. J'aurais dû. J'avais des fleurs dans le foie à ce moment-là et je ne lui ai pas envoyé de message, parce que ça ressemblait à une soirée de bienvenue. Je n'ai pas pensé : *Il va s'en aller.* J'ai attendu. J'ai attendu. J'ai écrit à Alex, dans ce silence étrange :

J'ai un réveil (23:52)

Meuf je sjis paq bien (23:55)

Hajaha (23:55)

Il y a eu une seconde d'hésitation.

Comme le 31 août, un : *Est-ce que ça va arriver ?* Allait-elle apparaître ? Ou est-ce que nous jouions à un jeu interminable ? Je n'ai pas bougé, j'ai laissé mon téléphone allumé, la lumière blanche de WhatsApp m'éclairait le visage et mon cœur battait à toute vitesse. Il restait cinq minutes. Il en restait trois. Il en restait…

— Haneul ! m'a crié ma mère depuis la cuisine.

J'ai cligné des yeux.

— Quoi ?

— Haneul !

— *Quoi ?*

— Haneul !

Je me suis levée. J'ai ouvert la porte de ma chambre et j'ai traversé le couloir d'un pas rapide. Je l'ai trouvée en train de faire la vaisselle du dîner.

— Qu'est-ce qu'il y a ? j'ai demandé, à bout de souffle.

La radio était allumée.

— Débarrasse le lave-vaisselle, s'il te plaît.

J'ai regardé le couloir. J'ai regardé ma mère.

— Maman… j'ai commencé.

Quelle heure était-il ? Il restait deux minutes. Deux minutes, ou moins, ou…

— Maman, là maintenant, je dois…

— Cette vaisselle est propre depuis ce matin.

— Oui, mais…

— Haneul, je ne vais pas te le dire deux fois.

— Maman…

Je me suis retournée. Le couloir. La cuisine.

— C'est juste que j'ai…

Et puis je l'ai vu.

Il est apparu en un clin d'œil, vraiment, comme l'heure qui change sur les téléphones portables : le cactus. J'avais oublié qu'il avait été à cet endroit, des mois plus tôt, si accessoire. Soudain, sans bruit, un cactus est apparu sur la table de la cuisine. Je l'ai vu, je l'ai observé sans respirer, dans le petit pot marron. L'eau du robinet continuait à couler en arrière-plan. Ma mère manipulait un tampon à récurer qui avait besoin d'être changé, les voix sortaient de la radio, le lave-vaisselle était ouvert, mais le cactus était apparu.

C'était une modification millimétrique.

Ma mère a dit quelque chose.

J'ai tourné les talons.

J'ai retraversé le couloir hyper vite, en me cognant à l'étagère et au coin, et j'ai poussé la porte. À cette minute, à minuit le 1er mars, je suis arrivée dans ma chambre et Ro était là.

Elle était là.

Debout près du lit, les yeux ouverts, si grande. C'était bien elle, mais j'avais oublié tant de choses à son sujet. Il y avait des choses que je ne pourrais jamais dessiner.

— Ro.

Son nez. Ses mains. Les mêmes vêtements qu'au mois d'août, qui n'étaient pas du tout de saison.

Nous nous sommes regardées comme si nous n'y croyions pas, ou je l'ai regardée comme si je n'y croyais pas, depuis l'embrasure de la porte.

— Ro.

J'avais dû patienter pendant des mois.

— Ro ?

Qu'est-ce qu'elle attendait, maintenant ? J'ai laissé filer une seconde. Nous n'avons pas bougé. Il y a eu un silence, puis j'ai pratiquement couru, c'est possible que j'aie couru, dans un espace minuscule où ça n'a pas vraiment de sens.

Je l'ai rejointe. J'ai tiré son cou vers moi et je l'ai embrassée. Ro a attrapé mon visage. Elle m'a embrassée. Nos retrouvailles étaient maladroites et pas douces le moins du monde, nous nous sommes cognées et j'étais tellement sur la pointe des pieds que je crois que j'ai quitté le sol, que j'ai lévité d'un centimètre. Son odeur. Ses cheveux comme on passe la main sur du gazon.

— Hana.

Toutes celles qui s'appelaient Hana sur cette planète ont dû se retourner, ont dû l'entendre à l'intérieur. Peut-être qu'elles ont eu un appel en absence.

— On est en mars, j'ai réussi à répondre.

J'ai admiré ses yeux, d'en bas, puis sa bouche.

— Tu es là, je t'avais dit… je t'avais dit que je serais là.

— Hana.

— Je t'avais dit…

Je l'ai embrassée à nouveau. Le carnet était sur mon étagère, intact et rempli des dessins représentant Ro. J'ai senti Isaac respirer quelque part, et Denali et Nadia dormir dans le même lit. Quand j'ai fermé les paupières, j'ai vu des lumières bleues et rouges et vertes et jaunes. Cette fois, la jungle s'est mise à pousser du plafond. Elle est tombée comme un rideau. Ro a mis ses bras autour de moi et a respiré doucement, nous nous sommes embrassées comme au premier jour, au point de traverser des bâtiments. Je me suis cramponnée à son cou. J'ai pressé de tout mon poids contre son corps. Elle a reculé et a heurté la table de chevet, qui était remplie de paquets de pâtes maintenant, puis le réveil a vacillé et est tombé sur le sol.

Nous nous sommes séparées en entendant le vacarme.

J'ai regardé derrière elle et j'ai vu le réveil, là, avec l'écran cassé.

— Oh non ! je me suis exclamée.

Les lèvres de Ro étaient rouges et elle s'est retournée pour voir ce qui s'était passé. Ses yeux ont inspecté mon visage.

— Il était tout neuf.

— Il est cassé ?

— Oui, je crois. Ah oui.

— Un réveil.

— Oui.

— Tu t'es acheté un réveil.

— Haneul !

Ma mère m'a appelée et peut-être qu'elle m'appelait depuis tout ce temps, parce que le son n'est revenu qu'à ce moment-là. Tout à coup, elle était à ma porte. J'étais accrochée à Ro et Ro à moi. Je me souviens que ma mère a ouvert les yeux comme je ne l'avais jamais vue le faire avant. Et encore, elle n'a pas vu les plantes, les palmiers qui avaient transpercé le plafond. J'avais passé neuf mois dans son ventre et nous n'avions jamais partagé une once d'intimité. Elle a ouvert des yeux immenses. Ro et moi, nous nous sommes séparées. J'ai essayé de me coiffer avec les doigts, tout en poussant les restes du réveil sous le lit. Quelle situation.

— Ro, a dit ma mère, très mal à l'aise. Je ne savais pas… Je ne savais pas que tu étais là.

— Bonsoir, elle a répondu.

Elle a pris une inspiration.

— Je… je m'en vais dans une minute. Il est tard.

— Bon…

Ma mère a cligné des yeux. Il y a eu un silence gênant. Elle m'a regardée.

— Haneul. Le lave-vaisselle. Fais ce que tu veux plus tard, mais le lave-vaisselle.

— Oui, j'arrive tout de suite.

— D'accord. Eh bien, hum…

Ma mère ne comprendrait jamais ce moment. Peu importe le nombre d'années écoulées, elle ne comprendrait pas. Il y avait une émotion palpable dans ma chambre. Ça venait peut-être de moi, de Ro ou d'un réveil qui avait désormais aussi deux façons d'exister. C'était une émotion épaisse comme une couche de fumée. Ma mère n'avait jamais découvert d'émotions aussi fortes chez moi. Moi non plus, et peut-être que c'était une émotion qu'on ne pouvait trouver que dans une situation extraordinaire et absurde. On était le 1er mars et, quand nous l'avons entendue s'éloigner dans le couloir, Ro m'a tirée vers elle.

Elle m'a embrassée à nouveau. Je l'ai embrassée. Nous avons chacune parcouru le corps de l'autre avec les doigts comme pour vérifier et j'ai fini par trébucher sur le matelas, je me suis assise et elle m'a allongée. Mon esprit enregistrait sa présence par morceaux. Ses oreilles. Ses bras. Sa cicatrice qui n'était pas seulement la sienne. Son corps collé contre le mien. Je n'avais pas réalisé que mon chien était apparu et qu'il était là, nerveux, essayant de sauter et de se joindre à nous. J'ai poussé un petit cri de surprise et je me suis cogné la tête contre le mur. Ro s'est détachée un peu et a palpé l'endroit de l'impact.

— Tu t'es fait mal ? Je suis désolée.

— Non.

J'ai rigolé. C'était ridicule, tout ça. Des positions inconfortables, des collisions et des chiens. Ses yeux m'ont inspectée de haut en bas.

Elle a répété, comme pour être sûre :

— Hana.

— Tu es là, j'ai déclaré en tenant son visage dans mes mains, si près que nous étions des cyclopes.

Mon front a touché le sien.

— Tu es là, j'ai…

— Tu es allée à Séville.

Je l'ai embrassée.

Ce n'était pas le dernier jour de février. On était en mars. C'était à nouveau le mois de mars.

23. MARS ET AVRIL ET « LES AMOUREUX »

Un jour, Ro m'a raconté une histoire de métro. Elle n'était pas douée pour les anecdotes, elle mélangeait tout, s'égarait au milieu d'une phrase et s'expliquait avec un calme qui donnait l'impression qu'elle ne voulait pas qu'on comprenne. Elle était née pour jouer du piano, elle s'exprimait mieux en se taisant et en laissant ses doigts parler à sa place.

— Attends, laisse-moi réfléchir…

Voici son histoire.

— Quand j'avais sept ans, je me suis perdue dans le métro.

Elle ne se souvenait ni de la ligne ni de l'endroit où sa mère et elle allaient. Olga parlait au téléphone, elle ne faisait pas attention et elle l'a abandonnée là, comme on oublie ses lunettes. Les portes se sont refermées. C'était la nuit. Dans le métro de Madrid, c'est la nuit en permanence. Elle m'a expliqué qu'elle se souvenait du silence qui n'en est pas un, du fracas des roues sur les rails, de ses pieds dans le vide sous le siège, des barres métalliques et de cette impression que « maman va revenir ». C'est ce que nous dit le nombril, le petit bout de cordon ombilical qui n'est jamais coupé. Puis une dame est passée, avec un garçon de l'âge de Ro, et lui a demandé si elle était seule : ils ont fini par descendre ensemble. Ils ont réussi à contacter sa mère. Olga est revenue et elle l'a grondée. Le petit garçon l'a regardée, l'air de penser : « On aurait peut-être mieux fait de la laisser. » Peut-être. Elle avait envie de le rassurer : « Ne t'en fais pas. »

Ro n'avait aucune belle anecdote en rapport avec les rails en général. Pourtant, elle ne semblait pas avoir peur. Quelque chose en elle la reliait aux trains depuis toujours. C'était de là que partaient ses racines.

— J'aime bien, a-t-elle décrété quand elle a eu fini de couper ma frange.

Elle m'a examinée. Elle a souri un peu.

— C'est bien.

Elle a posé les ciseaux dans l'herbe. Je les ai ramassés.

— C'est pour couper du papier ?

— Sans doute.

On était assises dans le parc. Nous devions être le 8 mars, Paco courait et se roulait dans l'herbe. Il avait un énorme bout de branche dans la gueule. Beaucoup trop gros pour lui, mais il l'apportait à Ro, qui le renvoyait fièrement. Elle a failli le recevoir dans l'œil. La branche, qui se divisait en une multitude de branchettes plus fines, lui a laissé une éraflure sur la joue. Où finirait ce morceau de bois ? Les plantes fusionnent avec la terre pour donner naissance à d'autres. Ro a coupé ma frange le 8 mars et ce n'est pas le genre de truc qu'on est censé faire dans les parcs, mais je m'en fichais. Elle était là, devant moi, et le soleil inondait mon visage.

Elle avait son pendentif en forme de « O » autour du cou.

Elle a penché la tête sur le côté et m'a examinée avec son calme habituel.

— Tu l'as laissée pousser longtemps.

— La frange ?

— Le chien aussi.

J'ai souri.

— C'est parce que j'oublie. J'ai des cheveux dans la figure ?

— Oui.

— J'en étais sûre.

— Ça te donne un style.

— Ça se voit fort ?

— On dirait que tu as un joli monosourcil.

Je l'ai dévisagée. Elle m'a fixée. La première semaine de mars, je n'ai pas arrêté de la regarder, comme si chaque jour était le 31 août et que je devais profiter de chaque instant jusqu'à minuit.

— Pourquoi tu as des ciseaux sur toi ?

— C'est super pratique. Il y a presque toujours des trucs à couper.

Il restait trois mois avant l'accident.

Des métros passaient sans doute à toute allure en dessous de nous à ce moment-là. Ils agissaient comme un aimant géant qui maintenait Ro clouée au sol. Je lui avais raconté tout ce qui se passait suite à son absence, même le père Noël qui danse sur une étagère dans un magasin. Je me souviens de ses yeux quand j'ai parlé d'Isaac. Elle a gardé le silence pendant un bon moment. Je n'ai pas eu à lui expliquer ce que Romeo avait pensé, car elle s'était réveillée après avoir vécu à l'intérieur de lui. Son regard disait : « Un bébé d'un an a survécu. » Maintenant, le bébé, c'était elle.

— Tu n'iras pas, j'ai décrété sans trop d'insistance. J'ai eu six mois pour trouver le moyen de t'attacher à un lampadaire.

Ro dégageait une sérénité qui était parfois déplacée. Elle a sorti une cigarette. Elle l'a allumée. Elle l'a fumée et me l'a proposée. J'ai tiré une taffe.

— Qu'est-ce que tu as découvert ? elle a demandé alors.

— Ils vendent des trucs à la quincaillerie.

— Eva était malade, elle m'a confié, ce matin-là.

Je ne sais pas comment la clope est revenue entre ses doigts.

— Quand je suis partie. Je me souviens de ça et sa mère parlait de… la transférer.

— Ro, Eva ne va pas guérir. Si tu montes dans ce métro, Eva ne…

— Elle a besoin de Romeo.

Elle a fumé, les yeux fixés au loin. Paco se roulait avec la branche tandis que le pouce de Ro faisait tourner sa bague.

— C'est… c'est toujours intenable, Hana.

— Il te l'écrit tous les jours : « N'y va pas, Aurora. » Ro, il y a tellement de choses…

Je ne savais pas comment le dire.

— Si tu n'es pas là, il y a tellement de choses qui disparaissent aussi.

Je le savais, désormais. Je commençais à comprendre.

Mars a débuté et je lui ai donné huit jours pour m'annoncer qu'elle n'irait pas dans le métro le jour de l'accident. Mais c'était Ro. Je crois qu'elle avait pensé toute sa vie que son existence ressemblait à celle du bouton de rechange offert dans un petit sac en plastique quand on achète un manteau. Elle avait accepté d'être insignifiante. Ce n'est pas simple de détricoter une idée comme celle-là en huit jours. Elle pensait que les gens l'oubliaient, mais moi je ne me souvenais de rien d'autre qu'elle.

Après avoir tiré une bouffée sur sa cigarette, elle a déclaré :

— J'ai pris cette décision il y a très longtemps.

— Mais maintenant tu connais tout le reste. Tu ne le savais pas, ta mère… *(« Chaque jour, je pense… à toutes les choses qui auraient pu se passer. »)* Tu aurais dû la voir. C'était une autre personne. Et Denali et… Il y a des gens qui ont besoin de toi ici. Il n'y a pas qu'Eva. J'ai besoin de toi.

J'ai inspiré, fatiguée.

— Elles se coupent beaucoup trop les cheveux si tu n'es pas là. Je ne sais pas pourquoi.

Ro m'a regardée. Elle s'est rapprochée, quelques secondes plus tard, sur la pelouse, dans le parc. Elle a repoussé un peu ma frange et a soufflé pour enlever les cheveux coupés sur mon nez. J'ai fermé les paupières.

Je les ai rouvertes et je l'ai vue si proche, avec ses yeux de quatre-vingt-neuf couleurs qui semblaient ne jamais prédire les accidents.

— J'apprends le coréen, elle m'a annoncé. Je sais comment dire « bonjour ».

— Tu n'iras pas, j'ai répété.

— Tu m'apprends le coréen ? Tu ne me parles jamais en coréen. *Bogoshipeosseo*[1].

1. Tu m'as manqué.

La plaque se trouvait toujours au même endroit au point de vue de la Moncloa. Il n'y avait pas de fleurs, mais les noms étaient rouillés par les ans, sauf celui de Romeo. Ro s'est accroupie devant lui. Elle l'a effleuré du bout des doigts. Je me souviens qu'elle l'a lu. Qu'est-ce qu'elle a pensé en cette seconde ? La plaque était si proche malgré le temps écoulé. Je me suis demandé si elle cherchait sur Internet des vidéos du 1er septembre 1997, des images en noir et blanc de trains qui entrent en collision sans bruit. Non, elle n'aurait jamais fait ça. Aurora ne savait pas comment gérer un événement tragique. Je l'ai vue discrètement poser une main sur sa poitrine. Elle a murmuré :

— Salut.

Le bruit des voitures et des éclats de voix a couvert le mot, mais moi, je l'ai entendu.

Elle m'a emmenée regarder des plantes comme on examine les livres, en cherchant le titre, en lisant le résumé. Les plantes aussi ont des textes de présentation. Elle affirmait :

— Celle-ci, c'est clairement une Eugenia.

Elle m'attendait parfois quand je sortais des cours. Le premier jour où elle est venue, avec sa veste en cuir, les mains dans les poches, elle m'a apporté un collier de bonbons multicolore et a souri, fièrement, en me regardant l'enfiler.

— Ça me va bien ?

Son résumé disait : « Hana. » Elle jouait du piano dans la chambre aux huit plantes. Je la regardais faire à nouveau, après tant de mois, et j'avais un peu envie de pleurer. Je ne l'ai pas fait. J'avais versé beaucoup de larmes pendant ces deux ans, alors que je pleurais rarement en général.

— Non, pas du tout.

Elle m'avait manqué.

Plus tard, nous étions allongées sur son lit et nous admirions les guirlandes lumineuses de Noël sur le lit du haut.

— Elles sont vraiment très impressionnantes, elle a murmuré.

— Oui. Attends, elles vont commencer à faire la fête.

Et elles se sont mises à clignoter très vite et j'ai ouvert les yeux plus grand.

— Elles passent un bon moment.

Ro a tourné la tête vers moi.

— Il y a des nuances colorées que la lumière ne peut pas prendre.

— Lesquelles ?

— Par exemple : marron. Je n'ai jamais vu de lumières brunes.

— Oui.

— Oui, quoi ?

Denali est passée dans le couloir et nous a vues allongées là. Elle a souri. Elle me connaissait, elle était avec Nadia et elle avait son beau grand nez. (Ça, elle l'avait toujours, en fait. Quel soulagement.) Elle nous a demandé :

— Qu'est-ce que vous faites ? Vous m'inquiétez parfois.

— Ça existe les lumières brunes ? j'ai lancé.

Ro a ri, a bougé un peu, et ses jambes se sont retrouvées sur les miennes.

— On fait de la photosynthèse premium.

— Vous êtes hyper bizarres, a conclu Denali en ajustant dans ses bras le panier à linge rempli de vêtements propres. Bon, j'espère que vous vous comprenez, parce que moi…

— Denali. Ces cheveux te vont bien, j'ai lâché avant qu'elle ne parte.

Elle s'est retournée et m'a regardée, un peu surprise, et a instinctivement porté la main à ses cheveux.

— Comme ça. Longs. Je les aime bien, longs.

Il restait trois mois.

— Euh... Merci.

Mes amis n'étaient jamais allés à Séville. Avec le retour du mois de mars, j'ai aussi perdu une chose à laquelle je n'avais pas pensé : dans ce monde, Mia n'avait jamais eu à me faire confiance. Elle avait peut-être tout misé sur moi pendant certains examens à la fac, mais ce n'était pas la même chose. Moi, je continuais à me souvenir de la nuit d'octobre que nous avions passée sur le canapé plastifié, tous les trois. Mais, le 2 mars, cette nuit n'existait pas. Ro est venue me chercher après les cours.

Un soir, elle a porté Alex sur son dos. Il était défoncé et a chanté pour elle, ils ont failli tomber dans une station de métro. Elle a décroché un boulot chez The Good Burger et, le soir, elle me ramenait des frites en cachette. C'était le retour à la normale. Tout est rentré dans l'ordre dans nos vies de gens pas très doués tandis qu'en arrière-plan des trains s'écrasaient. À l'avant-plan, je ne parvenais à penser qu'à une chose : elle était là. Elle était de retour. Nous avions cassé un réveil. Ro a posé son menton sur ma tête devant le miroir dans la salle de bains d'Alex, avec les canalisations en bruit de fond, et a murmuré :

— Je pourrais te cacher dans un imper.

J'ai jeté les bras en arrière pour l'enlacer.

— On ne peut pas exclure que tu sois en réalité deux nains l'un sur l'autre.

— Tu m'as démasquée.

— Romeo est aussi grand que toi.

On était à l'origine de toutes les espèces. Ro m'a demandé, parce que maintenant elle pouvait le faire :

— Elle est comment, sa voix, de l'extérieur ?

Mia nous a invitées à une sortie entre couples le 21 mars. Cette fois encore, Pablo était un concept collectif ; je n'ai jamais réussi à établir un visage distinct pour chaque Pablo. Celui qui est venu cet après-midi-là pour le goûter nous a emmenées chez VIPS et aurait pu être une version mieux coiffée et en pantalon beige du faux cousin de Séville. Peut-être pas. En réalité, c'étaient des humains totalement différents. Mia m'a chuchoté à l'oreille :

— Sois gentille ou tu auras affaire à moi.

J'ai répondu :

— Tu lui as cassé le dos.

Est-ce que la Mia qui avait voyagé avec moi avait eu le dos cassé ? Elle avait dessiné une omelette sur un mur. Mia avait tout à coup un pouvoir que je ne lui connaissais pas, celui de changer la composition d'une ville juste avec ses souvenirs.

Je me souviens que Pablo était un peu nerveux, mais ils ne formaient pas un si mauvais couple. Si Mia faisait un effort, elle pouvait passer inaperçue parmi des étudiants en administration des affaires. Je suppose qu'il ne s'attendait pas à ce que nous ressemblions à ça. Ro portait mon sweat-shirt, qui était dix fois trop petit pour elle. Moi, je portais le sien et j'avais une allure de pénitent dans une procession.

Quand nous nous sommes assis, elle s'est mise à me tendre le menu et à me le reprendre.

J'ai ri.

— Arrête, on va finir par se battre.

— C'est bon.

— Hou, quelle force de caractère.

Pablo a souri.

— Vous êtes déjà venues ?

Il s'est redressé, si bien coiffé.

— Les milk-shakes sont…

— J'ai travaillé ici, l'a interrompu Ro. Il y a un moment.

Il a ouvert les yeux plus grand.

— Ah oui ?

Elle a hoché la tête.

— C'était bien. Mais j'ai volé les petits pots de sirop pour les pancakes. Plusieurs fois. Et ça a fini par attirer l'attention.

Il y a eu un silence. Le resto était plein à craquer, les serveurs passaient dans un sens puis dans l'autre, et des clients parlaient à la table derrière. Pablo a analysé le visage de Ro, aussi calme que d'habitude. Puis il a eu un sourire forcé, parce qu'il pensait qu'elle plaisantait.

— Oui, évidemment, avec tes cheveux rasés et tout.

J'ai pouffé de rire. Pablo s'est tourné vers Mia.

— C'était une blague, non ?

Elle a pris une grande inspiration.

— Évidemment, a-t-elle affirmé en tournant rapidement les pages du menu. T'imagines qu'elle aurait volé… ? Mon chéri, tu crois tout ce qu'on te raconte.

J'ai allumé mon téléphone sur mes genoux. J'ai envoyé un SMS à Ro :

Il étudie pour devenir avocat ou un truc comme ça (15:03)

Il va te jeter en prison (15:03)

Elle a écrit pendant une minute beaucoup trop longue :

C'étaient de tout petits pots (15:04)

Nous sommes allés au cinéma cet après-midi-là. J'ai repensé à la première et unique fois où nous étions allées au cinéma ensemble, quand il n'y avait pas d'univers différents et pas de compte à rebours. Nous avions acheté du vin, c'était le 31 août. Alors que nous regardions ce qui devait être le pire film du monde, Ro a sorti une mandarine. Elle m'a mis un quartier dans la bouche. Nous nous sommes embrassées. Elle avait la main sur ma jambe, alors que Pablo et Mia étaient assis tout raides, sans se toucher. S'ils avaient su qu'ils s'aimaient seulement de mars à août, ils se seraient touchés. Ils n'auraient jamais arrêté de se toucher. C'était dans deux mois déjà, un peu plus de deux mois, j'avais des flashs dans la tête. Ro m'attrapait le menton et j'oubliais, elle me lâchait et j'y repensais. Elle posait les lèvres sur mon cou et tous les acteurs du film devenaient Ro.

Le casque de moto était trop petit pour elle. Elle mettait le haut-parleur de son portable contre mon oreille avec The 1975 en fond sonore pendant que je conduisais et elle s'accrochait à ma taille. Le morceau était *It's Not Living (If It's Not With You)*. Le son était trop fort, Madrid défilait à toute vitesse. Nous n'allions nulle part. Ro chantait. Le reste du monde ne semblait pas comprendre que toutes ces choses capitales étaient en train de se passer, que nous nous aimions et que deux trains allaient s'écraser. Nous freinions aux feux rouges, nous n'avions pas le choix.

— Coupe ça, je lui ai ordonné en riant. Pas pendant qu'on est à l'arrêt.

— D'accord.

Elle a coupé et a posé le menton sur mon épaule. Je serrais fermement le guidon. J'ai ressenti une ridicule poussée d'adrénaline.

— Maintenant je vais démarrer en trombe, je l'ai prévenue, et peut-être qu'on va mourir, Ro, c'est d'accord ?

Elle m'a répondu, imperturbable :

— Après le deuxième refrain.

Elle venait au Wok le soir. J'étais soulagée que mon père prépare des croquettes de kimchi. Parfois, Ro portait encore l'uniforme de The Good Burger. Elle était là et nous étions en avril. Je ne me souvenais pas qu'il y avait un moment où elle était absente. Elle n'avait pas été là ? Kyung lui a appris à faire du porc aigre-doux, et ça, c'était vraiment de mauvais goût. J'accueillais Ro en l'embrassant devant mon père, mais, à son habitude, il ne remarquait que les détails sans importance, comme quand la cuisine s'était mise à fleurir. Ma mère avait pété un câble : un vieux sac de lentilles qui traînait, caché au fond d'une étagère, s'était mis à faire des fleurs. C'était absurde. Il ne pouvait pas fleurir sans lumière. Mais c'était possible parce que nous étions le 5 avril.

— C'est une bonne copine, ton amie Ro. Je l'aime bien, a déclaré mon père ce matin-là en buvant son thé.

J'ai posé le pain grillé dans mon assiette. Je l'ai regardé en mâchant.

— Papa. C'est ma petite amie.

Personne ne peut cligner des yeux plus lentement que Hong Ha Min. Il a dû s'entraîner, c'est pas possible autrement.

— Tu veux l'inviter à dîner ?

Le 11 avril, Ro se tenait sur le pas de la porte avec un sac du supermarché.

— J'ai fait de la tortilla, elle m'a annoncé en soulevant le sac. Je me suis dit que je ne devais pas venir les mains vides. Et je n'aime pas les fleurs coupées. Parce qu'elles sont mortes.

Elle a attendu que je réponde, puis elle m'a fait un grand sourire.

— Qu'est-ce qui ne va pas ?

— Entre.

Après avoir fermé la porte, j'ai tiré un peu sur sa veste noire pour qu'elle descende du dernier étage où elle vivait en permanence et qu'elle m'embrasse. Elle l'a fait. J'ai murmuré :

— Tu es super belle. Tu t'es faite toute chic.

— J'ai mis une veste.

— De la tortilla…

Je me suis mise à rire, toujours sur la pointe des pieds sans le remarquer. J'ai passé deux ans sur la pointe des pieds sans m'en rendre compte.

— Tu n'avais pas besoin d'apporter quoi que ce soit.

Je l'ai embrassée. Nous avons heurté l'étendoir à linge. Kyung est apparu dans l'entrée et nous a trouvées comme ça, ça devenait une habitude familiale. Il a haussé les sourcils. Je me suis éloignée de Ro en titubant.

— Bonjour. Désolé de vous interrompre. Je ne voulais pas…

Il avait un sourire jusqu'aux oreilles. Ma gêne l'amusait beaucoup.

— Le repas est prêt.

Le 11 avril, nous avons dîné avec ma famille. En fait, Ro avait mangé avec ma famille plusieurs fois, en petits dîners éparpillés au comptoir du resto, rien d'officiel. Cette situation n'avait rien de nouveau. Ce qui l'était, en revanche, c'était que la table soit dressée dans la salle à manger, avec le beau service et des serviettes colorées.

C'était embarrassant. Je ne sais pas ce que j'attendais de ce genre de situation. Le repas était semblable à ce qu'on mangeait habituellement, mais pas réchauffé. Paco était super nerveux que Ro soit là. Il a réussi à grimper sur les genoux de quelqu'un à un moment donné, puis sur la table, puis directement sur la tortilla. Il en a mordu une bouchée et a renversé deux verres au passage. Ma mère lui a crié dessus, mon père considérait que c'était de la dégustation de plats, rien de plus, et Kyung s'est penché en arrière pour me regarder en souriant, l'air de dire : « À quoi est-ce que tu t'attendais ? »

— Elle était la plus grande de sa classe quand elle était petite, a raconté ma mère quand nous sommes arrivés au dessert et que je me disais que le pire était derrière nous.

— Pas vrai, Ha Min ? Je croyais qu'elle continuerait, comme son frère, mais…

— Maman, ça suffit ! je l'ai interrompue.

Papa a bu son verre d'eau, comme s'il méditait, puis a ajouté :

— Oui, c'est vrai que tu as stagné.

— Tu as régressé, a renchéri Kyung.

— Je fais un mètre soixante. C'est normal.

Ro souriait.

— Et toi, qu'est-ce que tu mangeais ? a demandé ma mère à Ro. Tu es tellement grande.

Elle s'est retournée, en continuant à mâcher.

— Eh ben, en fait, du pain.

Elle a hoché la tête. Ma mère a hoché la tête aussi.

— J'adorais le pain. C'est peut-être ça.

Ro s'est fait un devoir de débarrasser la table avec nous. Ce repas était tellement différent de celui que nous avions pris chez Olga, et je pense que le contraste l'a fait réfléchir. Je l'ai sentie penser. Plus tard, quand nous étions dans le salon à partager un de ces silences confortables, j'ai allumé une cigarette. Je la lui ai tendue. Il y avait des choses que nous ne disions pas, mais nous en parlions quand nous tendions le bras comme ça. Elle a fumé en allumant son téléphone. J'ai fumé le reste pendant qu'elle sortait sur le balcon pour appeler. Je l'ai entendue dire :

— Salut, c'est moi.

J'ai imaginé l'Olga de janvier décrochant ce téléphone.

Je ne sais pas de quoi elles ont parlé ce jour-là.

Elles avaient le choix entre la discussion d'ascenseur et la dispute ; le monde de mars était toujours le monde de mars. Je ne pense pas que Ro avait prévu de l'appeler avant le 2 juin, elle comptait disparaître sans au revoir. Elle était convaincue que les adieux ne changent de toute façon rien pour personne. Six ans de planification, d'épluchage des couches de tristesse pour en arriver à ce que rien ne semble plus triste. La personne qui avait été sa mère allait mourir avec elle. Elle l'avait appris à son retour. C'était un changement majeur dans l'importance de son existence : des choses allaient mourir avec elle. Il y aurait d'autres versions qu'elle n'avait jamais aimées, mais certaines choses qu'elle aimait, des versions qui lui plaisaient, allaient disparaître avec elle. Elle n'en a pas parlé avec moi, mais elle a appelé sa mère. Il lui a fallu un mois et demi pour le faire.

Je regardais son dos en pensant : *Reste*.

— Regarde : le bœuf.

Je lui montrais la photo dans l'album. C'était un déguisement horrible. Nous étions toutes les deux couchées sur mon lit et nous regardions des photos.

— Tu vois ? J'étais née pour faire le bœuf.

Elle a souri.

— C'est le bœuf, ça ? On dirait un cordon bleu.

— J'interprétais les deux concepts à la fois. Tu n'y connais rien en crèches.

— En tout cas, t'avais pas l'air heureuse comme bœuf.

— J'étais dans le rôle.

— Jouer le bœuf, c'est du sérieux.

— C'est un des personnages principaux. Peut-être secondaire de première catégorie, mais quand même…

— Hé !

Ro s'est redressée. Elle examinait la page d'à côté, où ma mère avait collé une photo de ma classe de CE2. Là aussi, je tirais la tête. Ro a tourné l'album vers elle et observé de près cette bande de gamins bien coiffés et souriants. Puis elle a indiqué un visage.

— Le petit garçon. C'était lui dans le métro avec sa mère, quand je me suis perdue. L'histoire que je t'ai racontée.

Je l'ai regardée, stupéfaite.

— Quoi ? T'es sûre ?

— Oui.

— C'est Manuel Perea.

Bien longtemps avant de nous connaître, avant que nous ne nous retrouvions enfermées dans une salle de bains, Ro et moi étions déjà unies par un lien et, ce jour-là, j'ai découvert qu'il s'agissait de Manuel Perea : le génie méconnu qui m'avait dessiné les fesses à la place des pieds.

Le mois d'avril est arrivé avec tout ce qu'il entraîne, c'est-à-dire la pluie.

Il restait cinquante et un jours. Ro dansait au son de la musique du père Noël, rajoutait de la roquette sur les assiettes, arrosait Raphael, le cactus. Elle m'a fait remarquer :

— Il a vachement poussé.

Moi, je ne voyais pas la différence. Puis, sans crier gare, il est resté quarante-sept ou quarante-trois jours. Quarante. La Hana de mars n'avait pas de calendrier d'une année précédente affiché au mur de sa chambre ; elle entendait le son du piano avant d'entrer dans la pièce avec les plantes et les lits superposés. Elle disait à son père, comme si de rien n'était, comme si elle n'était pas le centre d'un vortex bizarre de choses impossibles :

« C'est ma petite amie, papa. »

Elle se promenait dans Madrid en tenant la main de Ro. Elle connaissait par cœur la courbe entre son poignet et son pouce, et Alex continuait à organiser des fêtes. Je me souviens de celle où on est allées le 24 avril, mais je ne me souviens pas de lui. Je ne l'ai pas vu de la soirée, est-ce que je l'ai même vu au cours de ces deux mois ? Personne ne savait où il se trouvait, pas ce soir-là en particulier, mais tous les jours. J'avais l'impression qu'Alex était parti faire le tour du monde. C'était son appart, donc ça n'avait pas de sens, mais il n'était pas à la soirée. Comme Ro était de retour, ça ne me semblait pas si important. Cette nuit-là, une Polonaise qui était en séjour Erasmus a sauté du balcon. Un peu plus tôt, alors que nous étions assis sur le canapé et entourés d'inconnus et de musique, Mia nous avait tiré les cartes.

— Bien. Je vois des choses.

— Je me demande bien comment, t'es complètement miro.

Leo avait bu deux verres de vin et il flottait au-dessus des nuages. Il a ri et a essayé de prendre le portable de Mia. J'avais la tête posée sur les jambes de Ro.

— Arrête de tricher en lisant les réponses en ligne. C'est pas pro du tout.

Mia a protégé son téléphone.

— J'apprends, imbécile ! Je cherche un moyen de gagner ma vie pour le jour où les beaux-arts ne nous serviront à rien.

— Bien pensé, madame l'entrepreneuse.

Je suis intervenue :

— Hé, madame Soleil, concentre-toi.

Ro a pris la carte :

— « Les Amoureux » pour l'avenir. Waouh.

J'ai tourné la tête. Je lui ai demandé :

— Comment ça « Waouh » ? Tu t'attendais à quoi ? Tu envisageais quoi ?

Ro m'a souri.

— Excusez-moi, on se connaît ?

J'ai levé les bras pour lui prendre le visage, mais elle a attrapé mes poignets en premier.

— Je ne sais pas qui vous êtes, a-t-elle poursuivi. Vous m'écrasez les métacarpes.

— Tu ne sais pas ce qu'est un métacarpe.

— Tu as « le Diable » au présent, a continué Mia en consultant son portable sans faire attention à nous. Excellent.

— Oui, ça a l'air vachement positif, a ironisé Leo. Ça annonce des vacances.

— Ça veut dire…

Mia a pris une bouffée de sa clope. Ce n'était peut-être pas une cigarette.

— Ça veut dire que des choses se mettent en place, qu'un truc important va se produire, du genre qui change les choses. Tu digères bien les céréales que tu achètes ?

On ne l'écoutait plus. J'avais volé la carte « les Amoureux » des mains de Ro et on se battait pour l'avoir parce qu'on était idiotes. Ses yeux étaient la lumière verte à l'extrémité d'un ponton. J'étais Gatsby, c'était mon tour de l'être ce soir-là, parce que Alex n'était pas là.

Ro a récupéré la carte et a demandé à Mia :

— Et celle-là ? Qu'est-ce que ça veut dire ? Je ne veux plus manger coréen.

Elle a ri quand je lui ai mordu le bras et elle a continué :

— Elle ne me parle même pas coréen, on m'a filé un modèle défectueux.

Mais Mia a répondu :

— « Les Amoureux », ça ne veut pas dire ça. De toute façon, tu peux envoyer Hana balader quand tu veux, parce qu'elle ne se coiffe même pas.

— Hé ! j'ai protesté.

— « Les Amoureux », ça signifie que vous allez devoir prendre une décision.

Isaac était présent à la soirée du 24 avril.

Je ne sais pas comment nous avons pu caser, une fois encore, autant d'humains dans un si petit appartement d'une rue de Madrid qui n'existait même pas. C'était ça notre explication : la rue n'existait pas, elle n'avait même pas de code postal. Adara se promenait avec son Rubik's Cube hexagonal et mangeait des céréales. Isaac était une image intermittente, comme un flash, au milieu de la foule, il tenait le rôle de l'orange clignotant des feux de signalisation. Ça me paraissait bizarre de le voir, à bien y réfléchir, il me faisait toujours cet effet-là. Il me donnait l'impression de ne pas vraiment être là. Ses contours étaient flous. Peut-être pas, mais ils auraient pu. C'est à ça que ressemblent les vrais fantômes.

Je me souviens que Ro lui a parlé : ils se sont assis sur le canapé à un moment. Je ne sais pas ce qu'ils se sont dit. Je sais qu'il a fallu deux mois à Ro pour comprendre qu'elle n'était pas sans importance, que son existence était le point de départ d'autres existences. Je les ai vus se prendre dans les bras et j'ai eu l'impression que Ro et Isaac ne s'étaient jamais étreints ainsi avant cet instant. Il a eu l'air d'hésiter un peu. Il lui a tapoté le dos deux fois. Après, Ro est restée toute seule au même endroit.

Je me suis approchée avec un verre et lui ai tendu la main. Elle a levé la tête. Ses yeux étaient brillants. Ils ressemblaient à la lueur des lampadaires, des phares de voiture et des réveils de février.

Alex m'a écrit ce soir-là, pendant qu'on dansait :

xhansa enr da daml (4:21)

À sept heures du matin, j'étais avec Ro dans son lit. L'alcool m'avait fait oublier qu'il restait à peine plus d'un mois, pourtant rien ne pouvait vraiment me sortir cette idée de la tête. Je connaissais l'accident de train en noir et blanc par cœur. Le spectacle était aussi silencieux et aussi paisible que de la regarder en cette seconde. Je mourais d'envie de lui hurler : « Reste ! Ne pars pas. » Mon visage le lui disait depuis qu'elle était de retour. Elle a déclaré :

— Depuis les yeux de Romeo, j'ai réalisé comment tu me regardais.

— Comment ?

— Plus fort.

Il pleuvait dehors. Les gouttes contre la fenêtre étaient les mêmes que le jour où elle m'avait expliqué qu'elle existait six mois par an.

J'ai chuchoté :

— Il se trouve que je t'aime.

Ro a souri un peu. Les lentilles dans les gobelets se sont enlacées un peu plus étroitement encore.

— Je sais. C'est dur pour toi de le dire.

— Ce n'est pas si difficile.

— Un peu.

— Non.

— D'accord. Dis-le-moi. Encore une fois.

Il y a eu une pause très sérieuse. Puis j'ai ri, en soufflant de l'air par le nez.

— Tu me mets dans une situation…

J'ai écarté ma frange.

— Hana, elle m'a appelée.

J'ai tourné la tête et elle a déclaré :

— Je t'aime.

Quelque chose a éclaté en moi, du papier bulle, même si ce n'était pas une révélation. Il y avait quelque chose que je ne comprenais pas dans son expression.

— Moi aussi, j'ai murmuré, surprise. Je t'aime aussi…

— Je crois…

Elle a commencé. Elle a eu beaucoup de mal à sortir sa phrase, mais elle a fini par le faire :

— Je crois que je ne vais pas y aller, Hana.

Il restait trente-huit jours. L'univers a serré le frein à main. Il a vacillé. Ro a levé les yeux vers moi dans son lit, ses yeux d'une couleur que les lumières ne pouvaient pas prendre. Je n'ai pas compris ce qu'elle disait tout de suite. Puis, c'est comme si on m'avait enlevé quarante-neuf manteaux des épaules. J'ai laissé sortir l'oxygène qui était resté coincé en moi et j'ai battu des paupières comme la lampe de la table de chevet.

— Tu ne vas pas y aller ?

— Non.

Sur son visage, j'ai lu : « Maman. » J'ai lu Isaac et Romeo et même le père Noël et la roquette, le piano et Denali, mais ce qu'elle a dit, c'est :

— Tu as tout embrouillé, Hana.

Elle a repris son souffle.

— C'est vraiment dur de vivre comme ça. Ça me fatigue de sentir que je l'empêche de vivre avec Eva pour être ici, pour encaisser des hamburgers et arroser les plantes sans que personne me remarque. Personne ne m'avait jamais remarquée. J'avais prévu tout ça. Je l'avais planifié depuis tellement longtemps… J'étais décidée et puis… tu as débarqué. Tu as fichu en l'air tous mes plans. Tu es même allée jusqu'à…

Je l'ai tirée vers moi et je l'ai embrassée. Ro s'est tue. Elle s'est laissé guider. Elle n'avait pas vraiment envie de dire tout ça. Elle était née pour jouer du piano et elle racontait mieux les choses avec ses doigts, avec une musique qui ne sortait pas de sa gorge. Tous les pianos sur lesquels Ro avait joué pour moi, y compris ceux du Corte Inglés, m'avaient dit depuis que je l'avais rencontrée : « Je reste. »

Il y avait des trains dans ses poumons. Nous les avons partagés : j'ai pris une grande inspiration et j'ai cru sentir la fumée de tous mes rêves en arrière-plan. Il était sept heures du matin et ses mains m'ont prise par les hanches. Elle m'a placée au-dessus d'elle. Nous nous sommes embrassées comme si nous voulions nous consumer. C'était maladroit et désespéré. J'ai glissé mes mains sous son T-shirt et Ro a déboutonné mon pantalon. J'ai vu sept carnets remplis de « Ne fais pas ça » et notre reflet dans la vitre du métro. « Reste », disait mon corps. Elle allait rester.

On était le 24 avril et son nom ne figurait pas sur la plaque à ce moment-là, on se déshabillait, elle a glissé une main dans mes cheveux et mes lèvres sont descendues, nos gestes étaient urgents et mon téléphone a sonné.

— Quoi ?

Tout à coup, en arrière-plan, comme un réveil qui se déclenche, mon portable s'est mis à sonner. Nous avons rouvert les yeux.

Je n'avais jamais, de toute ma vie, activé le son de mon téléphone. Mais, ce jour-là, il a sonné.

J'ai haleté, en rampant jusqu'au bout du matelas et en récupérant l'appareil sur le sol.

— Oui ?

J'avais la tête qui tournait.

C'était Mia.

— Hana… Il a fait une overdose. On est à l'hôpital. C'est Alex.

On était en avril.

24. MAI ET LA CHAMBRE 246

— Je lui ai dit d'appeler s'il y avait quoi que ce soit. On était chez lui. Je ne comprends pas.

Mia a reniflé et essuyé ses larmes. Ro lui tenait la main.

— Il n'a sûrement pas eu l'occasion.

— Il était où ? Quelqu'un l'a cherché ?

Elle a fixé ses genoux.

— Il disparaît quand ça lui chante…

Mia voulait se plaindre, mais elle ne l'a pas fait. Elle a pincé les lèvres et tenté d'avaler le nœud qui lui nouait la gorge. Elle a regardé la porte.

— Il est tout seul.

Ro l'a rassurée :

— Ils s'occupent de lui.

— On devrait être avec lui. S'il…

Elle allait dire « S'il meurt ».

— C'est nous, sa famille, a-t-elle dit à la place.

Leo s'est levé. Il est allé aux toilettes.

Je ne l'ai pas entendu prononcer un mot ce matin-là. Mia serrait très fort son sac et pleurait pour nous tous. Les chaises en plastique étaient dures et froides et j'avais envie de regarder autre chose dans cette salle d'attente que la pancarte qui réclamait le silence. On entendait des sifflements, des bruits de pas et des chuchotements partout, comme dans l'antichambre d'un funérarium. Alex était en soins intensifs parce qu'il avait fait une overdose et on ne pouvait pas nous dire combien de temps il allait y rester. J'aurais pu dire à tous les médecins du monde : « Il est aux urgences depuis que je le connais. Je n'ai pas fait le moindre effort pour le sortir de là. » C'est ce que je pensais dans la salle d'attente.

Nous sommes restés entre ces quatre murs pendant des heures. Il y avait de quoi se sentir claustrophobe. On nous a donné son téléphone portable et Mia a voulu tout passer en revue, comme si nous n'avions pas déjà les réponses aux questions, comme si nous n'avions pas vu Alex foncer tout droit vers le moment que nous étions en train de vivre.

— Il ne répond pas, nous a informés Ro.

Elle était allée téléphoner dehors et Adara était arrivée. Elle était arrivée ? Elle était partie ?

Je ne me souviens pas combien de temps elle est restée.

— Il est encore tôt, a ajouté Ro.

— C'est un salaud, a marmonné Mia. Il ne l'a jamais appelé. Il ne s'est jamais inquiété pour lui, c'est un…

— Donne-lui quelques jours, a suggéré Adara. Au moins deux.

— On n'a peut-être pas deux jours.

— Je ne le défends pas. Je dis les choses comme elles sont, c'est tout.

— Et sa mère ? est intervenue Lucia.

Elle était là. Je l'ai seulement remarquée quand elle a posé la question. Elle caressait les cheveux de Leo, les sourcils levés.

— Il a son numéro ?

— Non.

Adara jouait avec son Rubik's Cube. Elle ne voulait pas lever la tête.

Le père d'Alex n'a jamais répondu au téléphone.

Personne n'a pris la peine de nous expliquer comment Alex allait et ce qui s'était passé. Tous ces non-dits flottaient dans l'air épais et l'odeur de Crocs. Je me suis demandé qui serait Alex, si sa vie s'arrêtait là. C'était quoi sa couleur préférée ? Et son nom de famille ? Je ne lui avais jamais posé la moindre question au sujet de sa mère. À six heures du matin, le 25 avril, Alex avait été ramassé alors qu'il essayait de mourir pour la quinzième fois à l'entrée d'une bibliothèque. En fin de compte, c'était la stricte vérité : il avait fait une overdose sur le seuil d'une bibliothèque. Dans ses contacts, il était écrit « AAHana ». Ils m'ont appelée en premier, mais, comme je n'ai pas répondu, ils sont passés à « Adara ».

— Il m'a parlé, j'ai dit à voix basse. Plus tôt dans la soirée.

Son dernier message figurait dans une conversation WhatsApp que je n'avais pas ouverte :

xhansa enr da daml (4:21)

C'est moi qui n'avais pas répondu.

À onze heures du matin, on a pu le voir.

Alex était vivant et allongé dans un lit d'hôpital, dans la chambre 246. Je n'oublierai jamais le numéro de cette chambre, alors que celui de sa rue, je ne le connais même pas. Il était relié à des machines. Il était sous solution saline. Il avait la moitié du crâne rasée et le docteur n'était pas particulièrement heureux de devoir donner des explications à une bande de jeunes avec la gueule de bois, mais Alex n'avait personne d'autre que nous.

— Il avait déjà des problèmes cardiaques. Non diagnostiqués.

Il a lu son rapport et il s'est gratté avec son stylo.

— Euh… Peut-être qu'il les avait avant. Nous ne savons pas. Il a consommé de la cocaïne et de l'ecstasy régulièrement, du cannabis, et aujourd'hui il a été testé positif aux opiacés, aussi. Ce qui s'est passé…

Il nous a regardés.

— Il a mélangé les drogues. Je ne sais pas si vous étiez au courant de…

— Si.

Mia a acquiescé très rapidement, les bras croisés, en contenant ses larmes.

— On le savait.

— D'accord. Y a-t-il autre chose que nous devrions savoir ?

— Non.

— Il va rester hospitalisé en observation. Pour l'instant, il a une myocardite et on l'examine. Il a eu beaucoup de chance. Il va se réveiller, donnez-lui un peu de temps.

Alex m'a regardée, les yeux à moitié ouverts. Il pesait dix kilos de moins et son visage était aussi blanc que le carrelage d'une cuisine. Je crois qu'il n'était même pas capable de soulever la tête, mais il souriait, étirant les muscles de son visage avec ses forces restantes, comme si la vie était une blague. La vie était une blague pour Alex, une blague toujours plus drôle à force de la répéter. Toutes les phrases deviennent étranges si on les répète vingt fois.

Mia l'a serré dans ses bras et l'a engueulé, et Leo l'a contemplé de loin avec Lucia. Adara a déposé son téléphone sur la table de chevet. Ro a serré mes doigts pendant une seconde avant qu'ils partent tous prendre le petit déjeuner, puis Alex m'a regardée. Il ressemblait à une de ces statues dont on a arraché les bras.

— C'est enfin officiel, a-t-il décrété d'une voix rauque, j'ai un cœur énorme.

J'ai serré les lèvres si fort que mes yeux ont brûlé. Alex a dit ça, et j'ai éprouvé de la rage, un chagrin immense et impossible à décrire. Je me suis sentie pleurer sans bruit avant de réaliser que je pleurais vraiment. Mais j'ai laissé couler les larmes. Je m'étais entraînée à pleurer à ce moment-là, je savais le faire comme une grande, j'avais enlevé les petites roues stabilisatrices.

— Je te déteste.

— Hana.

— Je ne veux plus t'entendre. Ne me parle plus jamais.

Les yeux d'Alex étaient noirs. Il avait des fossettes. Une vieille cicatrice d'acné sur le front. De très grandes mains et des ongles rongés. Il m'a proposé :

— Tu peux dormir dans l'autre lit. On fera des soirées poker.

— Tu as fait une crise cardiaque à vingt-quatre ans, Alex.

— Je suis désolé.

Il ne regrettait rien. J'avais besoin qu'il regrette.

— Je ne veux pas te faire de la peine avec ça. Aux autres non plus, tu le sais…

— Tu peux au moins avouer que tu as un problème.

J'ai essuyé mes larmes avec mon sweat-shirt. J'ai regardé la fenêtre, j'ai soufflé :

— Putain.

Il y avait un autre lit avec un autre matelas pour faire pleurer d'autres visiteurs dans la seconde moitié de la chambre. La lumière qui tombait par la vitre était blanche, et il y aurait eu du silence si une machine n'avait pas surveillé son rythme cardiaque.

— C'est pas si grave pour moi, Hana, a répondu Alex.

Il avait si peu de forces.

— Je m'amuse bien. Je ne vois pas la vie comme…

Je l'ai interrompu :

— C'est la pire matinée de ma vie.

J'ai dégluti. J'ai tourné la tête, et on s'est regardés, mes yeux rouges face à son visage pâle.

— Qui s'amuse, hein, Alex ? Dis-moi. Tu es branché à un putain de goutte-à-goutte. Tu es à l'hosto. Qui t'a fait croire que c'est ça, s'amuser ? Je… j'en ai marre d'être ton amie. C'est la vérité. C'est épuisant. Parce que t'es tout le temps sur le point de mourir et que t'en as rien à foutre. Tu comprends rien. C'est horrible, Alex.

La chambre 246 était équipée d'une petite salle d'eau avec un miroir et une douche.

Quand l'infirmière est arrivée et qu'Alex a mangé un peu, il a pu s'asseoir et on a joué ensemble à un jeu de lettres en ligne, chacun sur son téléphone. Je me suis allongée à côté de lui. J'ai coupé la moitié des longs cheveux qu'il lui restait pendant qu'il riait en observant son reflet. Il aurait fallu un rasoir et le résultat a été aussi hideux qu'avant ; rire lui faisait mal à la poitrine, alors il posait une main sur son torse. Est-ce qu'il comprenait ? Il allait cracher son cœur un jour, au milieu de la semaine peut-être. Un mercredi. Je ne pouvais pas m'en aller, je voulais être là quand ça se passerait. L'amour ne fonctionne pas comme ça, l'amour a le goût du citron et celui de la crème. L'amour fait aussi mal, à la façon d'une myocardite qu'on partage tout à coup.

— J'ai deux visages, regarde, il a dit en mettant sa main droite sur son nez. Je suis deux personnes, meuf. Hannah Montana. *Jenkins* et Mr. Hyde.

— Tu es un mec cultivé.

— Je lis beaucoup. Je suis un érudit. Apporte-moi des livres.

— Un magazine de stars, je t'apporterai *Superpop*.

— Oui, aussi.

Alex a fait un très grand sourire dans le miroir. Je lui ai souri, épuisée. J'ai pensé à cette seconde, en dépit de tout ce que j'avais dit et pour tout ce que je lui avais dit : *Heureusement, tu es vivant*. Il a ajouté :

— Cette robe de chambre me grossit. Bon, on te coupe les cheveux aussi ?

— Non.

— Allez !

— Demain, je viendrai avec le rasoir de Ro. On va t'arranger.

— Qu'est-ce qu'il faut arranger ? Je suis en train de me réinventer. J'ai eu le cœur brisé, Hana, littéralement. C'est dans ces moments-là qu'on se réinvente.

Mia et Leo sont revenus dans la chambre et un soulagement stupide et inquiet à la fois a rempli la pièce, à la façon d'une piñata qu'on n'a pas encore défoncée.

Alex a appelé son père, mais il n'a pas répondu. Il a chuchoté « OK » en bloquant son téléphone et en faisant semblant que ça ne lui faisait pas de peine. Il a lâché deux blagues et Mia a ri, elle avait besoin de rire. Est-ce que le monde allait nous reprocher de continuer à vivre ? Je voulais évidemment être en colère contre lui. Comme le jour de la bagarre, lui lâcher un « On ne sera plus amis » et, en même temps, nous avions tous au fond de nous cette envie de le toucher, de vérifier qu'il était bien présent et de le féliciter parce que nous pouvions à nouveau être furieux contre lui.

— Docteure ! a crié Alex, les yeux fermés, en tendant un bras de façon dramatique. Je vois la lumière ! Elle m'appelle... Docteure, ce n'est pas une lumière ! C'est Morgan Freeman ! Docteure, il se déshabille, non, au secours ! Il se met à poil !

Mia a souri et a glissé des M&M's dans sa bouche.

— Tu me diras s'il est bien bâti.

— J'ai l'impression de sortir de mon corps, docteure.

— C'est du liquide physiologique ou de la vodka qu'on t'injecte ? a voulu savoir Leo.

Le vrai résumé, c'est que c'était épuisant.

Ro et moi avons pris le métro pour rentrer. À la fois on n'avait pas du tout l'impression qu'une journée s'était écoulée et on avait celle qu'une année entière avait passé, qu'on était dans une autre ville. Quelle horreur, ces trajets en transports en commun, ils auraient été coupés dans un film. On était assises dans une voiture et Ro avait drapé mon sweat-shirt sur mes épaules et je m'étais acheté un sandwich au surimi. Mes yeux piquaient. Les gens debout autour de nous semblaient faire partie d'un décor et j'étais sûrement un décor pour eux.

J'ai murmuré :

— Je ne l'ai pas tiré de là.

Aurora aurait été un phare. Si elle avait été construite en brique, si elle avait existé sous une forme architecturale, elle aurait été un phare tranquille. Une lumière intermittente. Ses cheveux avaient poussé à ce moment-là. Sa voix était atténuée par le roulis du métro.

— Si.

— Non.

J'ai secoué la tête. J'ai essayé d'avaler le nœud.

— J'ai pensé à moi, aux mois. À toi et moi. J'ai vu Alex et pourtant je n'ai pas…

Les portes se sont ouvertes, des gens sont entrés, d'autres sont sortis.

Ro a appuyé la tête sur la barre jaune et a glissé une cigarette éteinte entre ses lèvres. Puis elle me l'a tendue.

— Les gens ne restent pas attachés aux lampadaires. Même si tu essaies. C'est super difficile. Hana : tu n'es pas là pour surveiller les lampadaires.

Alex avait accompli un exploit : j'avais arrêté de compter les jours. Mais Ro n'allait plus y aller, de toute façon, elle me l'avait dit, et je ne m'en suis souvenue qu'après, une fois la tempête passée.

— On va chez toi ? C'est mieux, parce que ma mère va me demander des trucs.

— D'accord.

On s'est endormies à six heures du soir. J'ai serré Ro dans mes bras pendant quinze heures d'affilée. Il a encore plu cette nuit-là, comme si Madrid était en train de se purifier. La cicatrice du pingouin m'effleurait la pommette. Puis, une fois encore, parce que la Terre a cette manie de tourner autour du Soleil, l'heure est venue de livrer du porc aigre-doux.

— C'est parti pour durer longtemps, m'a prévenue Mia au téléphone.

Alex a passé la semaine suivante à l'hôpital et la semaine d'après également.

Nous nous sommes relayés pour ne pas le laisser seul et son père a répondu, mais il n'est jamais venu. C'était la première et la seule fois de ma vie où j'ai été attentive à un groupe WhatsApp. On a ajouté Adara, mais je crois qu'elle n'a jamais consulté la conversation ; elle se pointait quand elle voulait et lui apportait des vêtements. Parfois des gaufrettes qui ressemblaient à des hosties. Isaac est passé un jour aussi. Ça a effectivement duré longtemps, tout ça. Cette période. C'était une période de l'Humanité, qui a suivi l'Époque contemporaine. Le deuxième jour, je l'ai découvert en train de fumer une cigarette à la fenêtre, accroché à son pied à perfusion. Je lui ai pris la clope.

— T'es con ou quoi ?

Il en a trouvé d'autres. Qui les lui fournissait ? Des substances addictives poussaient de son corps, il les sortait de ses oreilles, elles fleurissaient par ses pores.

On est devenus vachement bons à notre jeu de lettres en ligne ce mois-là, on prenait ça très au sérieux, c'était une compétition. Leo, Mia et moi, on allait lui rendre visite dans une pièce blanche. En se concentrant, on pouvait penser qu'elle ressemblait à une chambre d'hôtel, ou pas, ça ne ressemblait jamais vraiment à ça. Le soir, parfois, je revenais avec Ro et on parlait. Alex écoutait vraiment Ro. Il lui posait des questions. La lumière de la lampe de chevet rappelait plutôt une salle d'interrogatoire. Le calme de Ro apaisait Alex, son rythme cardiaque ralentissait, ça se remarquait sur l'écran de la machine derrière lui. On a beaucoup ri aussi, dans cet espace pas très drôle, pendant qu'on lui faisait des examens. Il était toujours seul quand les médecins lui expliquaient les résultats et il ne savait jamais comment nous résumer la situation par la suite. Il s'en fichait un peu, de toutes les données concernant l'état de l'organe le plus important de son corps, parce qu'il était en vacances, sans trop s'en faire. Le 7 mai, Ro et moi avons pu passer avant le déjeuner et on l'a trouvé en train d'écrire sur une feuille de papier arrachée dans un carnet.

Je l'ai entendu dire, au loin :

— Je recommence à m'intéresser à la syntaxe.

— OK ?

J'ai ri un peu en fermant la porte. La chambre m'a semblé différente ; j'ai remarqué une nouvelle odeur.

Je me suis avancée dans le couloir où se trouvait la salle d'eau et j'ai constaté, un peu choquée, qu'il y avait des gens. L'autre lit était défait et, sur le petit canapé, j'ai aperçu une dame que je ne connaissais pas, assise.

Je ne savais pas. Il y avait des vêtements et des sacs. Un téléphone connecté à un chargeur. Ro s'était figée et je ne voyais que son dos.

— Bonjour, j'ai lancé.

— Bonjour, a répondu la dame, tout sourire.

Alex n'a rien compris ce matin-là et moi, j'ai mis un moment à réaliser. J'ai posé mon sac à dos sur le sol et je lui ai dit :

— Je t'ai apporté les biscuits que tu m'avais demandés. Tu me les rembourses, hein, parce que…

— Oui, bien sûr.

— Tu les voulais avec ou sans chocolat ? Je n'ai trouvé que sans.

La porte de la salle d'eau s'est ouverte. Alex m'a répondu quelque chose. La lumière qui entrait par la fenêtre était presque jaune et je n'avais même pas remarqué que Ro ne bougeait pas, mais quelqu'un est venu vers le lit et a dit : « Bonjour. » Je me suis retournée et la voix m'est arrivée avant l'image : Eva. Elle était debout près du second lit.

J'ai reconnu son foulard avant de reconnaître ses traits. Il n'était pas du tout assorti à la blouse de l'hôpital. C'était celui qu'elle portait à la foire de Séville. Je m'étais laissé guider par sa couleur parmi les chalets. J'ai remarqué un fauteuil roulant à côté du canapé. La dame assise était la mère d'Eva. Combien de chambres d'hôpital pouvait-il y avoir à Madrid ? Il fallait que ce soit celle-ci !

Mes lèvres se sont entrouvertes d'elles-mêmes. J'ai fait un pas sur le côté. J'ai titubé.

Nous devions ressembler à deux panneaux de signalisation très étranges, tout droits, Ro et moi. J'ai pensé : *Eva ?* Puis j'ai pensé : *Ro*.

Ro n'avait pas bougé. Eva était devant moi et Ro aussi, les yeux écarquillés. J'ai vu Romeo en elle et je l'ai presque entendu demander, à travers toutes les strates de la planète, *(« Eva ? »)*. Eva s'est retournée. Elle nous a regardées. Elle a demandé :

— Ça vous dérange si on allume la télé ?

C'était quelqu'un d'autre et, en même temps, c'était elle. Qu'est-ce qu'elle faisait là ?

Il nous a fallu un certain temps pour répondre. Alex était concentré sur sa feuille. Je me disais : *Tu dois répondre. Tu mets trop de temps à réagir.* Ro n'a pas bougé.

— Si ça vous dérange, on ne l'allume pas.

— Non, j'ai répondu, la bouche sèche. Vas-y.

Elle a souri. Eva souriait de la même façon en octobre et en mai. Est-ce que j'aurais souri de la même façon ?

Combien de morceaux de nos vies étaient réécrits ? Quel moment impossible. *Elle est mal à l'aise. Elle le sent.* Ro était clouée sur place.

— Moi, c'est Eva. Voilà Maria, ma mère. Parce qu'on va peut-être être amenées à se voir souvent et....

— Hana.

— Hana, a répété Eva. Alex vient juste de me parler de toi. Enfin, depuis que je suis arrivée.

— En bien, a précisé la voix d'Alex, presque depuis un autre plan.

— Boh, pas trop, a plaisanté Eva. Non, pas du tout. Il ne m'a dit que du bien.

— OK, j'ai murmuré.

Qu'est-ce que tu fais ici ?

— On vient souvent, j'ai ajouté.

— C'est cool.

— Je suis un peu comme le Parrain, si on y réfléchit, a continué Alex. La *famiiiilia*. Je tire les ficelles d'ici, avec mes yaourts.

Eva faisait un effort, mais ne comprenait pas : on était deux personnes bizarres et immobiles dans une chambre.

On la fixait comme si elle ne devait pas exister, parce qu'elle n'aurait pas dû se trouver là. Quelque chose l'a poussée à demander :

— Excuse-moi…

Elle a plissé un peu le front.

— On ne se connaît pas de quelque part ?

Aurora et Eva étaient face à face dans la chambre 246.

Ro a fait un pas en arrière. Je crois qu'elle a murmuré « Non », mais c'était peut-être le son de ses bottes sur le sol. Elle a reculé, elle s'est retournée et a failli se prendre la porte de la salle d'eau en pleine face, elle s'est cogné le bras à la poignée et elle est sortie.

Je suis partie à sa recherche, elle était dans un autre couloir semblable, la main sur sa poitrine. J'ai attrapé sa main avec les deux miennes et je l'ai serrée. On aurait dit que sa poitrine allait tomber.

— Qu'est-ce qu'elle fiche ici ? elle a murmuré.

Son cœur allait si vite que c'étaient deux cœurs qui battaient. Je l'ai senti à travers ses vêtements.

J'ai saisi son visage.

— Ro. Respire.

On s'est assises sur le sol. Je ne sais pas combien de temps ça a duré, il y avait des chaises pas loin, mais parfois on a besoin du sol directement et de surfaces stables desquelles on ne peut pas tomber. C'était froid. Les carrelages dans les hôpitaux ne sont pas confortables.

Eva était là.

Romeo se démenait tellement pour sortir de l'intérieur d'Aurora qu'il aurait pu lui briser les côtes.

Nous en avions discuté dans le parc, le 8 mars : « Sa mère parlait de la transférer. » Ils l'avaient fait.

Peu importe qu'il y ait un problème de rails ou non : la chimio ne marchait pas bien.

Comment fonctionne la chimiothérapie ? Qu'est-ce que c'est ? Les feux de circulation sont synchronisés d'une manière tellement efficace que c'en est effrayant. Eva et son cancer aussi, et cette partie n'échappait pas plus au mois de mars que le père Noël dansant.

Ro m'a confié, assise sur le sol de l'hôpital ce matin-là :

— Je l'entends. À l'intérieur.

Un infirmier est passé avec un chariot.

Voir Ro nerveuse était comme voir ma mère pleurer ou des oiseaux se rassembler, ce n'était pas un bon présage.

— Tu veux y retourner ?

— Non.

— OK, je vais chercher les affaires.

Eva était dans la chambre d'Alex. C'était sa chambre aussi, maintenant.

C'était difficile à comprendre. Pour Ro et moi, Séville et tous ses habitants, ses bâtiments, peut-être ses arbres et ses moustiques, étaient un concept lointain qui appartenait à une autre moitié de l'année ; il y avait un trou dans la carte. Le trou n'était pas censé être rempli ce mois-ci.

On est reparties ce jour-là et Leo est venu nous remplacer.

Alex a demandé :

— Qu'est-ce qui s'est passé, c'est la syntaxe ? Y a pas de quoi s'énerver non plus.

J'ai essayé de ne pas la regarder pendant que je ramassais mes affaires, mais je l'ai vue. Elle m'observait.

Ro n'a pas dormi cette nuit-là.

J'ai fixé le lit du haut avec les plantes, pendant qu'elle fumait un paquet entier au-dessus de ma tête. Le piano était appuyé contre le mur. La chambre s'est remplie de fumée. Je l'ai entendue couper des feuilles séchées, sous une chape tacite d'interrogations : on ne savait pas ce qu'on allait faire.

Mais on y est retournées.

J'ai dessiné Eva dans mon carnet, un après-midi, sans réfléchir. C'était le 13 mai et Romeo tirait trop sur les cellules d'Aurora pour qu'elle ne revienne pas dans la chambre 246.

Les cellules d'Aurora sont trop résistantes pour ne pas revenir.

— Hana !

Alex s'est retourné quand il m'a vue arriver. Ils avaient placé une table de chevet entre les deux lits et il y avait un plateau de jeu dessus.

— Ça fait mille ans que je ne t'ai pas vue. J'ai perdu quatre-vingts yaourts. Plus ou moins ; j'ai tout joué. Eva est très douée au jeu de l'oie, tu imagines ? Elle tombe toujours sur un pont. Ça ne me semble pas normal.

— Bonjour, j'ai dit. J'ai été retenue au resto.

Eva a levé un peu sa main et a souri.

— Tu te fais exploiter, je te l'ai dit, a insisté Alex. Tu fais trop de livraisons.

— Message reçu, j'en parlerai avec mon chef.

— Tu livres des plats ? a voulu savoir Eva.

— Ma famille a un resto asiatique, je lui ai expliqué avec un sourire crispé.

Ro est arrivée derrière moi et j'ai jeté un coup d'œil dans sa direction.

Elle a lancé :

— Salut.

Alex ne s'est jamais rendu compte de rien. Des trucs basiques, en tout cas : il n'était pas au courant de l'apparition d'Ebola. Ni que la petite souris n'existait pas. Il avait toute une théorie pour expliquer son existence et son modus operandi. Il aurait été platiste s'il s'était soucié de la forme de la Terre. Il n'a pas remarqué ce qui se passait, ni la tension, ni le fait que Ro et moi étions bizarres. L'arbre à côté de la fenêtre bougeait. Le climatiseur disait *(« Eva »)*.

— Ro, j'ai perdu mes yaourts, lui a annoncé Alex avec une expression dramatique. Ceux aux fruits.

Eva a croisé les bras en riant.

— C'est faux. Ils sont là. Tu les as joués, c'est autre chose.

— Je n'ai rien d'autre. Qu'est-ce que tu veux me prendre de plus ? Tu n'as aucune pitié pour moi.

— Je ne mange pas tes yaourts. Je ne peux pas, mais, si je n'avais pas de nausées, je les mangerais, juste pour que tu le saches.

— Donc, je les ai perdus.

— Tu n'aimes pas les yaourts, je lui ai fait remarquer en posant mon sac à dos sur le lit.

Alex s'est tourné vers moi.

— Et alors ? D'après les probabilités, j'aurais dû gagner au moins une fois au jeu de l'oie. C'est de la discrimination.

Eva a souri.

— Fais chauffer les dés. Tu n'es pas concentré.

Elle les lui a lancés, puis elle nous a demandé :

— Vous jouez avec nous ?

Je ne savais pas quoi répondre. J'ai hésité, je me suis tournée vers Ro, mais elle était déjà en train de répondre :

— D'accord.

Elle a tiré une chaise. Tout à coup, j'ai pensé, je ne sais pas pourquoi : *Il reste dix-neuf jours.* Ro s'est assise à la table. On vivait comme toujours une histoire impossible à partager. J'ai approché une autre chaise. Eva a examiné la boîte, puis elle a levé la tête vers Ro.

— Quel jeton tu veux ?

Elle a regardé Ro, qui l'a regardée. Romeo regardait Eva, et Eva regardait Romeo, peut-être, dans un monde où ils ne s'étaient pas aimés.

— Le jaune.

Eva a souri. Elle le lui a tendu.

— Ça te va bien.

Elle ne souriait pas de la même façon. La différence était infime, comme entre les types de Coca : on ne la remarquait que si on cherchait à la repérer. Mais, une fois qu'on l'avait identifiée, elle était immanquable. Je me suis concentrée. Quelles étaient les autres différences ? Son accent était plus prononcé. J'essayais de ne pas avoir l'air de l'étudier, mais on aurait dit une reproduction très réaliste de quelqu'un d'autre. Quelque chose me troublait, j'avais l'impression qu'Eva n'était qu'une marionnette. En même temps, c'était bien elle. Elle dégageait la même énergie et la même vitalité, malgré le contexte, malgré les fils et les tubes, tandis que son père posait une main sur son front.

Le père d'Eva était un homme de haute taille, large et nerveux. Il nous apportait parfois des donuts. Il entrait et annonçait :

— Me voilà.

Sa mère était mexicaine. Ils s'appelaient Juan et Maria, et ils aimaient pousser le volume de la télévision et parler en même temps. Le jour où Alex a dit que ses parents n'étaient pas venus lui rendre visite à l'hôpital, je les ai vus très inquiets.

— Mais mon père viendra, a-t-il affirmé en souriant. Il est très pris par sa tournée pour le moment.

Je crois qu'Alex adorait sentir cette énergie autour de lui. Il aimait voir un père arriver en disant : « Me voilà. »

Ça rafistolait des choses en lui. Son cœur peut-être, qui était son organe qui avait le plus grand besoin de réparation.

Eva a rasé les cheveux de Ro. Ro n'était pas elle-même quand elle était là : elle s'asseyait, évitait tout contact et jouait au jeu de lettres en ligne avec Alex.

Aurora ne serait jamais revenue à l'hôpital si elle avait été seule à décider, mais Romeo voulait passer ses journées dans la chambre. Leurs deux optiques étaient si diamétralement opposées que parfois je voyais Ro perdue, ne sachant pas moi-même avec quelle clé ouvrir sa porte. Mia, qui avait l'art de sentir les choses qu'on ne voulait pas qu'elle perçoive, m'a demandé :

— Tu as la gueule de bois ?

Eva avait une tondeuse et a rasé Alex. Elle a proposé à Ro de la raser aussi.

— Non, a-t-elle répondu, surprise. Ce n'est pas nécessaire…

— Ro, quand tu es rasée, tu ressembles à un Transformer, est intervenu Alex, c'est vachement plus stylé. Je ne te mets pas la pression, mais maintenant tu es plutôt en mode Concha Velasco, celle qui joue doña Carmen dans *Les Demoiselles du téléphone*.

— Je m'en fiche.

Eva a rigolé. Elle était affaiblie ces derniers jours, mais elle riait.

Eva a rasé Aurora le 26 mai. Elle l'avait déjà rasée à plusieurs reprises avant, d'autres fois qu'elle ne connaîtrait jamais, à cause de l'effet papillon. Comme Ro était immense, elles ont dû installer une chaise dans la salle d'eau, aussi étroite qu'une cage thoracique.

J'ai vu Eva vomir plusieurs fois. Les jours qui suivaient la chimio, elle était dans un sale état.

— On est venus à Madrid pour tenter notre chance, nous a expliqué sa mère un soir.

Elle a souri, comme un réflexe, et a passé un gant de toilette mouillé sur le visage de sa fille. Alex était endormi.

— La chance, c'est rare, mais ça arrive que ça nous tombe dessus, non ? Pour les vacances, on ira voir la famille à Guadalajara. En août.

Cette Eva-là n'avait pas de sourcils ni de cils et, dans la lumière de la petite lampe de chevet, elle paraissait jaune.

— Le goutte-à-goutte est vide, a annoncé tout à coup Maria en examinant la perfusion. Je vais chercher l'infirmière.

Les hôpitaux ont toujours une odeur d'hôpital. Chaises en plastique. Silence et bips. Eva a fermé les yeux et pris une lente inspiration en se calant sur l'oreiller, et ses lèvres desséchées se sont entrouvertes.

— Ma mère… elle a une confiance aveugle en mon corps, a-t-elle déclaré presque dans un murmure alors que sa mère franchissait la porte, mais c'est juste un corps.

Elle nous a regardées calmement et a ajouté :

— Je sais que je ne passerai pas l'été. Je ne veux pas le leur dire, parce que ça leur fait plus de peine qu'à moi, mais Guadalajara… J'y retournerai d'une autre manière.

La machine d'Alex. Ma respiration contenue.

— Je ne suis pas triste. J'ai vécu de belles années.

Elle s'est un peu tournée et a souri.

— J'y ai mis tout mon cœur. J'ai été heureuse, j'aurais aimé passer moins de temps dans les hôpitaux, mais c'était bien. Ça va aller.

Romeo s'est mis à pleurer.

Quand je me suis tournée vers Aurora, Romeo pleurait. Elle était immobile, assise sur la chaise, les yeux ouverts. Les larmes coulaient toutes seules, de manière incompréhensible. Personne ne peut pleurer comme ça.

Quand les larmes coulent, normalement, on cligne des paupières. Là, on aurait dit qu'il pleuvait sur le visage de Ro. Son menton dégoulinait. Ce n'étaient pas ses larmes ; c'étaient celles de quelqu'un d'autre. Si elles étaient tombées au sol, elles auraient écrit : *(« Eva »).*

Eva l'a regardée. Elle s'est redressée un peu, effrayée.

— Ça va ? Tu…

— Oui, l'a coupée Ro en reniflant et en s'essuyant avec les mains.

Le flot était continu. On aurait dit une rupture de canalisation.

— Je suis désolée, je ne… je ne sais pas ce qui m'arrive.

Le retour de Ro avait tout changé.

On était au point de vue de la Moncloa sur notre banc habituel, ce soir-là, on tournait le dos à la ville. Sur la plaque, le nom se déchiffrait à peine : Romeo Alvarez, 1/9/1996. C'était difficile de lire sans lumière, mais les yeux s'adaptent à tout. Ro et moi avons partagé un silence qui n'en était pas un, qui ressemblait à celui de la vidéo des trains. Un problème de rails. Les trains se fracassaient l'un contre l'autre. Peut-être qu'au loin on entendait les voitures passer, le vent souffler et les gens enregistrer des messages vocaux.

— Tu ne peux pas le savoir, j'ai argumenté. Il y a trois jours, elle allait bien.

— Elle a un cancer.

Eva était en train de mourir. Madrid était plongée dans l'obscurité et nous étions tous en train de mourir, si on y réfléchissait bien, mais pour elle c'était beaucoup plus soudain et rapide. Téléphone à deux pour cent de batterie. Carte de métro avec un seul trajet restant. Non, ce n'est pas vrai, son problème avait été tout sauf soudain et rapide, il était prévisible. Qu'est-ce qui était en train de mourir à cet instant précis ? Des fourmis. Des ampoules électriques. Des feuilles et des mouches qui ne vivent que vingt-quatre heures. Romeo Alvarez, 1er septembre 1996, gravé dans le métal. Sur les rails.

— Il ne va pas pouvoir lui dire adieu, a déclaré Ro d'une toute petite voix.

Des bus. Des pas. Le mois de mai.

— C'est moi qui suis là. Il a toujours eu peur de cette idée.

— Elle a eu une mauvaise journée.

Je l'ai dévisagée, mais elle ne me regardait pas. La lumière des lampadaires dessinait son nez.

— Ro, hé. Écoute-moi.

Je l'ai forcée à me regarder.

— Elle est jeune, elle s'est tirée de bien pire. Elle va s'en sortir.

Les yeux de Ro étaient jaunes et remplis de quelque chose de doublement humain.

— C'est lui qui devrait être avec elle, a-t-elle insisté.

— Tu es avec moi. J'ai besoin de toi.

Comme ça semblait égoïste ! J'ai attrapé les cordons de la capuche de son sweat.

— Elle va tenir. On va trouver un autre moyen. Personne ne *doit* faire ses adieux.

La voix de Romeo m'est parvenue depuis octobre, depuis le centre de la Terre et les tunnels de métro. Je crois que j'ai choisi de ne pas l'entendre. Mais c'était dans ses yeux :

(« Hana. Il n'y a pas d'autre moyen. Ça a toujours été comme ça. »)

Je continuais mes études. Je trouve que, quand on tombe amoureux de quelqu'un qui n'existe que six mois par an, on devrait valider les cours automatiquement, mais ce n'est pas le cas. C'était ma cinquième année aux Beaux-Arts et je devais présenter mon projet de fin d'études. Je me suis rendue à une séance de tutorat à la fin du mois. Le prof m'a demandé :

— Comment ça se passe ?

Comment ça se passait ? Je l'ai regardé pendant un moment, assise sur cette chaise en bois à moitié bancale. Il se passait tant de choses. Je ne savais pas quoi répondre. J'ai pensé : *C'est vraiment pas important.* J'ai vu l'agrafeuse sur la table et le vieux bureau.

Ma mère me criait les horaires de livraison quand j'arrivais dans l'entrée.

— Haneul ! À une heure, s'il te plaît, et pas de retard !

Le monde nous oblige à continuer de vivre. Mon travail de fin d'études portait sur les *bodegones*, des natures mortes qui, entre le XVIe et le XVIIIe siècle, représentaient des éléments ayant trait à l'alimentation et aux scènes de cuisine. Mia s'est sentie personnellement offensée par ce choix. Elle a fermé la fenêtre de sa chambre quand je lui en ai parlé.

— Cinq ans d'études pour aboutir aux goûts artistiques de ma grand-mère Luisa.

C'était une impulsion. J'ai choisi des natures mortes bizarres, bordéliques. Avec de la nourriture à moitié entamée ou pourrie. Pour rendre le travail à la date, je ne suis pas sortie de ma chambre pendant quatre jours. Ro est passée et m'a apporté des Phoskitos, elle me les a mis dans la bouche pendant que je dessinais.

— J'aime bien, a-t-elle commenté, en s'appuyant sur mon épaule, à un moment donné.

— Quoi ?

— La noix de coco.

— Ce n'est pas une noix de coco. C'est une pistache géante.

— Ah. OK.

(Rires.)

Pour la fin de mon travail, je devais réaliser mon propre *bodegón*. Je n'ai pas dormi pendant trois nuits d'affilée. J'ai perdu la notion du temps. C'est ce qui arrive quand on reste à son bureau pendant trois jours et trois nuits. J'avais l'impression que c'était l'été. Mon front transpirait sous ma lampe, la position était inconfortable et pourtant je me suis endormie plusieurs fois sur ma palette. Je me suis réveillée le visage couvert de peinture. J'ai regardé dans le miroir : bleu, rouge, vert, jaune.

L'après-midi où j'ai terminé mon tableau, j'ai laissé tomber la chaise en arrière jusqu'à ce qu'elle cogne contre le lit. J'ai contemplé la toile et l'ordinateur portable ouvert avec le texte presque terminé. J'ai pris une profonde inspiration. Mon téléphone a sonné.

— Hana !

C'était la voix d'Alex.

— Je suis sorti ! On doit fêter ça !

On entendait la ville en bruit de fond. Il s'est détourné du micro pour dire :

— Leo, on prend le bus. Quoi ? Non, non, j'ai encore mes jambes…

J'ai écarté ma frange, un peu perdue, seule dans ma chambre fermée. J'ai soudain eu l'impression que des années avaient passé. Ma bouche était sèche.

— Quoi ? Ils t'ont laissé sortir ?

— Oui, tout va bien. J'ai un super corps, j'ai récupéré. J'ai envie d'un œuf avec des patates. Et ce soir on sort, d'accord ? C'est une nécessité pour moi.

Quel jour on était ? J'ai jeté un coup d'œil au mur : je n'avais pas de calendrier. Mon réveil était cassé, ses lumières avaient peut-être brillé en février.

— Et Eva ?

Alex a ri à l'autre bout de la ligne.

— Tu t'es attachée à elle, hein ? Elle est toujours là.

Il avait le souffle court rien que de marcher. Il a ajouté :

— Elle est sympa, mais elle ronfle…

Ce soir-là, sans avoir ni vraiment mangé ni dormi, j'ai enfilé ce que j'ai trouvé de propre. Ma mère m'a crié depuis sa chambre :

— Descends les poubelles.

Ro m'attendait, appuyée contre la porte d'entrée de l'immeuble, une cigarette allumée à la bouche. Je ne l'avais pas prévenue, mais elle était là. Je lui ai souri.

— Qu'est-ce que tu fais ? Tu m'attends depuis combien de temps ? Dans cette pose et tout ?

Le battant s'est refermé derrière moi. Ro s'est écartée du mur. Je me souviens parfaitement d'elle à ce moment-là : elle portait un T-shirt noir, un chapeau en feutre et le même pantalon à carreaux que le jour de notre rencontre. J'ai lu la vie dans ses yeux : des lumières colorées, des pianos, des paquets de pâtes, les rayons du Mercadona et des pistaches.

Le mois de mai n'était pas fini. On avait été confrontées à la catastrophe d'Alex et maintenant vingt centimètres de végétation nous séparaient. On s'est regardées. On ressemblait aux cailloux que deviennent les météorites à la fin de leur trajectoire.

— Qu'est-ce que c'est que ce truc ? j'ai demandé en baissant le bord de son chapeau.

Elle ressemblait à un mousquetaire.

— T'es belle, j'ai ajouté.

— *Cosmopolitan* dit qu'il faut mettre des étincelles dans sa vie sexuelle.

Mon sourire s'est élargi.

— En anglais, on appelle ça du *coldplay*.

— Du *roleplay*.

— C'est ça.

Ro a souri, comme si elle en savait plus que tout le monde.

— Allez, mets-y du tien. Moi, je suis Monsieur Propre.

Elle a tiré une taffe sur sa clope.

J'ai commencé à protester :

— Ça va, c'est bon, on n'a pas quatre-vingts ans…

Mais elle m'a soufflé la fumée dans la figure. J'ai fermé les yeux.

Elle a déclaré :

— Mademoiselle Anus…

— Ro, putain…

J'ai toussé. J'ai fait un pas en arrière, mon dos a heurté les sonnettes et ma tête a appuyé sur le 3A. Les gens qui habitaient au 3A devaient vivre avec les conséquences de nos mouvements. Peut-être que, de leur point de vue, nous étions des fantômes sans consistance qui sonnaient et disparaissaient. Il y aurait eu une autre histoire à écrire, de quoi remplir plus de vingt chapitres.

Ro a ouvert grand les yeux. Dans l'interphone, quelqu'un a demandé :

— Qui est-ce ?

J'ai plaqué ma main sur sa bouche. Elle s'est mise à rire. Je me retenais de m'y mettre, moi aussi, et je l'ai forcée à s'éloigner lentement de la porte pendant que j'articulais du bout des lèvres, sans bruit : « Non. Non. Non. »

— Ah, c'est malin ! Je te raie de la liste des invités. Tu ne peux plus venir.

— Devant chez toi ?

— À Madrid. Tu es expulsée de Madrid !

— Comme le Cid.

— Non. Plus ou moins. N'aie pas l'air si fière : plus ou moins, j'ai dit.

Tout le monde était présent ce soir-là. Il y avait Mia avec Pablo et ses mocassins sans chaussettes, puis Leo, Lucia et Alex. Isaac. Il y avait Isaac. C'était le bar où je l'avais rencontré et une incisive traînait peut-être encore sur le trottoir. La musique était trop forte. Mia criait de temps en temps « Une chanson d'ABBA ! », comme on commande une assiette de calamars au restaurant. Comment Mia pouvait-elle sortir avec une personne qui ne portait pas de chaussettes ?

Les chaussettes et Mia…

Je sentais une énergie vibrer, comme des électrocardiogrammes. Les machines de l'hôpital n'étaient plus qu'un lointain souvenir ce soir-là, des instantanés de l'inquiétude d'une autre Hana. On faisait tous la fête. Leo avait une moustache, maintenant, une fine moustache. Il commençait à ressembler à un prof de philo.

— À ma santé ! s'est exclamé Alex en levant son verre.

On l'a tous imité.

Mia a titubé et m'a éclaboussée. Je l'ai regardée, bouche bée.

— Je suis une légende immortelle ! a repris Alex. Et on boit aussi à la santé de Patricia, mon infirmière !

— À Patricia ! a crié une fille qui s'était jointe à nous et qu'on ne connaissait pas.

— Où que tu sois, Patricia, chez toi sûrement, sois heureuse et je t'aimerai toujours ! Envole-toi, Patricia ! Allez, à quelqu'un d'autre ! À ton tour !

— Moi ? a souri Lucia. Eh bien… Je ne sais pas.

— Allez, lance-toi !

— Aux arroseurs ! a lancé Leo en passant un bras autour des épaules de sa copine. Et pour le balai à franges de chez moi !

— Olé ! a répondu Alex.

Mia a englouti une gorgée de sa bière avant de claironner :

— Pour Pepe du rez-de-chaussée ! Et surtout pour son chien !

— Pour son chien ! j'ai répété.

— Chien, a renchéri Alex.

Et Leo a crié :

— Paco !

Pablo IV ne savait même pas ce qu'il faisait là. Isaac était un panneau routier. Le tour est passé à Ro et tout le monde était dans l'expectative. Elle a dit, avec son calme tellement hors contexte :

— Pour les homards.

J'étais vraiment saoule. Je crois que je n'ai plus jamais bu comme ça depuis. Ce n'était pas une question de quantité, c'était plus que ça ; peut-être que les circonstances n'y étaient pas pour rien. Je n'avais pas mangé depuis quinze heures et je n'avais pas dormi depuis vingt-quatre heures. Ça a pesé dans la balance, aussi. Dans mon souvenir, la nuit était floue : des couleurs, des bruits et des lumières brunes. On dansait, on était à nouveau au festival, sans gravité : Ro était à côté de moi. Elle me mettait son chapeau sur le crâne. On s'embrassait entre les autres, devant et derrière tout le monde, et ça n'avait pas d'importance. Son visage était fait de projecteurs. Elle souriait. Je devais me mettre sur la pointe des pieds pour l'atteindre.

On a chanté. On a entrelacé nos bras pour boire cul sec. Alex a disparu aux toilettes à un moment donné, alors qu'il était sorti de l'hôpital le jour même. Il a sniffé un rail de coke. C'est certainement ce qu'il a fait. Il n'avait absolument rien appris et tout le monde s'en fichait parce que c'était à nouveau le mois d'août. Ro m'a traînée dans les rues de Madrid. J'ai pensé : *Est-ce que je l'aime ?* Je le savais : je l'aimais. Elle m'a portée sur son dos pendant les cinq minutes qui nous séparaient de chez moi et on est entrées sur la pointe des pieds, mais on a ri et je me souviens qu'elle s'est retrouvée allongée sur le sol dans l'entrée et que Paco lui léchait les paupières et le nez. Je me suis couchée à côté d'elle. Je l'ai embrassée fort et je me suis assise sur elle, avec Paco qui courait autour de nous. Je l'ai embrassée dans le couloir. On s'est cognées à l'étendoir. On a fermé la porte de ma chambre et elle avait quatre yeux de mille couleurs et le monde me semblait formé de chiffres, chambre 246, six mois par an, quel jour était-on ? Ro m'a embrassée. Elle a déboutonné mes vêtements, m'a collée contre le mur. Je manquais d'air, je n'en voulais pas ; elle a couvert ma bouche pour que je ne fasse pas de bruit. Elle est descendue le long de mon cou, puis plus bas, et tout à coup il y a eu mon lit. Ma nature morte nous regardait fixement : au milieu de mon bureau, il y avait aussi des petits gobelets en plastique avec des plants de lentilles et des pistaches et, au-dessus, des fils avec des chaussures suspendues et de la roquette, des touches de piano et un porte-clés de Majorque. Le destin des météorites est toujours de s'écraser. Il fallait s'écraser. Ro a fourré une main dans mes cheveux. À un moment, je lui ai mordu les doigts, ça je le sais. C'est ce dont je me souviens maintenant.

On était en mai.

On était en mai ?

25. 2 JUIN

Mia avait un journal intime pour les mardis. La première fois que j'étais allée dans sa chambre, avec les rideaux roses, l'armoire rose et le radiateur peint en rose lui aussi, elle m'avait dit :

— Le mardi, il m'arrive souvent des trucs.

Quand je me suis réveillée le lendemain matin, on était mardi.

Ro n'était pas dans le lit. C'était tellement évident que je n'ai pas eu besoin d'ouvrir les yeux : Ro n'était pas là.

Chaque fois que je me réveillais avec Ro, quelque chose brillait derrière mes paupières, une lampe dont la luminosité n'était pas éblouissante. Jaune.

Ro n'était pas là ce matin-là. La lumière non plus. Je me suis retournée. J'étais encore un peu saoule de la veille. La pièce a dansé en vagues avant de revenir à sa place. *Ro ?* j'ai pensé et j'ai glissé sur le matelas jusqu'à la table de nuit. Des flashs me sont revenus : Mia en train de boire ; Leo qui éclatait de rire, avec ses incisives de travers. J'ai attrapé mon téléphone, il m'a échappé des mains et il est tombé sur le sol. Je l'ai ramassé au prix d'un énorme effort. Je l'ai activé.

J'ai fait la mise au point sur les lettres.

10:29
2 juin

2 juin, a répété ma voix à l'intérieur de moi.

2 juin…
Ma chambre s'est mise sous vide.
Je l'ai lu. Je l'ai relu.
2 juin, sur les murs. En train de s'écrire sur la peinture derrière le lit et de remplacer les mots dans tous les livres ; 2 juin. Dans la signature de ma nature morte. Sur mes notes. Si j'avais ouvert tous les paquets de spaghettis et que je les avais laissés tomber, la seule disposition possible au sol aurait été qu'ils forment : 2 juin. La marque de mon téléphone était 2 juin. Mon portable avait de la batterie et on était le 2 juin.
Ro n'était pas là.
Empreinte digitale.
Il n'a pas reconnu mon empreinte. Une fois, deux fois. Ça ne marche pas : schéma. Je me suis trompée deux fois. J'y suis enfin parvenue et j'ai ouvert WhatsApp et la conversation avec Ro ; elle était toujours là. Comment pourrait-elle ne pas être là ? On était en juin. C'était la même sensation qu'en septembre 2018 et mon cœur avait ralenti. C'était quelque chose de physique, de réel : mon cœur a disparu, puis il est revenu, en patinant, comme les appels vidéo quand on n'a pas de réseau.

Ro (10:30)

t'es où ? (10:30)

Ro (10:30)

J'ai regardé l'écran. Le fond blanc, les anciens messages et notifications en haut, sa photo et le clavier avec les textes prédictifs. Tout à coup, en haut est apparu « En ligne ».

Salut (10:31)

J'ai repris mon souffle. L'univers a fait un pas. Je me suis assise sur le lit.

où es-tu ? (10:31)

Ro (10:31)

réponds (10:31)

Ro (10:32)

Elle était en ligne. Elle ne répondait pas. J'ai écarté les draps, le rideau était tiré. J'avais l'impression que la nuit tombait et mon cœur me martelait les tempes. Il est descendu dans ma gorge et il a grandi là, un cœur entier, et c'était douloureux.

Ro a répondu :

J'ai pris ton T-shirt (10:32)

désolée pour ça (10:32)

c'est parce que le mien (10:32)

n'était pas le tien (10:33)

Ro (10:33)

s'il te plaît (10:33)

dis-moi où tu es (10:33)

« En train d'écrire… »

Je suis désolée, Hana (10:34)

Non, je me suis dit. *Non*, sans ciller.

Je ne t'ai pas menti (10:34)

Je n'ai jamais voulu te mentir, c'est

le pire de tout (10:34)

Ro (10:34)

Je te l'ai dit pour de vrai il y a un mois

il y a un mois (10:34)

non (10:34)

Tu me pardonneras ? (10:35)

Tire-toi de là (10:35)

Ro (10:35)

s'il te plaît (10:35)

Mes mains tremblaient. Le monde était un écran sur un minuscule portable que j'avais fui pendant si longtemps. Il n'y avait plus rien d'autre. Les limites de mon monde s'arrêtaient là, au bord de l'écran. Ma voix a dit : « Ro. » Je l'ai imaginée debout dans la voiture numéro 5 sur la ligne 2, près de la première porte. Il y avait des gens autour d'elle, calmes et un peu éteints, qui ne savaient pas que la mort les attendait d'un instant à l'autre. Il y avait des rails et du bruit. Ro savait qu'elle allait y rester. Ro allait mourir ce jour-là, elle était sortie de chez moi, elle avait marché dans la rue, elle avait rechargé sa carte de transport et elle était partie rencontrer la mort.

On était le 2 juin 2020. Je n'avais pas réussi à éviter quoi que ce soit. Aurora Rojas était dans un métro. Elle m'a écrit :

Je suis nulle pour les adieux (10:36)

je vais le faire super mal parce que (10:36)

je n'ai rien préparé (10:36)

Hana (10:36)

Je t'aime (10:36)

J'ai compris (10:36)

Tu m'as aidée à comprendre

plein de choses (10:37)

R (10:37)

Ro (10:37)

Eva a besoin de Romeo maintenant (10:37)

Et ils méritent d'être ensemble (10:37)

Non (10:37)

Je ne peux pas ne pas leur donner ça, mais (10:37)

descends sors de là (10:37)

qu'est-ce que tu fais Ro (10:37)

s'il te plaît, de (10:37)

descends au suivant (10:37)

Ro s'il te plaît (10:37)

je t'aime (10:37)

prends une photo de ça avec tes yeux

je (10:38)

je suis désolée de ne pas (10:38)

te l'avoir dit clairement (10:38)

mais on s'aime vraiment (10:38)

tu m'aurais attachée à un lampadaire (10:38)

Ro s'il te plaît (10:38)

Je t'aime (10:39)

L'écran était flou. J'étais sous une piscine dans laquelle on flottait et Ro allait m'embrasser, mais tout à coup quelque chose a brillé sur le sol, au fond. J'ai plongé. C'était cet écran. Je l'atteignais. Je le prenais.

Je lisais : « Je t'aime. » Elle me disait au revoir. La piscine était en train de se refermer sur moi et je n'arrivais pas à en sortir parce qu'elle me disait au revoir et que la piscine de Leo n'était jamais ouverte sans elle.

Hana (10:39)

tu m'as fait me sentir en vie (10:39)

avec toi j'existais (10:39)

J'ai passé toute ma vie à exister

par intermittence et je sais que je ne (10:39)

Je sais que je ne le ferai plus ça m'est égal
ce qui va se passer ça m'est égal parce que (10:39)

tu ne l'oublieras pas (10:40)

pas vrai ? (10:40)

Ro (10:40)

s'il te plaît (10:40)

Tu m'as fait exister pendant douze mois,
Haneul Hong (10:40)

c'est égoïste si je te demande (10:40)

de te souvenir de moi ? (10:40)

C'était une impulsion. Il restait trois minutes. Ce que j'ai compris ensuite, c'est : *Plus que trois minutes.*

Je suis sortie de chez moi ; non, l'ordre n'est pas correct. J'ai d'abord enfilé les premières chaussures que j'ai trouvées, je n'ai pas noué les lacets et j'ai ouvert la porte. Je ne sais pas si quelqu'un m'a vue. Ils ont dû m'entendre sur le parquet, au moins Paco, comme si tous les bâtiments de Madrid s'écroulaient. Peut-être que c'était ça, ce qui se passait. J'ai attrapé mes clés. Je suis sortie de chez moi.

Non. Non. Non.

Trois minutes.

Escalier. Porte extérieure. Lumière. Route.

Voitures.

J'ai couru.

J'ai couru dans la rue. Je courais. Les gens me regardaient quand je les croisais et ces personnes ne comprendraient jamais rien. Le vendeur qui m'avait vendu le père Noël. Le gars du bar qui criait : « Qu'est-ce qui se passe ? » Manuel Perea. Le psychiatre. Toutes ces personnes rencontrées par hasard et complètement nécessaires à un moment donné. Ma prof de sculpture.

« Ro », a murmuré le feu de signalisation. Et les arbres pas très heureux et les enseignes des magasins ont répété : « Ro. »

Je portais les vêtements de la veille. J'ai tellement couru que je suis devenue la course et rien d'autre. Je courais et en dessous de moi il y avait le trottoir et au-dessus de moi le ciel. Soudain, le monde était un couloir d'hôpital. On était appuyées contre le mur. Ro me disait : « Je l'entends. À l'intérieur. » Je courais et on était en octobre et Romeo me tirait en arrière et je le voyais, le bus, presque aussi rapide que moi. Je passais par tous ces endroits où on avait été ensemble. Le point de vue de la Moncloa. Le toit avec les feux de Bengale. On se promenait dans le centre de Madrid après le cinéma. Ro me tirait par les mains : « Tu me fais confiance ? » Je passais sur le côté, je dépassais d'autres versions de nous, plus claires, plus compréhensibles. Je courais plus vite. Le festival bleu, rouge, vert, jaune. La salle de bains d'Alex.

Je la traversais en deux grands pas, par-dessus nos jambes emmêlées, et j'atteignais la fenêtre. Le Mercadona. Un seuil dans une rue au hasard, au milieu de la nuit. Ça avait commencé comme ça : j'entendais tout, au début – mon cœur qui battait et les litres de sang qui affluaient dans mes veines et tout ce qu'on entend quand les pas martèlent l'asphalte. Puis, plus rien. En réalité, je n'avais pas entendu tout ça. J'avais entendu « Ro » vibrer jusqu'au sous-sol. Et c'est du sous-sol que me parvenait « Hana ».

J'ai rejoint ma moto. Elle était attachée à côté de l'entrée du resto ; j'avais une moto. Je connaissais les rues et l'endroit où l'accident allait se produire. Peut-être qu'il avait vraiment fallu que je sois livreuse de porc aigre-doux, peut-être que tout ce qu'on est a un lien incompréhensible avec toutes les choses qu'on va aimer un jour dans la vie. J'ai démarré. Je me suis élancée dans la circulation et j'ai failli me faire renverser ; je ne sais pas comment ça ne s'est pas passé. La voiture a klaxonné et je l'ai entendu au loin.

« Ro. »

Je ne portais pas de casque. Je ne portais rien : je crois que le bouton de mon pantalon n'était même pas attaché sous mon T-shirt. Je ne portais pas de chaussettes et mon téléphone portable était chargé. C'était ridicule et crucial à la fois ; je l'avais laissé sur le lit. La ville défilait à toute allure des deux côtés et j'étais une boule de vêtements dans une machine à laver. J'étais une météorite. J'ai brûlé les feux rouges et ignoré tous les panneaux et peut-être aussi les lois de la gravité. Personne ne comprenait pourquoi j'étais si pressée. Ils dérapaient, ils klaxonnaient et ils ont crié.

« Il ne va pas pouvoir lui dire adieu. »

Eva dans un lit d'hôpital. Romeo qui se réveille.

« Non. Non. Non. »

Il la saisissait entre ses mains en poêle à frire. Je conduisais à la vitesse d'une fusée et Ro était dans un métro qui allait à la station Sevilla. Carrefours, avenues, roues. Je ne sais pas comment je n'ai pas eu d'accident. Des gens reculaient sur les passages pour piétons. Le vent contre moi. C'était progressif, même si je me répétais sans cesse : *Il reste trois minutes. Plus que trois minutes.* J'ai entendu les sirènes. Elles ont vibré si fort à l'intérieur de moi qu'elles ont atteint la Hana qui regardait Alex se faire casser la gueule. Des voitures de police et des ambulances. Des gens qui contemplaient le spectacle.

« Ro. »

Je ne me suis même pas garée. J'ai essayé d'arrêter la moto le long d'un trottoir, elle a perdu l'équilibre et je suis tombée aussi. Ça n'avait pas d'importance.

Je me suis relevée.

J'ai couru.

C'était déjà le chaos, à l'intérieur de moi et à l'extérieur : il y avait des policiers et des pompiers à l'entrée du métro. Des êtres humains sortaient en courant et d'autres entraient, avec des uniformes, sans uniforme, un catalogue de formes infinies. Une jeune fille de seize ans écrit la dernière ligne dans un cahier après s'être réveillée et dit : « C'est comme ça que ça va se passer. »

Et c'est ce qui s'est passé.

Un métro s'était renversé.

« Ro. »

J'ai couru sur le trottoir. J'ai couru dans l'escalier. Station Sevilla, panneau blanc, rouge et bleu, barrières métalliques et hauts bâtiments tout autour. J'ai descendu les marches en courant si vite que j'ai arrêté de comprendre le fonctionnement de mes jambes. À mi-chemin, j'ai marché sur mes lacets détachés, j'ai trébuché, je suis tombée, j'ai tourné de mille façons et j'ai fini par atterrir sur le sol. Une main me faisait vraiment mal, les genoux aussi et d'autres endroits ; je me suis relevée. Les gens sont passés comme si c'était l'heure de pointe, mais avec d'autres visages. Quelqu'un m'a aidée, m'a retenue et je crois qu'il a dit :

— Ça va ?

Je ne l'ai même pas regardé.

J'ai couru.

« Ro. »

J'ai poussé la porte et sauté par-dessus les tourniquets.

J'ai descendu les escalators à l'arrêt et je suis arrivée face aux voies : le métro était là. Une moitié était renversée. L'autre moitié était arrivée, en couleurs, avec du son. Les pompiers se protégeaient le nez et la bouche avec des masques. Ils transportaient des civières et des blessés.

Le 2 juin. 10 h 43. Ligne 2.

Je le revois maintenant : j'entre dans la sixième voiture. Je m'appelle Hana. Je marche vers la cinquième voiture. La fumée est épaisse et je la reconnais, c'est celle des rêves que j'ai faits toute ma vie, c'est la fumée de toutes les cigarettes ; je connaissais déjà le moment que je vis. Je suis venue ici si souvent. Perdue dans la fumée, je cherche Ro et je ne vois rien. Respirer me remplit les poumons de tout ce que les poumons ne peuvent pas digérer. Je me heurte à des barres jaunes qui apparaissent et des sièges et des bosses. Les bosses sont des corps. Il y a des passagers allongés sur le sol et je ne sais pas s'ils l'ont rêvé aussi auparavant. Que nous allions nous rencontrer dans ce contexte humain, qu'il avait fallu tant d'humanité pour créer cet espace et cette fumée.

Cinquième voiture.

Première porte.

Je crois que c'est la première porte…

Je ne vois rien et je ne peux pas respirer : c'est une piscine. Il y a de la poussière. Je me penche et je touche, je ramasse quelqu'un et ce n'est pas elle. Je connais ses cellules.

« Ro. »

« Tu n'accepteras jamais de me considérer comme perdue, hein ? »

Je lève la tête.

Je suis au beau milieu d'un accident à la recherche d'une plante. Il y a des fleuristes et des forêts, mais ils n'ont pas ce que je cherche. Je touche le sol. J'avance à quatre pattes. Le plancher est un peu de travers, en pente, jonché de débris de verre et je me coupe. Je glisse. Mes mains atteignent quelque chose. C'est doux et je sens de la peau, je tâtonne. C'est couvert de poussière, comme un vieux cadre dans un grenier. Moi aussi, je suis couverte de poussière. Je retourne le corps et la première chose que je distingue, c'est le nez.

Le nez.

« *Ro.* »

Je prends son visage entre mes mains.

J'aurais pu le reconnaître n'importe où, cet assemblage particulier d'atomes. Ce n'est pas une phrase qu'on prononce en pensant à un instant comme celui-ci. Je la traîne. Je tire sur son corps et la déplace jusqu'à la deuxième porte parce que la première n'est pas ouverte et qu'elle donne sur le tunnel.

Je sors de la fumée avec Ro.

Je l'allonge sur le sol et je m'effondre, je tousse, je tousse des trains et des rails et je ne me laisse pas tousser, j'essaie de me retenir ; je prends son visage dans mes mains. Je suis à moitié allongée dans le métro de Madrid et Ro est en dessous de moi et c'est elle. Elle ne sait pas jouer au bowling. Elle donne des noms à tout. Personne au monde n'a besoin d'autant de roquette et, allongée comme ça, elle n'a pas l'air si grande. Sa bouche. Ses oreilles. Elle a une brûlure. Ses cheveux. Elle n'ouvre pas les yeux. Je lui dis :

— Ro. Ro, Ro, Ro… Aurora…

Et elle n'ouvre toujours pas les yeux. Je place mes doigts devant ses narines pour la sentir respirer. Je pleure. Combien de temps est-ce que j'ai pleuré ? Kyung me demande : « Qu'est-ce qui ne va pas, Hana ? »

Ma main tremble et ça fait mal, je ne sais pas pourquoi ça fait mal comme ça ; je colle mon oreille contre sa poitrine.

Il y a tellement de bruit que c'est idiot. Non, ce n'est pas idiot.

Je l'entends.

Je cherche son pouls dans son cou.

Ça monte jusqu'au nouveau cœur qui est apparu dans ma gorge : je l'entends.

Elle est là.

Elle est vivante.

Mes larmes laissent des taches sur elle ou la nettoient ; je serre les lèvres. Je la regarde. Je m'effondre. Ma tête retombe contre elle et je pleure super fort. C'est comme naître, un peu, je recherche désespérément l'oxygène. J'ai besoin d'air. Je tousse et j'ai des vertiges. Ro est toujours là, moi aussi. Je perçois du mouvement. Quelqu'un crie et il y a de l'agitation. Des brancards. On nous tire. On me traîne, on m'allonge, je distingue un plafond, on me demande :

— Vous êtes consciente ? Vous allez bien ?

Elle est en vie.

Je suis en vie.

On est le 2 juin 2020.

On était le 2 juin.

26. AURORA

Dans l'accident du métro du 2 juin, je me suis cassé le doigt pour la deuxième fois. C'est vraiment relou. Je suis tombée dessus quand j'ai dévalé les marches. Ce n'était pas le meilleur contexte pour se casser un truc. Nous, les humains, nous sommes des animaux à la fois indestructibles et fragiles ; Mia Lanza qui s'assied sur ma main et moi qui me précipite dans le vide, tout ça arrive au même résultat et crée les mêmes dégâts en moi.

Trente-six personnes sont mortes ce matin-là.

Je me demande encore si le monde leur offre la chance de partager douze mois. Je ne me souviens pas du trajet vers l'hôpital. Je me souviens juste quand on m'a plâtrée. Je n'arrêtais pas de répéter :

« Aurora Rojas… »

J'écartais le masque à oxygène. Des tas de gens parlaient dans cette salle des urgences qui ressemblait à une ruche. Mes yeux fouillaient partout. Je voyais flou.

— Vous savez comment elle va… Aurora Rojas ? S'il vous plaît…

Mais personne n'avait la liste des noms. L'identification des victimes venait après les poumons remplis de fumée, les organes endommagés et même les doigts, les doigts des autres.

— Ne l'enlevez pas, m'a ordonné l'infirmière en repositionnant mon masque.

Comme je manquais d'air, je produisais dans ma tête le faux souvenir de l'avoir abandonnée étendue dans le métro. *Je dois aller la chercher.* À d'autres moments, j'étais debout près de la civière et elle me demandait : « Tu veux que je te raconte une histoire ? »

Ma mère a été la première personne à arriver. Elle m'a serrée dans ses bras. Très fort. Elle m'a tirée des rails sans le vouloir et cette étreinte a rendu la situation réelle et je me suis d'abord dit : *Cet être humain pourrait être n'importe qui, sauf ma mère.* Pourtant, c'était bien elle. Elle pleurait comme si le restaurant avait été détruit.

— Haneul, Haneul, mon Dieu…

Elle tenait mon visage. Elle me touchait.

Kyung avait les cheveux sales. Papa avait l'air plus vieux que jamais. Ils étaient là, dans un contexte si différent du nôtre.

On ne m'a pas laissée voir Ro.

J'étais la pire personne à mettre les pieds dans cet hôpital depuis sa création : j'exigeais des gens de la réception de me laisser la voir. Je l'ordonnais aux médecins. On m'avait permis de sortir, mais je refusais de partir.

Kyung me disait :

— Hana, on reviendra plus tard.

— S'il vous plaît, j'ai insisté auprès de l'infirmière.

J'avais écrit mon numéro de téléphone sur un bout de papier, que je lui ai tendu.

— C'est ma petite amie. Elle s'appelle Aurora Rojas. Quand elle se réveillera... quand on pourra la voir, vous me préviendrez ?

Elle m'a examinée avec tristesse.

Il me faudrait un certain temps pour m'habituer au chagrin.

La télévision a parlé de nous pendant plus de six mois, des personnes inconnues qui figuraient parmi les victimes de la catastrophe. Trente-six personnes étaient mortes. J'ai passé des années à me demander si ça aurait changé quelque chose que je parle aux autorités de mon rêve. Un simple coup de fil pour expliquer ce qui allait se produire. S'il y aurait eu, je ne sais pas, vingt-cinq décès. Peut-être qu'elles auraient imaginé que j'avais agi avec préméditation. Une livreuse de porc aigre-doux qui tord les rails, puis se casse le doigt en chutant dans l'escalier.

J'ai passé des années à imaginer les voies ferrées se déformer spontanément une seconde avant que le métro ne déraille.

— Qu'est-ce que tu faisais là, Hana, bon sang ? a soufflé Mia.

Elle se parfumait avec des échantillons, la plupart du temps, depuis qu'elle était petite. On était sur le canapé chez moi. Quand elle m'a prise dans ses bras, j'ai encore pleuré. Je l'ai entendue sangloter.

— J'ai eu tellement peur, Hana, ne me fais pas ça, ne me fais plus ça...

J'ai marmonné :

— Il y a des gens qui sont restés à l'intérieur.

Ro et moi on était dans le métro. C'est ce que je leur ai dit.

J'ai dormi par à-coups cette nuit-là, en vérifiant mon téléphone toutes les heures.

Il y avait du son. La batterie était à cent pour cent. Mon portable était relié au chargeur de ma mère. J'avais mal au doigt et Mia dormait avec moi. Elle m'a serrée dans ses bras comme si j'allais disparaître le 31 août.

L'infirmière a appelé dans la matinée. On lui avait donné le numéro d'une chambre. Ro était vivante, elle était dans une chambre d'hôpital sans fumée et ses blessures étaient guéries, ses brûlures avaient cicatrisé, elle respirait et son cœur battait comme s'il donnait le rythme à suivre à un piano électronique.

Ro était en vie.

Elle était dans le coma.

Elle a été dans le coma.

Ro resterait dans le coma longtemps.

— Bonjour.

Ma mère a passé la tête dans l'embrasure de la porte. Elle a souri.

— Comment vas-tu ? Je t'ai apporté à manger et un petit quelque chose.

— Bonjour, j'ai chuchoté en l'observant.

— Regarde…

Elle est entrée.

— Merci, j'ai dit quand elle a sorti un Ambi Pur automatique du sac.

— Pour la chambre de Ro. Il est à la rose.

Ro était dans le coma.

Les stores à moitié baissés. La lumière du soleil qui entrait juste un peu. Voilà comment le mois de juin 2020 s'est passé.

Ma mémoire me dit : *Hana, tu n'as pas bougé de là.* J'ai bien dû bouger parce que je suis une personne à part entière. J'avais un doigt cassé, des pores et un cerveau, des muscles et des reins. J'étais faite de tissu humain.

Mais peut-être que je n'ai pas bougé du tout. Si on avait tout enlevé, si on avait mis la chambre d'hôpital à nu pour arriver au béton, jeté le lit, arraché l'extincteur et le papier peint des murs, elle aurait peut-être eu la même forme que la salle de bains d'Alex ?

Elle va se réveiller. C'est aujourd'hui.

Chaque matin était le jour J dans ma tête. Je réorganisais les mots, je les modifiais pour l'engueuler comme personne ne l'avait jamais engueulée.

Il y a eu quinze versions différentes de ce discours, parce qu'elle allait se réveiller. L'idée qu'elle ne se réveille pas était absurde.

Puis on est arrivé à vingt et un jours.

— Tu nous laisses un petit moment, demandait toujours une de ses infirmières – Patricia, c'était écrit sur son badge.

Couloir. Distributeur automatique. Roues de brancard.

— Ça y est. Entre. Elle est mieux quand tu es là.

Poches de liquide physiologique.

C'était son visage, mais ce n'était pas elle ; c'était une version de démonstration qui ne fonctionne pas, comme celles qu'on expose dans les magasins de téléphones portables. J'essayais de ne pas la regarder, au début.

Je l'ai regardée, à vingt et un jours.

Ro ?

Aucune racine dans le monde ne disait *Hana*.

— C'est bon pour elle si tu lui parles. Tu lui parles ?

Le 28 juin, Mia avait la tête sur mon épaule. On était l'une à côté de l'autre sur des chaises.

— C'est ce qu'on dit dans les documentaires. Ou peut-être dans *Grey's Anatomy*, mais on peut faire confiance à cette série.

— Non, j'ai avoué sans trop de force, je ne lui parle pas.

Je n'ai pas présenté mon travail de fin d'études. J'ai eu 9 pour la partie théorique. On m'a retiré le plâtre.

— On peut essayer, a proposé Mia. Salut, Rufina. Je suis à court de prénoms commençant par Ro.

Ça m'a fait sourire.

— Comment ça va ? Écoute, il fait… un peu frais ici à cause de la clim, mais Madrid est étouffante. Zéro nuage. Tu ne rates rien. Ils ont fermé la piscine de Leo, aussi, parce qu'ils nous détestent. Et tu as un infirmier super beau. Paco est comme d'hab. J'ai quelqu'un ici qui veut te dire des trucs.

J'ai appuyé ma tête contre la sienne. J'ai pris une profonde inspiration.

— Idiote.

— Elle est timide, Rufina.

Mia a serré ma bonne main.

— On va lui laisser un peu de temps. En attendant, je vais traduire pour toi, d'accord ? Elle dit : « Ça suffit, cette sieste. Tu peux te réveiller. On a tous envie de te voir. » Elle plus encore. Non ? a-t-elle ajouté en se tournant vers moi.

— Si, j'ai chuchoté, presque inaudible.

— Tu vois ? Elle est là. Et tu vas t'en sortir.

J'avais du mal à lui parler, je crois, parce que je savais qu'elle ne répondrait pas. Parfois, j'avais envie de lui donner des ordres : « Réveille-toi, tu ne peux pas m'abandonner ici », puis je la regardais. La chambre était le centre d'un monde silencieux. C'était un écran de veille où on voit défiler des poissons. Personne ne crie sur un écran de veille.

— C'est le plaid du salon, lui a annoncé Denali en le posant à côté de son oreiller.

La couverture a glissé, elle l'a replacée.

— Je vais la laisser ici pour toi. Tu reconnaîtras peut-être l'odeur de l'appart.

Denali et Nadia passaient régulièrement, une fois par semaine, le mercredi en fin de journée, vers sept heures. Denali pleurait à chaudes larmes. Elle débitait des monologues, puis elle sortait pour fumer. Elle rapportait des choses de l'appartement que je n'avais jamais vues. Nadia se tenait debout dans le fond, le visage vide. Nadia était un portemanteau.

Bleu le masque, rouge la cicatrice sur sa main gauche. Vert le pyjama. Jaune la lumière.

Isaac est aussi venu un jour. Tout ce qu'il m'a dit, c'est :

— Salut.

Il l'a observée pendant un moment, les mains dans les poches. Puis il est parti.

Ro était dans le coma.

J'ai vu défiler auprès d'elle un cortège d'êtres humains beaucoup plus bruyants et présents que moi et je n'ai pas bougé de là. Papa a apporté des croquettes de kimchi. J'ai eu du mal à lui expliquer comment elle était alimentée. Nous les avons mangées, Mia et moi, ce n'était pas si mal, ce n'était pas une si mauvaise idée. Lucia passait et me regardait avec une pitié insupportable. Je me réfugiais chaque fois dans la salle d'eau, m'enfuyant sans un mot.

Un jour, une ancienne collègue de Ro du McDonald's est passée. Le 23 juillet, je suis entrée dans la chambre le matin et il ne s'est rien passé. Mais, le 24, je suis arrivée et ce que j'avais fait jusque-là m'a semblé absurde. Mon regard avait soudain changé. Je me suis dit : *C'est quoi cet endroit ?* L'odeur d'Ambi Pur et les rideaux baissés. Une vaste tombe. Je suis retournée dans la rue. J'ai cherché un fleuriste. J'ai acheté une plante. Je l'ai apportée à l'hôpital, je l'ai posée sur sa table de chevet et je me suis assise sur la chaise. J'ai observé le changement dans la pièce et Ro, qui ne pouvait pas être une version démonstration de portable. C'était Ro.

Je lui ai expliqué :

— C'est un pépéromia.

Tous les jours à partir du 24 juillet, je lui ai acheté des plantes. Elles sont rapidement devenues trop nombreuses à arroser. Pour la première fois, j'ai appris les noms des plantes, des parties qui les composent, j'ai appris comment m'en occuper. J'ai dû trouver de nouvelles tables. Kyung m'a aidée. Au-dessus du lit, il y avait une petite étagère et je l'ai remplie jusqu'à ce que des feuilles commencent à tomber sur le nez de Ro. Ça a l'air joli, dit comme ça, mais ça ne l'était pas, c'était dangereux. Patricia m'a grondée. J'ai dû les retirer. J'ai laissé entrer la lumière, qu'elle brûle jusqu'à ce qu'il fasse chaud. J'ai tout rempli : le sol, le rebord de la fenêtre.

Ma mère m'a demandé :

— Est-ce que l'hôpital l'autorise ?

Mais ce n'était pas un hôpital. C'était une pièce dans laquelle nous avions toujours été. Si on retirait les meubles et la peinture des murs, c'était une salle de bains sale et, si on démolissait les murs, il y avait des arbres derrière qui défilaient à toute vitesse et le ciel. Le sol vibrait. Les fenêtres aussi, parfois sans raison.

C'était un wagon de train.

— J'en ai marre d'attendre, Leo.

De minuscules gouttes tombaient d'une poche transparente. Des tubes remontaient le long de son nez, de ses lèvres. Ses cheveux avaient beaucoup poussé.

— Je sais.

Les derniers messages de notre conversation WhatsApp s'étaient effacés.

Leo venait le soir et c'était une routine qui remplaçait nos promenades dans le parc : on s'asseyait et on parlait. Il a tenté de faire entrer Paco en douce un jour, mais Paco respirait avec huit poumons, il n'était pas discret.

Le 15 août, j'étais tellement fatiguée, coincée dans ma serre, que j'en ai oublié qu'on était le 15 août. Il m'a apporté les churros en disant :

— Bonjour, livraison pour le Wok.

Je n'ai pas mangé. Je pensais : *Il reste deux semaines.*

Leo a regardé les fleurs.

— Tu as fait tout ça.

— Tout quoi ?

— Tu déplaces des montagnes d'amour, Hana. Personne n'aurait pu faire plus que toi.

Il y avait eu trente-six morts. Si on arrivait au 31 août, est-ce que ce chiffre monterait à trente-sept ?

Mon doigt me faisait mal tous les jours à 10 h 43. Je n'ai jamais réussi à retrouver Eva. Je ne connaissais pas son nom de famille. Je courais sans cesse après une chose qui restait, elle, parfaitement immobile.

J'ai serré les lèvres.

— Je n'ai pas fini mes études.

Je crois que Leo a souri un peu. Il s'est enfoncé sur sa chaise.

— Ça ne sert à rien, les études. Tu le sais. C'est les beaux-arts.

J'ai hoché la tête, en regardant mes ongles.

La personne qui est venue le plus souvent à l'hôpital, c'est Alex.

Il était venu en juin, en juillet et en août. Il avait même traîné Adara avec lui. Il avait dormi avec moi sur des chaises en plastique.

Je ne pensais pas qu'Alex aimait Ro à ce point, mais Alex n'avait pas l'habitude d'être aimé et Ro avait participé à l'aventure de la chambre 246. Il s'était attaché aux gens qui avaient pris soin de lui. Il ressentait bien plus que les endorphines artificielles que les pilules éveillaient en lui. Je me souviens distinctement du jour où je l'ai vu pleurer, parce qu'il y a certaines personnes qu'on n'imagine pas voir pleurer un jour.

Ces mois-là, Alex est venu me voir, sobre la plupart du temps. Parfois il était sérieux et d'autres fois il était fragile, il était humain. Ça l'a affecté beaucoup, l'idée de me perdre, et que Ro soit dans le coma.

En août, Alex a eu une dispute avec son père. Il est venu à l'hôpital après. Il était très calme. Il m'a expliqué ce matin-là, assis près de moi :

— Je suis en train d'arrêter, Hana. C'est fini de prendre des trucs.

Sa voix était claire, différente. Je l'ai regardé. Il m'a fixée, puis il a baissé la tête.

— Je ne me souviens pas de qui j'étais avant. Je crois que j'aimais d'autres choses…

Ses mèches noires lui couvraient les yeux.

— Je ne veux pas mourir, Hana. En voyant Ro, j'ai réalisé que je ne voulais pas être allongé là, comme elle. Et maintenant je sais ce que tu as ressenti, toi, et les autres aussi.

Il a reniflé et a essuyé ses larmes comme il a pu. Il y a eu un court silence.

— J'ai parlé à ma mère. Elle a dit qu'on allait trouver un moyen… Il y a des endroits pour ça… Je n'avais pas parlé à ma mère depuis longtemps. Je crois que je vais retourner à la maison parce que, tout seul, c'est plus difficile, et ma mère…

Sa voix s'est brisée en pleine phrase. Il était gêné, il essayait de se retenir, mais il pleurait. Je lui ai assuré :

— Ce n'est pas épuisant d'être ton amie, Alex.

Il a relevé un peu la tête.

— C'est tout ce que je sais être, j'ai conclu.

Olga ne m'a pas saluée le jour où elle est venue rendre visite à Ro. Elle était pressée, comme si elle avait toute une liste de filles à voir. Elle avait attendu deux mois avant de venir.

L'hôpital l'avait prévenue la première semaine où Ro s'était trouvée dans le coma, lui avait fait savoir qu'elle était l'une des victimes de l'accident du 2 juin. L'Olga qui est venue était un mélange très étrange entre l'Olga de mars et l'Olga de septembre. C'est ce que j'ai pensé la seule fois où elle s'est présentée, mal à l'aise avec son angoisse mais inquiète tout de même. Elle s'est approchée. Elle l'a contemplée pendant un moment. Elle a posé une main sur son front, comme un thermomètre, suivant l'instinct maternel, puis elle l'a baissée sur sa joue. Je l'ai entendue murmurer :

— Pardon. Pardon. Pardon.

Je suis sortie. Je les ai laissées seules.

C'est cette nuit-là que j'ai parlé à Ro, parce qu'on était le 28 août. On était seules et il n'y avait pas de lumière dans la chambre. La lueur des lampadaires entrait par la fenêtre. On entendait les voitures et les rumeurs de la ville, comme toujours, une bande, son très moche pour l'amour, et je l'ai alors imaginée sous la pluie devant le Wok et puis étendue sur le toit chez elle. Derrière un tapis roulant de supermarché. Plus tard, pour la première et unique fois, je m'endormirais dans le lit en la serrant dans mes bras. Ce serait super inconfortable, et je penserais : *Qu'est-ce qu'on va faire ? Qu'est-ce qui va se passer si tu t'en vas ?*

J'ai tiré la chaise le plus près possible.

Je l'ai contemplée. J'ai peigné un peu ses cheveux avec mes doigts.

J'ai pris une de ses mains entre les miennes et j'ai posé la tête dessus, elles étaient chaudes.

— Tu devrais te réveiller. On doit avoir trente plantes maintenant, elles n'ont pas de nom, je suis incapable de les baptiser. Paco, je voulais l'appeler Croc. Tu sais, il y avait de la fumée partout et tu étais… Tu n'es pas si grande que ça. Mais je t'ai trouvée quand même.

La piscine de Leo débordait. Les guirlandes lumineuses de Noël scintillaient.

— Je t'aime, Ro. J'aurais dû te l'écrire. Tu avais raison, c'est difficile pour moi de le dire. Tout le monde me répète que tu écoutes, alors je t'aime. Réveille-toi, s'il te plaît. Tu me dois bien ça, tu *dois* te réveiller.

Personne n'est venu rendre visite à Ro le 31 août.

Un tas de gens sur cette planète n'ont jamais prêté attention au fait que le mois d'août dure trente et un jours. Chacune de nos vies est unique. On aurait du mal à expliquer le monde simplement aux extraterrestres. Le 31 est arrivé comme tous les autres jours : j'étais là. J'avais dormi à la maison, mais peu importait ce que je faisais, dans ma tête je ne quittais jamais la chambre d'hôpital. Kyung m'a ébouriffé les cheveux en prenant son petit déjeuner. Maman m'a tendu un Tupperware avec un repas pour midi. Patricia a souri quand elle m'a vue dans le couloir et j'ai eu mal au doigt à 10 h 43. On était le 31 août. Je n'ai pas acheté de plante ce jour-là : j'ai ouvert mon sac à dos et j'ai sorti le cactus.

D'après Wikipédia, un 31 août, il s'est passé un nombre incroyable d'événements. Jack l'Éventreur a tué sa première victime. Au Mexique, un millier de personnes sont mortes dans des inondations. Une princesse a eu un accident de voiture à Paris et, à Tokyo, une explosion a tué quarante-quatre personnes. J'étais sûre, ce jour-là, que c'était fini : j'avais attaché le monde à un lampadaire, mais rien ne peut rester lié au mobilier urbain pour l'éternité.

Ro allait disparaître à nouveau. Personne ne se souviendrait d'elle le lendemain, ni de ce que nous avions été. Est-ce que mon doigt oublierait qu'il avait été cassé ? Cette chambre serait vidée de ses plantes et Ro ne reviendrait pas en mars, je le savais, parce qu'elle n'était plus là. *Tu voulais lui donner l'été*, j'ai pensé. J'étais un peu en colère à l'idée d'un sacrifice mal pensé.

Elle me manquait atrocement, alors qu'elle était encore sous mes yeux.

La journée s'est déroulée comme tous les autres jours : il ne s'est rien passé d'extraordinaire. Il devait y avoir un menu à la cafétéria de la fac et des prospectus bancaires dans les boîtes aux lettres. La plaque de métal au point de vue de la Moncloa n'a pas hurlé. Isaac non plus. À 23 h 55, j'étais la seule à avoir conscience de l'heure, devant un lit à roulettes d'où partaient des fils, un cactus baptisé Raphael serré dans les mains.

Je me suis ordonné : *Ne cligne pas des yeux.*

Ensuite, j'étais tellement fatiguée que je me suis dit : *Je ne veux pas voir.*

Il restait trois minutes, peut-être, encore une fois, pour attraper un autre train. Je ne me sentais plus la force de courir. J'étais devant Ro, mais je ne la regardais plus ; j'ai baissé les yeux. J'ai fixé mon regard sur le cactus. L'idée de cligner des yeux et de ne pas voir le cactus disparaître était plus facile à accepter, c'était moins d'atomes perdus.

J'ai compté : quatre, cinq, six. Elle serait partie avant que j'arrive à deux cents. J'ai réduit la situation à des éléments simples et calculables. Cinquante-neuf, soixante, soixante et un. Dans un monde parallèle, qu'est-ce que je faisais là ?

Dans une chambre d'hôpital parallèle. Cent trente-deux, cent trente-trois, cent trente-quatre. Je l'ai vue dans un flash en train de dire : « Tu te souviendras ? Tu es sûre ? » Cent quatre-vingts, cent quatre-vingt-un. J'étais ici pour me souvenir d'elle. Dans cet espace, dans ce temps, dans cette forme et dans n'importe quelle autre, cent quatre-vingt-dix-neuf, deux cents. *Je ne me souviendrai de rien d'autre.*

Deux cent un, deux cent un. Deux cent deux, deux cent deux. Deux cent…

Le cactus n'avait pas disparu.

J'ai cligné des yeux.

J'ai cligné des yeux plus fort.

Il était toujours là.

On était le 1er septembre. J'ai allumé mon téléphone portable et il indiquait : 00:00 1er septembre.

Le bip.

C'est ce que j'ai entendu en premier : un bip. Il s'est répété. Le rythme a augmenté d'un coup. J'ai relevé la tête.

Ro était toujours là. Dans le lit. Et son rythme cardiaque allait plus vite. Mes lèvres étaient sèches. On était le 1er septembre.

Mardi. Tout à coup, hors de rien, Ro a remué les doigts. À peine. Comme si elle jouait du piano, comme si elle cherchait les touches par instinct. Elle a ensuite bougé les bras et elle a ouvert les yeux très lentement. Ses yeux existaient à nouveau, ça faisait trois mois que je ne les avais pas vus et ils étaient de mille couleurs. Je n'aurais pas pu leur en attribuer une. Ça aurait été une simplification, nier ce qu'ils étaient.

Je me suis levée.

— Ro ?

Elle s'est réveillée.

J'aime penser que c'est ainsi que la chaîne des événements prend fin : quarante-quatre personnes ont été emportées par une explosion. Et une au moins, le même jour, a ouvert les yeux. Elle s'est retournée, l'air perdu. Je l'ai serrée dans mes bras comme pour vérifier qu'elle était bien là et j'ai oublié les tubes, les aiguilles et le chaos de stimuli que ce serait pour elle.

— Ro, Ro, j'ai cru que… Tu es là !

J'ai laissé toute mon énergie déferler sur elle. Ro ne pouvait pas me rendre la pareille, mais j'ai l'impression qu'elle m'a serrée dans ses bras ; ses mains m'ont palpée un instant. J'ai passé les doigts sur son visage, dessiné les contours de sa mâchoire et de ses pommettes. Puis je me suis écartée. Le nouveau cœur dans ma gorge battait à tout rompre : elle m'a regardée. Je n'ai pas détourné les yeux. Ses sourcils, ses pupilles, sa bouche. Ses yeux.

— Ro, j'ai soufflé.

J'ai souri, maladroite, en pleurant. Je voulais lui dire des choses qu'il n'y avait moyen d'exprimer dans aucune langue du monde.

— Je… J'ai…

Je me souviens de son visage sur l'oreiller. Des draps blancs. De la sonde dans son nez, de ses cheveux.

C'était Aurora. Elle n'existait plus seulement six mois par an. Je ne comprenais pas comment c'était possible, mais on était là toutes les deux.

Le 1er septembre 2020, Aurora Rojas s'est réveillée dans un hôpital de Madrid, j'étais présente quand le miracle s'est produit et j'ai laissé le cactus tomber sur le sol. Je l'ai serrée dans mes bras. Elle était bien réelle. Elle a froncé les sourcils de façon presque imperceptible et elle a essayé de bouger les lèvres. Quand elle a parlé, sa voix m'a paru bizarre, elle manquait d'entraînement. Je voulais qu'elle me dise : « Hana, Hana ! » Mais elle m'a simplement demandé :

— T'es qui ?

27. HANA

La vie n'a jamais de fin. La mort n'est qu'une courte interruption. Mon carnet de croquis, celui dans lequel les portraits représentant Ro disparaissaient de septembre à février, était dans ma chambre. Le jour où je l'ai rouvert, il était abandonné comme tout le reste sur mon bureau. Quelques pages avaient des traces de déchirure, mais elles étaient bien là. Les dessins de septembre et de mars s'étaient superposés. On ne distinguait plus rien de précis parce que les lignes recouvraient d'autres traits, des visages d'Aurora se superposaient aux visages d'Aurora et de Romeo. Le tout formait un gribouillis d'encre et de crayon.

Ro avait perdu la mémoire.

Elle n'était pas entièrement amnésique, mais elle ne se souvenait plus de certaines choses spécifiques. Elle ne me reconnaissait pas. J'ai été prise d'une vague de panique et l'angoisse m'a submergée. Je suis sortie de la chambre pour prévenir les infirmières. Patricia est arrivée en courant. Elle a vérifié l'état de Ro. Elle lui a demandé :

— Tu te souviens de ton nom ?

— Aurora.

— Et du sien ?

Ro réagissait lentement. Sa voix n'était qu'un murmure. Elle m'a regardée à nouveau, elle a battu des paupières, dix secondes se sont écoulées et ses yeux ont commencé à changer, je l'ai vu : elle m'a regardée avec plus d'intensité. Elle a légèrement haussé les sourcils. Son visage était différent et sa bouche s'est serrée et… *« Depuis les yeux de Romeo, j'ai réalisé comment tu me regardais. »*

Elle a dit, me découvrant tout à coup :

— Hana.

Pendant des années, elle me répéterait : « Je savais que je t'aimais. Je te regardais et je t'aimais, mais je ne le comprenais pas, parce que je ne savais pas qui tu étais. »

— Bonjour, je lui ai dit.

J'ai souri et j'ai expulsé tout l'oxygène de mes poumons.

Il lui a fallu une semaine pour retrouver les bases.

Elle était incapable de connaître sa pointure ou son adresse.

Un après-midi, sans contexte, elle a vu le cactus avec le pot cassé et je lui ai expliqué :

— C'est Raphael. Il est un peu mort.

Et, comme si elle venait d'avoir une révélation, elle m'a demandé des nouvelles de Denali. Par la suite, elle a commencé à se préoccuper de ses plantes, à s'inquiéter de savoir si quelqu'un les avait arrosées. Les médecins voulaient que le processus d'apprentissage soit progressif. Elle ne devait pas être soumise à trop de stimuli à la fois. Il fallait limiter les visites. J'ai juste prévenu mes amis et ma famille que Ro allait bien. Tout le monde la connaissait. On était en septembre et personne ne l'avait oubliée. Ses plantes la tracassaient vraiment, elle m'a demandé :

— Je peux appeler Denali ? Chacune a des besoins particuliers.

Son téléphone avait été perdu dans l'accident. Denali n'a rien compris le jour où Ro, qu'elle pensait encore dans le coma, l'a appelée de mon portable pour prendre des nouvelles de ses plantes.

— Isaac vient aujourd'hui. Tu te souviens d'Isaac ?

J'étais assise dans le lit avec elle. Ro mangeait un yaourt en lisant *Gatsby le Magnifique* et ses cheveux avaient des reflets châtains dans la lumière du matin.

— Oui, on a habité ensemble, non ?

— Vous étiez voisins. Quand vous étiez enfants. Dans le même immeuble.

— Oui. D'accord.

— Alex vient aussi.

Elle a hoché la tête. Elle m'a proposé une cuillerée :

— Mm ?

J'ai ouvert la bouche et je l'ai enfournée, mais je l'ai vite regretté. J'ai froncé les sourcils.

— C'est à quoi ?

— Ananas.

— Ça a un goût de thon. Littéralement.

Ro a souri.

— Non.

— Si, je t'assure.

— C'est vrai. Un peu.

— Tu es d'accord ? T'en as mangé trois.

— Non, mais j'avoue qu'ils ont un goût bizarre. Il est grand, Isaac ?

— Assez, oui.

— OK.

Elle a poursuivi sa lecture en mangeant le yaourt, pendant que je l'observais sans un mot. Elle a redécouvert *Gatsby le Magnifique* à vingt-quatre ans. Un accident peut avoir des conséquences surprenantes. J'ai dû lui réapprendre ce qu'était un Phoskito.

— Ro, tu te souviens de Romeo ?

Romeo Alvarez apparaissait dans Google comme étudiant en médecine. Il avait un compte Facebook. Sur sa photo de profil, il posait avec sa mère, ils souriaient tous deux, serrés l'un contre l'autre devant *Las Setas*, ces espèces de parasols en bois en forme de champignons géants dans le centre de Séville, les façades scintillaient sous le soleil en arrière-plan.

— Le garçon qui est passé l'autre jour ?

Elle n'a pas levé la tête de son livre. Elle avait une nouvelle cicatrice au dos de la main.

— Non, ça c'était Leo.

Aurora a oublié que, avant, elle n'existait que six mois par an. Pourtant, c'était impossible de séparer cette idée de qui elle était. Pourtant, tout était enraciné là, c'était l'origine de sa présence dans cette chambre et de tout le reste. Mais elle avait oublié. Elle se souvenait juste de quelques bribes, comme la nuit dans la salle de bains d'Alex. Notre premier baiser. Un repas avec mes parents et une visite à IKEA. Elle a fini par se souvenir de sa vie, mais avec des trous et des lacunes. Elle se souvenait aussi de fragments qui n'étaient jamais arrivés. Quand je lui ai demandé comment s'était passé le dernier Noël, elle m'a répondu :

— Bien, non ?

Le neurologue nous a assuré que ce n'était qu'une question de temps, qu'elle se rétablirait et qu'elle retrouverait son état normal peu à peu, comme un verre qui se remplit.

Je savais que ça n'arriverait jamais. Ro n'avait rien oublié : elle ne l'avait tout simplement pas vécu. Elle avait rejoint l'autre camp, celui de tous ceux pour qui l'histoire se réécrivait dès qu'elle disparaissait.

L'univers avait restructuré sa mémoire. Elle mesurait toujours un mètre quatre-vingts et elle dégageait le même calme qu'une lentille qui germe dans un gobelet et elle m'embrassait de la même façon. Elle disait « Hana » et jouait du piano, elle n'avait rien perdu de l'instinct qui la poussait vers la musique. J'ai apporté son clavier dans sa chambre d'hôpital. En la regardant à ce moment-là, éveillée et vivante, les paupières closes, tandis que ses doigts couraient sur les touches, j'ai réalisé que ce qui se passait était peut-être la seule solution, même si Ro ne savait plus pour quelle raison elle savait si bien jouer du piano.

— Pourquoi les gens m'appellent Ro ? elle m'a demandé un jour. Tu m'appelles comme ça, toi.

J'étais en train de répondre à ma mère sur mon téléphone. J'ai levé les yeux. La question m'a prise au dépourvu.

— C'est comme ça que tu t'appelles.

Elle l'avait tatoué sur la cheville.

J'ai cligné des yeux.

— C'est ton surnom, tu t'es présentée comme ça.

Aurora avait oublié Romeo.

Elle ne partageait plus son corps avec lui.

Elle aurait donné sa vie pour lui et, en la lui offrant, elle avait oublié ce qu'ils formaient tous les deux. Quelle séparation étrange et silencieuse ! Ils avaient *tout* vécu ensemble et, soudain, ces deux êtres humains quasiment identiques, qui partageaient les mêmes gestes, se sont mis à exister en même temps, à des kilomètres l'un de l'autre.

Ro ne se souvenait pas qu'elle s'appelait Ro pour « Romeo ». Elle ne se souvenait même pas de lui.

— Je peux être Aurora, maintenant ? J'aime bien.

Elle a cessé de s'appeler Ro.

Des messages avaient été effacés dans une conversation WhatsApp. Denali avait les cheveux coupés aux épaules, d'une longueur moyenne. Mes amis savaient qu'on était allés à Séville, mais ils ignoraient pour quelle raison.

Deux mondes formaient désormais une combinaison étrange, ils s'emboîtaient bien, se percutaient et paraissaient vrais. Ils sentaient bon. Aurora me disait : « Je ne me souviens pas de toi dans le métro. » Avant qu'il ne se renverse, elle se voyait en train de lire mon nom sur un écran, puis tout devenait noir. Je lui ai assuré que ça devait être une séquelle de l'accident et elle n'a pas poussé plus loin.

On a piqué ma moto, parce que je l'avais laissée avec la clé sur le contact dans le centre de Madrid. J'ai prétendu qu'elle avait été volée devant le Wok.

— Qu'est-ce que tu penses de celle-là ?

La concession était déserte et l'employé nous surveillait de loin, il ne nous faisait pas confiance.

Aurora a souri, avec son air de connaisseuse. Elle n'en savait pas tant que ça. Elle m'a examinée sur la moto, les mains fichées dans les poches de sa veste.

— Tes pieds ne touchent pas le sol.

— Si, regarde.

J'ai failli tomber en voulant lui faire la démonstration.

Le 14 septembre, nous avons pu cesser de vivre dans des hôpitaux, mais nous devions encore nous y rendre pour les consultations.

— Je te dis ça pour toi.

Puis ses yeux se sont arrêtés sur la moto la plus moche du monde :

— Et celle-là ?

— On dirait un micro-ondes. Aurora, pitié.

— Ah oui, t'as raison, pourquoi je ne l'ai pas remarqué ? Un micro-ondes. Un Thermomix, presque.

— Tu ne prends pas ça au sérieux. C'est un outil professionnel, je travaille sur ma moto, tu le sais ?

— Je suis désolée.

Elle a rigolé, a passé les bras autour de mon cou et a posé son menton sur ma tête.

— Tu me pardonnes ? Je suis amnésique, Hana.

— Tu ne vas pas utiliser cette carte pendant tout le reste de ta vie. Je te préviens.

— Où sommes-nous ? Qui suis-je ?

Je n'ai plus jamais rêvé de fumée.

J'ai arrêté la cigarette, mais je ne m'en suis rendu compte que le jour où Mia en a allumé une et m'a tendu le paquet. J'ai refusé. Je n'avais pas fumé depuis juin. La fumée qui s'était immiscée dans mes poumons avait dû remplir un quota à vie. Aurora a commencé à travailler au resto de mes parents. Elle fumait pendant les pauses et, sur ses lèvres, le tabac n'avait pas le goût de la fumée. Ça faisait des années qu'on avait besoin d'un renfort au Wok et les événements de cet été-là ont éveillé chez ma mère une sensibilité inhabituelle, on aurait dit qu'elle l'avait empruntée à quelqu'un d'autre : elle a pleuré devant *The Princess Bride*. Elle m'embrassait pour me dire bonne nuit, parfois rapidement, pour que je ne le remarque pas trop.

Je pense que, à partir de l'accident, l'existence d'Aurora lui a transmis cette fragilité. Ma mère a cherché un tablier à la taille d'Aurora. Elle lui a tout de même interdit de manger de la roquette. Mon père était ravi. Aurora cuisinait ou servait, selon les soirs. Elle a observé novembre avec moi, depuis le point de vue de la Moncloa. Elle a vécu novembre pour la première fois : je me souviens qu'on était assises sur le banc, que Paco haletait autour de nous et qu'il était aux anges. Paco avait-il compris que les complications allaient prendre fin ? À nos pieds, l'arc de la Victoire, Madrid, le parc et le ciel au-dessus.

Elle ne s'est plus jamais rasé la tête. Elle n'a pas non plus laissé beaucoup pousser ses cheveux. Sur la plaque commémorative, un espace illisible séparait deux noms, mais celui de son père était toujours gravé. Quand nous sommes allés avec nos amis à la montagne, Aurora a vu la neige tomber du ciel et a murmuré :

— Ça va te paraître idiot, mais j'ai l'impression de voir ce spectacle pour la première fois.

Je me suis appuyée contre elle.

— Oui, ça paraît un peu idiot.

Je ne lui ai jamais expliqué. Elle n'avait plus besoin de savoir.

Un soir, alors qu'on regardait la télé chez elle, je me suis demandé si j'allais être capable de ne *jamais* lui en parler.

Eva était vivante. Je l'ai aperçue sur le Facebook de Romeo. J'allais de temps en temps sur son profil, toutes les semaines au début. Vu de l'extérieur, ça devait sembler bizarre : je cherchais sur Internet le nom d'une personne que je ne connaissais pas. Je passais en revue ses photos.

Romeo a obtenu son diplôme. Il est devenu médecin, il a de nouveau laissé pousser ses cheveux et ça ne lui allait pas du tout. Eva a terminé sa chimio. Ils ont fêté ça avec un voyage au Mexique. Des années plus tard, elle a eu une rechute, mais elle a fait face une fois de plus et a terrassé la maladie.

L'âme d'Eva était incandescente. On ne se débarrassait pas aussi facilement d'elle.

Je n'ai jamais pris contact avec Romeo. Comme il ne l'a pas fait non plus, j'étais convaincue que lui aussi avait oublié Aurora. Il s'était réveillé sans aucun souvenir le matin du 2 juin à 10 h 43.

Ils devaient s'oublier. J'ai compris, au fil des années, qu'ils n'auraient pas su comment vivre séparément en se souvenant l'un de l'autre. Ils auraient été déséquilibrés par la distance. C'était ça le moyen, on l'avait trouvé.

— Attention, c'est une célébration provisoire ! j'ai crié à tout le monde dans notre nouveau salon.

On a levé nos verres.

— J'ai deux semaines pour rendre les clés ! Je donne à Alex quinze jours pour ne pas être un coloc de merde, c'est une période d'essai.

Il a répondu :

— Je me suis mis à prendre des douches, promis !

— T'es sûre de ce que tu fais ? m'a demandé Mia.

Elle m'a serrée dans ses bras et a collé son visage contre le mien.

— Qui va te réveiller, le matin ?

— Je me suis entraînée, l'a rassurée Aurora.

Je lui ai jeté un coup d'œil en coin, elle était tellement bien assortie à ce canapé jaune. Je lui ai souri.

— C'est vrai. Elle s'est entraînée.

Je me suis retournée et j'ai attrapé le visage de Mia.

— Elle a acheté des chaussettes.

— Tu me remplaces ? Et c'est Ruperta qui prend mon poste ? C'est horrible…

— Je t'aime.

J'ai embrassé Mia huit fois de suite pendant qu'elle continuait à se plaindre.

— Tu peux venir quand tu veux, ne sois pas si dramatique.

— J'ai acheté des gaufrettes ! a annoncé Alex en distribuant les espèces d'hosties que j'avais mangées dans la salle de bains avec Aurora.

On a habité avec Alex pendant un an. Je ne sais pas si c'était la meilleure décision qu'on avait prise ensemble, Aurora et moi. On avait économisé un peu, j'avais obtenu mon diplôme aux Beaux-Arts, j'ai commencé un master en publicité pendant qu'on travaillait pour mes parents, jusqu'à ce qu'on arrête.

On a emménagé dans un appart dont avait hérité Denali, il était plus petit, mais ça, c'est une autre histoire. Ro s'est mise à donner des leçons de piano aux enfants. Elle était assez calme pour gérer les petits et, finalement, elle a pu entrer au conservatoire. Elle y avait déjà suivi des cours, même si elle l'ignorait. Mia a quitté Pablo et est sortie avec deux autres Pablo. Leo et Lucia se sont séparés deux ans plus tard, et c'est à ce moment-là qu'il a rasé sa moustache.

Alex a réussi à rester clean pendant deux mois, puis il a pris un tas de trucs à un concert de son père et il a de nouveau demandé de l'aide. Il a réussi à se désintoxiquer pour de bon. Il ne s'autorisait plus que la bière.

Olga n'a jamais cessé d'être Olga, avec sa vie d'Olga, confortablement installée dans l'instabilité permanente, mais Aurora et elle ont commencé à se voir tous les dimanches.

Elles déjeunaient ensemble. Je suppose qu'Olga avait eu peur, le jour où je l'ai vue pleurer, mais je pense que ce qui s'est vraiment passé, c'est que le mur invisible qui les séparait depuis des années a soudain disparu. Aurora n'existait plus seulement six mois par an. Sa mère ne l'oubliait plus la moitié de l'année. Elles se sont reconnectées, maladroitement, dans des positions inconfortables, comme des chargeurs de téléphone en piteux état.

Mon père a réussi à transformer le Wok en resto coréen et n'a pas fait faillite. Il y avait plus de clients que jamais, même si l'enseigne était imprimée en Comic Sans. Kyung, toujours aussi grand et radieux, maintenait l'établissement à flot. Adara a remporté des compétitions de Rubik's Cube. Parfois, je pensais qu'Aurora et moi, on devait manquer un peu aux habitants du 3A.

Je me suis mise à avoir une peur panique des rails et des wagons. Je n'ai pas pris le métro pendant des années. Je l'ai évité du mieux que je pouvais en vivant à Madrid, parce que le métro est en quelque sorte les veines de la ville et que l'éviter est une mauvaise décision. Si je descendais des escalators, dans un centre commercial, un supermarché ou un parking, j'apercevais de la fumée tout en bas. Je me retrouvais figée là, une fraction de seconde, et le métro se renversait. Je le voyais arriver. Il s'encastrait dans un autre et détruisait la station. Tout le monde courait, sauf ceux qui en étaient incapables, et la voiture endommagée était remplie de cette personne inconnue que je n'avais pas sauvée, mais dont j'avais touché le nez. C'était un essaim. Il vrombissait dans mon estomac et montait jusqu'à mes poumons. Des cœurs me poussaient dans la gorge.

J'évitais le métro et Aurora me comprenait. Elle se déplaçait avec moi en bus.

Aurora n'a jamais eu la phobie des rails, même si cet accident avait été bien plus terrible pour elle que pour moi. Elle ne pouvait pas avoir peur des trains et des métros. Ils faisaient partie de son existence. Quoi qu'elle fasse, quelque chose en elle monterait toujours dans cette voiture.

Six années après l'accident, on est allées ensemble à Séville. Je n'ai pas pu refuser : ses grands-parents nous avaient acheté les billets. C'était une surprise et il lui avait fallu si longtemps pour reprendre contact avec sa famille paternelle que je ne voulais pas tout gâcher.

Elle m'a demandé :

— Ça va aller, t'es sûre ?

Elle savait que ça n'allait pas. Mais, en six ans, j'avais tout de même pris la ligne 8 pour aller à l'aéroport une fois…

— Oui, ça va.

J'ai souri. J'ai hoché la tête.

— Hana, a-t-elle insisté, comme si elle me demandait d'être honnête.

Je l'ai regardée pendant qu'elle débarrassait la table.

— Aurora.

Je suis montée dans ce train. J'ai à peine dormi la nuit précédente et j'ai avalé un calmant avant de partir. Aurora ne m'a pas lâché la main un instant à la gare. Elle me surveillait du coin de l'œil en tirant notre valise. Elle m'a transmis ce calme qui n'appartenait qu'à elle. Elle me l'avait transmis tant de fois auparavant : la lèvre fendue sur un seuil, enfermée dans une salle de bains, perdue au milieu d'un bar bruyant, trois minutes avant un accident de métro.

On s'est assises sur des sièges en carré du train à grande vitesse et le silence derrière les vitres m'a mise mal à l'aise, il me rappelait les vidéos en noir et blanc. J'avais réussi à les oublier. Une hôtesse est passée et nous a offert des écouteurs. Je ne me suis pas retournée : j'ai regardé la gare quand le train a démarré. Aurora s'est approchée un peu plus et m'a chuchoté :

— Ils vont passer *Gatsby*.

Une annonce a retenti. J'ai tourné la tête pour la regarder dans les yeux. Et, d'un coup, je l'ai vu.

Il était juste en face de moi. Il venait de s'installer à sa place.

Romeo.

Romeo était assis en face d'Aurora dans ce train.

Il avait des cheveux bruns courts et des yeux de mille couleurs, une cicatrice sur le revers de la main causée par un accident dans lequel il n'était même pas. Il avait aussi, accroché à son cartable, un porte-clés de Majorque.

Il y a des moments tellement étranges qu'on réalise soudain que l'univers entier n'appartient qu'à nous. Qu'il est unique. Pour expliquer le mien, je crois qu'il faut partager quelque chose d'impossible à raconter.

Il était une fois deux enfants qui existaient six mois par an. Ils se partageaient l'année de manière parfaitement équitable. Romeo Alvarez avait le droit de vivre à partir de septembre et Aurora Rojas à partir de mars. Ils jouaient du piano avec les mêmes mains et ils se déplaçaient ensemble, derrière leurs yeux, sur la même planète. Ils se sont aimés malgré les lois de la nature, malgré les lois fondamentales de l'univers. Ils connaissaient leurs os par cœur, puis un jour ils se sont mis à exister en même temps, sans s'en rendre compte, dans un train de Madrid à Séville.

Romeo et Aurora ne se souviendraient pas l'un de l'autre, ils ne se regarderaient même pas dans les yeux, mais ils vivraient une de ces histoires que les homards racontent et qui font dire aux plantes que les grandes choses se passent un mardi, ils seraient sains et saufs et une seule personne retiendrait leur histoire. Ce ne serait pas eux, parce qu'ils devaient continuer à vivre, mais leur histoire serait toujours là, au fond d'une armoire remplie de téléphones portables cassés, de météorites, de carnets avec des visages superposés, de paquets de pâtes, de « Ne fais pas ça » écrits à la main, de lentilles et de guirlandes lumineuses. C'est une histoire qu'une seule personne pourrait raconter. Et cette personne serait Hana.

Romeo??

uin

Pour l'éditeur, le principe est d'utiliser des papiers composés de fibres naturelles, renouvelables, recyclables et fabriquées à partir de bois issus de forêts qui adoptent un système d'aménagement durable. En outre, l'éditeur attend de ses fournisseurs de papier qu'ils s'inscrivent dans une démarche de certification environnementale reconnue.

Composition et mise en pages : Nord Compo

PAPIER À BASE DE FIBRES CERTIFIÉES

Le Livre de Poche s'engage pour l'environnement en réduisant l'empreinte carbone de ses livres. Celle de cet exemplaire est de :
400 g éq. CO_2
Rendez-vous sur www.livredepoche-durable.fr

Achevé d'imprimer en France par CPI Brodard et Taupin

Dépôt légal 1re publication : février 2022

59.1608.3 – ISBN : 978-2-01-714027-6

Édition : 01 – Dépôt légal : février 2022

N° d'impression : 3046473